U0725773

有爱的青春陪伴者

某枝小岛

桨声已 ◎ 著

江苏凤凰文艺出版社
JIANGSU PHOENIX LITERATURE AND
ART PUBLISHING

图书在版编目（CIP）数据

某枝小岛 / 桨声已著. -- 南京 : 江苏凤凰文艺出
版社, 2025. 11. -- ISBN 978-7-5594-9931-8

Ⅰ. I247.5

中国国家版本馆CIP数据核字第20258DC494号

某枝小岛

桨声已 著

责任编辑　王昕宁

特约编辑　年　年

责任校对　言　一

责任印制　杨　丹

出版发行　江苏凤凰文艺出版社

　　　　　南京市中央路165号，邮编：210009

网　　址　http://www.jswenyi.com

印　　刷　天津睿和印艺科技有限公司

开　　本　880mm×1230mm　1/32

印　　张　10

字　　数　412千字

版　　次　2025年11月第1版

印　　次　2025年11月第1次印刷

书　　号　ISBN 978-7-5594-9931-8

定　　价　45.80元

江苏凤凰文艺版图书凡印刷、装订错误，可向出版社调换，联系电话025-83280257

某枝小岛 ♥

傅池屿
×
姜温枝

MouZhi XiaoDao

欢迎光临!
OPEN | 营业中

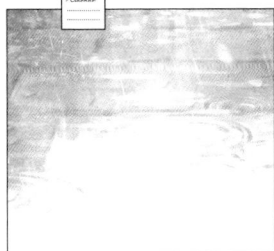

目 录 · CONTENTS

目 录·CONTENTS

小组长，我帮了你，到报答的时候了。

就这一次，下不为例。

☆Mou zhixiaodao☆

♥第一章♥

心动

🐾喵咪电影

梦想·想梦（2D）

VIP影厅

5排7座

17:30

X年X月X日

2009 年秋分。

晚自习，语文老师赵礼发了张周测试卷，题量不小，初一五班的同学们拿到后便开始埋头苦写。

一时间，教室里只剩下哗啦啦翻转纸张的声音。

"咚咚咚……"

姜温枝正专注勾着选择题，有人敲了敲她的桌子。她缓缓抬眼，看到赵礼站在桌前冲她笑："枝枝，去办公室把白天交的作文抱来。"

"好。"她颔首应道，放下笔，轻轻地走出教室。

今晚天闷得不行，扑面而来的风都带着热意，夜空不昏暗，反而呈现出一种艳橘色，黑云与黄霞交织，奇幻瑰丽。

教学楼一层有五个班，五班处于右拐角，而办公室在最左侧。

姜温枝依次从四个班门前经过，很快到了走廊尽头。见办公室门虚掩着，她抬手敲了三下，随即推开了门。

里面热闹极了。

除了办公的老师，还有七八个男生紧贴在墙根站着，垂头丧气不说，脸上还都挂了彩。

姜温枝目光稍瞥，发现都是她班上的同学，其中最显眼的便是中间个子最高的少年。

他人站得懒散，背却挺得直，冷白瘦削的脸上青一块紫一块，嘴角还渗着血迹，正吊儿郎当地和面前的男人顶嘴。

至于这个火冒三丈、喋喋不休的中年男人，姜温枝更熟悉了。

此人就是五班的班主任兼数学老师，李正东。

今天李正东难得不值班，下午放学后便早早回了家。晚饭后，他正悠哉地散步消食，手机突然响了。

"老李！你人在哪儿呢？快来学校！你班男生打架啦……"隔壁班王老师扯着大嗓门，在电话另一头叫喊着，语气十万火急，想必事情闹得不小！

李正东拖鞋都没来得及回家换，骑上停在楼下的小电驴就往学校奔去。

当他以最快速度赶到校门口时，打架的学生已经被拉开了。

十几个男生高高低低站着，其中大半都是他班上的，另外几个学生身上穿着对面学校的校服。

两方看起来谁也不服谁，还在恶狠狠地冲对方瞪眼睛。

五六个老师面露无奈，只好挡在中间充当隔断，生怕这群气盛的少年再动起手来。

还没来得及搞清楚状况，李正东就被年级主任钱青山一通教训。

"不负责任。

"没管束好学生。

"下了班就只知道往家里跑。"

…………

一口口子虚乌有的大铁锅接连扣到了李正东头上。

骂到最后,像是终于解气了,钱主任铁青着脸让他把人领走处置。

一路上,李正东强压着肝火,小碎步迈得飞快,进了办公室后还不忘把门关上。

暴风雨即将来临。

听到先动手的是傅池屿,李正东的炮火尽数往这个刺头身上轰击:"傅池屿!又是你!你自己说,这第几次了?

"能不能安生两天?又想请家长了?

"书能念就念,不能念趁早转学!"

怒火化为犀利的言辞,机关枪一样突突不停。

旁边几个从犯心虚地缩脖子,满脸写着"小的知错了,您老别生气"。

被点名批评的傅池屿反倒是一副满不在乎的神情。他散漫地靠着墙,语气上扬:"老师,真不怪我,那堆垃圾欺负我们学校的女生。"

少年眼角眉梢挂着笑,乌黑的双眸里尽是坦荡。

顿了顿,他抬睫,轻描淡写地反问:"要是您在,您能忍?"

这态度哪像犯错?

分明是个正义满满的楷模!一脸无辜就算了,还一副求夸的傲然姿态。

"打架逞能你还有理了?你不会找老师吗?下手没轻没重,真出事了怎么办?"李正东面部肌肉微抖,脸色涨得通红。

"打架是不对。"少年直起腰,弯唇嗤了声,"但下次遇见这种事儿,我还管。"

李正东气得抄起架子上的三角尺,上下左右挥动着,却没真落到学生的身上:"说不听了是吧?傅池屿,你给我把父母叫来!"

他咆哮声之大,连路过的姜温枝同学都不免颤了颤心神。

这样的热闹可不兴看,她迅速调整好步伐,目不斜视地走到语文老师桌前,抱起一摞本子。

抬脚离开时,姜温枝眼睫微微扇动,余光不经意落到还在和老师争辩的男生身上。

只两秒,便迅速挪开。

如秋叶飘摇落入平静的湖面,只漾起微小几圈涟漪。

十几分钟后,姜温枝回到教室,把本子放上讲台。

面对赵礼投来的狐疑目光,她支支吾吾地解释:"老师,对不起,我去了趟……厕所,耽搁了点时间……"

见她如此紧张,赵礼笑盈盈地打趣:"没事儿,老师只是看你脸通红,喘得厉害，不知道的还以为我派你去参加长跑了呢！写卷子去吧！"

"好。"

看着女生走下讲台的瘦弱背影，赵礼轻笑着摇了摇头。

这个小姑娘不仅成绩好，也是班上最乖巧的学生，平时说话温声细语的，对谁都礼貌谦虚，难怪那么多老师喜欢她。

赵礼抽出笔筒里的红笔，把没批改的作文翻了出来。

教室里，偏黄的光线为枯燥的夜晚添了几分柔软，老师和学生各自做着自己这个阶段该做的事情。

课堂不算安静，不时有窸窸窣窣的交头接耳声。

时间一分一秒流逝，二十分钟后，下课铃响起，五班同学总算是解放了。一阵哈欠声中，不少人仰起头活动着脖颈。

试卷从最后一排往前传，最终由姜温枝交到讲台。

赵礼麻利地收拾好挎包，又从旁边抽出一沓空白卷子，拧着眉说道："枝枝，拿给没来的八个人，让他们下节自习课独立完成，明早交给我！"

"好的，老师。"

说完，姜温枝捏着试卷往教室后排走去。

后面几张空着的课桌的主人此刻还在办公室接受李正东的点化。

她把卷子一张张压在男生们的书本下，以防掉到地上，走到最侧边靠窗位置时，脚步突然翘起了下。

不同于旁边吃的、零食、讲义堆得如垃圾场一样的桌面，这张桌子干净整洁得过分。课本从高至低有序排列，两侧用白色书立固定，椅子规整地塞在课桌下，黑色背包挂在椅背上。

处处表明，此座主人有强迫症或者洁癖。

已入秋，姜温枝的手心却热得出汗。

她僵硬地转动脖颈环顾四周，好在课间大家都在打闹玩耍，并没人在意这边的角落，不由得暗暗松了口气。

她快速从口袋里掏出东西塞进这张课桌的抽屉，又把试卷盖到上面。

第一次做这种见不得光的事情，姜温枝心虚不已，做贼一般，心都要从胸口蹦出来了。

她缩回手时，一个不注意，食指猛地磕上了桌沿的铁边。

十指连心，她眼眶里顿时晕上一层朦胧水意。

没工夫在意这尖锐的痛感，姜温枝极力保持淡然的神情回了座位。

早知道，刚刚在医务室应该多买一份药的。

第二节自习课上到一半，那些男生在班主任的"押解"下回来了。

李正东当着全班同学的面宣布，今晚打架生事的人罚写一千字检讨，下次再犯直接叫家长！望大家引以为戒。

好一顿激情鞭策后，他才离开教室。

厚重的脚步声逐渐消失在走廊里，班上的顺风耳比了个"OK"的手势，确认安全。

方才还平静似水的氛围蓦地被打破，大家吵吵嚷嚷地围绕打架事件闲聊了起来。

姜温枝握笔的手有些不稳，因为食指中间的指节迅速肿了起来。

红不说，还隐隐发烫。

她深深叹了口气，从口袋里摸出了个创可贴贴上。

周围乱糟糟的聊天声与她无关，她静下心，掏出数学书预习明天的新课。

另一边，傅池屿对众人的奉承充耳不闻，抬手拉开窗帘，又把窗户推开一半。

新鲜的空气瞬间涌入，还夹杂着初秋不知名的花香，浓郁萦绕。

这样轻松惬意的夜晚，傅池屿松散着肩背靠在椅子上，漆黑的眸光融入窗外，比夜色更深沉。

不知想到了什么，他微微抿唇。

"咝——"嘴角骤然传来一阵扯裂的疼痛，傅池屿皱了皱眉，舌尖轻舔，有腥味儿。

他旁边周漾的脸上也好不到哪儿去，半边腮帮鼓得像河豚，"哎哟哎哟"叫唤个不停。

刚在李正东面前说了一兜子忏悔的话，此刻周漾的嗓子干涩不已。他在桌洞里翻了半天，一无所获，只好把目光落到同桌身上。

"傅哥，你那儿还有水吗？"

"自己拿。"

获得许可后，周漾往右俯身，头埋低，看向傅池屿的课桌。

掀开一张试卷，抽屉里的东西一目了然：两瓶矿泉水，一个方正立体的盒子，还有个宽扁的盒子。

好奇心促使下，周漾伸向矿泉水的手往右移动，把另外两个东西拿了出来。

下一瞬，他两眼放光，高举起手激动喊道："同学们，快看！英雄救美的下文来了！人家女孩送温暖啦……"

前排本就在热闹聊天的人齐刷刷转头，附近几个男生声音尤其大，油腔滑调地调侃。

"哎哟喂，我们也帮忙了啊，怎么只给傅哥送？这女孩不地道啊！"

"傅哥，那女生长得不错，你是不是早看上人家了？"

"怪不得能让两个学校的人物为她打架呢！不仅长得好看，还这么体贴，挨两拳也值了……"

起哄声渐起，戏谑的人越来越多。

傅池屿眉眼微弯，冷不防扬手把东西夺了下来。

一盒医用碘伏棉球，另一个封面上花里胡哨的……卡通，卡通创可贴？

他本以为是周漾在开玩笑，可这一看，的确像女生送的东西。

不过无论是谁送的，善意都是珍贵的，不该受到嘲笑。如果是女生送的，更该得到尊重。

"滚，一边儿玩去。"

傅池屿抬腿踢了下旁边明显兴奋的周漾，语气不悦，迅速把东西塞进了包里。

隔天。

早读下课，姜温枝去后排收昨天的语文试卷。

几个男生拖拖拉拉的，翻了半天才找到。

明明昨晚她才把崭新的试卷放到他们桌上，今天拿出来就已经面目全非了，团得全是褶皱不说，四个边角更翘得像狗啃过一样。

傅池屿正趴在桌上打游戏，没抬头，直接从书立上抽出试卷递给了姜温枝。

姜温枝慢吞吞地接过。

离开时，她总觉得傅池屿的视线在她手上停留了几秒。

她抬起手腕看了看。没什么脏东西啊，只是一夜过去了，食指依然肿着。可贴着创可贴，也没那么丑吧？

她不以为意，侧身绕开过道中间的同学，径直往前走去。

傅池屿神情微愣，手上的动作停住。

周漾抓住机会，在游戏里疯狂压制住他，一分钟后洋洋自得地放下游戏机，傲娇道："傅哥，我赢了！哈哈哈，我好厉害啊！"

傅池屿没接周漾的话。

姜温枝把收来的试卷理齐整，正准备去办公室，忽然发现第一张卷子没写名字。

这张是她最后收的。

而且，她认得这个字迹。

不像大多数男生潦草的鬼画符，他应该练过书法，字字有形，苍劲飘逸，辨识度很高。

迟疑了两秒，姜温枝从文具包里挑出一支最好看的笔，在试卷侧面工工整整地写上了名字。

——傅池屿。

十三四岁的年纪，在姜温枝还不知道什么是喜欢时，从某天开始，目光就总被一个人吸引。

颀长瘦高，黑短发，眉眼干净桀骜的少年，肩上总拂着恣意的清风。

他笑时尤为光明灿烂，像是从灵魂中透出来的清澈。

可姜温枝太平凡了。

家庭条件一般，长相寡淡，身高倒还可以，可全身没几两肉，看着就营养不良，更别说极其慢热的性子。

她唯一能拿得出手的只有成绩。

可张扬的青春期，好成绩配上她这样的性格，就只是死板无趣的代名词。

最可笑的是，他们这届遇上教育改革，小学升初中竟然没看分数，直接筛选符合条件的学生进行电脑摇号，升学全看运气。

这样一来，姜温枝简直乏善可陈了。

想当女一号，长得漂亮，性格有趣，才华出众……这些闪光点总得占一样吧？

可姜温枝一样也没有。

每天早上洗脸时，她总盯着镜子看。

人家不都说女大十八变吗？以后长开了会好一点吧？今天性格能不能活泼一点？

变优秀后，她就可以自信地去和傅池屿打招呼，大大方方和他做朋友了。

这样的想法一天比一天浓烈。

可长大从来不是一瞬间的事情，过程太漫长了，她现在才是最想赢的时刻。

姜温枝第一次注意到傅池屿，是在一个阳光灿烂的午后。

那天，她负责打扫自行车车棚附近的卫生，扫到一半，来了三四个勾肩搭背的男生。他们猫着身子缩在角落里，不知道在干什么。

"嗞嗞嗞……"

直到气体泄漏的声音传来，姜温枝才明白，这几个人在拔自行车的气门芯。

初中阶段的男生大多轻浮狂妄，谁不顺他们的意，便要想方设法捉弄回去，各种恶作剧层出不穷。

但是，放人家车胎气真的太坏了吧？晚上放学后又没地儿打气，岂不是要推车回去了？

不行，她得去阻止。

姜温枝愣神的工夫，几个男生不知怎的一齐躺倒在地，嘴里还嗷嗷直叫。

什么时候车棚里又来了个人？

少年个子很高，穿着白T恤黑长裤，白蓝板鞋，修长的身姿还保持着踢腿的动作，热烈地站在光影里。

风拂过，扬起少年额前几绺不安分的发丝，露出了明朗的眉眼。

他神色不豫地扯了扯唇："喂，你们什么玩意儿，女生的车都不放过？"

语气极度漫不经心，随之滔天而来的还有那清俊灼目的意气少年感。

又一阵风吹过，满地黄褐色的梧桐叶被卷起，纷纷扬扬在半空中旋转。

轻微的"嚓啦"一声，某片叶子正好砸在了发怔的姜温枝头上。

她伸手捞下。

这是一片淡橙色的山形叶片，脉络清晰得像人的掌纹。

心脏没由来地"扑通扑通"，一下比一下急促，挠人的热意由内而外，从脸颊蔓延至耳垂，红得滴血。

姜温枝僵硬地抬手，把掌心贴在额头上。

温度很高。

不是发烧了吧？

很久之后，姜温枝才知道该用哪个词语来形容这时心跳骤然加速的忐忑情绪了。

心动。

少女的怦然心动，以燎原之势席卷了她的青春。

一次，就是一生。

2009 年 12 月，大课间。

李正东叫住了正要出门上厕所的同学，宣布学校最新的教学整改措施。

风斯一中的校长前段时间去其他重点初中学习，如今收获满满归来，决定效仿人家的小组学习模式，把初一当作试验田进行改革。

班级不再是死板的横竖排座位，而是将四张桌子拼在一起，形成一个长方形，方便学生面对面交流学习。八人为一小组，按成绩首尾相连。

于是，五班 48 人被分成六个小组。

班级前六名为各组一号学员兼组长，七到十二名为各组的二号，十三到十八名为三号……

姜温枝自然是一组一号，而傅池屿，上次考试第二十五名，座位在她正对面。

排好序号后，李正东雷厉风行地指挥着学生搬桌子、换座位。

小组制学习正式开始。

分组后，不管是回答问题还是小测验，老师都会对六个组进行排名，还在后面黑板上贴了 PK 榜。

组长们更是在学习上帮助其他组员，负责抽背、默写、收作业这一类的事情。

渐渐地，大家开始有了荣誉感，各组间暗流涌动地比拼着。

姜温枝只要抬头，眼神就能自然地落到对面的傅池屿身上，距离近到她能清晰看见他睫毛的弧度。

所以，尽管座位都调整了一个星期，姜温枝仍没什么真实感。

天底下怎么会有这种好事？

她上辈子拯救世界了吗，要这样厚待她？

姜温枝打心底里感谢英明神武的校长，暗自决定要以更好的成绩来报答他。

这天的自习课，姜温枝刚写完数学试卷，不经意抬眼，正好撞上了对面傅池屿黑亮的双眸。

她面上云淡风轻，指尖却早已深深掐进了橡皮里。

"小组长，你数学卷子借我抄抄呗。"傅池屿扬眉，浑不吝地先开口。

姜温枝一噎，他不像别的同学会找借口，说什么"给我参考参考""借我对对答案"一类的话，真是直白又坦率……

可是抄作业是不好的行为！你的数学已经快垫底了知道吗？不，是好几门课都要垫底了！

还有，你上节课为什么睡觉？不好好听讲，成绩怎么能好呢？下次考不好，被分出我们组怎么办？可要是真能考好，分走，就分走吧……

姜温枝别开目光，没说话，抽出下面的卷子递了过去。

她心里极度鄙视这样的自己。

傅池屿利落接过试卷，摊开到桌上后提笔就抄，嘴上倒也不忘感谢："组长最好了！"

语气熟稔到不行，仿佛他们是相交多年的好友。

明知他对谁都是这样的态度，姜温枝还是不争气地红了脸，讷讷道："下次……下次自己写。"

"组长啊，你太偏心了吧，我也要……"坐在她旁边的二号组员曹宇硕伸手就去抢试卷，不满地抱怨。

见状，一组的其他几个人也撂下笔，一致要求傅池屿把试卷放在正中间。

最近各科作业量加大，谁也不想晚上回去挑灯"加夜班"，干脆有福同享，大家一起抄得了。

组内风气如此不正，姜温枝觉得发挥她组长威严的时候到了！她犹豫着是先拍桌子还是先摆脸色。

你们能不能自己好好学习？

一个两个的，抄作业还理直气壮？

这样下去，成绩能进步吗？我们组还怎么发扬光大，称霸第一？

她腹稿打得好好的，说出口就变成了："我觉得……嗯……大家……大家还是自己写吧……"

磕磕绊绊就算了，声音还又小又怯弱。

姜温枝宣布，她是风斯一中最软弱可欺的组长，没有之一！

她可爱的组员们压根不搭理她，手脚并用，继续抢夺着试卷。

这事惹出的动静不小，其他组的人纷纷望过来。

姜温枝正准备再说些什么来挽尊，只见傅池屿忽然迅速把卷子叠起来，放回到了她桌上，而后手撑着下巴慢悠悠开口："都别抄了。"

顷刻，一组全员停手，眼神也怔住了。

傅池屿挑眉："听组长的，自己写。"

他的声线虽也淡，可无形中的威慑力不知比姜温枝强了多少倍。

众人只好作罢，各自写卷子去了。

这算是给姜温枝解了围，她暗暗投了个感激的目光过去。

傅池屿没躲避，气定神闲地冲她抬眉，眸里都是狡黠的笑意。

顺着他的目光，姜温枝把桌上折叠的试卷打开。

里面不知什么时候夹了张四折的空白卷子，还有张小字条"啪嗒"掉了出来。

——小组长，我帮了你，到你报答的时候了。

姜温枝眉心一跳，果然，天下没有免费的午餐，古人诚不欺我。

可这报答要得太主动、太快了吧？机会很宝贵，真的不再好好考虑考虑吗？或者，能不能换种报答方式？

古人是怎么报恩的来着？结草衔环？以身相……

算了。

姜温枝认命似的垂下眼帘，回了张字条给傅池屿。

——就这一次，下不为例。

几周后，暮山市气温骤降，狂风在早就枯黄的校园里肆意怒号，寒冬的凛冽尽显。

姜温枝老早套上了秋衣和保暖背心。

他们是一组，本来就紧靠前门，她和傅池屿的座位更是贴在门边，开关门都能吹到风。

上课的时候还好，门窗紧闭着，一到下课，班里的同学一会儿出去一趟，一会儿又进来，大部分人都没有随手关门的好习惯。

姜温枝只能一遍遍提醒："麻烦关一下门可以吗？"

有的人听，有的人不听。

没两天，她就已经塞着鼻子抱着保温杯喝感冒冲剂。

这天课间，周漾刚风风火火冲出前门，忽然听到教室有人喊他。于是，他退回到门口，探头朝里面张望。

傅池屿坐在位置上，懒洋洋抬眸，指了指门："周漾，你出去不知道关门？"

"傅哥，你不是最讨厌教室里一股发霉的味道吗？"听着他比天气还凉的语气，周漾反应飞快，狡辩道，"我特意留门给您透透气！"

傅池屿不以为意："我怕冷。"

"得了，骗鬼呢！"周漾咧嘴笑，"你大冬天羽绒服里都是穿T恤，这叫怕冷？"

懒得和周漾废话，傅池屿起身把他推出了教室："行，剥夺你走前门的权利。"

"喂喂喂！傅哥，咱不至于，我关！我下次关还不行吗？"

从办公室抱作业回来，姜温枝赫然发现教室门上多了张A4纸，上面有四个黑体加粗的字。

——随手关门。

她弯唇笑了笑，想着应该是哪个和她一样怕冷的人贴的吧，正好也顺了她的意。

发完作业还剩点时间，姜温枝干脆去教室后面的图书角抽了本书。简易书架上的课外书都是同学自己带的，李正东硬性规定一人带两本。

回到座位，她随手翻了翻，发现这是本偏故事性的杂志，中间还穿插着不少星座缘分测试什么的。

姜温枝是唯物主义，打心底里不相信这些。

什么乱七八糟，都是骗人的！

她心里这样想着，右手却不自觉拿了个本子，根据书上的提示，写下两个名字，按照笔画一步步算着。

明明数学可以轻松拿满分，可就这简单的两位数相加，姜温枝都算了好几遍，得出来的缘分指数依旧都非常小。

她有些烦躁，笔尖用力，把刚算出来的数字划掉，可还是不死心，把两人的名字调了个方位，重新算了几次。

好家伙，还不如刚才呢。

看吧，她就说这些都是骗人的，不准！

姜温枝放下笔，把讲义竖起来遮住半张脸，目光在教室里扫视，精准定位傅池屿。他正坐在三组的空位上，垂眼看旁边的周漾玩游戏。

几分钟后，周漾神色狰狞地喊救命，傅池屿蹙着眉，脸上带着"你这人走位不行"的不屑，接过了游戏机。

他修长的手指在按键上飞快操作，眉头渐渐舒展开来。

瞥着顺势趴在傅池屿肩上的周漾，这一瞬，姜温枝真有些羡慕他。

月底，平安夜的到来为枯燥学习中的众人带来了不少欢乐。作为组长，姜温枝买了橘子分给组员。

曹宇硕捏着橘子打转，疑惑地问："姜同学，今天当然是要吃苹果啊，你怎么买橘子？这能有啥好寓意？"

姜温枝分橘子的手一顿，一本正经地回道："橙心橙意，心想事橙，橘祥如意。"

当然，抛开这些冠冕堂皇的词语，最直接的原因是昨天她发试卷，无意中听见了周漾和别的女生说傅池屿喜欢吃橘子。

情窦渐开的年纪，不止她们班，整个年级喜欢傅池屿的人都不少。

有的女生会毫不掩饰地表达出来，有的女生则把这份悸动小心藏起，可就算捂住嘴，喜欢也会从眼睛里溜出来。

姜温枝觉得她应该是这里面最不起眼、藏得最深的人了。

因为，她把眼睛也一并遮住了，只偷偷用余光看他。

听到组长像煞有介事地解释，曹宇硕一时竟想不到反驳的话——和学霸吵架，注定是赢不了的。

傅池屿伸手接过橘子，在手里掂了两下。

"橘子不挺好吃的？"他剥了两瓣扔到嘴里，睨了某人一眼，"你没说句谢谢就算了，还在这里叭叭得烦人。"

曹宇硕涨红了脸："我……"

他也不是这个意思啦。

听到傅池屿的维护，姜温枝顿时小脸绯红，她快速低头掩住自己的失态，把剩下的橘子发给其他人。

"砰！"

"砰砰砰！"

倏地，校园的幽静被打破，校外商业街传来一声声炸裂的响动。缤纷多彩的火树银花升高又落下，璀璨的光芒霎时点亮了黑黢黢的夜空。

　　五班窗台是绝佳的观赏点，不顾自习课纪律，同学们一拥而上，趴在窗边欣赏免费的烟花秀。

　　姜温枝也被热闹吸引，奈何去得晚了些，被挤在四五层开外。

　　她并不在意，只仰头看着如花瓣雨般坠落的烟花。

　　她正陶醉，旁边蓦地伸出一只手。瞬间，有不由分说的力量稍重地扯住了她的胳膊，她下意识要挣脱。

　　"小组长，过来，这边视野好！"

　　周围都是同学的吵闹和烟花炸开的声音，这句话传到姜温枝耳朵里并不明晰，可她还是停止了挣扎。

　　不喊名字，叫这个称呼的人……

　　只有他。

　　窗边的帘子随风晃动，轻拍在两人手臂上。漫天梦幻的焰火腾空又下坠，傅池屿唇边勾着笑，眸光灼灼地看着她。

　　姜温枝眼里顿时没了绚烂的烟火，只看得见傅池屿眼里的溢彩流光。

　　她紧攥着衣角，第一次毫不避讳视线，炙热地望进他如漆的双眸里，追逐着里面细碎的光。

　　画面就此定格。

　　仿佛整个世界崩塌，只剩他俩。

　　短短几分钟，姜温枝像过完了漫长的一生。

　　烟花易冷，转瞬即空，夜幕回归暗淡时，大家意犹未尽地回到座位。

　　班长从抽屉里拿出一桶混合水果糖，哈哈笑着说："同学们，节日快乐！班长给你们发糖吃，每组派个人来我这儿领啊！"

　　一组便由距离最近的傅池屿去领。

　　他两步跨到班长旁边，也没挑，随意抓了一把。

　　回到座位后，傅池屿把手伸到姜温枝面前摊开，撩起眼睫看她："姜温枝，你要什么口味？"

　　紫色、蓝色、红色、黄色、绿色……五颜六色的糖粒被晶莹剔透的糖纸包裹着，等待着被挑选。

　　姜温枝的眼神从紫色略过，肯定地回答："蓝色，我喜欢蓝色。"

　　"巧了，"傅池屿漫不经心地抬了抬指尖，拣了颗蓝莓味儿的递给她，嘴角弯着，"我也喜欢蓝色。"

　　"嗯，是……很巧啊。"

　　对上他清冽的眉眼，姜温枝只觉得整颗心都浸润着熠熠星光。

　　发完糖，傅池屿三两下剥开包装，把糖丢进嘴里，随手把糖纸放在了桌角。

　　虽然这硬糖里有种劣质的糖精味，但是姜温枝依然觉得这是她吃过的最甜的糖。

　　又过了一会儿，教室里仍嬉闹不止，纪律委员站起来表示她已经够宽容了，最后一节课请大家安静上自习。

话音未落，教室陡然陷入一片黑暗。

纪律委员皱眉，愠怒道："够了啊！周漾别闹了，把灯打开！"

周漾是班里最能闹腾的男生，有什么破坏纪律的事情，纪律委员自然第一个想到他。

"关我啥事儿？我这不好好坐在这里吗？"周漾弱弱的辩解声从黑暗中传来。

"确实不是他！我看外面都黑了，你看，对面的教学楼也是。"

"停电了？哈哈哈，是停电了！"

"太棒了！咱们是不是可以放学啦？"

同学们七嘴八舌地讨论起来，片刻间，不仅五班，整栋教学楼，乃至全校园里都回荡着学生冲破天际的兴奋叫喊。

趁着黑暗，众人离开座位肆意地跑闹着，走廊更是吵哄哄的，全是人。

姜温枝坐在位置上，能明显感受到身侧略过一阵一阵的风。

直到办公室的老师拿着手电筒出来，大家才慌忙跑回班级。

李正东站在五班门口，手里刺眼的光线一晃，躁动的人群骤然安静下来。

他先瞪了瞪刚喊得最大声的男生，压住怒意开口："如大家所见，电压不稳导致停电了，都收拾收拾东西回家吧！注意安全。"

班主任发话了，黑暗中再次响起沸腾的欢呼声。众人拿上书包，争先恐后地跑出教室。

走廊上霎时堵塞得不行，但大家似乎对于在一片漆黑中拥挤这件事显得格外兴奋。

不同于众人的欢欣，姜温枝从始至终都低着头，一动不动地坐着。

她有夜盲症。

这样昏暗的情况下，她看不清路，碰巧今天小夜视灯也没带。

此时外面人太多，她怕踩到别人或者被别人推倒，想等大家走得差不多了，人少一点时，再扶着墙慢慢摸索出去。

十几分钟后，周围逐渐冷清下来，外面也没了吵闹声，姜温枝才背上书包起身。

她一手摸着桌边，另一只手小心翼翼地在黑暗中向前试探。

挪了两小步后，指尖触到冰冷的门框。

她正要抬步往前走，一道熟悉的少年声音传来。

"你……一点儿也看不见？"

姜温枝一滞。

怎么，傅池屿还没走吗？

他就坐在她对面，这么点距离她都完全没感觉！这哪叫夜盲，是纯纯瞎了吧？

姜温枝身子略显僵硬，沉默几秒后讷讷道："嗯，太黑了。"

晦暗中，人的其他感官被放大，教室里显然再没其他同学了，寂静异常，两人的呼吸声都清晰可闻。

倏然，姜温枝手里被塞了个两指宽、软硬适中的棉质东西。她轻轻捏了捏，这手感好像是……

书包带？

"抓好了吗？我带你出去。"

傅池屿的气息离她很近，干净清新，像雨后的月光，疏离之下掩藏着蓬勃的温柔，给人一种说不清道不明的安全感。

"抓，抓住了。"姜温枝小声说。

寂寥的寒夜无月，阵阵朔风拉长了浓郁的黑，校园里只剩下树叶被拍打的哗哗声响。

两人脚步前后交错，并没有交谈。

大半凉意被傅池屿宽厚的肩膀挡住，只余侧面的风扑到姜温枝身上，带有冷冽的花香。

"抬脚，有三级台阶。"傅池屿忽然出声。

"好。"

走了几步后……

傅池屿："往左一点，前面有个坑。"

"一点？"姜温枝用力握了握书包带，脑海里没有具体概念，只好硬着头皮问，"一点……是多少啊？"

空气乍然沉寂了几秒。

姜温枝舔了舔唇，模糊间，她似乎听见了傅池屿懒洋洋的低笑。

须臾，他"啧"了声："大概是，我一步，你三步。"

"噢噢。"

姜温枝就这么小心翼翼地跟着傅池屿，跨过了幽暗的校门，走向亮着灯的街道。

男生清俊的侧脸轮廓伴着光亮渐渐在她眼中明晰，这瞬间，傅池屿的眸光如藏着万里银河。

姜温枝心想：为什么马路上的灯不停电……

到家后，姜温枝面上的红晕丝毫未褪。回到房间，她从口袋里掏出两张蓝色的糖纸。

一张是她的。

另一张，是傅池屿的。

反正他放在桌角也是要当垃圾丢掉的，她这样，不算是偷东西吧？

明明是一样四四方方的包装，可姜温枝一眼就能认出哪个是傅池屿的。

她坐在书桌前，用尺子抚平糖纸上的褶皱，捏起糖纸对向光线，昏黄的光晕在薄片上散开，折射出一道绚丽闪耀的彩虹。

姜温枝从书架上抽出摘抄本，仔细把它们夹在了其中一页。

一片梧桐叶书签滑落到地上，她赶紧弯腰捡起，心疼地吹了吹，也夹回了本子里。

2010年除夕，年夜饭后，姜温枝和妈妈说想给老师发条祝福短信，温玉婷爽快地把手机丢给了她。

这年，班上好多同学都有手机了，老爸姜国强也曾提过给姜温枝买一个，但姜温枝拒绝了。

手机并不便宜，她不想给家里造成额外的经济负担。

姜温枝拿上手机，平静地走回卧室。

轻手轻脚关上门后，她一个蹦跳跃上了床，360度打滚，甚至因为太过激动还发出了一阵闷笑。

姜温枝连忙捂住嘴。

她把自己埋进被子里，快速冷静下来，但右手还是止不住地颤抖，点了好几次才打开短信页面。

输入收件人电话后，姜温枝就停下了动作，只来回看这11位数字，一遍遍核对号码。

班里统计过通讯录，她记忆力一向好。

可是，给傅池屿发什么呢？

姜温枝只觉得自己参加作文比赛都没构思这么久过。

不多时，姜国强在客厅喊她出去看春晚，弟弟姜温南也跑来缠着她。

没时间耽搁了，姜温枝飞快在信息框里输入文字，点击发送。

这条信息记录她不想被温玉婷发现，可又实在舍不得删，纠结了半天，安慰自己被看见就看见吧，反正就是简单的祝福语。

她把手机音量调到最大，走到客厅，将手机放到茶几上。

电视里正播放着中央电视台的联欢晚会，主持人喜气洋洋地给大家拜年。小区里噼里啪啦爆竹声不断，接龙似的，你家放罢我家登场。

姜国强和温玉婷不时被小品逗笑，姜温南嗑着瓜子嗦着糖块也跟着乐呵，只有姜温枝心不在焉。

她的目光时不时瞥向茶几，生怕错过任何信息提示。

"叮叮叮……"

手机信号灯闪了闪。

尽管提示音开到了最大，可在电视和爆竹声的衬托下，还是显得微弱，但姜温枝一秒便锁定了它。

心怦怦跳个不停。

她佯装淡定地拿起手机，指尖哆嗦着按亮屏幕，眉间的笑意霎时停滞。

"妈，李姨给你发的祝福信息。"

"妈，表姐给你拜年了。"

"妈，移动通信祝你新春快乐。"

……………

直到零点钟声开始倒计时，主持人恭贺大家新年好，温玉婷的手机已经响了十五次。

每响一次，姜温枝的心就跟着抖一次，然后失望一次。

那个没备注的号码。

她能倒背如流的号码。

始终没回复。

她虚虚靠在沙发上，长痱子一样坐立不安，百爪挠心。

可能她真的记错了号码，发到不知名的人那里去了；可能傅池屿忙着和家人吃年夜饭，没看手机；可能他收到的祝福短信太多了，回不过来；又或许是……

傅池屿看见了，没回复而已。

不回很正常啊！要是她收到一条不认识的号码发来的短信，她也不会回的，要是骗子怎么办？

是的。

傅池屿这么做是对的，防范意识非常好！

姜温枝从各个角度设想着可能性，满脑子胡思乱想。

不想回就是不想回，不需要任何理由，就只是不想而已。

别说傅池屿不知道是她发的，就算知道了又能怎样？他们本就只是普通到不能再普通的同学啊，人家凭什么要回复？

可心情为什么会这么糟糕？仿若从万米高空跳下，又沉入了无底的深渊，没着没落的。

姜温枝眼眶红了又红，不想被家人看出异样，说了句"困了"便回了房间。

温玉婷瞥了眼女儿落寞的背影，有些奇怪，怎么感觉这孩子今晚心情不太好啊？一晚上魂不守舍的。

"妈妈……"姜温南从旁边凑了过来，脸上堆着讨好的笑意，"妈妈，我想玩会儿手机行不行？"

温玉婷掐了掐儿子白胖的脸，无奈道："就玩十五分钟啊，然后去睡觉！"

"耶！妈妈最好了！"

姜温南虽然才上一年级，但手机摸得门儿清，熟练地解锁找到游戏。

刚开局没多久，页面弹出了一条新信息。

他还不太认得字，但他知道这个突然跳出来的消息让他的小熊被打死了。

姜温南不满地哼唧两声，在页面上随便点了两下，继续玩游戏。

大年初一一早，姜温枝醒来的第一时间就去客厅看手机。她上下翻了半天，只觉得一股气堵在心口，压得人喘不上气。

她快步走到厨房，疾声问："妈，你怎么把我信息删了啊？"

一开口，才发现嗓子沙哑得像在 KTV 连续唱了三天歌没停歇。

正做早饭的温玉婷听到这话觉得莫名其妙："没啊，我删你信息干吗？"

她边说边转头，被女儿的样子吓了一大跳。

姜温枝光脚踩在地上，眼圈红得吓人，耷拉着眉，像受到了莫大的委屈。

温玉婷嗔怪道："你这孩子，不凉吗？快去穿鞋。"她想了想，又补充，"短信……可能是你弟不小心碰到了。"

不就是条信息嘛，又不是多大事，她敷衍着："你再发一条不就行了？"

姜温枝沉默着把手机放下，失魂落魄地回了房间。

她反复想了很多遍，号码没有错，傅池屿确实没有回复信息。

那她连再回复的资格都没有了。

哪有人连续发两条祝福短信的？

想到自己昨晚酝酿了半天才发了一句话，姜温枝很后悔。早知道应该多写一点的，来个四百字小作文就更好了。

她想把全世界最美好最俗套的祝福都送给傅池屿。

> 2010 年 2 月 13 日 20:30
> 傅池屿，新年快乐啊！祝你平安好运，万事从欢。希望你此后满路携花，所遇之人皆为良善。
> 2010 年 2 月 14 日 0:35
> 谢谢，新年快乐。

玩游戏被打扰的某位小朋友嘟着嘴，胖乎乎的手指一划。

——您要删除此对话吗？

删除。

2010 年仲夏。

酷暑炎炎，除了闷热，午后的时光还是很惬意的，微风带着清甜的花香从窗外袭来，有一下没一下地撩着浅色帘子。

五班的同学正安逸地午休。

姜温枝环顾一圈，见大家都垂着头，放下心来。隔着两摞课本，她的眸光柔柔地落在了傅池屿身上。

他正弯着脊背趴着，脸埋在臂弯里，耳朵上还挂着白色耳机线，应该是陷入了沉睡。

前门大敞开，阳光斜照进来，明亮的光线勾勒出他清瘦流畅的背部线条，连发梢上都染着碎碎的流光。

姜温枝轻抬手腕，指尖停在他投在桌面的影子上，细细描摹着轮廓。

静谧安宁，岁月无限好。

上天啊，就让时间停在这一刻吧！别往前走了。就这样，一直到尽头。

她就能一直离他这么近了……

"丁零零……"

下午第一节课的预备铃猝不及防地响起，打破了姜温枝美好的幻想。欲哭无泪的同时，她连忙坐直了身体。

事实证明，她不是造物主，没有任何控制天地乾坤的能力，她只是一个患上妄想症的青春期少女。

铃声扰眠，大家接连从梦中惊醒。

傅池屿懒懒起身，狭长的眼尾微眯，睡意蒙眬地问："小组长，第一节什么课？"

"体育。"

下午一两点是太阳最毒的时候，上体育课已经够惨了，更悲催的是，这节课还要测长跑。

女生八百米，男生一千米。

姜温枝的体能一般，主要看临场发挥，体育成绩每次能在中间位置就很不错了。八百米对于她来说是不小的挑战。

每次跑步，她时刻谨遵老师的教诲，匀速呼吸，起步别太快，保留体能，蓄力最后冲刺。

穿过半个校园来到操场，深红色塑胶跑道在太阳炙烤下，幽幽地散发出一股难闻的气味，熏得姜温枝头疼。

这还没开始跑，她就要窒息了。

体育老师征求了大家的意见，本着"女士优先"的传统美德，决定让男生先跑！

二十几个男生甩下校服外套，跨上跑道一字排开，随着体育老师哨声令下，开始往前冲跑。

姜温枝抬手遮住太阳，半合着眼，望向跑道上遥遥领先的少年。

他怎么不按照套路来呢？从起步开始就跑得飞快。

操场上一群穿着蓝白校服的学生，可姜温枝眼里只看得见傅池屿。他颀长的身形快速拉动，额前碎刘海被风勾起，眉梢透出肆意和轻狂。

到冲刺阶段，好多人佝偻着身子，步伐沉重，可傅池屿神色依旧轻松，率先冲过了终点。

体育老师按下秒表。

2分50秒。

满分。

等最后几名男生过线，老师登记好成绩，就轮到女生上场了。

男生看女生跑步，应该和女生爱看男生打篮球是一个性质的。气都没喘匀的五班男生们东横西倒地坐在操场边缘，给女生加油。

姜温枝把鞋带紧了紧，站在了跑道内侧。

她不敢抬头，只用余光在人群中搜寻着那双蓝红色的运动鞋。

"哔——"

听到哨声后，女生甩着马尾奔跑起来。

前面半圈，姜温枝按照节奏迈着脚步，均匀地吐气呼气，还悠悠感叹自己这次状态不错。

一圈下来，眼睫前像有个水帘洞，雾气朦胧的。她抬手拂过鼻尖，指腹沾满了亮晶晶的水意，气息开始不稳。

第二圈的三分之一时，熟悉的头昏脑涨虽迟但到，手脚麻木着不听使唤，胸闷气短，仿佛下一秒就能直直地栽在地上。

后面的女生三三两两超过了她。

姜温枝的心脏猛烈叫嚣着，一下下砸着她的胸口，想破土而出。喉咙里更像是堵了块石头似的，进气儿少，出气儿更少。

她现在的面目一定狰狞极了，拿相机拍下来能挂在门上辟邪的那种。

要死了要死了，为什么还没到啊？

中午吃得太饱，有点反胃想吐！

救命……有没有好心人帮她打个120，谢谢啊，好人会有好报的，祝你一生平安……

老师！要是她昏倒在跑道上，能不能让班上最高的傅池屿同学背她去医务室啊？这样说不定她还能抢救回来……

姜温枝脸色煞白，手紧紧攥着领口，给自己一个支撑点，唇一张一合，重复默念三个字：

傅池屿。

仿佛有魔力般，在这样虚幻的安抚下，心跳竟真的平缓了不少。

她咬紧牙关往前冲。

"姜温枝，"体育老师掐表报时间，"3分33秒。"

然而，此刻的姜温枝同学已经目眩耳鸣，完全听不到任何声音了。跨过终点线后，她脚一软，瘫倒在地，只觉得天旋地转。

跑道上的橡胶颗粒有点烫，有点麻，可姜温枝顾不上这些。

她两手撑在地上，如濒死的鱼，仰头大口喘息着，灼热的阳光刺得她眼里蓄满清泪，争先恐后地往外溢出。

体育老师登记完成绩，看向旁边因为脱力而排排坐的女生们："刚跑完，别坐着啊，都起来走一走！"他吹了两下哨子，像赶小鸡一样挥手。

无人响应他。

体育老师把目光斜向旁边松松垮垮的男生们，竖眉冷声道："发挥下绅士风度行不行？没见女生坐地上吗？扶起来啊！"

这群小伙子咋这么没眼力见儿呢？

姜温枝坐在地上缓了三五分钟，终于能正常呼吸了。她双手交叠，拍了拍发红的手心，正要爬起来，胳膊猛地被人一搀。

她趁势借力站了起来。

一道阴影覆盖上来，随后，姜温枝手里被塞了一瓶矿泉水。

"缓缓再喝。"

炙阳火辣辣地刺在两人身上，姜温枝眨眼看向来人。

可能是刚刚跑得太快了，脑子还没追上来，她没有任何思考就脱口而出："为什么？"

傅池屿清亮的眸子微闪，似乎被她的话问住了。片刻，他懒散地扯了扯唇，像是在解释："运动完，最好不要立刻喝水。"

姜温枝愣了，这是常识，她自然知道。

不过自己刚刚的话确实指代不明，存在歧义。她不是问为什么要缓缓再喝水，想问的是为什么要给她送水。

姜温枝还没自恋到觉得傅池屿对她与众不同，两人虽一个组半年了，但还保持着平淡如水的同学关系。

或许他只是发挥绅士风度，随意挑了个女生照顾。

可她又忍不住去想，班里这么多女生，为什么偏偏选中她呢？是不是她也有那么一丢丢的不一样？

姜温枝头脑风暴不停，嘴巴倒是一贯老实："嗯，谢谢你呀！"

谁知她郑重其事地道谢后，傅池屿笑得更欢了，挑眉瞥她："小组长客气。"

盛夏蝉鸣不止，操场更像个蒸笼一样，热浪阵阵袭来，鼻息间都萦绕着黏稠，让人汗珠直冒。

傅池屿校服扣子解了两颗，锁骨凸显，没说话，喉结却上下滑动了两下，姜温枝心虚地避了避目光。

他送完水也没有急走，就这么舒展身姿站着，替她遮住了大半烈阳，让她目光所及，皆是他。

姜温枝抿了抿干涩的唇瓣，低头拧瓶盖。

手腕还处于使不上劲儿的状态，本以为要借助衣摆增加一下摩擦力，谁知，瓶盖本就是松动的状态。

一秒就打开了。

可这分明是新的矿泉水啊。

那只能是傅池屿提前拧开的吧？

姜温枝眼睫微微抖动，小口吞咽着。

2010 年初秋。

姜温枝最近长高了不少，换上了初二的校服，位置从前排调到了倒数第二排。

是的，经过一学期的实践证明，小组学习失败了，这样的 PK 模式并没有促使成绩中等及中等偏下的同学进步。

校长无奈终止了改革计划，宣布还是按照传统的学习方式来。

其实，除了校长、主任、老师，其他人还是挺喜欢小组的。

这"其他人"，自然是指学生。毕竟面对面坐，不管上课还是下课，大家聊起天来都很方便！

校长的铁杆粉丝姜温枝同学，在换位置那天毅然决然脱粉了，但不回踩，毕竟小组期间，她还是受益良多的。

大家好聚好散。

她现在已经是李正东的头号粉丝了。

因为李正东把她安排在了傅池屿的前座。

姜温枝从没肖想过傅池屿同桌的位置，能坐在他前面，已经是天大的好事了。

可人总是贪心不足的，坐了没两天，她便悲催地发现，世界上最遥远的距离，就是前桌到后桌。

坐在他前面根本没用啊！

老师都不爱点傅池屿回答问题，姜温枝能转头的机会寥寥无几。

也就是每次听写单词的时候，英语老师袁茜茜会找几个人上黑板默写，台下的同学就要一致转身背对着讲台。

每天这五到八分钟的默写时间，是姜温枝最期待的。

她可以正大光明地转身，然后看向傅池屿的后脑勺。

她的生活除了学习，就是发呆。

姜温枝多希望自己能再长高一点，这样的话，下次调位置她就能坐在傅池屿后面了。

可这个愿望实现概率为零。

某天，姜温枝洗完脸后，惊喜地发现自己不仅长高了，原本苍白瘦削的脸上还多了些粉色，眼睛也亮亮的，很有神。

整个人看起来比之前顺眼多了。

她开心地多吃了个包子，背上书包出门。

秋意凉爽，天光微亮，街道笼罩在一片雾茫茫之中。

姜温枝迈着欢快的脚步进入校园，一栋栋教学楼孤独地矗立，楼间还没亮起几盏灯。

她走进教室，打开灯，打开饮水机，然后把教室的窗户全部推开通风。熟练地做好这些，她坐到位置上，放下书包，转身看后面傅池屿的桌子。

一如既往的整齐。

只是不知从哪里掉落了些灰色颗粒状的东西，散在桌面，破坏了这份干净的美感。

姜温枝蹙眉，从口袋里掏出纸巾，把傅池屿的桌子擦得干干净净。把纸团扔进垃圾桶后，她打开英语书开始背单词。

这两天，袁茜茜干脆直接抽几人去后面的黑板上默单词。姜温枝写得快，每完成一个，便回过头看向老师，余光自然地扫向角落。

其实最开始的时候，袁茜茜定的规矩是：谁想主动默写，拿粉笔上黑板就行。

姜温枝在课堂上属于那种甚少主动发言的学生，也就是在遇到难题时，老师会点她的名。可每次英语默写，不同于大家的能避则避，她总是第一个响应上黑板。

姜温枝的正确率百分之百，旁边的人总抄她的。

几次下来，袁茜茜便收回了自由上台默写的权利，自行点名。

姜温枝希望今天老师能叫到她，她已经知道自己的不足了，会"适当"地错两个单词的……

沉浸在背书中，她并没注意到班主任进了教室。

今天早上轮到李正东值班，在办公室吃完早饭后，他拿上一个纸盒子往五班走去。

一层楼都暗淡着，就拐角处的五班亮着灯。

推开门，偌大的教室里只有一个人——后排角落里坐着的姜温枝。

这个画面李正东早就习以为常了。

要不人家小姑娘能稳坐第一呢？聪明就罢了，更难得的是刻苦勤奋，每天都是第一个来，最后一个走。

这份坚持十分难得。

李正东动作轻缓地拆开手里的盒子，拿出时钟，打算挂在教室里。

他在讲台上转了两圈，犹豫着是挂在前面还是后面。

放前面的话，他怕同学们上课时目光会一直盯在时钟上，容易走神。挂后面好像不错，只要谁回头看时间，老师都能发现……

姜温枝从书本中抬头，忽然发现班主任站在讲台上。

她礼貌地打招呼："李老师早上好。"

李正东笑呵呵地问了两句日常的话，顺便提了句："姜温枝，你看这个钟挂在前面还是后面好啊？"

姜温枝："后面！"

清脆坚定的声音像开了倍速，在安静的教室里格外鲜明。

说完，她的脸霎时红了，后知后觉地懊恼是不是回答得太快了，怎么着也要假装思考几秒钟啊。

司马昭之心啊……

李正东本来也属意挂后面，见她这样说，更确定了自己的想法，搬着椅子，利索地把钟挂了上去。

摆正后，他矫健地从凳子上跳下来，拍了拍手，离开教室。

姜温枝缓缓转过身，眼神跟着秒针转动了一圈。

早起的鸟儿真的有虫吃！

机会都是把握在自己手里的！

她又多了一个回头的理由。

姜温枝默默给自己和李正东点了个赞。

半小时后。

班里同学陆陆续续进了教室，大部分人一脸没睡醒的样子，手里还拿着各式各样的早饭。

傅池屿一向是踩着上课铃来的，今天也不例外。

一年过去，他褪去了几分青涩，五官线条初显，利落流畅，只是眉眼间还携着轻狂不羁。

今早有雾，傅池屿发尾挂着细小的水珠，侧脸清瘦白皙，走路时微合着眼帘，带了点似醒非醒的懒意。

自从小组撤销后，尽管两人是前后桌，可除了收发作业，姜温枝基本上没和他说过话。

可比起那些只能在课间假装路过五班门口的女生，她已经非常非常幸运了。

知足常乐是传统美德，她得继承并发扬光大。

然而，姜温枝没想到，她还能有更好运的事情！

下午放学前，李正东拿了一沓黄色粉色的纸条进了教室。

本以为班主任又要开思想教育课，五班全体一阵哀号，面带不满地坐在凳子上。

"肃静！这周六下午三点，学校组织大家看电影，地址在光芜电影院。

"班长，来！帮我把电影票发下去。座次好像是打乱的，但我们班都在一个区，倒也无所谓，都一样！"

李正东言简意赅地说完来意后，班里陷入尖叫狂欢。只要不谈学习，聊什么都很开心，更何况是看电影了。

教室屋顶岌岌可危。

姜温枝拿到了一张黄色的票，五排七座。

至于电影的名字……

她把票根往眼前凑了凑，确认自己没看错。

《梦想，想梦》。

这名儿，单刀直入，简单粗暴。

还没看，她就能猜到百分之八十的剧情：主人公坚持不懈，排除万难，最终实现了自己曾遥不可及的梦想。

果然，学校集体观赏的电影千篇一律，没劲儿。

姜温枝随手把电影票折了两下，往笔袋一扔，正要写试卷时，后方传来了周漾高亢的叫声："八排二座啊！太靠后了吧？傅哥，你呢？说不定咱俩还坐一起呢！"

姜温枝没出息地竖起了耳朵。

"五排六座。"傅池屿懒洋洋地回道。

五排……六座？

她没听错吧？

没有！

姜温枝眼睫掀了掀，目光飞快浮动着。她一把丢开手边的试卷，小心翼翼地从笔袋里捏出那张电影票，深吸一口气，缓缓展开。

五排七座。

她五排七座！傅池屿五排六座！

四十八张打乱的电影票，四十八张啊，他们俩居然连座。

这不是命中注定的缘分还能是什么？

姜温枝从眉梢到嘴角都翘起弧度，为自己刚才敷衍潦草的行为道歉后，虔诚地把电影票放在了里侧口袋，态度恭敬得像对待中了五百万的彩票一样。

接下来的几天，她的心情可以说是非常美好！

不管是在学校还是在家里，脸上时刻洋溢着喜色，洗澡时嘴里还哼着歌。

那张电影票也被她谨慎地夹在本子里，每天早晚都要拿出来欣赏一番，并以最高的亲吻礼仪来对待，表示尊敬。

周五晚上回到家，姜温枝把衣柜翻了个乱七八糟。

只要是这个季节能穿的衣服，她基本上都试了个遍。冷风瑟瑟的秋天，她身上还出了层薄汗，可丝毫不觉得累。

平时在学校都是穿统一的校服，很少有穿自己衣服的时候，同学们总怨声载道，说自己的青春被丑丑的校服耽误了，每个人穿得都一样，还怎么凸显自己的个性和不同？

这话，姜温枝极不赞同！

谁要说校服丑，她第一个不同意，甚至愿意以此开展个辩论会，例子还是现成的——

你看人家傅池屿就把校服穿得朝气蓬勃，很元气啊！一身蓝白色衬得他身形笔挺修长，满满的少年感。

课间、跑操、小卖部，如复制粘贴的人群中，姜温枝的目光总能快速定位傅池屿，哪怕只是个背影。

他在人海中耀眼得会发光。

选好要穿的衣服已经快十二点了，姜温枝把杂乱的衣柜整理好，盘腿坐在床上，抱着枕头傻笑。

明天见到傅池屿，该怎么打招呼比较自然呢？

——"傅池屿，真巧，你也来看电影吗？"

这不是废话吗？整个电影院被风斯一中承包了好吗？

——"傅池屿，是你坐在这里啊？好巧。"

不行，依旧是废话。

——"我们好有缘分啊，傅池屿。"

醒醒，你这说的什么虎狼痴话呢？

那等电影结束，又该怎么抓住机会和他聊两句呢？

——"傅池屿，我觉得这个电影还不错哦！你觉得呢？"

轻拍着快烫熟的脸，姜温枝要被自己蠢哭了。

就这电影名儿，能好看到哪里去？

别让傅池屿觉得你审美低级好不好？

——"傅池屿，能和你坐在一起，什么电影都好看……"

天高露浓的夜色渐深，苍穹之上浓云密布，不见月光。

抱着甜蜜的期待，姜温枝唇边勾着笑意，慢慢合上双眼，沉沉睡去。

周六。

下午三点开始的电影，二十分钟的车程，不到一点，姜温枝便背着书包出了门。

下了公交车后，她先去附近的商店买了些零食，又拿了两瓶水，把粉白色的书包塞得鼓鼓的。

她到达电影院门口的集合点时，还只来了零星几个学生。

今天没太阳，阴沉沉的乌云让本就萧瑟的氛围越发寒凉，一地风干了的黄叶被人踩得发出"嘎吱嘎吱"的声响。

姜温枝穿了件娃娃领白衬衫，外面套着件圆领毛衣，下面是条浅色牛仔裤，平时扎着的马尾也散开了，偏黄细软的长发刚好垂到腰间。

出发时，她在镜子前站了好久，怎么看怎么不满意。

从长相到穿着，每个细节都能挑出点毛病，可不管是整容还是回炉重造，时间都来不及了，她只好出门。

风着实有点大。

姜温枝找了个宣传海报立牌，缩着身子站到了后面。

她双手搭在胳膊上把自己抱住，右脚在地面轻轻划着，头从海报后面探出，在渐多的人群中扫视着。

许久过后，集合点站满了人，那道熟悉的身影还没有出现。

两点四十五分。

电影院开放了观影通道，姜温枝顺着人流往影厅走的同时，继续回头找寻。

坐到了五排七座上，她前后看了看，都是班上的同学。此时电影还没开场，大家亲亲热热地聊着天。

五排六座的位置始终空着。

傅池屿会不会路上堵车了，或者是记错了时间？

姜温枝安慰自己，傅池屿一向踩点，再等几分钟他应该就会出现的。

可直到影院顶部的照明灯熄灭，大屏幕亮起来，她还是没等到他，倒是有一道黑影弯着身子从五排一座往她这边挤。

光线极暗，姜温枝夜视能力又弱，可她一眼就知道来人不是傅池屿。虽然这个男生也挺高的，但轮廓没有半分相似。

来人在她左手边停了两秒后，竟稳当地坐了下来。

姜温枝眉头下压。

这人哪里来的？怎么堂而皇之地坐在傅池屿的座位上？

男生看起来和她一般大，长得也眉清目秀，但人不可貌相，他一定是半路打劫了傅池屿的电影票。

或许是被她灼灼的目光震慑到了，男生转头看她："同学，你盯着我好久了。"他抬手指向前方，俏皮地笑，"屏幕在前面。"

姜温枝低声说："你不是我们班的。"

她的意思很明确，这个座位，这个时间段，不该坐着一个陌生的他。

男生往她这边侧了侧身子："对啊。"他脸上勾着酒窝，"我一班的，我知道你，姜温枝。"

套什么近乎？

她并不在乎他是几班的好吗？

她只想知道傅池屿去哪里了。

"我旁边应该坐着我们班的同学！"姜温枝向来温暾，说话也常迂回，可这次没了耐心。

怕打扰旁边同学观影，两人说话都压着声音。

见她一副追问到底的架势，男生细长的腿屈了起来，招了招手，示意她靠近一些。

姜温枝眼尾上挑，可还是侧着肩膀停在了一个安全的位置。

"同学，别那么较真啊！我呢，日行一善罢了，你们班傅池屿找我换的票。"

距离较近，男生的声音清楚入耳，语气中还有些欲言又止的意味深长。

这个解释比姜温枝设想的打劫抢票更合理。

傅池屿自愿换的就好。

姜温枝僵硬地挺直了身体。

影厅里除了电影自带的音量，还不时有窃窃私语和撕包装袋的声音，这些声响在她耳边逐渐放大。

傅池屿为什么要换票啊？

是不想……不想和她坐在一起吗？

这也说不通啊。

她没有和别人说过自己的位置，傅池屿应该不知道旁边的人是她。

那是为什么？

两个半小时的电影，姜温枝就这样干巴巴地坐着，手里捏着书包带，目光涣散地看着屏幕。

一段充满教育意义的主角独白完毕，影片结束，大银幕上开始滚动演员表和鸣谢。

姜温枝满心欢喜了几天的电影，就这么潦草结束了。

昏暗的影厅里灯光豁亮，乍然袭来的强光十分刺眼，姜温枝有些不适，闭上眼睛缓了缓。

坐在里面的同学的催促声传来，她像个提线木偶，背上书包缓慢起身，歪歪倒倒地往外走。

出了影厅，她找了个工作人员问路，往厕所方向走去。

洗手间设在影院外面，姜温枝脑子骤然记不住事儿，忘了刚刚人家指的方向，盲目地七拐八拐。

秋天天黑得早，夜色已经暗淡，风吹得树枝沙沙响，黄叶铺了一地，不知名的虫鸣声渐唱渐衰。

凉风掠过脸庞，她不禁打了个冷战。

好在她看到了洗手间的标志，门口正有十几个女生排长队。

姜温枝并没有很强烈的需求，也没心情在这儿浪费时间，干脆往左边花园走去。

那儿有个侧门，出去就是马路，她下午就是从那里进来的。

该怎么说呢，如果时间能逆转重来，如果上天再给她一次选择的机会，她希望自己此刻可以离这个花园，离得远远的。

能离多远就离多远。

这辈子她都不会再来这家电影院了，甚至这条街道，她都再不想踏足。

姜温枝思绪一片茫然，不知道自己是怎么走到站台的，居然还坐对了回家的公交车。

她头靠着后排车窗，视线凉薄地落在外面的街道上。霓虹灯牌璀璨，车辆行人匆忙，小吃店烟火气不断，人间百态从她眼前快速划过。

慢慢地，她的倒影在窗面上变得朦胧，糊了层薄薄的水汽。

姜温枝抬手覆上眼睛，有温热的湿意，但不是晚间的雾气。她肩膀微微抖动，极力咬着唇，不让一丝声音泄出。

到家门外了，姜温枝把钥匙插进门里，可浑身酸软，连转动把手的力气都没有。

停了两分钟，门从里面打开了，温玉婷和姜国强疑惑地看着她。

孩子高高兴兴出门去，怎么回来这么狼狈？发丝乱糟糟的，眼睛红肿着，脸上还依稀看得见泪痕。

姜国强以为女儿受欺负了，连忙拉过她，浑厚的嗓音透着急切："枝枝，和爸爸说怎么了？和别人打架了？"

姜温枝神志清醒了些，扯了扯唇，哑着嗓子："电影……太感人了……"

夫妻俩这才松了口气，对视一眼。

果然是孩子啊！同理心太强了！

温玉婷接过女儿沉甸甸的书包，放到旁边的椅子上，随口问道："这次你们看的是什么电影啊？"

姜温枝不仅不知道电影讲了什么，而且连名字都不记得了。

她敷衍了两句便回了房间。

关上门后，姜温枝贴着门框，身体无力地滑落，就这么抱着膝盖坐在地上。

是从什么时候开始的？

前两周，课间便总不见傅池屿。

怪不得最近他脸上多了些更明媚的笑意。

换电影票……应该也是为了那个女生吧？

在光芜电影院旁边的花园里，黄澄澄的路灯下，站着一个男生和一个女生，两个人之间的氛围是那么和谐。

姜温枝第一次觉得只看背影就能认出一个人这件事糟糕透顶。

她内心慌乱无比，脑子里迅速否认，一定是光线太暗，所以她认错了。

可当她的目光落到男生白蓝色的鞋子上时，就再也找不到任何开脱的理由了。

没错啊，就是他。

傅池屿。

怪不得说起换票，那个一班的男生语气暧昧又不着调，原来是这样。

那一刻，姜温枝仰着头，试图在乌黑的夜空中找到打雷闪电的痕迹。

她额头青筋一下一下地颤着，心脏强烈收缩，全身酥酥麻麻的，这分明是遭受了电击的症状啊！

确认夜高气清，身体真的没有受到任何自然界的伤害后，她落荒而逃。

姜温枝后背牢牢挤压着坚硬冰凉的门板，鸦羽上挂着晶莹，眼泪更是像珍珠断了线一样滚落。

原来，傅池屿也会有那样热烈的眼神，看着别的女生的时候。

周一，赵礼要求大家就周六看的电影写一篇观后感。

晚自习，姜温枝握着笔，迟迟未动。

昨天早起她便有些发热，意识模糊不清，喝了药后在床上浑浑噩噩躺了一天。

恍惚间，她开始有种自己从周六就已经发烧了的错觉。

所以，一切都是假的，是她幻想出来的，是她心底最恐惧的梦魇罢了。

她用这样拙劣苍白的话哄着自己。

姜温枝晃了晃头，把脑子里乱七八糟的东西丢掉，静下心来写作文。

虽然不知道电影讲了什么，但万变不离其宗，从电影片名入手，围绕梦想来写，总不会跑题。

教室里白炽灯光线亮堂，黑色水笔在本子上平缓移动，不多久，作文的框架就出来了。

忽然，一道影子从她头顶上方覆盖下来，瞬间又消失，接着，两颗精致的糖果掉落在她桌面上。

姜温枝笔尖一顿，缓缓回头。

她这次不是看后面的钟表，而是直接对上后桌的傅池屿。

他声音轻快，挑着眼尾看她："小组长，请你吃糖！"

听到这个称呼，姜温枝烦躁不已。她想说，我早不是你的组长了，你能不能好好叫我的名字？

可傅池屿双眸里满是盈盈笑意。

他是真的很开心。

可这个糖，姜温枝不是很想吃。

她想还回去，但手腕就是抬不起来。

没等她动作，傅池屿倒是从座位上站了起来。周漾扯着嗓子不满道："傅哥，不陪我打游戏了？有异性没人性啊！"

傅池屿没回头，径直出了教室。

周漾拦人失败，趴在桌上嘟囔："我早说了，人家女孩不会平白无故送温暖的……"

姜温枝收回目光，继续写作文。

第二节晚自习，李正东背着手来五班巡视。

聊天吃零食的同学反应极快，或假意讨论问题，或拿着笔伏在桌上随意哗啦两下，摆出认真做题的姿态。

李正东走到教室最后一排，来者不善地拧眉："傅池屿呢？"

"哎？刚还在啊，一眨眼人咋没了？"周漾演技爆发，装模作样地往旁边看了看，一脸纯真地猜测，"噢，八成去厕所了。"

李正东当了十几年班主任，经验老到，哪是这么好糊弄的，正要发作，周漾简直影帝附体，直接抬手指向斜前桌："老师，不信您问姜温枝啊。"他自信地摇头晃脑，"她的话，您总能信吧？"

姜温枝一愣。

前几排的同学哪有真的在学习的，视线全投过来凑热闹。

姜温枝不知道周漾哪儿来的底气，居然拉上她一起扯谎骗老师。他怎么能确定她一定会帮忙呢？就不怕戏演砸了？

这两秒钟里，无数邪恶的念头从她心里闪过。

报告老师，傅池屿没去厕所，是去别的班了。

老师，他最近常翘自习课。

老师，傅池屿和一个女生走得很近，您管管他吧！

…………

姜温枝从不知道自己还有如此卑劣恶毒的一面。

可最后，她捏了捏手里的糖，咬着唇点点头："是的，傅池屿去厕所了。"

她对不起老师的信任。

李正东离开后，姜温枝把糖果放进了口袋里。

舍不得不吃，又舍不得吃。

晚自习快放学时，傅池屿才回来，周漾大力吹嘘着自己怎么临危不惧地圆谎。

当然，他也没忽略姜温枝的功劳："傅哥，你可得多感谢人家姜温枝啊，不然老李哪那么容易善罢甘休！"

傅池屿的眼神在前方女生纤细的背影上打转，敲了敲她的椅背。

姜温枝漠然转头。

"姜温枝，谢谢啊！"

他终于叫了她的名字，完整的名字，可为什么是为了这种事情？

姜温枝面无表情地摇头。

场面一度有些尴尬，傅池屿随意挑了个轻松的话题。

"糖好吃吗？"

听他这样问，姜温枝神情松动了些，想着怎么回答比较好。

傅池屿又说："她嫌酸，吃了一口就吐了，非让我丢垃圾桶。"

中国语言博大精深、源远流长。

"ta"能解释为"他""它""她"。

可以是他的男生朋友，可以是他在校园里遇到的流浪猫流浪狗，可以是……

姜温枝不想再找理由了。

"她"就她吧。

挺好的。

姜温枝眨了眨眼，把苦涩的泪感憋了回去。

"是啊，是挺酸的。"她弯唇浅笑，神色轻松，"我也扔了。"

口袋里的糖散发出烫人的热度，像是在嘲笑她粗糙不堪的谎言。

骗了他，却骗不过自己。

2010年冬至。

气温零下的同时，暮山市迎来持续多日的暴雨天气，雨水绵绵无期地下着，给上班上学的人带来不便。

风斯一中是老牌学校，地势低，排水系统老旧，几天下来，校园里便三步一个"小池塘"，积水还都很深。

学生两套校服根本换不过来，这套洗了还没干，那套就已经湿透了。

总不至于让学生穿着湿衣服上学，年级主任宣布，最近没有校服换了可以穿常服，着装得体整洁就行。

无数学生振臂高呼，正大光明不穿校服的日子终于来了！

于是，近期校园内服装出现了两极分化，一大半同学每天穿得花里胡哨的，从颜色到款式个性十足，另一小半仍坚持穿校服，反正每天都得淋湿，校服料子厚，权当雨衣了。

周三。

小雨淅淅沥沥地下了一天还没停，气温又低，冷飕飕的风吹得人缩手缩脚。

晚上放学，姜温枝举着伞，贴着路边小心翼翼地走着，一辆汽车飞速驶过，尽管她立刻把伞挡在身前，仍被溅了一身水。

流年不利，诸事不顺。

最近真的是倒霉他妈妈给倒霉开门，倒霉到家了。

她回到家，把湿漉漉的校服脱下来，先冲了个热水澡。

从浴室出来，姜温枝头上裹着干发帽，正要把校服塞到洗衣机里，突然想起另一套校服今天早上刚洗。

她快步走到阳台。

衣服挂了一天，仍是湿的，只能说不滴水了。

一套洗了没干，一套脏了没洗……姜温枝果断把刚换下的那套脏衣服塞进了洗衣机里。

她把没干的那套拿到房间里，悬了根绳子挂在床边，想着一夜过后，应该能干吧。

翌日早晨。

姜温枝比闹钟先睁眼，从温热的被窝里伸出手，摸向床前的校服。

干了七八分。

她丝毫没犹豫，把衣服取下来，套在了毛衣外面。

饭桌上，温玉婷无意碰到了女儿的袖口，深深皱眉头道："枝枝，校服这么湿，你怎么还穿着啊？不是说最近可以不穿吗？"

这个天气，风一激，可不得感冒吗？

温玉婷伸手要把她的校服脱下来。

姜温枝连忙护住拉链，拿起书包就往门口跑："妈，我就穿校服了。妈妈再见！"

"再喜欢也不能拿自己的身体开玩笑啊！你给我回来……"

不等温玉婷说完，姜温枝就关上了大门。

她喜欢校服，不是因为她审美独特，而是这是她现在唯一能和傅池屿保持同步的东西了。

今早没下雨，凛冽的寒风像刀，刮在脸上生疼。姜温枝周身置于寒冷中，垂着头恹恹地往学校走去。

到了教室，她开灯，开饮水机，开窗，然后坐下，掏出课本——每个上学的早上都重复着相同的动作。

人慢慢多了起来，阵阵读书声中，傅池屿踩着铃声进来了。

姜温枝不经意投去目光，暗淡的眸子忽然一亮。

今天班里的同学都穿了日常的衣服，只有她和傅池屿还穿着校服。

她不知道他坚持穿校服的原因。

但是，无论为什么，今天一整天都只有他们俩穿着同样的衣服。

姜温枝的眸光一直跟着傅池屿，敛在课本后面的嘴角不自觉勾起。

傅池屿把单肩包摘下挂到椅背上，拉开校服拉链，懒散地坐了下来。

周漾正大口啃着手里的包子，瞅了眼旁边人的穿着，点评道："傅哥，你啥怪癖啊，就你一人天天穿着丑不拉几的校服！"

周漾嗓门一向大，姜温枝自然能听见。

她眼尾微抬，极浅地笑着。

谁说就他一个人？不是还有她也穿着呢吗？

姜温枝挪动椅子，肩背往后靠了靠，想听听傅池屿的回答。

他今天心情似乎不错，声调上扬着，轻快中透着笑意："这叫情侣装，懂吗？"

周漾差点被包子噎死了，猛灌了两口豆浆，捶着胸口："咳咳咳……一大早的，我真是服了……"

同样差点被噎死的还有姜温枝。

她是真的要被噎死了。

她一直躲在阴暗的角落里，偷偷仰望着不属于她的光，遮羞布骤然被揭开，只剩尴尬和难堪。

跳梁小丑一般。

指尖掐着透着潮气的校服，她突然好想笑。

姜温枝，这样的你，真的令人生厌。

一整天，姜温枝把所有精力都放在了学习上，进入了忘我的境界，厕所都没去两次。

放学后，她耷拉着脑袋，萎靡不振地回了家。

见女儿神情疲乏，温玉婷摸了摸她的额头。

穿了一天湿衣服，还好没发烧，只是衣服在身上闷干，有一股难闻的馊味儿。

姜温枝换好拖鞋，回房后立刻飞快地把校服脱了下来。

脱得太猛太急，拉链勾上了一缕头发。

她解了半天，谁知越缠越紧，扯得那块头皮隐隐发疼。

心情越发烦躁不安，姜温枝抄起桌上的剪刀，"咔嚓"一声，直接剪断。

她把换下来的衣服狠狠塞进洗衣机，再不回头看一眼。

洗漱完毕，姜温枝坐在书桌前，拿出了一套新的试卷展开。

已经深夜，可她全无睡意，头脑比白天更清醒。

只想学习，只能学习。

"咚咚咚！"

温玉婷敲了敲门，笑着把一套干得透透的校服拿了进来。

刚从取暖器上取下来的衣服还带有热意。

姜温枝喉咙发痒，泪珠难以抑制地顺着眼角滑了下来，哽咽道："谢谢妈妈……"

"妈，我不喜欢校服了……我明天，可不可以不穿它……"

2011 年 2 月，除夕。

姜温枝拿着姜国强的手机，输入 11 位数字后，发了条信息。

2011 年 2 月 2 日 20：30

傅池屿，新年快乐。

她快速发完后便放下了手机，全程加起来不超过一分钟，然后倚在沙发边沿，膝盖上放着靠枕，专心致志地看春晚，没有再像去年那样刻意地等着回信。

节目正进行，她起身去了趟洗手间。

她回来时，姜国强把手机递给了她："枝枝，你同学给你回短信了。"

姜温枝眸色稍动，面上仍平淡地接过。

2011 年 2 月 2 日 20：31
同乐。

两个字，一个标点符号，她足足看了一首歌曲合唱加一场相声的时长。

良久，姜温枝点了截图键，登上自己的社交软件，把这简单的对话截图上传到她个人私密相册中，然后锁屏，把手机还给姜国强。

电视上正播放小品，一个新奇的包袱惹得姜温南哈哈大笑，姜国强和温玉婷也笑得前俯后仰。

姜温枝费了很大的力气，嘴角才扯出似笑非笑的弧度。

眼睛倒是弯弯的，还笑出了眼泪。

2 月 13 号，是寒假的最后一天。

姜温枝拿上存了很久的零花钱出门，从早到晚，独自逛了一整天的街。

2 月 14 号开学，学校通知八点半报到即可，姜温枝七点便到了教室。

假期从班级群加上傅池屿好友后，她把他的社交平台从头翻到尾，知道了情人节这天是他的生日。

此后每年的这一天，对于她来说，就只是傅池屿的生日。

平时温玉婷带她逛街，她总推托，可昨天她一个人逛到吐，跑遍了礼物店，纠结得掉了一把头发。

最后，她买了一副皓月银色的耳机，又选了一张蓝色贺卡，极简地写上"傅池屿，生日快乐"后，塞进了包装盒里。

姜温枝把礼物放到傅池屿的抽屉里，转身离开了教室。

二月中旬，正逢冬春交替，没了寒冷刺骨，也还没草长莺飞。时间尚早，校园里冷冷清清，她漫无目的地闲逛。

自从傅池屿有了在意的女生后，姜温枝英语课再没上过黑板，也再没看过后面墙上的时钟。

不过，他们怎么说也是同班同学，用新年发条死板得像是群发的祝福短信、送一件普普通通的生日礼物表达对他的友好祝福，这没有问题吧？

八点二十分，姜温枝回到教室，同学们差不多都到齐了。

一个假期没见，大家嗑着瓜子唠着嗑，别提有多潇洒了。

傅池屿穿了一件白色连帽卫衣，外面是牛仔外套，眉眼深幽地坐在座位上，一张蓝色卡片在他指尖打转。

周漾手机上插着银色耳机线，耳机只戴了一只，像在测试。

"傅哥，这音质不错啊，长得帅就是好，总有礼物收，还不留名。咋就没人看上我呢？我也还行啊……"

姜温枝神色平常地回了座位，手托着下巴，胡乱看向前方。

几天后。

美术课，周漾打开昨晚下载好的电影，在桌洞里摸了半天，发现耳机落在家里了，立刻扭头问亲爱的傅哥借。

傅池屿打开书包侧面拉链，掏出一副纯白色的耳机扔到桌上。

周漾拿在手里看了看。

这个是入耳式的，他更喜欢半入耳式的那款。

故而他做作地歪头娇嗔："傅哥，人家想要银色的那个啦……"

傅池屿忍住想打人的冲动，抛了个白眼过去。

"就这个，爱要不要。"

周漾露出难以置信的表情，委屈道："傅哥，怎么回事儿，你不爱我了吗？你可从不是小气的人啊。"

"那副，"傅池屿轻咳了一声，轻描淡写道，"周仪馨拿去了。"

"行吧行吧，到底是我周漾输了……"

"啪嗒"一声。

塑料笔杆生生被拗断，发出了清脆的声响。

笔尖力透纸背，划出一道长长的黑线，延伸至尽头。

封存的油墨泄漏了出来，墨渍在姜温枝白皙的指尖迅速晕染开。

2011 年盛夏，这是个极其无趣又漫长的夏天。

姜温枝的眼里心里只有学习。

前面两句话，有一句是假的。

2011 年白露，初三新开学，李正东难得没长篇大论地唠叨，只安静站在讲台上，幽暗的目光从每位同学脸上细细扫过。

大家面面相觑，颇有种毛骨悚然的感觉。

班主任八成又想了什么法子来治他们！

可刚开学，他们还没来得及犯事儿吧？

尽管不明所以，众人脸上仍挂上了乖巧天真的表情。

又过了五分钟，李正东才叹息道："同学们，老师宣布一件事情。"他的语气很严肃，"明后两天，你们要迎来分班考试了！"

台下蓦地一片哗然。

他们这届当年是摇号进的风斯一中，可这所学校本来师资力量就很好。两年过去了，大家整体成绩也都不错。

风斯规矩向来如此，初一初二随学生自由发展，初三分等级。

优生优待，差生严抓。

关于分班的事情，大家其实也早有耳闻，可刚开学便来这一出，确实打得他们措手不及。

暑假疯玩了两个月，很多知识都忘了，哪儿扛得住这样的公开处刑？

太草率了吧！

无须李正东提醒，这夜，多个小区的窗户里灯光彻夜通明。

俗话说，临阵磨枪，不快也光，先不说学生自己的意愿，哪家父母不希望自己的孩子进优秀的班？

姜温枝不同，她功夫下在平时，假期也没懈怠过，自然不必担心。

她早早洗漱好躺到了床上。

关灯后，房间漆黑，她没关窗户，秋风捎上桂花香徐徐拂来，吹起黑丝轻挠她的粉颊，痒痒的。

姜温枝直直地平躺着，眼睛圆睁，眸子在夜色中清澈透亮。

一看就知道清醒得很。

分班，这是不是意味着她连偷偷关注傅池屿的机会都没有了？

本就陌生的关系，将会因为分班这件事彻底结束。

姜温枝有自知之明，她没有其他女生勇敢，如果不在一个班里，她并不觉得自己能有跑到傅池屿班里偷看他的勇气。

那就只剩下升旗仪式、跑操、开年级大会的时候，在人群中默默看他一眼了……

就只这样想着，胸口便传来一阵揪心的疼，压得她呼吸不畅。

姜温枝捏着眉心，强迫自己合眼。

辗转反侧。

彻夜难眠。

第二天，姜温枝顶着黑眼圈，早饭都没吃就直接出了门。

路上行人稀少，街边小推车上的各式早点热气腾腾，她一点胃口都没有，双手揪着书包带，漫不经心地在马路上穿梭。

到了校门口，大门还未开。

姜温枝敲了敲传达室的窗户，鞠躬道："孙爷爷早上好！辛苦您开下门。"

"来了来了，爷爷马上开，乖孩子……"

校园还未苏醒，鸟叫声都很微弱，一片清静孤寂。

姜温枝慢吞吞地往教学楼走，推开教室门，怔住了。

今天凌晨起了大风，她本就睡得不安稳，被窗帘甩动的声音吵醒，迷迷糊糊爬起来关窗，躺下后翻来覆去睡不着，好不容易熬到天蒙蒙亮，干脆直接起床了。

而面前七零八落的教室更验证了早上的风确实很大。

前排还好，后排简直一片狼藉。

昨晚放学铃一响，惦记着分班的事，没耽搁，她直接离开了教室。是谁最后一个走的，居然连窗户都不关？

她和傅池屿的位置紧靠侧面的窗台，如疾风扫落叶，桌上被吹得乱七八糟，凳子腿旁还躺着不少试卷。

姜温枝小跑过去，蹲到傅池屿座位下面，把散落的纸张捡了起来，轻轻抖了抖上面的灰尘，又抬手抹平边沿的折痕。

傅池屿桌面上有摊水渍，混着落叶和尘土，就像雨后街边随处可见的小水坑，碍眼极了。

姜温枝下意识抬起袖子擦了擦，白色袖口瞬间一团脏污。她又用湿巾擦了几遍后，把试卷整理好夹在他的书立上。

傅池屿的桌子恢复原样。

姜温枝走到前排自己的位置上，放下书包塞到桌洞，胡乱捡起凳子下面的试卷，转而去清洁角拿拖把。

不一会儿，整个教室打扫完毕。

今天并不是她值日，可若只扫傅池屿的位置，就太明显了。

既然一屋难扫，那便顺带扫了全班就是。

她可是很聪明的。

忙了一圈后，脸上透出汗意，姜温枝干脆直接用冰冷的水冲了把脸。

洗好后，她站在水池前，定定地看向镜子。

光洁的镜面里，女生静静地站着，扎着高高的马尾，露出圆润饱满的额头，刚劳动完，眸里还泛着湿漉漉的光，白皙的脸上挂着水珠。

三庭五眼好像也还看得过去。

她也不是一点优点都没有吧？

起码热爱学习，乐于助人，团结友爱。

可接下来的一年，她似乎没这样的机会了。

更别说，按傅池屿的成绩，明年六月的中考都未必能达到赤瑾一高的分数线。

那将会是更大的离别，她现在甚至不敢去想这件事……

站了一会儿，她忽地抬起眼帘，凝视镜中的另一个自己。

姜温枝，规规矩矩了这么多年，你是不是可以任性一回，就只遵循自己的心？

镜子里的女生目光坚定，她恍如真的听到了来自另一个空间的嘶喊。

可以！

当然可以！

他不是别人，他是傅池屿！你满心珍重的傅池屿啊！

姜温枝怔了怔，右手伸进口袋，掏出一枚硬币。

一面花，一面字，既然人心摇摆不定，无法决断，那就交给天意吧！

硬币弹起又坠下，落于掌心。

只短短一秒。

姜温枝合上眼，没看结果，直接把硬币塞回了口袋里。

人们常说，当你决定抛硬币时，其实内心早有了选择，只是缺个契机罢了。

主意已定，拨云见日，姜温枝步子欢快地回到教室，站在黑板前看今天的考试安排。

考场一向是按照成绩高低排序的。

她雄踞第一考场一号位两年了，从无变化，可每次张贴考场排布，她都假模假样地凑上去看半天。

当然不是看她自己。

其实傅池屿的成绩也挺稳定的，中上水平。

平时没见过他学习，能考到这样的分数已经很不错了。如果他认真一点，排在前列绝对没问题。

可姜温枝不是他的父母，不是他的老师，甚至不算他的朋友，就只是微乎其微的同班同学。

所以，她没有任何立场去劝诫他好好学习。

这次分班考试，按他的水平，有很大概率会留在五班。

一张试卷能考多少分，姜温枝心里有数。

每个班48人，那她需要控制自己拿到193至240之间的名次。

她眉头微蹙，这倒是有点难。

要怎样才能不动声色地扣这么多分呢？

交白卷肯定不行，单考砸一门也有点刻意。

干脆每门都差点吧！

本次分班考试是姜温枝入学以来，脑细胞死得最多的一次！

考试时，她只花了一半的时间写卷子，算好分数后便不再答题，撑着头百无聊赖地看向窗外。

阳光洒在走廊上，地面染了层金光，萧肃爽朗。立柱上挂着警醒学生的名句卷轴，老生常谈的"少壮不努力"之类的，没有半点新意。

她半合着眼，手里的笔未放下，无意识地在草稿纸上乱写乱画。

"咳咳咳……"

隔着过道的考生猛地咳嗽了两声，似是喝水呛到了，姜温枝的思绪被打断。

她回过神，垂眸一看，本该用来演算的纸上写满了傅池屿的名字。

这两年，她无聊时提笔落下的、在文具店里试笔、在雪地上涂鸦等等，不用看，无一不是"傅池屿"三个字。

不需要经过大脑传达指令，她的手腕对这个名字已经形成了肌肉记忆，写得顺手极了。

比她写了十几年的"姜温枝"还要熟练。

她转了两圈手里的笔，在草稿纸边角找了个空地，写上自己的名字。

姜温枝，傅池屿。

六个字排列在一起，安静地躺在纸上。

她是树枝。

他是岛屿。

将近十万个汉字，两人名字里居然都有三点水，好巧！他们从出生开始就有一点点的缘分了。

姜温枝细细端详着，越看越满意，觉得有种说不出的美感。

少女情怀，总是喜欢在各种蛛丝马迹中寻找细节来完善自己的幻想。

她也不例外，乐此不疲地干着这种蠢而不自知的事情。

考试结束，在征得监考老师的同意后，姜温枝把演算纸带走了。

按理说，大考的草稿纸是不允许带出考场的，可这次只是本校普通的分班考试，老师爽快地答应了。

从发布考试通知到批改考卷，学校一反拖拉磨叽的办事风格，只花了一天的时间便改好了试卷。

第二天上午分数也统计好了。

年级主任钱青山把这届学生从初一带到初三，算是完整见证了这帮孩子的成长历程，对大家也是非常有感情的。

拿到成绩的第一时间，他先是去政教处核对，确认没输错后，一路疾跑冲到了初三教师办公室。

成绩单在李正东和五班任课老师手中传了个遍，办公室里骤然寂静了两分钟。

众人集体怀疑机器出错了，要求看答题卡。

一番折腾后，老师们陷入了沉思。

他们最引以为傲的学生，从来不需要操心的学生，乖巧到传达室大爷都赞不绝口的学生，从年级第一掉到了第二百名！

在看完姜温枝的答题卡后，李正东又气又急，还悲伤。

这孩子，青春期逆反心理来得太猝不及防，忒猛了吧？

钱青山火速掏出手机，打开通讯录就要给姜温枝的父母打电话，李正东阻止了他。

李正东决定先找姜温枝了解了解情况再说。

不能因为一个学生不公布成绩，很快，分班信息和成绩单一起贴在了宣传栏里。

学生间的骚动不比老师小。

一个课间的工夫，"年级第一跌下神坛"的事情在各班级流传开来，人群议论纷纷。

有说姜温枝之前的好成绩都是作弊的，有说她和社会上的小流氓关系颇深的，有说她从此将一蹶不振的……

各个版本的流言愈演愈烈，不少人更是借着搬书换班级的空隙，围到五班门口张望。

然而，故事里的主角安稳地坐在位置上，在……看英语报？神情专注得好像完全不在乎别人对她的指指点点。

没错，姜温枝确实不在意。

不是她自负，分班考试而已，第一不第一的又能怎样？成绩这个东西，她想要，自然没人争得过她。

别的事情暂且不论，起码在学习这件事上，只要付出百分之百的努力，必然会得到好结果。

相反，她还很高兴，自己估的分非常准。

此刻，别人都在搬桌子搬书本换班级，而她和傅池屿成功地留在了五班。

没人看出姜温枝平静面容下的喜悦。

周漾抱着课本，不舍地和周围的人告别。他成绩本就一般，这次被分到八班了。

最后，他走到姜温枝的桌子前，眼里饱含热泪："这次考试太难了！学霸你都考砸了，唉！以后你和傅哥要互帮互助啊。别说，你俩还真有缘，我记得你们之前还是一个组的吧？现在连分班都拆不开……"

这话姜温枝不知道怎么接。

她和周漾并不熟，虽说坐得近，可过去一年也没说过几句话。

她正斟酌着该如何开口，傅池屿从后面走到了过道。他屈着长腿挡在路中间，眸色明亮地看向她。

目光相触，丝丝麻麻的电流瞬间遍布姜温枝全身。

"姜温枝……"傅池屿的手随意撑在桌角，眼神漫不经心地扫过，"你考试的时候睡着了？"

从那次"圆谎事件"后，他便开始直接叫她的名字。

姜温枝的内心炽热汹涌，火种被点燃般急剧喷发，她极力让自己面上保持云淡风轻。

这一刻，她什么都不管不顾了，蓄意也好，天定也罢，只要结果是好的，那她就权当是缘分使然。

现在的事实就是，他们还可以做一年的同班同学。

姜温枝目光呆滞，喃喃道："是……挺有缘分的……"

周漾的话说得没错。

旁边都是吱吱嘎嘎的嘈杂声，傅池屿像是没听清，往前走了一步，两人距离又拉近了些。

"嗯？你刚说什么？"

我说。

你有在意的女生也没关系。

我们有做同学的缘分。

接下来的一年，我会摒弃杂念，和你只做能偶尔说句话的同学就好。

见傅池屿稍低下颌，似乎在等着自己的回答，姜温枝移开视线向前看去，点了点头。

"没什么，对，就是睡着了。"

她的眼神刚好停在教室门口，那群看戏的人居然还没走？

可真有时间啊。

"别听那些人胡说八道。"傅池屿突兀地冒出一句话，又状若无意地补充，"你成绩好，在哪儿都一样！"

说完，他起身朝门外走去，顺带关上了教室的门，隔绝了那些不友好的目光。

姜温枝的神志飘飘忽忽的。

傅池屿刚刚是什么意思？在安慰她吗？

应该是。

哪怕只是同学之间随意的一句安慰，那她小小的付出就不是毫无意义的。

当同学可真好！

秋意凉爽，万里碧空如洗，一片澄清柔软，难得的好天气。

姜温枝满眼皆是甜粉色，只觉得连空气都芳香不已，忍不住猛嗅了两大口。

姜温枝窃喜的情绪没持续多久，班上同学来传话："姜温枝，尊敬的李正东班主任有请！"

她到办公室时，只觉得氛围异常肃静，空气中流窜着极强的压抑感。

几个熟悉的老师捧着保温杯坐在各自的办公位上，不住地瞟她。李正东坐在中间，脸上看不出什么表情。

姜温枝走到班主任面前，挺直了背，静静地等候审判。

李正东摆出严师姿态，正襟危坐，细看着面前这个纤薄瘦弱的女生。

她长得白净莹洁，尚未脱稚气，胜在眼神清澈倔强，增了不少鲜活，是那个礼貌又听话的学生没错啊！

早上他看完答题卡就明白了，这孩子哪里是考砸了，分明是学习态度出了问题。

语文古诗文默写直接空白，数学计算题空着，物理更过分，填空只写了后面两道……

不能想，一提起这事儿，李正东觉得血压又要上来了。

他清了清嗓子，采用迂回战术："姜温枝，你最近是不是压力很大啊？有不开心的事情可以和老师说说……"

姜温枝："老师，这次是我失误了，下次我会努力的。"

没料到她如此直接，上来就挑明了情况，李正东瞬间把冗长铺垫的话咽了下去，切入正题。

"一次失误代表不了什么的，老师相信你的能力！"他脸上添了些笑意，"是这样啊！钱主任呢，还是想把你分到一班去，毕竟实验班整体学习氛围会好一点！"

姜温枝以往的表现老师们都看在眼里，当主任提出这个想法后，他们也都支持。

虽然李正东私心非常舍不得这个好苗子，但为人师者，不能耽误人家孩子进步啊！

可李正东不仅没等来预想中的感激，还被姜温枝急切的声音打断了思路："老师！这不公平……我不需要特殊待遇！"

他被女生锐利不满的目光看得有些心虚，可他刚刚说的应该是好消息啊！谁不想进实验班？要不是姜温枝成绩向来拔尖稳定，主任也不会破例。怎么这孩子不知道好坏深浅呢？

看着姜温枝白皙的脸上满是执拗，李正东耐着性子再次强调："老师刚刚说的是要把你调到一班！这是好事儿啊！"

姜温枝眉头紧锁，愣愣地和李正东对视。

什么算好事？

当事人觉得好，那才叫好事。

她觉得当下最好的事情，就是能留在五班。

"老师，分班考的目的不就是按照成绩分班吗？难道学校的规章制度可以随意打破吗？"

姜温枝自然垂落的手紧拽衣角，头一次激烈地顶撞老师。

李正东抱胸靠在椅背上，见女生红了眼尾，委屈得快哭出来了，彻底莫名其妙了。

真的是有代沟了，他完全不明白现在的孩子到底是怎么想的。

"我不去一班！"姜温枝压低嗓音，可怜地请求，"老师，您就让我留在五班吧！我会好好学习的！"

总不能强制要求学生调班吧！

既然当事人确实不愿意，李正东只好作罢。

他又叮嘱了两句"初三了，要端正心态"的话，挥手让姜温枝回去了。

新初三五班组成后，同学们很快便友好热情地打成了一片，而姜温枝和傅池屿却并没有像周漾临别赠言的那般"互帮互助"。

李正东重新安排了座位，姜温枝被调到了教室的另一边。

她抓紧一切时间更加努力地学习，发疯似的学习，把所有的精力和时间都用来充实自己，除了学校的功课外，又额外做了不知道多少张试卷。

因为只要停下来，她的目光便不由自主地往教室的另一边投去。

每到这时，理智就会与私念激烈相抗。

她残存的意识疯狂叫嚣：傅池屿每天都和别的同学开心地玩在一起，你就别想了！

姜温枝狠下心，把这份在意关到了暗无天日的深渊，每天加固一把锁，不让它有任何可乘之机。

初三新增了一门化学课程，任课老师叫王琳，刚参加工作没几年，年轻有活力，第一次上课就获得了全班同学的喜欢。

课堂最后五分钟，王琳笑容满面地问大家谁愿意当她的课代表。

班里举手的人不在少数。

王琳当即说她对课代表的要求会很高。

闻言，众人纷纷放下了手。化学这门课似乎挺难的，喜欢老师是一回事儿，当出头鸟又是另一回事儿了。

姜温枝在一片撤退号角中，勇敢地迎了上去。

毫无悬念，她成了双课代表，语文兼化学。

学生时代，课代表是个吃力不讨好的职位，那门科目得学好，平时要收发作业、催交作业，还总落同学埋怨。

姜温枝其实并不喜欢做这些事情，觉得琐碎又麻烦，当初也是语文老师主动点名要她上岗，但这次不同。

这次是她主动的。

不是因为姜温枝喜欢化学，也不是她能者多劳爱表现，只因化学老师的办公室在二楼。

傅池屿在意的女生在二楼的八班，课间他常去楼上。

姜温枝觉得自己疯了，居然想着以后可以堂而皇之地去二楼了。

但她并没有任何逾越的想法，就只是想去二楼看一看。

在日复一日的心理建设下，她引以为傲的理性在傅池屿面前不值一提。

明明就是普通的同学关系啊，为什么她的心里有一种失去的苦楚？

姜温枝在这种酸涩中辗转反侧，渐渐地，居然有了些自虐的快感。

接踵而至的月考和期中考，她又回到了第一的位置。

听说实验班的班主任总鞭策他们班的同学，第一别想了，努力争第二吧！

2011年冬。

傅池屿最近有些奇怪，下课不是趴在桌上睡觉，就是和男生聊天打游戏。

姜温枝也减少了去王琳那里问题目的频次，只收作业才去二楼。

她对自己这种"无利不起早"的行为非常不齿，于是对化学这门课越发恭敬。

每次学校做调查问卷，"最喜欢的学科"那一栏她都填化学，加之这门课她学得很好，也算弥补了一点愧疚之心。

这天晚自习，姜温枝拿着削笔刀削铅笔，前桌两个女生在聊八卦，声音越来越大。

本着"非礼勿听、非礼勿言、非礼勿视"的原则，她把神志放空，自行游离起来。

可"傅池屿"三个字还是蛮不讲理地往她耳朵里钻。

"思思，我跟你说个秘密，你别和其他人说啊……"

以此番句式开头，那这个秘密大约班里有三分之二的人都已经知道了。很明显，姜温枝属于剩下的三分之一。

"哈哈，我知道你要说什么，是不是班草有情况？"

"他们到底啥情况？还是就只玩得好而已？"

"傅池屿对周仪馨应该挺不一样吧，要不然天天去找她？但周仪馨就不知道了，她在空间发了和别的男生吃饭的照片。"

"那男生什么来头？连傅池屿都输了！长得更帅吗？"

"还挺帅的，不是一个类型的……"

锋利的刀片从铅笔尖擦过，在姜温枝食指上划出道深长的口子，血珠急切地涌出，滴落在铅笔屑和草稿纸上，刹那殷红一片。

她来不及处理伤口，侧身往窗台的角落看去。

傅池屿安静地趴在桌上，脸偏着，被书本挡住了，身体久久未动，似乎睡着了。

他应该很难过吧？

本以为看着傅池屿和别的女生玩已经够苦涩了，可姜温枝没想到，比这更难受的是看到他不快乐。

人家一天天酸甜苦辣咸皆有，可全程翻来覆去抓耳挠腮的，却是她。

她可太惨了。

放学的路上，姜温枝踢了一路小石子。

她回到家，刚放下书包，姜国强拿着个盒子走了过来，慈爱地笑着说："枝枝，我在同事那里买了盒进口糖，听说可好吃了，你和南南分了吧。"

一旁的姜温南两眼放光，口水都要流下来了，牢牢扯着姐姐的衣袖不放。

姜温枝掐了掐弟弟的脸后伸手接过。

这是一种巧克力夹心酥糖，包装华丽精美，上面印着英文。盒子打开，糖果粒粒都是独立包装。

她拿了几颗塞给姜国强，又抓了一小把放进温玉婷的包里，剩下的全部给了姜温南。

"耶！姐姐万岁！"

小馋猫心满意足地抱着糖果回了卧室，决定今晚抱着盒子睡觉！

他也确实这么做了。

第二天早上五点，姜温枝精神抖擞地爬起来，溜进了弟弟的房间。

姜温南三年级了，但孩子气十足，床上各种玩具都有，晚上不抱东西睡不着觉，此时还在美美的梦乡中。

姜温枝屏住呼吸，在他书桌上、抽屉里翻了半天，就是没找到想要的东西。

她蹙眉沉思，难道放客厅了？

她正要抬脚走出房间，床上的小人翻了个身，露出了怀里抱着的东西。

姜温枝眉心跳了跳。

哎哟喂，突然有点不想要了是怎么回事？

她深呼吸，屈身坐到床边，伸手去扯糖果铁盒。

小家伙睡着了力气还这么大，她拽了半天都纹丝不动，无奈，只好握住姜温南的肩膀摇晃起来。

"南南，醒醒，姐姐拿你两颗糖好不好？就两颗。"

姜温南迷瞪着小眼，半睡半醒间松开了手。

姜温枝挑了两颗最好看的放进口袋，随后把盒子塞回弟弟怀里，又把被子披了披，这才猫着身子出门。

昨晚下了整夜的雪，天地间白茫茫的，凛冽的晨风在耳畔呼啸而过。

姜温枝把脸掩在围巾里，哼着轻快的歌踩着雪往前走。

经过一条偏僻小道时，她随手捡了根树枝，一笔一画地写下三个字，又用一个丑丑的爱心把它圈了起来。

不顾冰冷，她一路走一路玩，进入校园时，右手还攒着个雪球。

姜温枝在走廊上跺跺脚，优哉游哉地用肩膀去推教室的门，全然没注意里面已经亮起来的灯。

她脸上的笑意半分未敛，就这么直直撞上一双如墨般幽黑的眼睛。

空气骤然凝滞。

谁能告诉她！

为什么傅池屿今天来得这么早？

姜温枝踟蹰地站在教室门口，有些迈不动腿。

两年多了，他们独处的机会寥寥，这样的场面她紧张不已。

可难得好机会，怎么着也该打声招呼吧？

姜温枝稳住心神，假意咳了声："咳咳……早……早啊，傅……"

不等她说完，傅池屿身体后倾靠着椅背，抬眼，视线落在她手上，戏谑地笑道："姜温枝，你多大了还玩雪，不冷吗？"

"还好……"

姜温枝僵硬的手往袖子里缩了缩。

其实血液循环流动已经给她带来了热量，现在手心正在隐隐发热。

傅池屿微颔首，不再开口，侧身看向窗外，仿佛刚刚的对话就只是为了缓解她的尴尬。

姜温枝蜗牛一样缓缓地往位置上挪动，把小雪球放到桌脚，右手伸进口袋里摸索。

该死！今天的正事都没来得及办呢！

教室里除了时钟"嗒嗒"转动的声音外，姜温枝就只能听到自己极浅的呼吸，一片沉寂，好像室内只有她一个人。

时间一分一秒地过去，她内心躁动不安。

一会儿其他同学就要来了，再不送就没机会了。

姜温枝突然好怀念从前的小组制啊！

那时候东西要准备七份，就可以顺理成章地送到傅池屿手里。

现在这两颗糖，该用什么理由送出去啊？

她连走过去的勇气都没有。

对了！

灵光一闪，姜温枝猛然想起今天是她值日。

而拖把就在傅池屿后面的角落！

可拿着拖把去，太掉价了吧？

算了，拖把就拖把！

说时迟那时快，姜温枝顷刻起身，雄赳赳气昂昂地走到角落里，拿起拖把，站到了傅池屿旁边的过道上。

她不知道自己哪来这么大的勇气，像个莽夫一样。

似乎是从昨晚听到关于他的那些八卦消息后，她就开始不正常，又或者刚刚在雪地里冻坏了脑子？

姜温枝把拖把柄靠在旁边的桌子上，发出"啪嗒"的声响。

动静不小。

傅池屿抬起头，瞥了眼旁边的拖把，眉头皱了起来。

姜温枝丝毫没觉得自己的行为活脱脱是一副来找碴的样子，从口袋里掏出了什么，一鼓作气地说："傅池屿，给你！"

两颗紫色包装的巧克力糖静静地躺在她手心，好像等待着新的主人来取走它们。

傅池屿没接，只静静地看着她的手。

姜温枝也跟着垂眸，被吓了一跳。

玩了一早上的雪，冷热交替间，右手红得像胡萝卜，不美观极了。她连忙伸出另一只手，把糖放在了左手手心。

左手昨晚被刀割破了，缠上了创可贴，虽然花哨些，可总比"胡萝卜"强吧！

从小学开始，只要拿起铅笔刀，不论姜温枝多小心，总会时不时割到手。多次下来，她放弃挣扎了，固执地只买这个牌子的创可贴，常备着。

傅池屿从位置上站了起来。

他比她高太多了。

黑色阴影陡然把姜温枝牢牢罩住，她只好稍仰头看他。

傅池屿俯身，两手交叠置于她左手下方，并未接触到她。

姜温枝倾斜手腕，两个糖掉落在男生瘦长冷白的手中。

傅池屿说："谢谢。"

"不……不客气……"顺利完成任务后，姜温枝全身的勇气值归零，拿起拖把便要仓皇转身离开。

"不是为了糖，早该和你说谢谢了！"

姜温枝依旧保持着背对傅池屿的姿势，眉头下压，脑子里迅速倒带。

谢她，不为糖？还能因为什么？

不会是她一直做些友爱同学的不留名事情被傅池屿知道了吧？不应该啊，教室里又没有监控。

别是感谢去年晚自习她替他圆谎的事情吧？那这句谢，大可不必了。

短短半分钟，姜温枝的脑洞已经飞到了十万八千里外。

正思考间，手里的拖把忽地被人抽走了。

谁抢她的劳动工具？她下意识伸手去夺！

对方明显获得了压制性的胜利，但也并没用力，只是固定住拖把柄，不让她抢走而已。

教室里只有两个人，可傅池屿又不会拿她的拖把，大白天的，活见鬼了吗？

姜温枝正准备回头，对方却按住了拖把顶端。

下一秒，她只觉得有条手臂从自己头顶上方擦过，然后傅池屿就从背后绕到了她面前。

姜温枝没缓过神，手依旧搭在拖把上。

傅池屿无奈地笑了笑："松手啊，我来吧！"

"啊？"

她呆呆地松开了手。

两颗糖，就可以让傅池屿帮她打扫卫生？

姜温枝眼睫扑闪。

哦嚯，弟弟，对不起了！

姐姐要对你的糖糖下手了！

等傅池屿洗好拖把回到教室，姜温枝还站在原地。

"砰——"

拖把碰到桌腿的声音敲醒了她。

姜温枝迈步走向自己的位置，这才想起来要道谢，闷声道："谢谢。"

"嗯。"

傅池屿只扔了个淡淡的语气词。

他的校服袖口往上挽起，露出了劲瘦的手臂，肤色本就淡，在日光灯的映射下更是白得发光。

个子高直着身子不便，傅池屿于是微躬着肩背，前后推拉拖把，动作干净又利落，几下便到了姜温枝的座位前。

她的课桌腿边有个化了一半的小雪球，散发着晶莹澄澈的光。

傅池屿瞥了一眼，停下了动作："姜温枝，这个还玩吗？"

想起他那句"多大了还玩雪"，姜温枝立马举起双手左右摇摆着："不玩不玩，不玩不玩不玩……"

这样还不够，她脑袋也跟着摇晃，身体力行地告诉他：我不幼稚的，我只是手痒！我平时挺成熟稳重的！你快忘了这件事吧！

事实证明，傅池屿不仅没忘，还记得非常清楚！

打扫完卫生后，他拿了个加工过的瓶子给她。塑料瓶从中间拦腰剪断，边角修得十分平滑，摸着一点都不硌手。

傅池屿抻了抻懒腰，脸上挂着促狭的笑，语气却很正经："时间还早，你还能再出去玩会儿。"

这么宝贵的瓶子，怎么能用来玩呢？

再说了，她那副没见过雪的惊奇样子还是收收吧。

晚上，姜温枝把这个瓶子带回了家。

折了几只星星和千纸鹤放到里面后，她仔细把它摆到了书架上。

两个人的手艺加在一起。

巧夺天工！

简直就是艺术品了。

2012 年 1 月 5 号是姜温枝的生日。

吹蜡烛前，她闭上眼，双手合十，虔诚地许愿。

希望傅池屿好好学习。

还有……

万能的许愿神啊，她今年有点着急，能不能透支一下明年的愿望？她还想再许一个。

三。

二。

一。

既然没人出声拒绝，那她可就许啦！

中考，姜温枝和傅池屿一定要上同一个高中！拜托拜托了。

姜温枝在心底反复默念这两个愿望。

蜡烛已经快烧到蛋糕了，一旁的姜温南着急得不得了，恨不得马上扑上去吹灭。

片刻后，姜温枝睁开眼，瞳孔里水光潋滟。

"呼——"

吹熄蜡烛。

许愿成功！

2012年5月，蝉鸣阵阵，枝丫疯长，暮山市迎来炽热的夏天。

再热烈的骄阳也挡不住离别的伤感。

三年恍然而过，风斯一中像忠贞的陪同者，伴他们成长，从秋到夏。

五月下旬，学校组织初三各班拍毕业照。

大部分同学还不懂什么是分别，只觉得自己终于要长大了，对拍毕业照这件事更是精神振奋，满脸跃跃欲试。

校门口架起了摄影机器，摆了阶梯台阶，方便所有学生入镜。

老师们一改平日严肃刻板的样子，带着慈祥的笑意坐在前排凳子上，亲切地招呼五班的同学来站位。

大家和交好的朋友手拉手，欢乐地凑上去，往中间拥挤。

姜温枝慢慢移动步子，眼神从人群里扫过。

一共五排。

第一排坐着学校领导和老师，后四排是学生，一排12个人，个子高的男生站在最后。

那天，姜温枝是最晚走到镜头里的，她缓缓踩上踏板，站到了第四排的最左侧。

午间烈阳炙烤，他们正面迎着太阳，光线刺目得睁不开眼。

摄影师熟练地按了几下快门，举手示意可以了，换下一个班。

就这么随意的几秒钟，三年青春就此定格。

几天后，印刷好的相纸分发到了学生手里。

姜温枝多交了一份钱，要了两张。

一张被塞到了相册里。

另一张，姜温枝拿起剪刀，小心翼翼地把左上角第四排和第五排最边上的两个人裁了出来。

少年五官清俊，简单的白T恤清爽利落，漆瞳里印着澄澈的光，正看着镜头意气风发地笑。

那晚，就这么捏着照片，姜温枝趴在桌上睡了一夜。

这也算她和傅池屿的合影了吧？

2012年芒种。

中考来临之际，李正东长篇大论地叮嘱着考试注意事项。

他反复强调不要迟到，不要乱吃东西，文具要提前检查好，明天他会在集合点把准考证发给大家。

初三五班的教室里弥漫着肃杀的紧张感。

这场考试关乎他们接下来的道路方向，夜以继日的努力就要开花结果，他们必须全力以赴。

李正东昂首挺胸地站在讲台上，给大家送上临行赠言。

"三年磨一剑！你们终要踏上战场了，大家要放平心态，挺身向前，老师祝你们所行坦荡似锦，不负少年！"

字字铿锵有力，回荡在教室。

不知是谁先吸了下鼻子，大家的眼眶突然红了。

平时他们真的烦死了班主任的唠叨，可今天，他们只希望老师能再多说一点，说久一点，骂他们也无所谓，以后想听也听不到了。

考试过后，一个班想再聚在一起，怕是难了……

见氛围有些伤感，李正东又聊了些轻松的话题，成功转移了大家的注意力，很快就欢声笑语一片。

姜温枝不合时宜地深锁眉头，心事重重。

中考和当初的分班考试不一样，九年寒窗才迎来真正意义上的第一场大考，她的成绩必将稳稳进入赤瑾一高。

这是最有力地证明姜温枝不是一无是处，起码在学习方面，她是真的比别人强一点的。

可是……傅池屿怎么办？

他这学期虽说进步了不少，但几次模拟考并没有达到赤瑾一高往年的分数线。

这场考试结束，她和他的普通同学关系也要终止了？

这不是不在一个班的事情，而是在不同的学校。她将进入一个全新的环境，而傅池屿也要完全消失在她的视野里了。

她还没有来得及和他做朋友，只担了个初中同学的名头。

几年后，两人在街头相遇，傅池屿甚至连个眼神都不会在她身上停留。

只当陌生人，姜温枝，你甘心吗？

不如故技重施吧！

再来三年，你勇敢一点，你们之间一定会有进展的，可如果不在一个学校，就真的什么机会都没了！

你考试的时候，只要放一点点水，你们就还有三年时间可以见面。

高中三年，多美好的时光啊，哪怕还只是偷偷看他，也足够了。

可这样做对吗？

普通高中和重点高中的差距还是挺大的，从师资到环境都很不一样。进了普通高中，她能守住本心专注学习吗？

重点高中和傅池屿两者相比，孰轻孰重？

姜温枝做了一晚上的心理斗争，脑海里的一架天平摇摇晃晃。

左边是傅池屿，右边是理智，双方抗衡不断。

就这样辗转难眠，到了凌晨她才入睡。

中考当天，校门口一大早便围满了送考的家长，马路被私家车、电动车堵得水泄不通。

不少阿姨穿着旗袍打着伞站在路边，身上斜挂着"旗开得胜"的条幅，俨然成了一道亮丽的风景线。

志愿者老师提前准备了矿泉水和面包，统一穿着红马甲戴着小红帽，显眼极了。

姜温枝费力地从人群中挤到学校门口，到班级集合点时，李正东正在发准考证。

他不厌其烦地对每个人嘱咐道："考试别紧张啊，仔细审题，考完回到我这里，把准考证交给我！"

姜温枝鞠躬后接过。

她手腕软绵绵的，有些无力，加上后面的同学推搡了她一下，还没来得及塞到透明文具袋里的准考证掉在了地上。

她赶忙弯腰，但另一只手抢先一步捡起了她的准考证。

两人同时起身。

傅池屿狭长的眼尾吊着笑意，逆光站在姜温枝面前。他把准考证递过来，喉结滚了两下："拿好，紧张什么？"

怎么他每次说话都是这种很自然的语气？

和谁都是……

姜温枝垂眼接过，在傅池屿转身要走的间隙倏地喊出了声，声音带着颤意："傅、傅池屿……"

他脚步稍顿，回头看她。

晨光熹微，金色光线照耀着傅池屿的发丝，顺着他的鼻骨描摹到唇线，再到脖颈凸起的喉结上。

他眸里含着碎碎亮亮的星星，夺人心魄。

"嗯？怎么了？"傅池屿挑眉问。

姜温枝扬起对着镜子演练过很多次的笑容："谢谢你，还有，加油啊！"

"好！"傅池屿唇线稍弯，朝她挥了挥手，"你也是，姜温枝，中考加油，再见！"

校园里人潮涌动，他瘦削的背影即刻消失在拐角。

"再见。"

姜温枝在天平的左边，放下了最后一块砝码。

会的。

傅池屿。

我们一定会再见的。

2012年7月初，下午两点，中考成绩新鲜出炉。

姜国强第一时间接到了来自李正东老师的报喜电话——姜温枝同学的分数一骑绝尘。

年过四十的姜国强眼睛眯成条缝，笑得满脸褶子，欣喜若狂之余仍不忘感谢李正东平时的教诲。

两个中年男人隔着电话你来我往，互相吹捧。

温玉婷知道自家女儿成绩好，但没想到这次发挥得更出色了，止不住地夸赞。

姜温南虽然不知道发生了什么，但看到爸爸妈妈都这么高兴，也蹦蹦跳跳地附和。

他光脚踩在沙发上，刚欢呼没两声，就看见姐姐眼睛红红的，还偷偷背过身去擦眼泪。

挂了电话后，姜国强和温玉婷欢喜地出门买菜，姜温南吵嚷着要一起去。

大门关上后，客厅瞬间冷清下来，家里只剩姜温枝一个人。

热闹不复。

她终于支撑不住，脱力瘫倒，蜷缩着腿坐在地上。

盛夏没开空调，40℃的高温下，呼吸都是火热的，可姜温枝身体发冷，不住地发抖。

妈妈很开心，爸爸很开心，老师很开心，这个结果，所有人都很开心。

除了她。

本来她已经决定了，什么重点不重点的，都无所谓！不管在哪儿，只要她自己认真学就可以了。

傅池屿才是她最坚定的第一选择。

可真坐到了考场上，姜温枝发现自己做不到！

她不能这么自私地只为自己活着。她没办法辜负父母的期待，老师的教诲和自己过往的努力。

每答一道题，她就觉得自己离傅池屿更远一步了。

在无尽的循环里挣扎时，姜温枝甚至开始自嘲和怀疑，或许自己根本没有想象中那么在意他。

那种日夜坚持不懈无法超脱的感觉，其实就只是一种执念。

现在一切尘埃落定，姜温枝脑袋空空的，只觉得茫然无措，一时竟不知该喜还是该悲。

她没有去查傅池峪的分数，也没有向任何人打听他报了哪所学校。

不知道自己是真的放下了，还是在逃避。

她拿出日记本。

傅池峪，或许上了高中，就可以忘记他了。

忘了他……

只想想，姜温枝就觉得有把锋利的尖刀猛地扎入她的胸口。

生生剜心之痛。

不舍忘。

不忍忘。

不愿忘。

她追逐了这个背影三年，开心悸动，苦涩难过，皆因他而起。

傅池峪是姜温枝见过的最美好的少年。

她无人知却轰轰烈烈的少女心事，在这个夏天苦涩到极点。

书上说时间是治愈一切的良药，她不知道时间能不能治好她，也不知道要多少时间才能把这个少年的身影从自己心里抹去。

傅池峪，如果够幸运，那我们在赤瑾一高相逢吧！

滚烫的泪珠一颗接一颗砸在素色纸张上。

水迹迅速蔓延。

可我的眼睛说，就算不在一个学校，我也一定记得你。

2012年7月末，她写下一封无人知晓的信。

傅池峪同学：

你好。

我是你的同班同学姜温枝，不知道你对我有没有印象。

这是我第一次给男生写信，写得不好，请你多担待。

遇见你，是我青春的开篇。

很久之前开始，学校这么多人，我的眼中就只能看见你。

虽然我眼神不好，近视还夜盲，但人群中，哪怕只是个模糊的背影，我都能一眼找到你。

你说，我是不是很厉害？

远方柔软的晚风、教室窗外的日落、热浪蒸腾的盛夏、雨后初晴的彩虹，都像你。

我没办法说清楚青春是一种什么样的感觉，但自从你出现，我才开始觉得这个世界是光明灿烂、令人向往的。

可我也很矛盾。

想让你知道平凡的我，也想和你靠近一点，又不想让你察觉，怕自己以后连默默追逐光的机会都没了。

所以，我习惯了用余光看你。

我们之间为数不多的交集、每一个场景，我都铭记于心，不能忘。

只要是关于你的事，我都会胡思乱想很久，你的一举一动都牵引着我的情绪。

我如果哪天饭不好吃，觉不想睡，功课学不进去，那一定是有关于你。

我在角落里，悄悄关注着你。

谢谢你出现在我的世界。

等我再漂亮一点，再优秀一点，我们先做朋友可以吗？

傅池屿，我们……还能有见面的机会吗？

2012 年出伏。

赤瑾一高新生提前半个月开学,进行为期两周的军训。

姜温枝到高一一班报到后,便去操场队列集合。

赤日炎炎,灼人的烈阳漾起一圈圈光晕,晃得人眼花。一路上人潮交织,精力蓬勃的新生吵嚷个不停。

酷热聒噪的一天。

姜温枝无半分新开学的喜悦,神情呆木地往前走着。

不知道其他学校是不是也要军训。

傅池屿应该有了新的好友了吧?

肯定有女生在悄悄打听他的名字,或许还有直接问他要电话的……

"哎,同学,让一下!"

两个奔跑的男生从姜温枝后面冲出,她连忙往旁边移了两步。

前方就是操场,赤瑾不愧是重点高中,操场面积比风斯大了两三倍,跑道宽阔又敞亮。

统一发的迷彩服让整个场地变成了绿油油的菜田,配上 40℃ 的高温,蒸腾得炫目。要是放消消乐里面,一键就可以全盘消灭了。

这是一个新的环境,年级升了,校园大了,同学多了。

只是不见故人。

姜温枝颓然地走到集合点,寻找自己的班级。

人声鼎沸间,她蓦地看见了一道熟悉的身影。

男生颀长清瘦,闲闲地站着和旁人聊天,黑色刘海微微分开,没了从前的稚嫩,五官更俊朗卓越,眉眼透着桀骜之气。

土里土气的训练服穿在他身上清爽利落,在如此炎热的天气里,倒像一阵清冽舒朗的风。

说到什么有趣的,他狭长的眼尾上扬,唇边携着恣肆。

是强光太炫目,让人出现幻觉了吗?

姜温枝大力揉了揉眼睛,使劲掐自己的胳膊。

痛感袭来,清晰地告诉她这不是在做梦!

这人可不就是傅池屿?

他考上赤瑾了?

他们真的在一个高中了?

未来三年,她还可以在学校看见他?

姜温枝整个人晕晕乎乎的,左脚绊右脚差点摔跤。她站到一班队伍末尾,隔着人群,目光一刻不移地盯着傅池屿的侧影。

他在三班。

啊啊啊！太可惜了！

就差一点，两人就能同班了！

和傅池屿一个班的同学顿时成了姜温枝羡慕的对象，他们运气太好了吧！能和他一起训练、一起吃饭、一起上下课……

光想想，她就要流出羡慕的泪水了。

姜温枝恨不能咬块手帕来发泄一下目前又惊又喜的情绪。

主席台上，校长简短发言后，各班便被教官领到了不同的训练区域。

本次军训的教官均是来自暮山大学士官学院的骨干，年纪比他们这届新生大不了多少。

学校的计划是两个班合并训练，按顺序合并，也就是一班和二班一起，三班和四班一起。

赤瑾高一新生随机分班，到高二选科后再按照成绩分等级。

姜温枝又一次深深惋惜，长吁短叹。

没有和傅池屿做同班的福分，那她在四班也行啊，怎么偏偏到一班了？要是能和他在一个连里军训，让她跑多少个八百米都行。

这电脑随机太不靠谱了！

多好的缘分，生生被它拆散了！

算了，现实不是童话，自然不能尽如人意。

现在姜温枝在操场的东面训练，傅池屿的连队在她后面，好在算是"比邻而居"了。

军训是个枯燥又疲累的事情，每天就是在烈日下站军姿、踢正步。

姜温枝连队的教官叫韦致，一米八五的个子，浓眉大眼，身形直得像木板，一身迷彩穿得浩然正气，惹得不少女生脸红。

可韦致并没有铁血柔情，对待男生女生一样严厉，每天一遍又一遍让新生重复动作，来训练方队的整齐度。

站军姿就相当于在玩"一二三木头人"游戏，踢正步则是类似机器人按指令行走踢腿。

这两项都挺折磨人的。

不过，比起动作要领更多的踢正步，更多人宁愿站在太阳下接受紫外线的洗礼。

姜温枝恰恰相反，她对踢正步情有独钟。

在纠正踢腿姿势时，每一排要在小范围内不停地往返走。姜温枝随时抓住转身的机会，透过人群间隙往后面的班级看。

她在脑海里设想过很多遍，如果她和傅池屿正面对上，该怎么和他打招呼。

可训练几天了，两人根本没正式见上面。

白天累得要死的训练一结束，大家就疯狂往食堂冲，一顿风卷残云，又火速冲回宿舍休息，她抓不到任何机会。

一周过去，不仅和傅池屿没有进展，新班级里，姜温枝好不容易眼熟的几个人也分不清了。

因为，大家都晒黑得不行，雷同度太高。

脖子和锁骨下形成了明显的分界线，胳膊也是黑白分明，好多人笑起来只剩一口白牙。

放眼整个操场，除了绿就是一片黑黢黢的新生，全不复刚开学时的水灵灵了。

然而，东边训练场上有个例外。

女生身形单薄，皮质腰带勒出了纤细腰身，乌黑的头发挽了两道低扎着，端正地戴着迷彩帽，帽檐下是张白皙的小脸，五官温和。

强烈光线烘烤下，女生不仅没晒黑，反而白里透红的，像熟透了的水蜜桃，在一片黄黑中尤为显眼。

训练休息时间，不少女生凑到姜温枝面前问她用了什么防晒，姜温枝扬起通红的脸苦笑，实在没力气说话。

她是没怎么晒黑，可她热得上头啊！

下午三点，已经站了一小时军姿的新生苦不堪言，额头后背均被汗水打湿，从内而外散发着要被烤熟的气味。

教官韦致黑着脸，仍在纠正部分同学不规范的站姿。

姜温枝舔了舔起皮的唇，贴在裤缝的指尖颤抖着，眼皮在抽搐。

这样的高温下，她面红气喘，呼吸变得十分困难，身体贼虚，只随便来股风，就能把她刮倒。

太折磨人了！

好好活着不好吗？大热天的像个傻子一样在太阳底下站着，到底能给谁带来快乐？

教官和新生们显然并不快乐，那就是坐在阴凉处吃西瓜喝冷饮的志愿者学长学姐们快乐咯？

姜温枝也好想参与进去啊。

突然又一阵晕眩传来，她眼前一黑，小腿痉挛，就这么"咚"的一声，栽倒在地。

她的意识还没有完全消散，只觉得头昏昏沉沉的，耳边传来女生尖锐的叫喊。

"老师！不对，教官！我旁边的同学晕倒了！你快来啊！"

列队里其他同学全围了上来。

"中暑了吧？我的天，脸红成这样，喝醉了似的！"

"这破天气！别说女生了，我一大老爷们都要受不了了！"

"乖乖，快探探她鼻息，还有呼吸吗？还活着吗？"

众人无语地看向说这句话的男生，齐齐翻了个白眼给他。怎么好好的人不做，非做乌鸦嘴？

姜温枝手指抽动了两下，无比强烈地想蹦跶起来，然后告诉这群人，大家同学一场，无冤无仇的，能不能离她远一点，要没氧气了……

"大家原地休息！我送她去医务室！"

教官韦致快步走来，驱散了周边的同学，正要伸手拉女生胳膊时，旁边响起了一道爽利的男声。

"教官，我来吧！"

围观群众以及韦致的目光纷纷投向来人。

男生明显不是他们连队的。

他身形挺拔，袖子撸到手肘，露出了劲瘦的手臂。帽檐下一双凤眼狭长上挑，浓黑的双眸深邃，山根英挺，下颌线条流畅精致，稍一抬睫，骄矜的少年感顿显。

训练场地就这么大，又是一群青春朝气的学生，哪个班有帅哥美女，私下早传遍了。

"这是三班的傅池屿吧？我的天，近看更帅了！"

"他怎么跑我们这边了？"

"就是啊，之前也没见他来找过姜温枝。"

"说不定帅哥就是人善心好呢！"

人群里议论声加大。

韦致皱眉："同学，你……"

他还没说完，男生就已经迅速背起了女生前行，只撂下一句语速极快的话："教官，我知道医务室在哪儿，我送她过去！"

顷刻间，两人就消失在操场旁的小道，给炙热的训练场留下了无数的猜疑声。

在一颠一颠的晃动中，姜温枝回了几分意识。

头晕晕地想吐，她下意识动了动腿，发现自己双脚悬空着。

这感觉就像骑了个会动的椅子。

"姜温枝，姜温枝，你还好吗？"

恍恍惚惚中，有人在一声声叫她的名字。

姜温枝觉得自己真的出现重度幻觉了，居然听见了傅池屿的声音！

她费力掀开眼皮，迷着眼适应强烈的光线，发现自己正趴在别人的背上。

男生步子迈得飞快，背部宽阔，清瘦的肩胛骨突出，有些硌得慌。微风带起了一种莫名好闻，还让人舒心的味道。

帽檐遮住了男生半张脸，姜温枝这个角度只能看见他汗湿的鬓角。

"傅，傅池屿……"她张了张嘴，有气无力地喃喃。

其实并不能确定是不是他。

她可以认出傅池屿的背影、后脑勺、轮廓，但私心并不相信此刻会是傅池屿在背她。

听到她的声音后，傅池屿脚步减缓，偏了偏头。

"醒了？哪里不舒服？马上到医务室了。"

真的是他。

不知道是温度过高的原因，还是傅池屿背部传来源源不断的热意，姜温枝只觉得自己要融化了。

"傅池屿，怎么是你？"

她昏倒那一刻还在想，会是教官还是班上哪个热心的同学把她送到医务室，独独没想过会是傅池屿。

医务室离操场不近，姜温枝虽然瘦，可毕竟身高在那，傅池屿背着她跑了一路，气息却丝毫未乱，声音里还带着笑。

"怎么，被我背着，你还委屈了？"

姜温枝无力说话，不住地摇头。

热意上头，蠢到忘了傅池屿看不见她的动作。

不是委屈，而是难以置信，是怕这又是她做的一场黄粱美梦。

路两旁苍翠的树木枝繁叶茂，树荫下，姜温枝轻柔地伏在傅池屿的背上，盯着他分明的下颌棱角怔怔出神。

这个场景，她倏地想起那年在风斯一中操场上测八百米，那时她曾幻想过要是晕倒了，希望是傅池屿背她去医务室。

没想到，这样的白日梦居然真的实现了？

没有想象中的那样心花怒放，这一瞬，她反而很平静。

姜温枝挪了挪身体，眼角略带湿意，只希望就此一梦不醒。

到了医务室，校医检查后并无大碍，只是有些低血糖。

吃了两块糖，姜温枝心悸的感觉渐渐缓和。

校医视线扫过站在一旁的男生，眼神里是掩不住的欣赏。这孩子长得出众不说，还是个细心的。刚刚她去解女生衣领扣子时，他飞快移开目光，还自觉去门口站岗。

瞥了眼脸色依旧苍白的女生，校医给出建议："你在这儿休息吧！那个男生，你可以回去训练了。"

能在医务室吹着空调喝着水，谁愿意回操场受罪？可姜温枝并不想留下来。

她拿起外套和帽子站了起来："老师，我没事儿，我想回班级了。"

"行吧，要是再不舒服就直接和你们教官说！"

"谢谢老师。"

"谢谢老师。"

不大的房间里，两道感谢的声音同时响起。

姜温枝飞快地瞟了一眼傅池屿，见他对着校医鞠躬颔首，便也跟着他的动作行了一遍礼。

两人离开了冷气十足的空调室，刚到室外，铺天盖地的炽热顿时笼罩了他们，脚下的水泥地仿佛都被晒得直冒白气。

姜温枝和傅池屿步子缓慢地走着，两道黑影高低不齐，一前一后地挪动。

傅池屿的影子长长地拖在身后，姜温枝舍不得踩，往旁边侧了一步。

"姜温枝！"

"嗯？"

沉浸在影子追逐游戏中的姜温枝抬眸。

傅池屿停下了脚步，转身看她："你去旁边的休息区，我帮你请假。"

快两周训练下来，傅池屿的皮肤被晒成浅蜜色，五官更瘦削了，眼神深邃有神，像有团化不开的浓墨，周身都是凌厉的傲气。

对上他俊秀的下颌，姜温枝只觉得恍如隔世。

重逢来得猝不及防，她还来不及变漂亮、变优秀，傅池屿就站到了她面前。

经历了那么久难受的思念和折磨，姜温枝不想蜷缩在阴暗的角落了。

现在，她想给自己一个机会。

姜温枝往前迈了一步，站在傅池屿的影子里，直视他幽深的瞳孔。

她握紧拳头，让自己声音不发颤："傅池屿，我们不是一个班，甚至不是一个连队，我有同学有教官，你为什么要送我来医务室？"

疑问被急促地表达出来，她内心慌张无底，仿佛用尽了一腔孤勇才没避开男生的目光。

傅池屿笑了笑："姜温枝，我发现你很喜欢问为什么。"

因为你的一些行为总让我产生一种你对我也有点特别的感觉，我知道一切都可以是很简单的解释，比如教养，可在我如此在意你的前提下，数十倍地放大细节，还是会忍不住去期待那万分之一的机会。

"可能……"傅池屿眉梢一翘，像是真的思考了这个问题，喉结滚动，"因为我们曾是同学？你人挺好的。"

同学牌。

好人牌。

"哐当"两下砸过来，但姜温枝都不想要："傅池屿，我想和你做朋友！"

这句话在她的脑子里反反复复演练过，什么时候说，该用什么表情，语气真诚还是随意，她幻想过无数次，却从没一次是在她极度冲动的情况下。

见傅池屿迟迟不接话，双眼紧锁自己，唇边还勾着若有似无的笑，姜温枝心里的退堂鼓适宜地敲了起来："呃……不行也没关系！我随口说的，你别……"

你别当真。

你别讨厌我。

姜温枝还在推敲用词，傅池屿忽地抬手掀了掀帽子，眼尾上扬："可以啊。"

他俯身到和她平齐的高度，慢悠悠地继续开口："不过，你一副英雄就义的神情，我还以为你要说……"

他拖着尾音，恶劣地停顿了下来。

对着傅池屿陡然放大的五官，姜温枝眼睫眨了眨，脑袋嗡嗡的。

他以为她要说什么？

傅池屿眸里有光在跳动，享受着逗人的乐趣："说更过分的要求！"

"咚咚咚……"

姜温枝的心跳得比刚才中暑时还强烈了。

"那，这个，我，可以做……"姜温枝急得鼻尖沁出了汗珠，恨透了自己这张笨拙的嘴。

"傻不傻？刚开玩笑的，做朋友吧。"傅池屿轻敲了下她的头，随即敛起逗弄的笑意，便转身往操场去。

姜温枝跟在后面，笑得眼睛眯成了一条缝，露出了白生生的牙齿。

这年夏秋交迭之际，姜温枝得了个"傅池屿朋友"的名分。

朋友遍地走的傅池屿自然不在乎，可对于姜温枝来说，这绝对是足够在村口摆上十天十夜流水席的盛事，还是不收份子钱的那种。

2012年仲秋。

最近姜温枝在苦苦思索一个课题：朋友和同学的界限是什么？

可以随时聊天分享生活的，叫朋友。

譬如今天食堂哪个菜好吃，窗外晚霞很好看，明天有雨不要骑车，八卦主任家儿子数学考了一百分，他逢人就吹嘘自己基因好，虽然他儿子才上大班等等。

而同学，还是不在一个班的同学，就只能利用课间的机会，偶然在走廊上碰个面，或点头微笑，或擦肩而过。

拿到"傅池屿朋友"身份牌的姜温枝，觉得自己完全没有享受到她应该有的待遇。

不在一个班，真的太不方便了！

虽说一班和三班离得并不远，可这感觉就像隔了一条银河，碰个面可太难了。

不，还不如人家牛郎织女呢！

好歹人家平时能遥遥相望，一年还能圆满一番，可姜温枝只能借着课间去厕所的由头，频繁路过三班门口。

脚步放得缓慢，透过窗户能瞥到傅池屿和其他男生玩闹就不错了。

有时能遇上三班男生聚集在走廊聊天，可一群人的形势下，姜温枝根本没勇气和傅池屿打招呼，只低头快速路过，余光都不敢乱瞟。

她每天除了学习，就只能多喝水，这样课间还能多跑两趟厕所。

上了高中后，同学之间的小圈子更加明显，不管男生女生，都喜欢抱团，和谁一起玩一起吃饭都是固定的。

姜温枝并不觉得形单影只是一种孤独，反倒很享受这样的自在。

她的同桌是个比她还沉默的小姑娘，叫许宁蔓，长得小巧玲珑，性子怯怯诺诺的，不大爱说话。

两人坐一起倒是挺祥和，平时交流也不多。

在新班级，姜温枝唯一不顺心的事情，就是在竞争英语课代表一职时落选了。

竞选班委那天，班主任郑鹏老师充分发挥民主意识，让大家自由竞选。

班长、副班长、团支书的职位在姜温枝眼前如云烟飘过，她把目光放到了英语课代表上。

班里另一个女生和她公平竞争，两人简单演讲后，同学开始投票。

唱票结束，刚选出的班长沈熠文宣布结果。

"姜温枝，17票。"

"刘诗萱，43票。"

姜温枝惨败。

大家选出来的英语课代表是个活泼开朗的女生，鹅蛋脸，大眼睛，笑起来唇边有酒窝。结果出来后，她笑盈盈地站在讲台上发表当选感言。

班里众人鼓掌祝贺的同时，又一致用同情的眼神看向落选者。

姜温枝看上去心理素质挺好的，还跟着一起鼓掌，可脸上一闪而过的失落还是被不少人捕捉到了。

唉，真惨啊。

避开那些探寻的目光，姜温枝长睫垂落，也确实在掩饰内心的难过。

一班和三班是同一个英语老师，姜温枝因为自己能力不足，失去了唯一一门可以和傅池屿有联系的学科。

这才是她难过的源头。

不想把太多时间浪费在伤春悲秋上，姜温枝重振旗鼓，安慰自己以后总还会有机会的。

平静无澜的日子就这么一天天过去。

这天课间，同桌许宁蔓的书本被人碰到地上，几个女生不管不顾地出了教室。姜温枝蹙眉，弯腰把课本捡起来放回了座位，正好碰上回来的许宁蔓。

女生红着眼，声音蚊子般细微："谢谢……谢谢你。"

多大点事儿，姜温枝微笑着摇了摇头。

"……谢谢。"坐下后，许宁蔓又道了一次谢。

姜温枝回过头想说没关系，谁知女生飞快低下了头。

这件小事姜温枝原本没有放在心上，可接下来的几天，总有人围在她和许宁蔓桌子旁。

那些人要么"不小心"撞一下正在学习的许宁蔓，要不就是趁她不在，把她的东西弄到地上。

这些人都是女生，还是以英语课代表刘诗萱为首的。

姜温枝和许宁蔓的位置两边不靠，正好在教室中间，过道窄小，意外难免发生，姜温枝在教室时，就常顺手把东西捡起来。

上午第二节课结束，迎来大课间，许宁蔓照旧起身出了教室。姜温枝也打算去趟厕所，刚站起来，三四个女生挤到另一边过道，玩闹间，突然"哐当"

一声！

姜温枝偏头看，许宁蔓的桌子被推翻，书本文具等零散一地。

力道带动下，姜温枝的桌子一斜，桌脚和地面摩擦发出"吱呀"几声，桌上的东西倒是没掉落。

那道巨大的响声后，班里乍然沉寂了两三秒，就又恢复了如常的喧闹。

刘诗萱和几个女生丝毫没有要扶桌子的意思，抬脚跨过桌腿就往散落的课本上踩。

"刘诗萱。

"王静。

"李冉冉——"

杂闹间，倏地响起一道清越的声音。

教室本就只剩下一半的人，姜温枝又刻意拔高了音量，想盖过喧嚣，让被喊的人能清楚听到。

喊完三个女生后，她抿嘴顿了顿。

其实一共有四个人，但最后一个姜温枝实在不记得叫什么了。

这四个女生非常有默契，同时转身看向姜温枝，表情也一致，斜着眼拧着眉，满脸不悦。

刘诗萱先反应过来，嘴角扬着笑，翻着眼帘不耐烦地问："哟，这不是输我一大半票数的姜温枝同学吗？有何贵干？"

话里话外带着阴阳怪气的意味。

后面几个女生应景地摆出神气的表情，站在刘诗萱背后。

教室里骤然静了下来，自发就"事故"发生地带围成个圈，后排不少男生更是伸长了脖子凑热闹。女生吵架打架什么的，可比男生好玩多了。

一时间，气氛有些微妙。

姜温枝眼睫稍动。

除了竞选那次，她和刘诗萱似乎并没有任何交流，怎么对方一开口，戾气这么重？

姜温枝语调自然地说："你们把别人桌子推翻了。"她抬手指了指地面，"得扶起来吧？课本也要捡起来，然后和许宁蔓道歉。"

至此，事情已经很明显了，最近不是意外，这几个女生就是在针对她的同桌。

听到这话，几个女生你看看我我看看你，短暂的惊愕后，一齐笑出了声，仿佛她刚刚讲了个无比有意思的笑话。

"哈哈哈，萱萱，她让我们捡起来欸！"

"无语，这傻帽哪儿出来的？是不是想和许宁蔓一起陪我们玩玩？"

"我们就不捡！怎样？"

刘诗萱倒是没说话，只抱着胳膊站在一旁看。

姜温枝没管后面几个碎嘴的嘲讽，狐假虎威罢了。她往前走了两步，站到刘诗萱面前，不卑不亢："你们推的，就得扶起来。"

声音不疾不徐，有力地传入对方的耳朵。

闻言，刘诗萱俏丽的脸蛋上出现了趾高气扬的笑，随即她眼神一沉，面露嚣张："姜温枝，我就是故意的怎么了？关你屁事？"

这世上总有些人觉得自己是大英雄，有正义感，可只要稍一威胁，就屁滚尿流了。刘诗萱觉得姜温枝便是这样，死板无趣只知道学习的人，有什么可惧的？

她翻了翻白眼，跋扈地补充："惹我，没好下场的！"说罢，挑衅似的，"啪"地一下踢开脚下的课本。

一道抛物线后，书本哗啦啦砸在更远的地上，"刺啦"一声，页面掉了半截，可怜兮兮的。

姜温枝的视线落在那半截课本上，神色看似平静，可心底情绪早已翻涌，心头更是蹿起一股无名之火。

新书下发还没多久，她就看见许宁蔓仔细地给每本书包上书皮，每次用书时也是轻拿轻放。主人如此爱惜的东西，被不知道从哪里冒出来的人肆无忌惮地践踏。

这些女生凭什么欺负人？

"开学时，我觉得你挺漂亮的。"对上盛气凌人的刘诗萱，姜温枝倏地冒出一句话。

说这话时，她的神色无比真诚，诚恳到没人怀疑是假的。

这下不止挑事的女生，旁边看热闹的人也愣住了。

这剑拔弩张的气氛刚起来，姜温枝就开始服软了，夸对方漂亮？是什么路数？

众人一头雾水中，姜温枝再度开口："可现在，我觉得你丑死了。"

"怎么，幼儿园老师没教过你要友爱同学吗？"她一字一顿地说着，清澈的瞳孔里带着满满的讥讽。

周遭画面定格的工夫，姜温枝坦然地继续说："你的素质真有点低，从小到大思想品德课是不是从没及格过？"

这话一出，围观群众都倒吸一口凉气，更何况刘诗萱了。

只见刘诗萱脸色发青，嘴唇不住地颤抖，全身冒着怒火，高高扬起手就要扇下。

可她抬起的手还没落下，瞬间就被对面的姜温枝牢牢抓住，就这么不上不下地举在了半空中。

姜温枝看着瘦弱，可此时手上的力道极重，牢牢地箍着刘诗萱的手腕。

她抬睫，冷冷地说："刘诗萱，你在教室里打人，我就告诉老师，你在外面打我，我就告诉家长，或者报警。"

"我……你……"刘诗萱眼里要喷火。

姜温枝重重一挥手，甩开了刘诗萱的胳膊，转而慢悠悠地从桌上抽了张纸，细细擦了擦手，穿过目瞪口呆的人群，把垃圾扔进了纸篓。

随后，她淡然走回教室中间，推开跟着刘诗萱的几个女生，先把桌子扶了起来，然后蹲在地上捡课本。

四周围观群众窸窸窣窣地聊了起来。

"行啊，姜温枝厉害啊！平时看着不显山不露水的。"

"我也没想到，气势这么足的吗？不过开学这么久了，我还是第一次听她说话。"

"刘诗萱家里挺有钱的，啧，惹了她以后估计不好过了！"

这个年纪面子比天大，刘诗萱刚刚一时被镇住了，听到议论后表情越发恶狠，正要上前继续找麻烦，班主任郑鹏走了进来。

见同学们围在一起，他拨开人群，笑呵呵道："怎么回事儿？课间不休息都站着干吗？哎，地上怎么这么多书啊？"

戏看够了，观众一哄而散。

刘诗萱在旁边女生的牵扯下不爽地离开，临走时还不忘撂下狠话："姜温枝！你给我等着！"

姜温枝蹲着的身子未动，可捡书的手微不可见地抖了抖。她扑簌簌地眨眼，把眸里的慌乱隐了下去。

她是纸老虎，一戳就破的纸老虎。

要不是刘诗萱第一次抬手时她佯装的气势压倒了对方，恐怕事情没有这么快消停。

姜温枝打小的人生格言就是多一事不如少一事，可这只能说明她得过且过不多事，却也不怕事。

她最看不起欺凌弱小的人。

姜温南小时候圆滚滚的，常被人欺负，都是她去讨回的公道。

她真的不明白这些女生怎么想的，女性从体型到体力都不占优势，本就是弱势群体，互帮互助才是正理。

所以！比男人欺负女人更可恶的事情就是女性欺负女性。

忽然，手背一暖，旁边伸出一只柔软的小手搭了姜温枝的手腕上。姜温枝抬眼看去，许宁蔓眼睛红得像兔子眼，抽抽搭搭的，不说话。

沉默着捡完书本，两人回了座位。

姜温枝拿出纸巾递给许宁蔓，她不知道该怎么安慰人，但或许这时候有个安静的环境也好。

"丁零零……"

闹剧彻底结束，一切回归平凡的学习课堂。

老师板书的工夫，姜温枝手里被塞了个东西。她看了眼迅速趴回桌上的许宁蔓，缓缓展开了小字条。

——从来只有人摔我的课本、书包，还有我……第一次有人把我的东西捡起来。谢谢你，姜温枝同学。

——她们一直这样欺负你？

——嗯，从初中开始。

——怎么不告诉老师和父母呢？

——老师管不了，我……我爸妈离婚了，也不管我，我和奶奶住，我不想让她担心。

字条再次传回来之后，姜温枝拿在手里反复摩挲。

她懊悔极了，不该问那句话的，多什么嘴。

姜温枝自诩是个清醒的人，面对这种事，如果谁问"她们为什么欺负你不欺负别人"这种话，她一定会生气。

谁说这世上没有无缘无故的欺凌？

有些人或天性不好，或自卑，或教养不好，就爱在别人身上寻找所谓的存在感，所以她更在乎被欺负后有没有采取措施来保护自己。

可生活太复杂了，不是什么事情都是嘴巴一张一闭这么简单的，人人都有无可奈何的苦衷。

姜温枝头一次觉得自己的想法太过幼稚武断了。

她转头看向一旁瘦小无助、眼睛又红又湿的女生。

怪不得许宁蔓身上总带着落寞，对谁都竖起防备的刺，把自己和人群隔离得远远的。

姜温枝拿起笔，认真写字：以后我保护你，起码高中三年不让你受欺负。

虽然姜温枝诚心觉得自己也没啥保护人的本事，但仍坚定地把字条塞给了许宁蔓。

她只是想让许宁蔓安心。

字条传过去后就没有再传回来，姜温枝飘在黑板上的眸光很复杂。

数学老师从书本上讲到了现实生活中好笑的事情，班里同学嘻嘻哈哈笑倒一片。

许宁蔓也埋着头，肩膀小幅度颤动。

她自小父母离异，年迈的奶奶把她养大。她一直乖巧听话，努力学习，可就因为穿的鞋破衣服旧，成绩考得好些，就要受欺负吗？

被人捉弄，被人讥骂，常常弄一身伤，她只能一遍遍告诉奶奶，是自己不小心摔的。

她曾无助地哭过很多次。

直到这天，有人捡起了她的自尊，说要保护她。对方还是个看着清冷但笑起来却很温柔、干什么都慢条斯理的女生。

可不知为什么，许宁蔓总觉得姜温枝身上有明亮洁白的光，让人忍不住想去相信，然后靠近。

如果一个人一直吃苦，那她会越来越坚强，越来越不在乎，可一旦尝到了蜜糖的甜味，就再也忍受不了苦涩了。

2012 年立冬。

期中考试成绩出来，高一年级一班和三班雷声般的欢呼声响彻楼层，这让夹在中间的二班头疼不已。

考前，英语老师陈咏仪曾答应他们，如果本次考试两个班的单科均分都能进前六，那便抽个晚自习让他们看电影。

两个班不负众望，成功达到了陈咏仪的要求。

赤瑾一高掐尖了初中最好的一批学生，加上半学期的培养，学生之间的分数咬得很紧，前端优生更是竞争激烈。

一次月考，一次期中，年级前十的名次人员变动不小，可头把交椅被一班的姜温枝同学牢牢占据。

想在学校出名，要么颜值够硬，要么个性张扬十足，而姜温枝凭借两次的成绩在年级里也算有了些讨论度。

不过大部分人对姜温枝都是未见其人，先闻其名。

当天晚自习，姜温枝正给许宁蔓讲解数学试卷的最后一道大题，教室前后门同时被人推开了。

丁零哐当的撞击声不断，乱哄哄的吵闹顷刻间塞满了教室，半陌生半眼熟的男生女生搬着凳子如潮水涌了进来。

"哎哟喂，这得挤到垃圾桶了吧！"

"闯哥，我来找你玩啦！"

"去去去，你们三班来打家劫舍？"

…………

陈咏仪眉眼带笑地从前门进来，站在讲台上，声音里是藏不住的雀跃："同学们，大家都挤一挤，今晚我们两个班一起看电影！"

"大家期中考试表现不错，老师说到做到。对了，这次英语年级最高分149，就是咱们一班的姜温枝同学！"

陈咏仪赞赏的目光投到了坐在教室中间的女生身上："大家给自己，也给姜温枝送上掌声！"

"喊……"

轻微的不满从教室右边的几名女生中传来。

"啪啪啪……"

大部分人卖力地鼓掌，毕竟这次考得不错的人不在少数。

"咣咣咣……"

外来的三班同学一边找位置安营扎寨，一边拍凳子附和。

许宁蔓脸上带着最大的笑意，掌声尤为热烈。

不同于周围松弛的氛围，姜温枝脸色是肉眼可见的紧绷。从三班的同学进来后，她的眸光就没安分过，甚至手里的笔都没捏稳，"啪嗒"掉在了桌上。圆润的笔滚了一圈，停在书本边沿。

她微微向左边侧身，视线在教室后面徘徊。

"哐——"右边过道传来凳子和地面亲密接触的声音，姜温枝还没回头，先闻到了一种清新的凉薄荷味道。

她肩膀瞬间僵硬，机械地回身。

她凳子旁边，一双直挺修长的腿屈起，裤腿下是瘦白的脚踝……

傅池屿懒散地坐了下来，双手交叉叠在胳膊上，骨节分明的右手离她不过一寸，他斜靠着椅子仍比她高。

姜温枝抬头，望进他黝黑的双眸里。

傅池屿发色偏深，蓬松得很有层次感，额前碎碎的刘海侧分，露出两道浓黑的自然眉，狭长的眼睛微翘，双眼皮不是那么分明。他比之前更瘦了些，脸部线条越发干净。

不笑时，开始让人有距离感。

姜温枝睫毛忽闪，想说些什么，见傅池屿薄唇微启，似乎也有话，便立马闭上了嘴，打算等她的"朋友"先开口。

"灯光师呢？快关灯！窗户旁的场工态度也不行，快把窗帘拉下来啊！"有个同学叫嚷道。

四周陡然杂乱起来，不少男生接话：

"沈熠文，我的大班长啊，你赶紧去弄一下投影仪，老师搞太费时间了！"

"同学们动起来，一分一秒都很宝贵……"

教室被两个班的同学塞得满满当当，随便几个人说话就很像清早的菜市场。

电影开场，主角对白响起，同学们渐渐安静下来。

这是部国产爱情悲喜剧。

也就只有开明的英语老师会放带有浪漫色彩的片子，这要是班主任，百分之九十九会播励志奋斗的类型。

可那也没关系，只要是和傅池屿一起看，什么都好，看什么都开心。

突然，过往某段不开心的经历倏然跳了出来，试图干扰姜温枝的情绪。

她掐着手心让自己的心稳定下来。

电影开篇轻松愉快，大家呵呵地笑着。

昏暗的教室里，一群人挤在一起仰头看电影，比在电影院里的氛围还好。大家吃着零食，不时小声讨论剧情，还有人笑得砸桌子。

幽闭空间里，某种味道独树一帜。

角落里冒出一个声音："是谁在吃辣条？"

"哈哈哈，是我，来一根吗？"

"好！快塞我嘴里，啊……"

有女生不满了，尖着嗓子："你们能不能别喊了？都听不见了。"

姜温枝的思绪全然被旁边的傅池屿占据。

他交际能力没话说，几分钟后，她后面的孙明便一口一个"傅哥"地叫着，两人看上去比同班同学还亲切。

浮光掠影间。

"姜温枝，伸手。"

来不及反应，姜温枝直愣愣地伸出右手："嗯？"

傅池屿的肩膀瞬间靠了过来，距离近到可以说是呼吸相闻。她后背猛地撩起一阵麻意，在昏暗中无限放大。

只须臾，傅池屿便直起腰背，继续看电影。

而姜温枝的手里多了一把瓜子。

干燥的五香味瓜子。

她分了一半给许宁蔓，然后把剩下的放到口袋里，一颗一颗数着玩。

正好摸到一袋小饼干，还是早上温玉婷塞给她的，姜温枝连忙掏出，递到右边："傅池屿，给你饼干。"

傅池屿身形稍顿，瞥了她两眼后接了过去。

电影播到一半，下课铃响起，但屏幕并未暂停，有需要去厕所的同学悄悄去就行，大部分人依旧沉浸在观影中。

傅池屿也起身，从后面离开了教室。

课间十分钟很快过去，姜温枝旁边的人踩着铃声回来了。

傅池屿坐下的同时，她桌上多了两盒酸奶。他骨感分明的手腕收回，带着懒意"嗯"了声："你和你同桌的。"

"噢噢。"

一回生二回熟，姜温枝快速从书包里掏出一条奶糖塞到他手里。

"喏，回礼。"

"……呵。"

傅池屿眉心一抽，垂眸看向手心的糖，紫色的葡萄味。他指尖搓了搓包装，发出清脆的滋滋声，居然有些悦耳。

随后，他缓缓收拢掌心，抻了抻腿，便闲逸地靠向椅背。

"哟呵，傅哥，我咋没有？我也要！"姜温枝后座的孙明才看到酸奶，不满地发出猪叫。

傅池屿转身敲了下桌子，无语地睨他，眉眼间的笑意还未褪。

"开玩笑，开玩笑嘛，我超满足了！"孙明笑嘻嘻地打哈哈。

他桌上全是刚刚在超市采购的零食，从薯片到果干、辣条，都是傅池屿买的单，他要酸奶也只是过过嘴瘾。

姜温枝拿起一盒酸奶，拧松盖子，递给了同桌。

许宁蔓脸色泛着红，连连推拒："我不……"

姜温枝浅笑，扬了扬手，软软地哄道："蔓蔓同学，我都打开了。"一副你不喝也没办法的架势。

经过这段时间相处，她已经深知许宁蔓的弱点，吃软不吃硬。

果然，许宁蔓没再拒绝。

姜温枝手肘撑在桌上，看似盯着屏幕，其实余光每时每刻都在往右边偷瞥。

大概过了十分钟，旁边的椅子动了动，傅池屿的手再度伸了过来，手指虚握朝下，分明的指骨泛白凸起。

"咳……"

听到他的轻咳声，姜温枝霎时便明白了他的意思。

她左右手迅速合拢，放在了傅池屿手下。

一把粒粒饱满的瓜子仁滑到了她的手心，似乎还带着男生温热的体温。

他们像是小朋友过家家一般，互相分享好吃的。

姜温枝蹙眉，盯着傅池屿的侧脸，憋了半天才讪讪开口："傅池屿……我今天没带其他吃的了……"

言下之意就是我没有东西回给你了，但是我很喜欢这个游戏，待我今晚回去准备粮草，咱们明天再玩？

电影正放到男女主互诉衷肠，班上同学投入剧情中，还有女生在抹眼泪抽泣，可姜温枝还是听到了傅池屿清冽的笑声。

"姜温枝——你想什么呢？"

他揶揄地拖长了她的名字，叫得甚是好听。

傅池屿把手里的奶糖拆开，只拿了一颗，其余的放到她桌上，哄小孩似的撩起眼皮："自个儿留着吃吧。"

姜温枝："那我明天给你带别的好吃的！"

"不用。"他摇头，"我没什么喜欢的。"

你喜欢蜂蜜黄油味的薯片，喜欢某个牌子的草莓干，喜欢百事不喜欢可口可乐，喜欢二食堂的辣子鸡……

姜温枝心里默数傅池屿的爱好。

前面几个她也喜欢，但是辣子鸡目前还是接受不了。一盘全是辣椒丝，鸡块上沾满辣椒籽，闻着就呛味冲天。

这对一向饮食清淡的姜温枝来说，一下接受有点难，但她有在努力，时不时去食堂吃上一次，每次都辣得胃火烧一样地疼。

只想想那个味道，姜温枝就觉得嘴巴又火辣辣的了，快速拿起酸奶喝了一口。

她不经意回眸，看见傅池屿专注的目光落在前方屏幕上。灯光忽明忽暗，有光影在他眉间跃动，比山水更深幽。

他们终于一起看电影了。

时间真仁慈，给她机会去弥补曾经的遗憾。

现在，傅池屿就坐在她身边。

电影末尾，男女主角分别多年后重逢，画面闪回到很多年前的片段，给观众留下开放式结局。

班里一阵唏嘘声。

这种爱情故事，你想它是团圆就是团圆，想它是告别就是告别。

"姜温枝。"

"啊？"不知道傅池屿突然喊自己干吗，姜温枝偏头看向他。

傅池屿冲大屏幕扬了扬下巴，似是随口问："这结局，你觉得是悲是喜？"

"喜剧。"

没丝毫犹疑，她轻声却坚定地回答了这个问题。

这当然是美好的结局。男女主角久别重逢，从此必定幸福圆满地生活在一起了，白头到老，相伴一生。

"嗯。"傅池屿浅浅挑了下眉。

众同学还在叽叽喳喳讨论着剧情，发表不同的看法，三班同学正要搬凳子回自己班级，陈咏仪拿着一沓英语报纸进了教室。

"先别走哈，正好大家都在，我把这周的报纸发下去，里面有篇完形填空还不错，你们先做，待会儿我来讲解一下！"省得她讲两遍。

"刘诗萱，卢语，你们俩来帮我发一下！"

两个班的英语课代表起身走上讲台，陈咏仪从前门离开。

教室本就拥挤，完全可以把报纸从前往后传，简单省事，可刘诗萱偏偏喊了几个女生挨个去发。

刘诗萱在狭窄的过道间挤来挤去，一边发一边和同学插科打诨。

见女生快到中间了，傅池屿蹙眉，不动声色地挪了下凳子，留出较大的活动空间。

注意到他的举动，刘诗萱嘴角顿时抿直，脸上有失落一闪而过。她抽出最下面的一张英语报，"啪"地扔到了旁边姜温枝的桌上。

这张报纸右下角完全被水浸湿。

被这么用力一甩，报纸湿掉的部分呈半脱落的姿势垂在桌沿，形状可怜。

姜温枝抬睫，看到刘诗萱斜站在桌前，居高临下地俯视她。

对于这样的行为，姜温枝只觉得好笑。

自从前段时间和刘诗萱结下梁子后，这样的事情三番五次发生。不过都是些无伤大雅的冷暴力，姜温枝心大，只要不太过分，她都懒得计较。

今天也一样。

她掏出纸巾，轻轻按压在报纸表面，等一会儿干了再用胶带粘起来就行了。

见姜温枝这般慢腾腾的悠然，刘诗萱不满到极点。凭什么姜温枝这么淡定？凭什么傅池屿要坐在她旁边？

开学至今，傅池屿已经有了一批忠实的追随者。

刘诗萱仗着人缘好，时常出入三班，时不时和傅池屿搭上几句不痛不痒的话。

可男生远没有看上去那么好相处，能说两句话，但界限分明，淡然地保持着礼貌距离。不止对她，他对所有女生都是这样的态度。

不过，傅池屿和姜温枝看起来似乎有不一样的熟稔。甚至军训的时候，他还从连队里冲出来背姜温枝去医务室。

从那时候起，刘诗萱就看姜温枝不爽了。她哪稀罕当什么劳什子的英语课代表，只不过是看姜温枝举手，她才掺和的。

后来见傅池屿确实没再找过姜温枝，她也就没放在心上了。

果然，这种无聊的女生对自己毫无威胁。

然而，姜温枝居然敢公然反抗自己，刘诗萱想好了不少折腾人的法子，打算慢慢来折磨她。

可没想到今晚傅池屿居然又坐到了姜温枝旁边。

一场电影的时间，刘诗萱隔着中间的人紧盯着他们，看着他们时不时的互动，还有傅池屿若有似无的侧头，她对姜温枝从讨厌上升到了憎恶。

姜温枝才不管刘诗萱越来越凝重的神色，她正擦着桌子，有人扯了扯她的衣袖。

许宁蔓把自己的报纸递了过来："枝枝，我们换吧……"

"没事儿，都一样。"姜温枝安抚地笑了笑，然后拿起笔，在报纸干爽的上半部分写上名字。

刘诗萱肝火烧得更旺了，是真的想把手里的东西全砸到姜温枝脸上，可一想到旁边还坐着傅池屿，只能提醒自己不能失态。

刘诗萱深吸一口气，不舍地看了男生两眼，提步往后排走。

"等等。"

突然，一道波澜不惊的声音沉沉传来。

刘诗萱迅速停了脚步。

她刚擦肩过去，傅池屿只能是在叫她。她脸色惊喜，一个转身对上傅池屿的方向。

他第一次主动叫她，这让她无比期待他接下来的话。

"刘……刘诗萱，是吧？"傅池屿懒懒地掀起眼帘，抬手捏了捏额心，语气寡淡。

"是、是的。"听他如此漠然地叫她名字，刘诗萱霎时头皮发麻，内心升起不妙的预感。

"姜温枝呢，她脾气软，好说话。"傅池屿抬了下一边眼尾，漆黑的瞳孔深邃，可半分眼神没落到刘诗萱身上，慢悠悠吐字，"可我不。"

平静至极下埋着火种。

这句话的意思是欺负姜温枝就是在欺负他吗？

教室里没有老师，同学们小打小闹着，不少人好奇地看过来。刘诗萱的表情倏然绷不住了，青白交加。她跺了跺脚，急切推开后面过道上的同学，仓促跑开了。

傅池屿将凳子挪回原位，把手上崭新的报纸从中间对齐叠好，递给了旁边愣着的某人。

他视线落在女生瓷白的脸上，"啧啧"轻叹道："姜温枝，你怎么这么好欺负？"语气十分恨铁不成钢。

可姜温枝一遇到傅池屿便抓不住重点，还纠结于事情浅显的表面："也不是多大事儿，反正总要有人要的。"

"这话没错，可该轮到谁就谁，拿到的人只能怪他运气不好。"傅池屿说，"可要是人为干预，那你就得表达出你的不满。

"好脾气也不能受欺负，你要有自己的坚持！"

他睨了她一眼，漫不经心地问："记住了吗？"

傅池屿在给她讲道理。

意识到这点后，姜温枝登时感觉血压有点高，颤着手按住发抖的腿。

喂，姜温枝，你别晕过去啊，这只是朋友间的循循善诱。

"嗯! 我知道了, 谢谢你。"她笑得极傻。

"这还差不多。"

挪回目光, 傅池屿拿起那张湿漉漉的报纸, 还顺了支姜温枝桌上的黑色圆珠笔。

他没划去"姜温枝"三个字, 直接在下面龙飞凤舞地签上了他的名字。

这下, 姜温枝是真的非常非常想要那张报纸了。

偷瞄着男生优越的下颌线, 她真想说: 傅池屿, 咱打个商量, 再换回来行不行?

2012 年 12 月 31 日。

从小学到高中, 每逢元旦, 学校总会搞些晚会, 让全校师生欢聚一堂乐呵乐呵。

这一年的元旦会演, 姜温枝比任何人都期待。

她从不知道, 原来傅池屿会跳街舞。

晚会今晚七点开始, 从早晨睁眼, 姜温枝的心就一直加速跳动着。

她在纯白毛衣外面穿了件浅蓝色的棉服, 嫩蓝色奶呼呼地蓬松着, 衣摆处还有抽绳可以调节宽度。

洗漱后, 姜温枝拎起书包, 踮着脚尖离开了家。

今天气温出奇的低, 像是要把整个天地冻裂开, 风使劲儿往人骨头缝里钻, 冷得人牙齿直打战, 呼出的气瞬间变成了一团团白雾。

清晨浓雾未散, 能见度很低, 整个街道都笼罩在阴沉沉的严冬中。

这条路姜温枝无比熟悉, 不需要用眼睛辨路, 只靠感觉就可以。

她一手拿着豆浆, 一手拿着包子。刚出锅的早点还冒着热气, 寒风一吹, 正好能入口, 她边吃边喜滋滋地笑。

希望白天短一点, 快一点, 赶紧到晚上吧。

到赤瑾一高门口, 刚好吃完早餐, 姜温枝把包装袋扔到旁边的垃圾桶里, 和门卫大叔问好后便进了校门。

雾气稍散了些, 校园里的枯树光秃秃的, 花坛也是枯黄一片, 丝毫没有生机。宽阔的水泥路上零散走着几个学生, 视野前方的教学楼静谧祥和。

"丁零零……"

突如其来的清脆车铃声打破了宁静。

背后传来推动自行车的声音, 很快就来到了姜温枝身侧。

两人一车缓步并行。

这是辆黑色轻便的山地车, 车身绘着线条涂鸦, 轮圈慢慢转动, 带起一圈圈光环。

车的主人身材高挺, 单手搭在车把上, 手指冷白瘦长, 手背指骨上的青筋忽隐忽现。

他穿着乌黑色的连帽冲锋衣, 大敞着, 露出里面纯粹极致的蓝衬衫, 不是天空的湛蓝, 也不是海域的深蓝, 而是一种更孤独神秘的色彩。

衬衫领口叠挂着几条不规则的水钻链子，随着他前进的动作在胸前起伏，亮晶晶的，有点痞帅。

男生眉峰高挺，双眸半阖着，浓密的鸦睫上挂着雾气凝成的晶莹，下颌线条精致，脸上带着懒散的倦意。

"姜温枝，早啊。"

像是才注意到旁边有人，傅池屿缓缓抬起眼，声音带着早起的低哑。

姜温枝的目光投在他单肩挂着的黑色背包上。

侧边网布插袋里放着一个黑色保温杯，杯身是极简的磨砂质感，看着沉稳高级。

"嗯，傅池屿，早啊！"

她把目光转到他脸上。

刚看他一副没睡醒的样子，就没主动打招呼。不过，这个状态骑车真的可以吗？

她抿了抿嘴，还是没忍住开口："傅池屿，骑车的时候要把拉链拉起来，不然会感冒的。"

这语重心长的口吻，简直像是在教育她不听话的弟弟姜温南。

傅池屿打哈欠的动作停了下来，飞快低头瞥了眼自己的衣服，勾唇，乐笑了："行。"

小路走到尽头，姜温枝不舍地告别："那我去班级啦！"

"嗯，再见。"

两人在拐弯处分开，一个往教室走，一个往自行车停车场去。

近段时间，姜温枝和傅池屿的关系似乎有了不小的突破，在学校里遇见，他们能自然地打招呼了。

一切都在往美好的方向发展。

今儿注定是无心学习的一天，从下午开始，老师便不再上课，只安排学生在教室自习，静等晚上的狂欢。

所有人都在数着时间过，千呼万唤，终于挨到了下午第四节课放学。

姜温枝和许宁蔓吃完晚饭便搬着凳子去操场。

操场早已按照年级划分了观看区域。高一仗着年级小，排在了队伍最前面，而一班更是占据有利地形。

姜温枝就坐在离舞台三四米远的位置。

七点，晚会正式开始。

朔风簌簌地吹，凉飕飕的寒意顺着人衣襟猛烈往里灌，但是台下观众不减热情，欢腾地与台上表演的同学互动。

寒冬腊月，主持人穿搭清凉。男生还好，起码穿着西装，可两个女生一袭礼服，肩头和胳膊都裸露在外。

姜温枝这个角度，能看见小姐姐们单薄的身躯在寒风中颤抖着，可人家的声音、台风依旧稳稳的。

她不自觉裹紧了身上的棉服。

又一轮北风吹来，卷起细小的沙土在空中旋转，不少人"呸呸呸"吐着沙子，姜温枝也被迷了眼睛。

揉眼时，她忽然想起刚刚下楼，傅池屿拎着凳子走在她前面不远处。他肩背清瘦，单薄的衬衫在寒风中扑棱棱扬起。

傅池屿并没拿外套。

舞台上主持人下场，第四个节目开始了，是高三学长学姐带来的小品：《那些年赤瑾不得不说的二三事》。

他们一上来便作弄搞怪，几个学校真实的段子惹得同学们捧腹大笑，旁边站着的老师也忍不住哈哈笑开怀。

姜温枝心不在焉地扯了扯唇，蓦地鼻尖一凉。

下一瞬，有细细的雪白迅速化开，润成水意。

一旁的许宁蔓拉住了她的衣袖，轻声感叹："哇！枝枝你快看，是不是下雪了？"

"嗯，好像是。"

雪势还不大，只零零地飞舞飘散，顺着风在空中悠悠荡荡地盘旋。

"我的天，这么浪漫的吗？在雪中看表演？"

"老天啊！让暴风雪来得更猛烈些吧！"

"2012年的最后一场雪来得刚刚好。"

台下渐渐骚动起来，大家伸着手去接空中的小雪花。

姜温枝拂了拂鼻尖，眼睫动了动，弯下身对许宁蔓耳语："我去趟厕所。"

说完，她猫着身子，尽量不挡住后排同学的视线，从班主任和一众老师前面偷偷溜了出去。

离开观赏地带后，姜温枝飞快直起腰背，往教学楼跑去。

傅池屿的节目排在第七个，她快一点，时间应该够的。

操场离高一区横跨了半个校园，她拿出跑八百米最好的水平，用尽全力冲刺。

跑得急促，她大口呼吸着，灌了一肚子凉风不说，胸腔还开始猛烈地颤动。

平日喧腾的教学楼此刻空无一人，姜温枝喘着粗气推开了陌生的三班教室的后门。

傅池屿的座位在最左侧靠窗的位置。

她疾步走过去。

他的桌面还是从前那般干净，黑色冲锋衣叠得整齐塞在课桌里。

姜温枝拿上外套，又从挂在椅背上的背包侧面抽出了他的保温杯。

杯子是空的。

她走到饮水机前，冲洗一遍后，接了一半热水。

姜温枝握着杯身，悬着杯口，倒了一点水在自己手背上，太着急没掌握好比例，烫得她一激灵，白皙的手背顿时红了一片。

她又加了些冷水，确认温度适宜后，赶忙往操场跑去。

雪越下越大，从细碎的小花变成了片状棉絮。姜温枝发丝眉梢染着雪意，紧抿着唇，这样急速奔跑起来雪花才不会进到嘴里。

她只觉得这路比来时更漫长。

舞台总算出现在眼帘，主持人的声音被风声阻隔，断断续续，有些听不清。

几秒的沉寂后，动感的金属节拍燃烧了整个场地，观众火一样的热情在大雪中沸腾。

姜温枝没有回班级，而是站在舞台侧面的阴影里。

台上先是极暗，反向投射的追光灯打在中央，各色光束逐渐点亮。领舞的男生蓝衣黑裤，站在那里，比任何一道光线都耀眼。

他就是光。

傅池屿音乐节奏感极强，动作看似随性却又精准卡点，肢体力量感十足，像是在表达自己的语言，干净利落，行云流水。

暗黑给他染上野性的魔力。

高潮部分，傅池屿逆向舞台旋转扭胯，单手撑地，蓝色衬衫衣摆滑落，水晶链条随之垂下，露出一截劲瘦冷白的腰身，腹肌线条分明。

"啊啊啊——"

台下男生女生的尖叫突破天际。

姜温枝从没见过这样的傅池屿，和平时完全不同，有种世界尽在他脚下的潇洒。

震耳欲聋的喧嚣让姜温枝有种恍如隔世的错觉。

她站在风雪中，把怀里的外套抱得紧紧的，为它挡去飘落的雪片，热烈的眼神锁着台上璀璨的傅池屿。

他遥远又耀眼。

仰头看了看灰蒙蒙飞雪的天，姜温枝眼角略带湿润。

良久，她轻声呢喃：

"下雪了。

"傅池屿，你冷不冷？"

舞蹈盛宴结束，傅池屿行了个帅气的绅士礼，弯腰鞠躬，挥手下台。

姜温枝突然发现自己站的位置极妙，往后走几步便是临时搭建的后台。

她从震撼中抽离心神，看到傅池屿正站在幕布后面和几个男生说话。她给自己打气，正要抬脚，肩膀就被接连涌来的女生撞了几下。

一群打扮靓丽的女生抱着花束疯狂挤了过去，把刚下台的男生围了起来。

"傅池屿，你跳得真好！给你，这是我专门为你买的花！"

"收我的，她的没我的好看。"

"傅池屿，明天你有安排吗？要不要一起吃个饭？"

…………

本就不大的后台被女孩们兴奋的叫喊掀翻了天。

姜温枝低下了头。

节目单早就出来了，怎么别人都知道要提前买好漂亮的鲜花呢？她怎么总是慢一拍啊？

别的女生都打扮得漂漂亮亮的，别说男生，姜温枝都觉得她们很好看。

垂眼瞅了瞅自己臃肿的棉服和阔腿裤，她偃旗息鼓了。

刚巧有个方脸圆眼的男生从后面走来，姜温枝迟疑了一秒，还是叫住了他。

"齐峻。"

男生停下了往里走的动作，疑惑地看向她。

"能……麻烦你个事儿吗？"

姜温枝挺不好意思的，冻得发白的脸肉眼可见地红了。

齐峻是傅池屿班上的男生，他俩关系很好，常在一起玩，所以她记住了他的名字。

可姜温枝和齐峻并不熟悉，只是和傅池屿打招呼时，顺带礼貌点头的交情。

好在齐峻性格爽朗，咧着嘴笑道："没问题，你说！"

"这是……傅池屿的，能麻烦你帮忙拿给他吗？"姜温枝把手里的东西递过去，"谢谢啊。"

不值一提的小事，齐峻欣然答应。

他看向不远处的傅池屿，想问姜温枝为什么不自己送过去。可看见女生眉间带着寒意，脸颊冻得发红，连举着东西的手都在颤抖，他啥也不说了，直接爽快地接过。

"好嘞！我拿给他。"

姜温枝不住地感激："谢谢……辛苦了。"

齐峻问道："还有其他事吗？"

"没了没了，谢谢，再见。"

姜温枝最后瞥了眼立于人群中间的傅池屿，转身离开。

看着女生瘦弱的背影消失在风雪中，齐峻皱了皱眉，往后台里去了。

刚走没两步，他的肩膀猛地被人勾住。

"齐峻！干吗呢？喊你好几声没听见？"

"施佳，你吓死我了！"

施佳柳叶眉弯弯的，笑道："得了！大老爷们就这点胆子，我可是来给咱班男生祝贺的，跳舞帅惨了好嘛！"她斜了一眼齐峻拎着的衣服，"谁的？"

"傅池屿的呗，一下台就有人给他送衣服，估计怕他冻死。"

施佳目光微动，自然地扯过衣服抱在怀里，撒着娇："哦，手好冷啊，借我暖暖。"

齐峻"喊"了声，敲了敲她的头："傻了吧唧的，手冷不知道塞袖子里？走，找傅池屿去！"

施佳跟在旁边，空着的另一只手去拿齐峻手里的保温杯。她左右转了两下翻看着，语气随意："这杯子挺好看的，我也想买一个。"

齐峻质疑道："你啥时候喜欢这种深色了？"

"要你管啊，本姑娘随心所欲！"

"得嘞，您老威武！"

两人逆着人流往里走，看到十几个姿态娇媚的女生捧着花失望地离开。

傅池屿背靠在墙上，一只腿屈着，视线淡漠地落在旁边的塑料休息凳上，孤身笼罩着疏离。

"哟，这不校草吗？"齐峻快走两步，捶上他的肩膀，嬉笑两声，"怎么，不开心？不喜欢花吗？"

傅池屿没抬眼，只冷哼了声。

"傅池屿，快穿上衣服，喝点水吧！"

伴着娇怯的声音，黑色外套和保温杯一起递到了他面前。

"谢谢。"

傅池屿站直身子，伸手接过。

凝视着男生清峻的侧脸，施佳面上骤然泛起桃色。

齐峻向来神经大条，可这会儿却总觉得好像哪里不太对劲，他一手挠头，一手指着衣服："这是那个……"

"天气预报真的一点都不准！"施佳极快地往齐峻身边挪了一步，抱怨道，"今天居然下雪了，外面冷死了！"

傅池屿把杯子放在凳子上，利落地穿上外套，想了想，又把拉链扯了上去，然后拿起水杯，拧开盖子。

仅有些微白雾升腾，水温看上去似乎并不高。

傅池屿抿了一口，一股热流顺着喉咙滑入，驱走了不少寒意。

温度刚刚好。

喝了大半，他抬手抹去唇边的水意，拎起杯子："齐峻，我要回班了。你走吗？"

"走走走！"齐峻拉着施佳的帽子，三个人一起往外走。

没两步，他突然挑起另一个话头："对了，傅池屿，你杯子在哪儿买的？看着还不错！"

"不知道。"

"啊？"

"上次生日，别人送的。"

这下齐峻更来了兴致，八卦地问："谁送的？"

"不知道。"

要不是深知傅池屿的为人，齐峻八成要以为对方是在敷衍自己了。

傅池屿低眼看向手里的保温杯。

最近自家老妈非嚷着要养生，冬天不让他喝冷水，他无意翻出了这个杯子，每天放包里当摆设，并没怎么用过。

"这样啊……"走在外侧的施佳忽然探头，插话，"那肯定是喜欢你的女生送的。"

见两个男生均眼含不解，施佳莞尔一笑："送这个，肯定希望你多喝热水，只有女生会这么贴心啊！男生还不是随便送套游戏皮肤或者手办。"

"过分了啊！我生日你就是给我送了皮肤，看来是敷衍我了！"齐峻拧眉，语调夸张地看她。

"哈哈，没有没有，我就是懒得挑礼物……"

"那还不是一个意思吗？施佳，你每次过生日我可是提前很久开始挑礼物的！"

不管旁边吵闹的两人，傅池屿不再说话，握着杯子的虎口紧了紧。

这场大雪纷纷扬扬下了一整夜，漫天素白，像是要把整个暮山市包裹起来。

2013 年小满。

随着太阳直射点的移动，第一只蝉破土，从蛰伏中爬出，嘶哑着宣告它又带着夏天回来了。

暮山市从初入暑温度便直线升高，天气燥热难耐。

学校没有空调，只开了风扇，悠悠地转着。

一下午，陈咏仪都显得急躁不安。刚刚婆婆打来电话，自家两岁半的小朋友贪凉，一直闹肚子，也不知道现在怎么样了。

她手上批着卷子，心里七上八下的。

好不容易等到下午放学，正要把试卷塞进包里，陈咏仪又想着晚上估计没时间改卷子了，于是就近去一班把课代表叫了过来。

"诗萱，老师家里有点事儿，晚自习你找几个同学来办公室，帮忙把两个班的卷子改一下！

"作文和翻译我都批完了，剩下的选择题就交给你们啦，最后把分数核算好。"

刘诗萱得意地接下了这个任务。

读书时能得到老师的青睐和帮老师做事，是极光荣的事情，更何况是改卷子。

她洋洋自得正要回教室喊人，陈咏仪补充道："对了，你记得叫上姜温枝哈！"

姜温枝那孩子成绩好又细心，有她在，陈咏仪没什么不放心的了，交代完事情便拎上包，着急忙慌地往停车场去了。

妒恨只一闪而过，刘诗萱嘴角再度挂上骄慢的笑。

等大家吃完晚饭回到教室，第一节晚自习铃声响起时，刘诗萱装作十分随意地站起来。

"王静，李冉冉！你们俩跟我一起去办公室改英语卷子。"

她的音量控制得刚好，足够传遍整个教室。

果然，这话瞬间引起一阵动乱。

"萱萱，你们改卷子啊？太好了，大家都是朋友，松一点啊！"

"刘诗萱，带我带我，我保证不偷改答案。"

"萱姐！改到我的时候手下留情啊！你渴不渴，我给你买饮料？"

受到这样的吹捧，刘诗萱十分愉悦。

敷衍了几句后，她就拉着两个小姐妹往教室外走。快出门时，她回头"哼"了声，轻飘飘地扔出最后一个名额："姜温枝，你也来吧。"

语气藐视，仿佛是莫大的恩赐，对方还得跪拜下来感恩戴德。

姜温枝坐在椅子上没动，也并未抬头。

刘诗萱皱眉，再次开口："你聋了吗，姜温枝？要不是老师喊你，我能要你去？"

许宁蔓偏头，担忧地看向旁边的女生。

姜温枝回给她一个安心的眼神，轻叹口气，起身跟了上去。

办公室空荡荡的，只有班主任郑鹏坐在工位上。

窗外漆黑，伸手不见五指，显得室内更加幽静了。这里开着风扇，也可能是因为没人气，所以比教室更凉快些。

刘诗萱坐在英语老师的座位上，颐指气使道："听力、单选、完形和阅读，我们一人改一部分。"

姜温枝负责听力，李冉冉改单选，王静改阅读理解，刘诗萱自然就只剩下完形填空。

三人小团体霸占了陈咏仪附近的桌子，姜温枝拿着红笔和试卷走到了班主任对面的位置上坐下，开始批改。

两个班一共一百多份试卷，这样分工下来，工作量并不大。

姜温枝和郑鹏这边只有笔划过纸张的沙沙声响，而另一边就显得有些聒噪了。

刘诗萱压着嗓音，美滋滋地说道："傅池屿的卷子我自己改啦，不给你们了！"

李冉冉笑得暧昧："知道啦，傅池屿的卷子给我也不敢要！"

"啧啧啧！怎么，萱萱你要给他满分？"王静趴在桌上，也跟着调侃。

"你俩烦死了，改你们的试卷去……"

刘诗萱双颊飘红，坐到了另一边的位置上，心神荡漾地把男生的试卷翻来覆去地看，好半天才想起正事。

她在桌上翻了半天，答案卡不知道掉哪里了，找了一会儿无果，又起身去陈咏仪桌上看了看。

她们最近做的周测都是成套的 ABC 卷，答案看起来大同小异，凌乱地立在文件夹里。

刘诗萱顺手拿了一张，便开始对照着批改。

改了几张后，她咬着笔头呵呵地蔑笑，嘴里嘀咕着："哎呀呀！大家这次考得不行啊，怎么都错这么多？"

刘诗萱的成绩刚入学时就一般，这一年，她更是把大部分时间花在吃喝玩乐上，现在已经是年级吊车尾了。

她自然希望卷子越难越好，大家都不会，那差距不就小了！

刘诗萱换位置后离姜温枝不远，听到她发出的感慨，姜温枝蹙眉。

这次考试的完形填空之前做过一次类似的，不知道刘诗萱从哪里得出来"难"的这个结论，要说听力难还差不多。

姜温枝没多想，继续批改自己的部分。

办公室里时不时响起刘诗萱几人的嬉笑声。

时间一分一秒过去，姜温枝高效率地完成任务，合上红笔盖，把手上的试卷整理好，放到了陈咏仪桌上。

刘诗萱眼皮都不掀，只想打发她走："行了行了，你可以回去了。"

不用她说，姜温枝也是一刻也不想待了，把坐过的椅子推回到桌下，快速离开了办公室。

王静从试卷中抬头："萱萱，那我们也可以走了吗？"

"走什么走，还没算分呢！这才是大工程！"

王静笑了："那我的试卷给我看看呗。"

"还有我，我的呢！"李冉冉也伸手过去。

三人热热闹闹地聚在一起，动静闹得越发大了。

第二天一早。

陈咏仪脸上洋溢着轻松踏入办公室，看见人便打招呼："郑老师早啊！"

"早，陈老师！"郑鹏站在饮水机前，一边弯腰倒水，一边关切地问，"你家元宝怎么样啦？还闹肚子吗？"

陈咏仪把包放到桌上："昨晚闹了一会儿，今天早上活蹦乱跳了。"

"是吧，说明孩子底子不错，这两天可得吃点好的补补。"

两人又闲聊了几句，陈咏仪拿上桌上的两份试卷往外走，笑道："行了，不聊了，我上课去啦！"

她先去三班把试卷给了卢语，然后从走廊折返回一班。

一班第一节课就是英语。

陈咏仪刚进教室，刘诗萱便凑了上去："老师，我来发试卷吧！"

"好，萱萱今天发型梳得挺好看啊！"陈咏仪顺口夸赞道。

勤劳嘴甜又十分有眼力见的课代表，哪怕成绩不太好，老师也喜欢。

拿到卷子后，一向不看分数先看错题的姜温枝乍然被鲜红色的"130"吸引了。

目前知识点并不难，哪怕试卷出得刁钻一些，她也不该是这个分数。何况昨晚她看到答案后，自己哪里会扣分便知道了。

姜温枝翻过试卷，视线里出现一排连续的"×"。

不止她，教室各个角落逐渐出现了质疑声。

某个男生叫道："我的个乖乖，我完形填空一个都没对啊？这完全可以载入史册了！"

"第一题不就是选 B 吗？固定搭配，送分题啊，我哪儿错了？"学委皱起眉。

陈咏仪有些没好气地道："你们叽歪啥？每次都觉得自己没错，怎么，还能是答案错了？"

姜温枝垂眸，又看了遍题目。她确实一道没错，可全数被打上了"×"。

昨晚看的答案也没错，那就只能是批试卷的人错了。

教室实在吵闹，陈咏仪听到大家的议论后，也从讲台上走了下来，随手扯过前排几人的试卷。

接连看了几份，她的眉头拧了起来。

见老师这个表情，部分同学更来劲了，嘴里不住地抱怨。

"我就说答案错了吧。"

"嘻，吓我一跳，还以为掷骰子不管用了呢！"

"得了吧你，就你那点成绩，说不定还多给你分了！"

不同于姜温枝的平静，另外三个批试卷的女生顿时有些慌乱。

王静和李冉冉不约而同地回头，看向另一个人。

刘诗萱眼睛眨得飞快，咬了咬下唇，快速站了起来："陈老师，出现这种低级的问题，是我的错！我没完成好您交给我的任务。"

她态度极其恳切地道歉。

如果她没说下一句话，姜温枝甚至要高看她一眼了。

只见站着的女生脸不红心不跳，坦然自若地继续说道："但是我也实话实说，完形填空……"刘诗萱停了两秒，像是很为难的样子，"完形填空，是姜温枝改的！"

姜温枝一愣，怎么，这还有她的戏份呢？

什么叫飞来横祸？

什么叫人在家中坐，锅从天上来？

姜温枝算是被安排得明明白白。

这叫实话实说？那让她还怎么说？

没等姜温枝做出反应，王静和李冉冉同时站了起来，默契地打配合："是的老师，真的不怪萱萱，她负责听力的，至于姜温枝同学，她可能拿错答案了吧！"

不错，还知道给她找个理由。

"但总归来说，我是课代表，我也有责任的！"一唱一和间，刘诗萱耷拉着头，就差把"内疚"两个字写在脸上了。

姜温枝忽然想笑。

多么自然又无辜的小脸蛋啊。

温玉婷最近在家追的电视剧，她也跟着看了两集，主角的演技绝对比不上这三人。不知道电影学院招收高一的学生吗？

班里风向突变，部分人开始奚落姜温枝。

"学霸就只顾着自己学习了吧，眼里哪儿还有其他人。"

"我等差生的试卷不配被人家改！"

"不想改别去啊！占着茅坑不拉屎，给自己和别人都找不痛快……"

"胡正！潘锦山！马闯！你们三瞎说啥呢！平时考倒数怎么不见你们出

来抱怨自己成绩差呢？谁还不犯点错了，不就是周测吗？又不是高考，激动什么啊？考满分你能去潭清大吗？"

一片唱衰中，姜温枝后桌的孙明，半踩凳子，大力拍桌子为她打抱不平。

他的气焰比刚才那几个男生更嚣张，教室一瞬间安静下来。

紧接着，一道弱弱的女声响起。

"你们……不许说姜温枝，她不会的……"

众人投去目光。

这声音居然来自班里存在感最弱的许宁蔓。女生上课回答问题都结巴，此刻依然畏畏缩缩，但还是鼓起勇气站了起来。

姜温枝侧头看向她，又回头看了看孙明，心头泛起一阵热意。

王静抬着下颌嚣张地嗤笑："怎么，昨晚你也去改试卷了？胡说八道什么？我们三个还能一起撒谎不成？"

许宁蔓："你……"

"你什么你！姜温枝做错了事，大家批评两句还不乐意了？"王静一副快被烦死了的样子，粗暴地打断了对方。

许宁蔓脸霎时涨得通红，说不出话了。

陈咏仪被吵得头疼，重重敲了敲讲台："算了算了！就是个小测试，同学们重新核对一下自己的分数就行，老师也有错！"

其实，大家并不是多么在意这件事，不过是寻个由头，发泄一下自己不好的情绪，看热闹不嫌事大而已。

一片嘘声中，班长沈熠文站了起来。

"安静！都听我说一句！"他个子高挑，天生一副笑脸，班里的人都很信服他，"姜温枝也不是有意的，这事儿就过去吧！大家都别提了，同学一场，好好相处……"

"三班王启振，听力错了七题。"

"三班顾之清，听力前四题错了三道。"

"三班卢语，听力只错了一道，"清亮的声音顿了两秒，像思考后完善道，"第六题。"

突如其来的变故打断了沈熠文的调解，一道纤弱的身影缓缓站了起来。

"潘锦山，听力只对了五题。"

"马闯，听力第二小节，一题没对。"

"胡正，你 A 写得像 B，所有辨认不清的，我全给你打了 ×，并且在听力的最后一题写了两个端正的 A 和 B，希望你下次注意。"

姜温枝慢条斯理地一句一句陈述，声音如泉水般透明淙淙。

三班的试卷暂时无从考证，可被点名的三个男生可以。几人接连去翻自己的卷子，确认无误后，三人脸上霎时涌现出尴尬之色。

他们也不好意思再站着了，悻悻坐下。

"听力是我改的，完形填空是刘诗萱的工作。"

姜温枝只是站着，情绪没有多大起伏，平静地把这些话说了出来，包括陈咏仪。

形势大变。

本该轻松揭过去的事情，现在开始往诚信的方向发展。

刘诗萱几人深知如果此时反口，那就是啪啪打自己的脸，于是仍顽强地三对一抵抗。

"姜温枝，萱萱也没有怪你啊，她还替你说话，你怎么好意思撒谎呢？"

"对啊！分明就是你改的完形填空，记忆力好了不起吗？干吗赖到别人头上？"

刘诗萱的"左右护法"异常给力，她本人完全不用开口，只摆出委屈的样子即可。

公说公有理，婆说婆有理，这下不仅同学糊涂了，陈咏仪脑子也是一团糨糊。她只想好好上课，断案子的事情就交给班主任。

再说了，这点小事也实在没必要上纲上线，也就只有学生，凡事都要分出个对错。

沈熠文再次发挥和事佬精神："都别吵了！这事儿就算结束了，王静你们少说两句，姜温枝你也坐下！"

陈咏仪向班长投去赞许的眼光。

班里不少人都是一样的态度，开始劝说着"别吵了，就这样吧"，毕竟热闹凑完了，他们也并不是很关注到底是谁的过失。

主张谈和的人纷纷对平时好脾气的姜温枝喊话："算了吧，小事而已，姜温枝，你就别计较了。"

言下之意就是：管你做没做这件事呢，反正目前刘诗萱占上风。

姜温枝垂落在身侧的手握成拳，眼眶有些发热。

怎么成她计较了？

其实这不是多大的事情，上学这么多年，类似的委屈也不是没受过。

板报是她画的，却被别人抢功。

她对请假的同学布置了作业，可人家转头对老师说不知道。

地上有纸，劳动委员为了推卸责任就说是隔得近的她扔的，事后还幸灾乐祸地说因为她成绩好老师不会批评。

…………

今天的事情在大家平息了争吵，要就此揭过的时候，她觉得也可以忍，毕竟退一步海阔天空嘛。

息事宁人的妥协可以省去诸多麻烦。

可有人告诉过她，好脾气也不能受欺负，要有自己的坚持。

所以，她没错，凭什么退？

"我再说一遍，是刘诗萱、王静、李冉冉在撒谎。

"我改完听力后，说了一句，三班这次听力均分比我们班低两分左右，然后……"

姜温枝转身，眼神平和地从三个女生身上依次扫过，停在刘诗萱逐渐惨白的脸上："然后对面的班主任，郑鹏老师，抬头看了我一眼。

"所以，陈老师你可以去问一下郑老师。"

此话抛出，三个女生瞬间熄火，她们在彼此的眼神里看见了慌乱。

大家现在一致的结论就是无所谓，反正是小测试，承认了也无伤大雅，可要是闹到班主任那里，事情就复杂了。

王静和李冉冉正要开口说什么，刘诗萱抢在了前面："老师对不起！是我的错，我当时太着急了，看错答案了……"

说完，她不敢看老师和同学投来的异样眼光，狼狈地把头低了下去，暗自咬牙，发誓要牢牢记住此时的羞辱，然后从姜温枝身上加倍讨回来。

纸做的雨伞，不顶事。

水落石出，姜温枝真诚地对许宁蔓和孙明的维护表示了谢意。

这才是同窗之间应有的纯洁情谊。

上完这节课，陈咏仪回到办公室连水都来不及喝，一下拉住郑鹏，把课上发生的事从头到尾说了一遍，还评价姜温枝平日温温顺顺的，完全没看出来是个极刚强的性子。

自己班上的学生满嘴扯谎骗老师、污蔑同学，郑鹏黑着脸听完了这件事情。

见故事转折点还有他的出场，他只笑了笑，没说话，想着抽时间把刘诗萱几人好好教育一番。

谁知，白天团团转忙了一整天，晚上又被叫去开会，等回到空无一人的办公室，郑鹏屁股刚坐上工位，放学铃响了。

一阵喧闹过后，走廊灯熄了，这层楼也安静了下来。

"咚咚咚……"

门大敞着还知道敲门，肯定是个乖学生。郑鹏抬眼，待看到来人后，他脸上闪过一丝诧异。

办公室只开了一盏灯，半明半暗。

女生沉静地走到他面前，简单问好后便说了件他上午已经听过的事情。说话时，她脸上泛着冷白的光，眼神清澈，稚软的声音让她本就瘦弱的身形越发单薄。

比起手舞足蹈的陈老师，姜温枝讲述得更平静、具体。

倒像个局外人。

听完故事，郑鹏举着玻璃杯，吹了吹浮起来的茶叶，悠悠地问："所以呢？你是想让老师惩罚一下刘诗萱她们？"

姜温枝摇头："老师，其实我当时自言自语的声音非常小，有百分之九十五的概率您是听不到的。"

杯中蒸腾的白气袅袅升起，不知怎的，郑鹏的手僵住了。

"其实……我是故意含糊了说辞，误导大家，这才让刘诗萱慌张地承认错误。"姜温枝说话时，声音中带了羞愧，"我知道这样是不对的，老师，对不起！"

说完，她端端正正地给郑鹏鞠了一躬。

郑鹏愣愣的，怔住了。

他想过姜温枝是来和他抱怨，诉说委屈的，或是来让他主持公道，惩罚撒谎者的，唯独没想过她纠结的点在这。

郑鹏把手里的杯子放下，对上女生固执又明亮的眼神，一时竟不知道该作何反应。

最后，他笑着拍了拍她的肩膀，说道："姜温枝，你做得对！是刘诗萱她们的问题，明天老师会找她们谈话。"

"还有，"郑鹏眼里含笑，语气也十分随和，像安抚，"你不要有任何负担，你那句话，老师听到了！"

姜温枝总算如释重负地笑了。

女生走后，郑鹏四仰八叉地瘫坐着。

放学已经有一段时间了，现在学校除了他，就只剩下窗外吱吱作响的虫鸣声。

长夜适合思考，郑鹏认真想了想，其实上午陈老师说的时候，他一头雾水。

昨晚他疯狂补教案，写得实在累了就抬头扭动脖子，缓解一下疲劳，干脆连姜温枝坐在他对面这件事都不知道。

可他从教多年，不能说桃李满天下，见过的学生也确实是不少了，像姜温枝这样纯粹的孩子，谁又能不心疼呢？

他正出神，办公室角落里倏地有了响动，接着慢悠悠地竖起一道影子。

"谁！"

郑鹏一惊，猛地从椅子上跳了起来。

见是眼熟的学生，他长吁一口气，又坐回了椅子。

"我的老天！"郑鹏翻了几个白眼，扯着嗓子怒骂道，"你这小子！差点吓得老师心脏病发了……你啥时候来的？"

"一直在呢。"男生抻抻腰站了起来，腔调懒散，反倒还埋怨起来，"老师，你吼什么，差点吓到我了！"

郑鹏有些没好气："别贫，大晚上你在这儿干吗呢？一声不吭的！"

"写检讨啊。"男生拖着声线，极理直气壮地挑眉，"老班非让我在办公室写，说这里气氛好。"

"我看你是写着写着睡着了吧？"郑鹏笑骂，"傅池屿，你又干什么了？"

"顶嘴。"

傅池屿无辜耸肩，对自己的错误惜字如金。

郑鹏："……该！"

"老师，这都十点了，再不回去我妈要报警了。"傅池屿笑道。

"行了，赶紧走吧，路上注意安全啊！"郑鹏连连摆手赶客。

"得嘞。您老也早点回家。"

傅池屿走后，郑鹏三两下收拾好黑皮包，麻溜地关灯离开了。

翌日中午，姜温枝铺好衣服，正准备趴桌上浅睡个午觉，有不速之客登门了。

她抬睫，看到神色傲慢的刘诗萱再次蛮横地站在了她桌前，只是目光似乎没有那么锋利了，躲躲闪闪的。

许宁蔓吓得不轻，在桌下悄悄拉了拉姜温枝的袖口，生怕两人打起来。

被打扰午休的某枝只想翻白眼叹气。

还有完没完了？能不能消停两天了？

想着输人不输阵，她刚要站起来御敌，对方倏地先一步开口了。

"对不起！"

姜温枝太阳穴跳动。是自己太困了，出现幻听了？这人竟然不是来找碴的？

刘诗萱这样跋扈的人，居然能来道歉？

可明明昨晚放学刘诗萱还试图用眼神杀死她，吓得她连姜国强准备的夜宵都没吃得下去。

应该有诈，埋了陷阱吧？

"喂！我都道歉了，你还想怎样？"刘诗萱抬着下巴看人，还提出了个令人费解的要求，"姜温枝，你能不能说原谅我了？"

姜温枝拉直了唇线。

果不其然，这刘诗萱话还没说两句呢，就又露出了暴躁的表情。

但是！道歉了又如何？原不原谅是公道的事情，姜温枝觉得自己的责任就是送她去见公道。

静默了半分钟，姜温枝垂眉敷衍道："哦。"

诚然，她并没有原谅这个人，可她实在太困了，也懒得折腾了。

姜温枝又没打算和刘诗萱交朋友，所以刘诗萱品行好坏又怎样，大家做彼此的陌生人就行了。

听她这么说，刘诗萱像是陡然松了口气，急急跑出了教室。

姜温枝和许宁蔓对视一眼后，各自趴下了。

难道是郑鹏老师的思想教育发挥作用了？还是刘诗萱中午吃错饭了？

算了，睡觉的时候就好好睡觉，别费脑细胞了。

2013 年晚秋。

学习是姜温枝最拿手的事情，从小学开始，她每学期期末的素质报告书上一定都有"刻苦"这两个字。她也听过很多老师当面这样形容过她，但升了高二她才发现，赤瑾理科 A 班的同学，谁不刻苦呢？

高二选科后，学校便进行了分班等级考试。

姜温枝在理科 A 班，许宁蔓去了理科 B 班，而傅池屿在理科 D 班。

曾经元旦会演上"那些年赤瑾不得不说的二三事"中的段子，如实上演了。

A 班是上课下课学，B 班是追赶 A 班地学，C 班是松弛有度地学，D 和

E 班是随你爱学不学。

艺术果真来源于生活。

每天五点半，教学楼就已经亮如白昼，到晚上十一点月挂梢头才放学，姜温枝最大的感触就是怎么每天都在考试。

各科试卷就像纷纷扬扬的鹅毛大雪般砸向教室，如果你请一天假，等第二天回来时，桌子绝对已经被卷子淹没了。

她班上的同学更是铆着劲儿比拼学习。

大家嘴上说着对分数看得淡了无所谓，可你英语比我高，那我数学一定要比你好，都在暗暗努力着。

当然，并不是所有班级都像 A 班这样打了鸡血似的。

文理科 D 班、E 班以及艺术班，小生活过得还是有滋有味儿的。

每逢下课，不同于重点班的安静，他们的追逐玩闹声能同时震动楼上楼下。

不过，各班管理的松紧程度还是不同的，可要说高二哪个班管得最严格，那当仁不让是理科 A 班。

一半是因为这里汇集了学校最好的苗子，那是要好好培养冲潭清大学的，另一半原因是 A 班的班主任辛元德是年级主任。

他今年四十五岁，一米七八的个子，将军肚和头发稀少这两个中年男子的天敌一样也没放过可敬的辛元德主任。

平时在学校里遇见，他也能乐呵呵的，看着一副随和的样子，可他一旦看到有外班人跑到 A 班串门，尤其是成绩垫底、流里流气的男生，他就像爹毛的老狮子，不是吼嗓子就是横眉冷对。

可十七八岁正无畏无惧的年纪，谁也不真的怕主任，还给他起了两个外号，面对他时，嘴里亲切地叫着"德哥好"，一转身，那张口闭口就是"今天小辛生气了吗"。

姜温枝坐在 A 班教室最里侧，位置靠窗。

她的日常除了一张张试卷，就只是在休息时撑头欣赏窗外的树影婆娑。

分班后，她和傅池屿在同一层教学楼的两端，中间的距离又拉大了，而且厕所就在 A 班旁边，她喝再多水也不会路过他的班级了。

这下，偌大的赤瑾校园，想遇见，真的靠缘分了。

这天，姜温枝和许宁蔓在食堂吃晚饭。

刚结束的阶段考试中，许宁蔓的分数不是很理想，丧气的模样。

"辣子鸡你吃不来，吃点这个。要喝汤吗？我去打。"姜温枝把西蓝花炒虾仁里的虾仁全夹给了她，说着就要去盛汤。

"嗯。"许宁蔓按住了正要起身的姜温枝，自己去盛汤区端了两碗。

食堂免费提供的紫菜蛋花汤料不多，上面飘着一层清油，晃悠悠地一圈圈荡漾。

许宁蔓筷子拨着几丝紫菜，闷闷不乐地开口："枝枝，你说我是不是很笨啊？"

"怎么会！"姜温枝自然地说，"考试谁都有失误的时候，下次考好点就行了。"

"可我失去了一次机会呀……"

姜温枝蹙眉，不就是阶段考嘛，怎么搞得很严重一样？

"这次我没考到 A 班，不能和你一起了。"许宁蔓放下筷子，严肃地看着她。

学校硬性规定，阶段、期中、期末，年级前六十名进 A 班，分低的同学顺延调班。

嗐，这才是许宁蔓不开心的原因啊。

姜温枝悬着心放了下来，豪爽地干了一碗汤："不在一个班也没事儿啊，我们不是都在一起吃饭吗？"

"可我们就只有吃饭的时间了。"

讨论卷子，打水，上体育课，传字条聊天……这些平淡普通的事情都没法儿一起做了。

这回，轮到姜温枝沉默了。

升入高二后，刘诗萱去了楼上的 E 班，平时碰面机会不多，确认没人再欺负许宁蔓后，她也放心下来。

加上没什么机会看傅池屿，于是，姜温枝课间几乎不怎么出教室了，和 B 班的许宁蔓也发展成了饭友，相处时间比高一少了许多。

思及此，她笑道："那待会儿咱们去逛逛校园吧！"

"好啊！"许宁蔓露出笑颜。

饭后，两人优哉游哉地出了食堂。

落日西斜，漫天红火的彩霞绵延千里，铺在校园上空，颜色浓烈得像是要掉下来。秋风裹着金桂冷香，安逸得让人想就此沉睡。

这是姜温枝最喜欢的季节。

近来天朗气清，不少同学喜欢去花园吹晚风，舒缓一下疲惫的身心。当然，这只是由头之一，更多的是为了扎堆凑一起聊天。

姜温枝和许宁蔓并不了解这些，两人是真的在悠闲地散步。她们时不时聊两句，并没有目的地，走哪儿算哪儿。

前面花园斜坡上七七八八坐着不少人，女生居多，看似在亲热聊天，可众人说话时，眼神总往同一个方向瞟。

顺着大众的目光，姜温枝也好奇地看了过去。

红于二月花的枫树下，有两个男生格外引人注目，一个大刺刺地坐着，另一个则面朝晚霞散漫地躺在草坪上。

秋日枫叶吹满头，两个少年眉目舒朗，穿校服坐着的是齐峻，另一个躺着的是傅池屿。

他穿了件深绿色连帽卫衣，黑色休闲裤，双手交叠枕在头下，懒怠地屈着右腿。裤脚上移，骨感的脚踝细长一截，指尖拈着一片火红的枫叶，漫不经心地转着。

姜温枝眸色闪了闪，拉着许宁蔓慢慢从侧面绕了一道，往枫树后面的台阶上去。

她的余光全程被男生死死勾住……好久没看见傅池屿了。

上一次见他还是在下午跑操的时候，她佯装鞋带散了，走到一旁，直到D班队伍过去，才看到傅池屿的侧脸。

两节课不见，如隔三秋。

姜温枝和许宁蔓都不是多话的人，两人只静静坐在台阶上，看云卷云舒，享受着片刻的惬意。

姜温枝双手后撑在高一层的台阶上，仰着上半身，闭眼感受清冽的风从耳畔徐徐掠过，清清幽香缠绵在鼻息间。

一棵枫树和半圈花丛之隔，两个男生的聊天声若有若无地传了过来。

"喏，美术班尹书意让我转交给你的！"

是齐峻的声音。

紧跟话语而来的是细微的包装袋"嘎吱"的落地声。

"还有这个，文B班孙瑶瑶的。"

不知齐峻又掏出了什么，这回倒是没有发出任何动静。

空气沉寂了半分钟。

一道慵懒的声音响起："你烦不烦？给我挨个送回去。"

齐峻质疑："不是吧？哥们也不是不地道，什么都要的，这可是咱高二最好看的两个女生了！"

对方明显没有接着聊这个话题的打算，聊天声就这么断开了。

姜温枝倏然睁眼，眸里映衬着漫天孤寂的红霞。

"尹书意""孙瑶瑶"这两个名字，就算是两耳不闻窗外事的姜温枝也听到过很多次了。她们时常和"漂亮""校花""女神"等词语同时出现在其他同学嘴里。

她们也在意傅池屿吗？

那他们有没有说过话，有没有一起吃饭，或者出去玩过？

"我说，每天来找你的女生这么多，没一个在意的？"

齐峻八卦地调侃，砰地炸开了静谧的傍晚。

姜温枝手一滑，后脑差点磕台阶上。

幸好许宁蔓在发呆，并没注意到她的失态。

姜温枝一瞬间喜欢上散步这个活动了，随随便便就能遇到傅池屿，还能听到这种级别的聊天。

她决定每天饭后都要走一走。

姜温枝把校服外套脱下来，两手捏着领子把它盖到头上，只露出一双亮闪闪的大眼睛。

傅池屿为什么还不回答？

这个问题需要思考这么久吗？

他真的有在意的人了？

一想到这个可能，姜温枝就已经要喘不上气了，应该是衣服勒得太紧了吧？

她全忘了赤瑾校服最大的优势就是透气性好！

正当她疯狂脑补时，花丛另一边的傅池屿清晰地吐出了两个字。

"没有。"

透过花丛间隙，姜温枝的视线落在他身上。

傅池屿说完这句话后，利落地坐了起来，把手里粉色的信封也递给了齐峻。

"还了。"

"不是吧，看都不看？这么绝情？"齐峻伸手接过。

傅池屿闲散地撑着腿，仰头看天。霞光在他精致的下颌跃动，隽逸的侧脸多了些绯红灿烂。

"绝情在这种时候……"他转头看齐峻，神色认真，"也算是一种尊重。"

这话说得颇有深度。

尊重女生的表达，同时也拒绝得不留任何余地。

齐峻怔了怔，低头瞥手里的信和巧克力，"啧"了一声："我就奇了怪了，傅池屿，你到底喜欢啥样的？"

问得好！

花园旁的姜温枝对齐峻油然生出一种战友情。

这真是问出了她千百遍呼唤的心声啊！

她的心脏倏地紧缩起来，静等傅池屿的回答。

许久，傅池屿撩起眼皮看天，淡淡开口："成熟，或有趣一点的吧。"

余晖成绮，霞光明艳映现的日落黄里，姜温枝知道了傅池屿的理想型。

"成熟""有趣"……这是只听着就觉得富满诱惑力的词语。

可离她似乎有一丢丢远了。

入夜，寂静无声。

姜温枝房里只开了一盏微弱的床头灯，她躺在床上烙馅饼一样翻来覆去，双眼空洞地盯着天花板。

黑夜总会把白天不在意的情绪放至最大，无边的胡乱思绪充斥了姜温枝的大脑。

傅池屿说没有喜欢的人，但是有喜欢的类型，那是不是未来他有好感的女生就是这样的？

姜温枝扔开怀里的枕头坐了起来，拿起手机，打开浏览器，搜索"成熟是什么意思"。

网页缓慢地跳动，她点开一条讨论度最高的问答，里面是广大网友精选出来的答案。

——身材凹凸有致，卷翘大波浪，红唇美艳，热情奔放。

光看描述，姜温枝的脑海里就已经浮现出了一个成熟魅惑的美女姐姐。

不错，这人回答得很好，下次别回答了。

姜温枝下床，光脚缓慢地走到镜子前。

镜子里的女生头发蓬松得耷毛，脸像涂了面粉的白，两眼呆滞无神，一身宽大的紫色小熊睡裙，如同套了个麻袋，露出细瘦的四肢，从头到脚贴着"颓丧"两个字了。

姜温枝脚步一虚，往后撤了两步。

这是贞子从电视机里爬出来了吗？大半夜的，被自己吓到可还行？

姜温枝把右手背到身后，扯住睡裙多余的布料，让它尽量修身，然后对着镜子原地转了一圈，往前挺了挺胸，收了收腹。

虽说这两年是发育了不少，可S曲线貌似……嗯，看起来还不是很凹凸。她是黑直发，也没有美艳丰满的唇，性格更是和"奔放"毫无关系！

这样一看，傅池屿喜欢的类型和她是一个字都不沾边儿啊！

这可怎么办？

姜温枝颓废地抓了抓凌乱的头发。

能怎么办，那就只能尽量往那个类型靠拢了。

姜温枝一个跨步扭到床上，把自己蒙在被子里，窸窸窣窣地筹谋大事。

翌日早上。

温玉婷蒸好包子，照旧拿了两盒牛奶摆到饭桌上。

姜温南的眉毛就差皱到天上了，趁老妈盛粥的工夫，他试图把纯牛奶从自己面前推开。

倏地，对面老姐的手快速伸了过来，还一脸谄媚地冲他笑："南南，你把姐姐的白煮蛋吃了，你的牛奶我帮你搞定！"她挑眉，"怎么样？"

"你说的啊！别反悔，拉钩！"姜温南求之不得。

姐弟俩愉快地达成了共识。

昨夜，姜温枝网上冲浪研究了半宿，该怎么弥补身材先天的不足，到最后也没得到什么建设性的回答，只隐隐记得一句话，说是吃什么补什么。

姜温枝毅然决定以身试法。

她还在发育期呢，从现在行动起来，应该为时不晚吧？

2013 年，小雪。

"来，同学们看这道题啊，如图所示的电路中，电源电动势能为 E，内阻为……下面四个选项里表述正确的是……"

A 班物理老师程峰正讲评着昨晚的作业。

他视线从试卷上移开，瞥见台下学生个个缩着脖子无精打采的，蓦地敲了敲讲台，生气又心疼地说："都说了晚上早点睡觉，看看你们一个个的，精神头还不如我这个老头子！"

他锐利的眼神从前到后仔细扫描，部分学生迅速低头，避免和老师对视上。

程峰的目光转了一圈，盯上了坐在窗边正发呆的女生，声线严厉道："姜温枝，这题你来回答！"

班上同学齐刷刷侧身看去。

被叫到的姜温枝默默了起来："C。"

接着，不用老师提醒，她又把另外三个选项中错误的地方指了出来，语言简洁，清晰明了，只是声音有些虚软无力。

不少人心里感叹，姜温枝怕是学习学过头了吧！

程峰满意地点头，语气稍缓了些："坐下吧，会了也不能开小差啊！好，下面咱们讲多选……"

姜温枝靠着椅背，面色发白，垂眼看着桌上一片空白的试卷。

昨晚作业落在学校没带回家，她本想着今天早点来补，可破天荒居然睡过了头，还差点迟到。到现在她头都晕晕的，整个人更像是在神游太虚，像几天几夜没睡觉一样，累得连抬眼皮都觉得好困难。

就这么呆坐着，一节课很快过去，下课铃一响，霜打的茄子般的姜温枝疲乏地趴在桌上。

半睡半醒间，有人推了推她的肩膀。

"姜温枝！你身体不舒服吗？怎么脸色这么差？"

这位同学，你如果不扒拉我，我脸色应该会更好看一点。

姜温枝懒懒掀开眼皮，班长沈熠文的脸在她面前放大。

说起这沈熠文，那算是德智体美劳全面发展的好学生了，成绩没掉出过年级前三十，到哪儿都是领头羊。

姜温枝稍蹙眉头，勉强撑着手肘坐了起来："没事，班长，怎么了吗？"她连声音都带着没休息好的嘶哑，更别提一脸的倦意了。

沈熠文难为情地挠了挠头，试探性地问："就是……晚上我们一起出板报你没忘吧？"

姜温枝脑子清醒了几分，回头望向后面的黑板。之前沈熠文找到她，说她的粉笔字写得好看，邀请她帮忙，现在插画和框架都已经由其他同学完成了，只差填充内容。

姜温枝点头："嗯，我记得。"

"好嘞，那你再睡会儿，晚上……晚上见！"

沈熠文飞快地瞟了她一眼后便匆匆离开，不带走一片云彩。

看着班长逃窜的背影，姜温枝只觉莫名其妙。两人同班，抬头不见低头见的，还需要专门晚上见吗？

困意袭来，她头一歪，又倒在桌上。

冬日的白天似乎总是过得飞快，转眼间，窗外的天渐渐昏暗，一天又过去了。

今天是周五，下午五点半就放学了。

踏着优美的欢送铃声，学生犹如出栏的野马，不多久，教学楼便空了。

A班教室只剩姜温枝和沈熠文两个人。

搬好桌子，沈熠文勤快地拿起从数学老师那里借来的尺子，用铅笔在框架里打格线。

站到黑板前，姜温枝侧头，真诚地说："班长，你回家吧，我自己来就行。"

这是班集体的事情，既然分配到她这里，那理所当然就是她的工作。文艺委员画图时，班长好像并没有帮忙，这样一来，显得她多没能力一样。

沈熠文仗着个高手长的优势，一来一去潇洒地画线，比女生画得还细致。

"我怎么可能留你一个人，你就让我打打下手吧！"

"对了，姜温枝……"沈熠文一顿，愉悦的声音中透着些许紧张，"你……能不能别叫我班长？叫我沈熠文就行！"

他回过头，眼神无比认真地看她。

两人好歹从高一就一个班了，班长班长叫得怪生疏的。

姜温枝点点头："好。"

沈熠文心情越发欢快，笑得露出了八颗牙齿，用手指比了一下，问道："那这个宽度可以吗？"

姜温枝又点点头："嗯。"

最左侧的边框打好线条后，姜温枝从凳子踩到桌上，一手拿着资料，一手握着粉笔开始填字。

周一上午便要评选优秀板报，同层楼的几个班都还在收尾阶段，所以很多教室都亮着灯。

姜温枝心情本就沉闷，加上和沈熠文并不很熟悉，所以专注于板书，一时间教室里只剩粉笔擦过黑板的声音。

他们隔壁的 B 班似乎留下不少人，爽朗的说笑声一阵阵传过来，好热闹的样子。

一堵墙，隔绝出两个不同的世界。

写到第四行，发现漏了个词，姜温枝直接用指腹擦拭掉半行字，重新写。

到下一行时，又写错了字，她还是懒得弯腰拿黑板擦，再次抬手。

可这次不等姜温枝的指尖按上黑板，旁边忽然伸出另一只手，抢在她之前擦掉了错字。

她偏头，看到沈熠文不知何时站在了她旁边。

"姜温枝，我把黑板擦放在这里！"男生轻轻一跳，把黑板擦放在了黑板上面的边沿，"你别用手了。"

是姜温枝稍微抬手就能够到的高度。

她说："谢谢啊。"

又过了一会儿，姜温枝在心里啧啧感叹，班长不愧是班长，太周到了！

粉笔断了，沈熠文第一时间递上新的，还知道把前端掰断一点，这样写起来更流畅。

这么细心地帮助同学，怪不得大家都这么认可他。

冲着这份良好的品质，姜温枝决定，下次班长换届投票还选他。

暮色四合，窗外朔风渐起，昏暗的光线映衬在玻璃窗上，平白多了几分冬夜的寒凉。

板报内容最多的右上部分完成，只差下面两句名人名言了。

姜温枝活动活动僵硬的脖颈，没有去踩凳子，反而蹲低身子，想要直接从桌上跳下去。

不等她抬脚，面前倏地横出一只手臂，做出护揽的姿态。

这片刻，他们离得很近。

姜温枝保持蹲姿，缓缓抬眼，可面前的沈熠文像根木头一样站着，手就是不放下。

两人就这么对视着。

沈熠文内心激动：桌子这么高，她这细胳膊细腿跳下来摔倒了怎么办？不行不行，我可得护着！欸，她冲我眨眼了，是不是特别感谢我？

姜温枝满脸问号，心里纳闷：大哥，可以借过一下吗？挡什么路啊？

不算明亮的教室里涌入了融融夜色，高大的男生脸上覆着可疑的粉红，他旁边的黄色课桌上蹲着个微蹙蛾眉、一脸茫然的女生。

"呸呸呸！施佳，你盆里的水泼到我嘴里了，这是不是你刚刚洗抹布的？"

"当然不是！哈哈，我是那样的人吗？不过这水……是我刚刚洗手了的。"

"你给我过来！看我怎么收拾你……"

男女生追逐打闹的声音在静谧的长廊上格外响亮，接着，有两人从 A 班门口跑过，估计是去前面的洗手间。

"哇哦！齐峻，你看这两人干吗呢？"有一道娇嫩的女声激动地呼喊着同伴。

"哪里哪里？乖乖，我看看我看看！"

男生的语气更为夸张，比相声表演还抑扬顿挫。

男生女生也不去厕所了，就扒在 A 班门口张望。

从听到"施佳"两个字后，姜温枝的身形便微微颤动，甚至脚一软，从桌上跌了下去。

好在她反应很快，伸手撑了下桌子。没等沈熠文扶她，她就迅速后退两步，和他拉开了距离。

"哎哟喂！这不姜温枝吗？"

门口响起亮堂堂的调侃声。

姜温枝生硬地抬眸，冲抱胸靠在门边的齐峻扯了扯唇，就算是打招呼了，又对着站在他旁边的女生微微颔首，以示礼貌。

齐峻旁边的女生朱唇粉面，娇艳婀娜，是那个叫施佳的女生。

齐峻斜靠在门框上，晃着腿，眉飞色舞地开玩笑："你俩，大晚上的干吗呢？"他故意拉长了声音，带了点意味深长的味道。

沈熠文只挠着头呵呵地笑，并不说话。

姜温枝举了举手里的画册和粉笔，快速解释道："出板报啊。"

倏忽间，齐峻身后有个深色影子晃动了两下。

姜温枝的嘴角骤然凝滞住了。

A班敞开的后门口站着三个人，一个是她能说上两句话的同学齐峻，一个是她听过两次名字的女生施佳，还有傅池屿。

傅池屿一身灰白拼接的短款羽绒服，黑色工装裤，英挺地站在走廊上，背后是幽暗的夜色。

走廊上偏黄的灯光闪烁，傅池屿黑发浓眉，双眸清冽，唇边扯着弧度，却不是笑意，而是隐隐透着冷漠。

他似乎只是恰巧路过，顺便看了场热闹，对此事完全不在乎。

姜温枝的眼神一下暗淡了。

傅池屿向来不爱参与班里的琐事，现在居然也愿意陪着其他女生出黑板报了吗？

瞬间，不知道哪里涌上来的委屈，姜温枝有点想哭。

为什么每次倒霉的时候，坏事总是一件接一件地来？

昨天下午看到的一幕，像放电影一样开始在姜温枝脑子里循环。

坏情绪汹涌，把她一整个白天的伪装狠狠撕扯了下来。

昨天下午，姜温枝和许宁蔓去超市，远远地看见傅池屿和一个女生走得很近，两人说说笑笑，神色一样愉悦轻松。

那个女生笑靥如花，举手投足间俏丽活泼，一看就是大大咧咧、很受男生欢迎的性格。

出了超市后，傅池屿自然地把手里的零食抛过去，唤她的名字："施佳。"

女生配合得极好，稳稳地接住了。

隔着人流，两人相视一笑，看着就非常亲密。

姜温枝瞳孔里的慌乱掩不住，和许宁蔓从另一边绕远路回了教室。路上，她的脚步杂乱，几次都差点被树枝绊倒。

姜温枝，你知道什么叫掩耳盗铃吗？你还真当只要你看不见，傅池屿就不和其他女生一起玩？

他是傅池屿啊，他身边怎么会缺女生呢？

比起你这种半学期说不了两句话的虚假朋友，人家那才是分享日常，时刻做伴的好伙伴。

努力甩开被黑暗拽出来的负能量，姜温枝双眸半垂着，手里的粉笔早被掐得粉碎。她佯装没看见后面的傅池屿，只冲齐峻扬了扬手："那我先忙啦。"

说罢，她转身拿起一根新的粉笔。

沈熠文行动力没话说，立马把碍事的桌椅移开，然后负手站在了一旁。

姜温枝握粉笔的手微不可见地抖着。她是真的不知道现在该用什么样的表情去面对傅池屿。

自己对于他和其他女生玩得好这件事……

难受死了！

在意死了！

但实际情况是，她凭什么管傅池屿？他爱和谁玩又关她什么事啊？

可姜温枝也实在不想再看见傅池屿和施佳之间熟稔的默契了。

逃避，有时候也不失为一种好办法。

姜温枝眼观鼻，鼻观心，让自己沉浸在工作中。虽然只两句名言，她却写得格外慢。

"算了算了，咱们也别不识趣了！齐峻，你赶紧去洗抹布。"门口传来施佳轻柔的撒娇，语气洋溢着欢欣，"傅池屿，一会儿我们不是还要去玩游戏吗？走吧！"

接着，就是脚步离开的声音，渐渐减弱。

姜温枝捻了捻粉笔，粉黄色的碎屑沾到她的手上，越抹越多。

去哪里玩，打算玩到几点回家？

还有，你们关系看起来可真好啊！

她还在为年级开大会多看了傅池屿几眼而沾沾自喜，而有的女生已经在陪他打游戏了。

姜温枝心头蔓延上密密麻麻的酸涩，简直像喝了一缸陈年老醋。

谁还没人约游戏了？晚上她就和姜温南打俄罗斯方块！

有粉笔灰落到眼睛里，姜温枝的眼尾泛着红热，只觉得黑板上的字渐渐模糊了。

"姜温枝！"

清亮的声线在寂然空阔的教室里突兀地响起。

姜温枝很喜欢傅池屿喊她的名字，从他唇间溢出的每个字都念得恰到好处，格外好听。

可现在，她只觉得五味杂陈。

"嗯，怎么了？"

她缓缓转身，佯装轻松。

傅池屿不知道什么时候走了进来，离她几步之遥。刚才看热闹的三人，只剩他一个了。

姜温枝看到傅池屿的喉结滚动了两下，随后，他轻描淡写地睨了她一眼："你早点回家。"

姜温枝有些生气，还有没有天理了？你出去玩，还好意思让别人早点回家？同样是你的女生朋友，怎么能如此差别对待呢？

她忽然心中冲起一股底气，眼神灼灼地反问道："你呢？你回家吗？"

"我还有事儿。"傅池屿说。

"那你管我干吗？我也有事！"气鼓鼓的语调后，她抬睫直接对上他。

"钮祜禄姜温枝"上线。

本以为她这样不识好歹会让傅池屿转身离去，谁知他竟弯着唇，非但不气，还乐了。

要去打游戏就这么开心？还是和施佳一起玩，所以开心？

姜温枝知道自己眼神里的哀怨要藏匿不住了，只好逃避似的，飞快低下了头。

这些矫情的小情绪，她不知道该怎么收敛。

"傅池屿，走啦，施佳催我们了！"齐峻卷着袖子，手里拎着抹布冲进了A班教室，面上带着急色。

姜温枝的视线霎时回归淡漠，盯着地面上的粉笔头发怔。

"你们玩吧，我不去了。"傅池屿像是突然没了兴致，眼尾稍抬，直接回绝了齐峻。

打发走齐峻，傅池屿懒散地迈着步子，在A班闲逛起来。

他走到外侧窗户的位置，随口问道："姜温枝，这是你的位置？"

"啊？嗯，是。"

姜温枝有点没反应过来，一个字一个字地蹦出来。

他不去玩？还有，他怎么知道她的位置？

带着疑问，她迅速补完最后两个字，完成了工作。

傅池屿拉开凳子，毫不客气地坐了上去，手搭在桌沿，侧身欣赏着A班的黑板报。须臾，他手指轻叩桌面，点评："设计一般。"

诚实是一种美德。

其实姜温枝也觉得文艺委员画得有些杂乱无章，没有重点。可毕竟要尊重人家的劳动成果，为自己班留点面子，她讪笑道："也……也还好吧……"

"但是，"傅池屿看着她，光线透过他浓密的鸦羽掷下一片阴影，嘴角带了点笑意，"字写得很好，满分。"

姜温枝突然觉得傅池屿真像个傲睨万物、冷峻无情的帝王，而她只是皇宫里寂寂无名的小太监。想要见天颜，陪伴圣驾，奈何自身条件有限，并不足以让她走到金銮殿。

于是，姜公公只能坐在杂草丛生的冷宫里，捡了根树枝在地上画圈圈。

怀才不遇的姜公公指天发誓，要为自己活出一片天地。可只要霸道帝王一出现，她就瞬间化为狗腿子，屁颠屁颠地跟在人家后面提袍子。

此刻，教室里的第三个人——存在感为零的沈熠文同学心想：我是谁？我在哪里？

五分钟后，姜温枝洗完手回来。

傅池屿正站在她的位置旁边。

姜温枝的眼神躲闪，不敢再直视他，拿上书包。

"好啦，要一起……"她咽了咽口水，"一起走吗？"

虽然出了校门就一东一西，但还是可以走一段的嘛。

傅池屿没回答，沈熠文倒先出声了。

"姜温枝，我觉得这插画颜色是不是太浅了？我们要不要补点色？"他摸着下巴，像煞有介事地盯着后面黑板看。

"嗯？"姜温枝发出了个疑问的语气词。

傅池屿眸光一瞥，冷声接道："挺完美的了。"

沈熠文瞥了眼抢话的人，腹诽：你刚才可不是这么说的！

"那咱们把踩过的桌子再擦一擦吧！不然同学会不高兴的。"

"那你受累，"傅池屿单手撑着桌子，眼神寡淡，"擦吧。"

班长家里是没人做饭吗？为什么这么想在学校逗留？姜温枝无奈道："沈熠文，真不用了，傅池屿擦得很干净了！"

打扫卫生时，她连一根指头都没动，两个男生动作麻利得很。

连桌上的笔迹和涂鸦都被傅池屿擦掉了，桌面简直能反光，就是不知道下周回来的主人还能不能认出它。

"哈哈，是吗？好吧，可时间太晚了，我送你回家吧！"沈熠文做最后的挣扎。

"还不到七点呢，我们平时晚自习十点下课……"

姜温枝还在说着，傅池屿猛地踢开凳子，扔下一句话，直接往教室外面走："姜温枝，跟上！"

冷冷的、耐心尽失的语气。

"不过还是谢谢你，我先走了！"姜温枝冲班长感激一笑，小跑两步跟上了傅池屿。

似乎想到了什么，她不放心地回头。

见她转身，沈熠文一反沮丧，顿时切换成欣喜的表情，等着她开口。

姜温枝："记得关灯啊。"

校园里黑漆漆的，笼罩在冬夜的冷落中，连悬在高空的月亮都躲去了乌云后面。好在小路旁的花坛中隔几步就有一盏路灯，倒是驱散了不少阴暗。

傅池屿推着自行车，姜温枝走在他的里侧。不约而同，两人步子迈得都很小很慢，节奏比大爷遛弯舒缓。

"我站这儿，你能看清吗？"傅池屿先出了声。

姜温枝抬头，满脸不解。

看见她的神情，傅池屿单手推车，另一只手抬起来，遮在了眼睛上。

"你不是……"他放下手，黝黑的眸子直勾勾地瞅她，"晚上视力不太好吗？"

姜温枝垂下眼尾，目光落在两人投在地上的浅影。

时光顷刻倒转，回到初一停电的夜晚。

——"抓好了吗？我带你出去。"

那天的昏黑中，她牵着傅池屿的书包带，就像握着能撬起地球的杠杆。

周围冷风四起，姜温枝的眼角酝酿出星点泪意，没敢抬睫看傅池屿，只轻声嗫嚅："看得清的！"

因为，看你，我早已经不需要眼睛了。

很快，两人出了校门。

门口有不少学生和家长逗留，高三的居多，前面的马路上更是车水马龙。

姜温枝蜗牛似的往前挪，再不舍，也没法子了。

她声音还有些颤："傅池屿，再，再见。"

"再见！"傅池屿利索地抬腿跨上车，冲她微抬下巴，挥手告别后，就要往和她相反的方向骑走。

"傅池屿！"嘈杂人声中，姜温枝鬼使神差地喊了他的名字。

男生回头。

他侧脸线条利落分明，漆瞳里含着夜色的深沉。

姜温枝动了动唇。

她想说的话有很多，比如，时间还早，我们可不可以一起吃个饭？或者我送你回家也行，只是你的山地车没有后座，但我可以跟在你后面跑，你骑慢一点可以吗？

沉默了一会儿，姜温枝仰头笑，轻声说："你骑车慢一点啊。"

"好，你也快回去。"

傅池屿的背影消失在夜幕下的霓虹中。

世界霎时寂静了，深深的寒意袭来，姜温枝只觉得万分孤独。

她贪恋地望着人流发呆，眸光明明暗暗。

她真的好想进入傅池屿的世界。

2014 年 2 月 14 日。

恰逢元宵，不是放假的节日就罢了，学校教导处还宣布明天周六得加课一天。

一早，寒冬料峭。

姜温枝套上米色针织打底裙，外面穿着红色牛角扣大衣，在玄关处蹬上棕色雪地靴，最后把挂在墙上的白格子围巾取下，在脖颈随意缠了两圈。

包裹严实后，她推开家门，走进了灰沉沉的黎明。

和平日唯一不同之处，便是她的书包格外鼓囊。

步入校门，教学楼暗淡无人。姜温枝自另一边楼梯拾级而上，沉默着推开了 D 班的窗户。

三分钟后，她吃力地翻出教室，腿悬空蹬了两下，差点脸着地。小心关上窗户，擦干净窗台上的脚印，她拎着瘪瘪的书包回了自己班，坐在位置上短暂发了会儿呆才掏出英语书。

遥远的地平线亮起曙光，橙色光辉铺满课桌，姜温枝的指尖染上些微光泽，透明通澈。

美好的一天开始了。

早读课，辛元德站在 A 班门口，并没有踏入教室，只欣慰地听着同学朗朗的读书声。他不由得感叹，还是自己班上的学生乖巧啊！

最近校园气氛松散，尤其是艺术班的同学，男生女生上课下课随时聚在一起聊天，毫不避讳，在他这个年级主任看来，颇为放肆。

而今天这个叫"情人节"的日子，需要重点关注。

整个白天，辛元德就没在办公室歇过脚，来回在上下几层楼打转，看见男女生凑一起便上前整两句。

在这样强而有力的监督下，一切看似风平浪静。

傍晚时分，彩霞余晖万里。不值班的辛元德称心如意地推着自行车出了校门，他就住在学校隔壁的小区，一来一回很方便。

镇守结界的德哥一走，朝气蓬勃的少年人迅速冲破了封印，纷纷躁动起来。

正值晚饭时间，憋屈了一天的众人走班串巷，一时间，走廊上喧哗起哄不断，乱作一团。

姜温枝合上书，把刚发的试卷整理好，放进旁边空着的座位。

许宁蔓已经考进A班，两人又成了同桌。前两天天气突变，她有些感冒，今天请了病假，明天一来，这堆试卷够她补的了。

班上大半同学吃饭去了，剩下的聊天的聊天，补觉的补觉。

姜温枝不是很饿，干脆也伏在课桌上休息。

四周聊天的动静不小，喧闹中突然传来一声状态饱满的叫喊："王麒麟，杜航，走啦！"

耳熟的声音……

姜温枝稍抬目光望去。

只见齐峻眉开眼笑，悠闲地趴在A班擦得锃亮的玻璃窗上，他心情似乎格外好，笑得眼睛眯成了线。

"来了来了，别催啊，刚下课急啥！"王麒麟和杜航收拾好东西，大步往教室外走。

"别人早到校门口了，就你们班磨蹭。"齐峻的目光幽幽转了一圈，瞧见个熟悉的面孔，笑呵呵地打招呼，"姜温枝，吃饭了吗？"

"不太饿。"

姜温枝坐起身子，也笑着回答。

齐峻脸上喜色未减，像是心血来潮地聊天："我们打算去吃饭，一起呗？"他话说得干脆利落，手一撑，轻松从窗户跳了进来。

姜温枝脑海里飞快闪过早上自己翻窗的傻样，耳垂霎时一红。

"小辛不在吧？有他巡逻，每次路过你们班上厕所我都害怕！"齐峻眼神不住往四面八方探寻，言语顾忌。

D班明明占据有利位置，爬几级台阶就是男厕所，可傅池屿就是不去楼上。

齐峻走到教室中央，腿一抬，屁股坐上了桌角："姜温枝，我们在华筵定了包间，叫了些朋友，你去吗？"

姜温枝云淡风轻地问："'我们'指的是？"

"傅池屿啊！"齐峻解释，"对了，你可能不知道，今天是他生日！"

"哦，这样啊。"

姜温枝舒展着眉梢，浅浅笑了，搭在桌边的手肘用力下沉，骨骼透过厚实的衣服挤压着坚硬的桌板，发出咯吱的声音。

怎么不知道？我甚至比你更早知道。

齐峻第一句邀请的话出来，姜温枝便知道他口中的"我们"必然只能是傅池屿。

傅池屿生日，订了包间，提前邀请了很多朋友，连 A 班的男生都有份，独独没有她。

是忘了，还是压根就没想起她？

不管是哪一种原因，好像都挺难以接受的。

见女生没答应也没拒绝，只温婉尔雅地笑，齐峻陷入两难。

他觉得刚才脑子一抽喊姜温枝的这个举动有点蠢，毕竟傅池屿的意思是随便叫几个人就行，现在人数早超标了。可不知为何，他一看见姜温枝情绪就上来了，嘴比脑子跑得还快。

"我可以去吗？"敛起铺天而来的失落，姜温枝怔怔地问。

"这有什么不可以的！"齐峻回答得理所当然。

这点小事，怎么她问得如此小心翼翼，像是卑微地得到了一个天大的机遇一样？

他一拍大腿，恍然大悟："你是不是觉得不带礼物不好意思去？没事儿，傅池屿不收礼，就纯吃个饭！"

姜温枝点点头："好。"

"晚自习不上可以吗？"

齐峻多问了一句，人家毕竟是乖乖学生，和他们这些被骂习惯了的差生不一样。

她又点头："嗯，没事。"

"那走吧，傅池屿要晚一步，我们先去！"

闻言，姜温枝迅速抽出书包，跟在齐峻后面走。

校门外面站着十几个人，男女各半，看着很眼熟，貌似都是高二的，其中被人群包围在中间的两个女生，姜温枝还能叫出她们的名字。

女神尹书意和孙瑶瑶。

一行人浩浩荡荡往目的地出发。

华筵公馆离学校不远，是附近最热的高档餐厅，吃喝玩乐一条龙。赤瑾不乏家庭条件好的学生，所以那儿算是学生举办生日会的必选之地。

姜温枝没去过。

一路上，男生们勾肩搭背地打闹，女生们亲热地挽着手耳语，笑声四散。

姜温枝走在队伍最后，步履局促。

不像她算临时加入，他们显然早收到了邀请。

几个男生穿着当下时髦的皮夹克，吹了发型喷了发胶，而女生更是不惧寒冷，穿得单薄甜美，加上青春靓丽的活泼，是沉闷严冬里难得的亮色。

姜温枝一身格格不入。

到了十字路口，齐峻转身面对众人挥了挥手："你们跟着王麒麟先去，我去拿蛋糕！"

"好嘞，那你赶紧的啊！"

"峻哥辛苦，待会儿见！"

"先走啦！"

碰巧绿灯，众人从齐峻面前走过，挤挤闹闹地踏上斑马线，笑嘻嘻地和他短暂道别。

"齐峻，我和你一起吧。"末端的姜温枝停了脚步，轻启唇瓣，氤氲的白气呵了出来。

"不用，外面冷，你和他们先去餐厅！"

姜温枝下巴埋在围巾里，眼睫忽闪忽闪："他们……"她面露难色，"我不太认识。"

齐峻一愣，垂眼看向女生。

她冷白的脸低着，眉眼温和无害，明亮的眸子里映着街边跳跃的灯光，在昏沉的夜晚多了几分隐晦不明。

其实齐峻和姜温枝交浅言浅，却莫名深觉她舒卷有度，相处起来简单舒服，和施佳那种豪放、不拘小节的男人婆完全不一样。

看了眼渐渐走远的大部队，齐峻不好意思地傻笑："那行，这样吧！你站这儿等我，蛋糕店就两条街的距离，我跑着去，很快回来！"

姜温枝："好，你注意安全。"

"OK！"

等齐峻消失在路口，姜温枝陡然松了口气，随意找了个安全地带站着。

夜幕悄然降临在繁华的街头，华灯初上，本就处在商业中心地段，又是浪漫的情人节，街道上灯火辉煌，处处洋溢着浓浓的节日气氛。

路上行人众多，年轻的小情侣幸福地捧着花，中年夫妻牵着拿糖葫芦的孩子，独身低头玩手机的人，一一从她身边擦肩而过。

红绿灯数腻了，她就垂头玩牛角扣，和热闹的街头全然相悖，她的情绪带着深不见底的空落。

她不明白自己为什么要站在这里。

在知道傅池屿并没有邀请她的时候，她就应该知道自己的分量了。面对齐峻心直口快的客套，她应该毅然拒绝。

为什么还要厚脸皮地出现在这里呢？

明明她比这些人更早认识傅池屿，更早把他的生日牢记在心里，每年偷偷替他庆祝，可结果，她连参加他生日会的资格都没有。

如果她待会儿出现在傅池屿面前，他一定会很诧异。

自然，这个男生极其有风度，会好好招待每一位客人，可他心里一定会想，怎么还有这么不识趣、不请自来的人？姜温枝是厚颜无耻的代名词吗？

好在现在只有齐峻知道她要去，趁着事情还没到难堪收场的地步，赶紧溜吧！给自己留点余地，也让傅池屿好好庆生。

这样好的日子，她不希望他有任何一点不开心。

姜温枝深呼吸，打定主意后闷着头往前走，去找齐峻，然后说家里有事，得火速赶回去。

可要是他问什么事呢?

就说姜温南养的金鱼产卵了,她得回去接生?简直离谱!那就说姜温南考试不及格被混合双打,向她求救?这个貌似还可以……

刚迈出步子,姜温枝的肩膀猛然被人捏住。对方力道极大,她生生被拽得往后退了两步。

"刚绿灯不走,现在闯红灯?

"姜温枝,你在哪儿学的交通法规?"

比声音先传过来的,是一阵熟悉的、可以令她瞬间清醒的冷香。

车如游龙,霓虹闪烁在姜温枝眼前,圈起一阵模糊的七彩光晕。

她仰头。

傅池屿身着黑色机车风夹克,拉链拉到顶,斜背着黑包,高挺地出现在她面前。他瓷白的脸紧绷着,眸光凛冽,下颌线没入硬直的衣领里,神色比暮夜还浓。

姜温枝眼睛一酸,热意泛滥,迅速别开目光,视线从他侧面穿过,看到后面还站着一个人。

施佳穿着羊羔毛短外套、百褶短裙和长筒靴,中间晃着一截白生生的玉腿。她本就标致的脸上淡妆浓抹总相宜,容貌更加艳丽。

这酷辣时尚的穿搭,和傅池屿站在一起,有一种说不出的和谐。

姜温枝的目光全然被施佳怀里的玫瑰花吸引了。

不是精致的一捧花束,是单只透明包装纸的那种,怎么着得有几十只,足足占据了施佳的怀抱。

这花,一定是施佳自己买的!

姜温枝正出神,忽地肩上道一松。

傅池屿放开了她,冷声从上方袭来:"姜温枝,你怎么在这儿?"

我怎么在这儿?

是啊,这个时间我应该坐在教室里,上着晚自习写着试卷。而你呢?带着一群朋友去吃饭唱歌……

我们是两个世界的人。

"怎么,傅池屿,这条马路你修的吗?"姜温枝全身虚软,只有嘴巴是硬的。

傅池屿眉梢勾着懒散,语气猜测:"你翘课了?"他停了停,稍退一步,俯下身,抬睫,专注地盯着她,"请假没?你们班小辛可不好对付。"

"没有,就是逃课了。"

姜温枝理直气壮!

怎样,还想去她班主任那里举报她不成?大家半斤八两,谁也别说谁。

傅池屿抬手摸了摸鼻尖,眼底溢出笑意:"行吧,那……"他十分真诚地开口,"时间还早,要不要一起吃饭?"

"不了!"

提前邀请是重视，开饭前是随便，姜温枝知道这个理。大马路上随便遇到，说去吃饭就去吃饭，她不要面子的吗？

接连被呛回来，傅池屿倒也没生气，只皱眉思考了一瞬，像是打消她疑虑般商量着："不会太晚，也很安全，都是我们学校的人，还有周漾。"

初中老同学都搬出来了。

姜温枝抿唇不答，只回望傅池屿漆黑的双眸。

两人定定不语。

一直沉默的施佳向前走了两步，怀里的鲜花娇艳欲滴，晶莹的水珠还挂在花瓣上。

她弯着细眉，打量着这个扎着马尾、一身普通衣着、素面朝天的女孩。比起尹书意和孙瑶瑶，这人对自己完全构不成威胁。

于是，施佳摆出一副你有事就赶紧走的架势，但面上仍笑盈盈的。

"姜温枝？好巧，碰到就是缘分，阿屿是喊了些朋友聚聚，不过，你似乎着急回家是吧？"她边说边用柔情的眼神看向傅池屿，可对方只淡淡低着睫，并未看她。

对于施佳能叫出自己名字这件事，姜温枝还挺荣幸，毕竟这算是两人第一次正面接触，可让她不舒服的是……

阿屿？

叫得真亲热，还有这赶客意味十足的话，听起来格外刺耳！

勇气上头，姜温枝快速接住了施佳不太友善的笑意，轻轻摇了摇头，眼尾上挑，也笑了，一字一顿的："不着急。"

说罢，她抬头对上傅池屿清隽的侧脸，眉目刚烈："好！我去！"

不就吃个饭吗，谁还能怕怎么着？

"施佳！傅池屿！姜温枝！"

马路另一边，齐峻提着蛋糕气喘吁吁地跑过来，打破了这即将僵硬的氛围。

四人前后走着。

齐峻自然地往施佳旁边靠拢，兴冲冲地问道："你在哪里买的花？"

施佳捧着花的手抬了抬，脸上是掩不住的欢欣，声音轻柔，装作无意道："傅池屿买的。"

"嗯？"齐峻发出语气词。

姜温枝也愣了一下。

傅池屿走在外侧，步伐有意无意地往里带，把垂头不语的姜温枝圈在安全范围内。

听到后面的交谈，他转身抛了个眼神，言简意赅地把这件事补充完整："有个小孩卖花，顺手买的。"

他冲齐峻挑眉，淡淡道："晚上带几枝回去给阿姨。"说完，他姿态闲散地迈着步子，缓缓往前走了。

姜温枝眼神偷瞟着，心想：那我能不能也拿几枝回家，花钱买也行……

不同于心情畅快的其他三人，施佳脸色略显难看，心情烦闷不已。

刚刚傅池屿漫不经心地瞥过来，让她有种耍小聪明被拆穿的狼狈。

施佳眼神复杂地盯着走在前面的两人，男生高大，女生娇俏，一黑一红，两道身影越走越近。

她圈着花的手紧了紧，透明包装纸发出吱呀吱呀的杂声，被车水马龙的喧嚣淹没。

旁边的齐峻神采奕奕，他一手稳当地提着蛋糕，一手摸着下巴考虑："那我要挑开得最好的！"

过了马路，华筵公馆立体的门头赫然出现，镜面玻璃装潢，跑马灯带在一众规规矩矩的餐饮店中闪烁耀眼。

进门后倒不是浮夸的设计，墙壁是轻奢的金属风，两扇弧形门把挑高空间分隔开，整体呈绯红和幽蓝色调。

见有客来，一身黑灰制服的服务员迅速迎了上来。

齐峻笑着摆手："谢谢！不需要引路。"

说完，他就熟练地往右边通道走去。

走廊像个幽深的隧道，苍穹布满了色彩斑斓的星星，墙根弯曲着交错的LED灯，梦幻多彩。

不多时，傅池屿停在了一个黑金色门的包厢门口。

他单手推开浮雕门，静静地侧身站着："进去。"

姜温枝眨了眨眼。

包厢内没开灯，在走廊循环灯带忽明忽暗的光线映衬下，大约能看清路，但在她眼里并不分明，只觉得黑漆漆一片。

应该有一批人早到了呀，怎么不开灯呢？

不好意思傻站着挡路，姜温枝咬了咬唇，抬脚就要往里走。

傅池屿眉心一跳，眼疾手快地把她扯到自己一旁："没说你。"

"嗯？"

姜温枝猝不及防地仰头，只对上他清瘦的下颌。

傅池屿没看她，偏头冲一直走在后面的两人抬了抬眉："你俩。"

"噢。"

于是，齐峻和施佳径直走入包厢，靠一点亮光摸索前行。

姜温枝的视线从傅池屿脸上移开，再次想跟进去。

"咱们等会儿。"傅池屿的声音闲散。

"怎么了吗？"姜温枝好奇地转头，倏地身子一颤，嘴巴也闭了起来，脸烧红了。

站在她身后的傅池屿，不知为何抬手紧紧捂住了她的耳朵。

他似乎弓着身子，浅短的喘息若有似无地喷在她的后颈，淡淡冷香萦绕，更别说贴着她耳畔的温热掌心，让人痒痒的……

"砰——"

"啪——"

爆裂的礼炮声一瞬齐鸣，尽管被捂着耳朵，姜温枝仍被吓得一哆嗦，脑瓜子嗡嗡的。

包厢豁亮，黑压压的人群从门后蹿了出来。

"Surprise（惊喜）！"

"生日快乐！"

"哎呀，傅哥，怎么才来啊？惊喜吗？"

璀璨的彩灯球旋转，等候许久的众人激动不已，热情地迎接最后到场的几人。

灯光下，金色和亮红的圆片还在空中洋洋洒洒，齐峻和施佳从头到脚缠满了五颜缤纷的彩带。

"吓死我了！你们是想把我送走吗？差点喜事变丧事！"齐峻放下蛋糕，助跑起跳，给拉礼炮筒的男生一人一飞腿。

"就是，你们太过分了吧！"

这里绝大多数人施佳都很熟，她笑吟吟地把身上的彩带摘下，佯装嗔怒，和男生打闹成一片。

欢迎仪式结束，傅池屿收回手，弯了下嘴角："走吧，现在可以进了！"

"嗯嗯。"

姜温枝的小心脏颤抖个不停，蜗牛似的往前挪。

一百多平方米的包厢，就算容纳了二十几个人，可人一分散开，还是很宽阔。

休闲区放置着环形棕黑色格调沙发，正前方是占据了半面墙壁的高清屏幕，再往里还有台球桌、游戏机。

左侧区域是餐吧吧台，上面摆满了美食、酒水和果盘。

包厢里暖气开得很足，大家纷纷脱了外套。男生大多是毛衣，而女生各有千秋。

"女神三人组"尤为突出。

尹书意披着长鬈发，一袭黑色包臀裙勾勒曲线。孙瑶瑶穿 V 领小香风裙，胸前抽绳系蝴蝶结。施佳脱了羊羔毛外套，不规则衬衫的袖子松垮垮挽着，领口解了两颗纽扣，百褶裙下晃着一双长腿。

三个女生优雅、妩媚、甜辣，风格尽显。

此刻三人一头一尾一中心，仪态婀娜地坐在沙发上，中间穿插着几个男生，热热闹闹地聊天。

在姜温枝偷瞥的三分钟里，尹书意撩了六次头发，施佳左右腿轮换着跷，而孙瑶瑶四度俯身拿茶几上的零食。

看似水静无波，实则暗流涌动。

把红大衣挂上衣架后，姜温枝看了看自己身上宽松厚实的针织裙，还有加绒黑色打底裤，不由得往角落里缩了缩。

这起跑线差了不是一点点啊！

她的眸光在包厢转了一圈，精准锁定站在台球桌前被人潮簇拥的傅池屿。

他只穿了单薄的白色圆领毛衣、黑色直筒长裤，宽肩窄腰，俊朗不羁。

不管在哪儿，只要有傅池屿，再喧嚣的环境也霎时淡化，让人只在意他。

蓦地，沙发一沉，姜温枝旁边坐了个穿水粉色连帽卫衣的男生。

"嗨，姜温枝，没忘记我吧？"

"嗯，周漾！"

她收回眼神，冲男生笑了笑。她是真的开心，毕竟除傅池屿和齐峻外，这是她场上唯一一还算熟悉的人了。

"哈哈哈，我刚听傅哥说你也来了，那老同学必须打个招呼啊！"

周漾一贯不拘小节，半仰在沙发上，皱眉想了想："咱们有……快两年没见了吧？"

"对，初中毕业就没见过了。"

"不在一个高中就是不方便！好多友谊都淡了，不过我和傅哥还常聚，下次你一起来！"周漾怀里抱着靠枕，物是人非地感慨。

姜温枝敛着眉梢，对他的话深表赞同。

如果她没和傅池屿同一所高中，还真不知道该怎么熬过这漫长的三年。

"同学们！看过来看过来，先吃饭吧！饿死了！"

齐峻站在长方形宴会桌前，双手做喇叭状，像极了操心孩子没饭吃的老母亲。

人家三五成群，呼啦啦地往餐厅涌去。

周漾一跃而起，呵呵笑道："走，咱们吃饭去！"

"好。"

宴会桌上方悬着一字长条灯，红、紫、蓝三色交叠在一起，营造出一种朦胧微醺的氛围。

傅池屿是东道主兼寿星，位置自然在中心，他左右是周漾和齐峻，再旁边是尹书意、孙瑶瑶、餐桌的正对面，则被施佳占据。

姜温枝的位置也很不错。她左手边是个完全不认识的男生，右边是水波纹面饰的墙壁，离傅池屿也就大半个餐厅的距离吧。

待所有人落座，情绪高涨的男生嚷嚷起来。

王麒麟："傅哥，这开饭前你不得来个发言意思意思？"

齐峻："没错，大家给点掌声！咱们欢迎傅池屿同学致词！"

众人热烈地鼓掌，纷纷接话。

"来吧来吧，洗耳恭听！"

"傅哥，你要是实在不想说，我来代劳，我能说两个人的量！"周漾挥动双手刷存在感。

起哄中，傅池屿捏着金边方纹玻璃杯站了起来。

光影重叠，迷幻彩光直直打下来，他周身泛着明明灭灭的光。

"我只一句，"傅池屿话说得恣意，"大家今晚吃好玩好。"

言毕，他利落抬手，将杯里的饮料一饮而尽。

啪啪掌声再度响起。

"好！"

"没错，吃吃吃！"

"我也干一杯！"

人群中，齐峻按捺不住地兴奋，自个儿蹿了起来："今天的菜都我点的，要是不合胃口或者还想吃点别的，尽管和峻哥招呼！

"尤其是几位漂亮女神，你们能来就是捧场！千万别客气啊。"

王麒麟打趣道："哟，峻哥，咱大老爷们就不值钱呗？"

"去去去，别凑热闹……"

不似尹书意只掩唇笑，孙瑶瑶率先起立，接着齐峻的话头，目光却落到中间男生身上："我当然得来！傅池屿，你过生日能邀请我，我很开心！"

"哎哟喂，这话听着怎么像是在……"有男生语气暧昧。

"今天可不只傅哥生日，这不还是情人节嘛！"

"饶了我吧！我要吃饭，不吃狗粮。"

饭桌上八卦声此起彼伏，角落里的姜温枝抬眼看向傅池屿。他肘弯搭在桌上，手里摇晃着杯子，眉宇间有着说不清道不明的情绪，似乎并不准备搭话。

闹哄哄中，又有人坐不住了。

施佳勾了勾额前的龙须刘海，袅袅站了起来。

"瑶瑶，其实阿屿没打算过生日，"她浅笑嫣然，"主要是我和齐峻搞的聚会，也是我们邀请的大家。这样说来，你是不是谢我俩就行？"

话里话外的宣示主权：没我，你现在能坐这里？

可人家话说得滴水不漏，神情也大方坦率，孙瑶瑶只好和施佳碰杯，两人喝完便一起坐下。

施佳面上带着笑，心里却再次把齐峻骂了个狗血淋头。

今晚本该只有她一个女生，谁知这厮嘴快得很，定好餐厅后，傅池屿过生日的消息立刻全年级皆知，这厮更是叫了不少漂亮的女生。

好在近水楼台，自己和傅池屿同班的优势谁也比不了，何况两人近来玩得越来越好，她喊他"阿屿"，他也并没拒绝。

想到此，施佳笑盈盈地拿起筷子，给对面的傅池屿夹菜："阿屿，你尝尝这个……"

"不了。"

施佳笑意一僵，手停在半空。

"给我给我，我爱吃！"齐峻极其捧场，飞快把餐盘递了过去。

饭桌上都是同龄人，且大部分是自来熟性格，气氛格外融洽，也没几个人老实坐在位置上，不时走来走去，逮到谁便称兄道弟地唠嗑。

"哎？哥们，你是体育班宋志伟吧？我理科的王麒麟！咱们运动会一起跑过一千米，只不过你是第一名，我第八！"

"是你啊，我记得！咱还真有缘啊。"

"必须啊……"

这种交际场合，姜温枝宛如透明人。

她饿得前胸贴后背不说，还得极力克制窥向傅池屿的眸光，只觉得一晚上胸口都闷闷的，实在畅快不起来。

所以，姜温枝打算化悲愤为食欲！

可看了一圈面前的菜，她实在下不了筷子。

这家餐厅偏川渝系，大半都是重麻重盐的辣菜，厚厚一层干辣椒和花椒的毛血旺、水煮椒麻鱼、麻辣卤兔头、泡椒牛肉……

倒也有清淡的菜，只是在餐台中间，距离远不说，姜温枝也不想起身。

说不定只是看起来辣呢？

实践才能检验真理，做足心理准备，她拿起餐具，夹了一块看起来平和点的炒土豆片。

浓重的鲜麻味瞬间在味蕾炸开，唇齿间全是辣意，脑门更是冲起滚烫的热火。

姜温枝迅速转向右边墙壁，抽了张纸巾捂住口鼻，打了个喷嚏后就开始咳了。

食堂的辣子鸡和这比起来，那简直是小咸菜。

姜温枝贴着墙，撕心裂肺地咳嗽。好在左边男生串座去了，加之餐桌上交谈嬉笑声澎湃，并没人在意这边。

辣意稍缓解后，她红着眼，盯上了面前一排色彩花样繁多的器皿。

不知道是什么饮料，分别盛在不同形状的玻璃杯里，穿顶缤纷的光照射进去，流光溢彩，还挺好看的。

姜温枝随意挑了一个，塔杯口点缀着一朵紫色小花，液体呈焦糖色。低头闻了闻，怎么有种烟熏味？

管他呢，她凑到嘴边抿了一小口。

乍入喉冰爽顺滑，凉凉的，然后舌尖麻了，还带了点苦涩。

姜温枝舔了舔唇瓣，不是很好喝，可也纾解了一些辣意。

她蹙起眉头，打算再来一口。

"这是含酒精的饮料！"手中杯子被人无情掠夺，"别喝。"

姜温枝偏头看向来人。

傅池屿不知何时过来了，自然地坐在她左边，然后周漾坐到了她对面。

一晚上无人注意的角落，顿时被打成焦点牌。

姜温枝虽没探头看，但只凭直觉，也能感觉出有几道不善的目光落到了自己身上。

周漾盘腿坐在凳子上，长筷伸到毛血旺里，夹了块沾满红油的毛肚塞嘴里，不顾烫不顾辣，像吃白米饭一样自然。

"姜温枝，你稍微等一会儿，傅哥刚加菜了！齐峻就嘴上叭叭的，点菜全不顾女生！"

"啊？哦！好。"

盯着周漾豪放的吃相，姜温枝咽了咽口水。

傅池屿把刚抢下的杯子放到自己面前，手腕一转，挑了杯浅黄色的饮料递到姜温枝面前："这个，你可以喝。"

"好，谢谢。"姜温枝敷衍一句后，难得不看傅池屿，眼睛仍一眨不眨地瞅着周漾。

这小伙子是不是缺失味觉啊？

她愣愣举起手中的杯子，一口干了。

酸酸甜甜的果味在舌尖蔓延，她眼睛立刻亮了，侧头问："是菠萝汁吗？"

傅池屿挑眉："嗯。"

"那可以再来一杯吗？"

"先吃东西。"傅池屿一口拒绝。

话音刚落，几名服务员端着餐盘走了过来。

清炖狮子头、鸡汤干丝、梅干菜排骨、翡翠虾仁、清炒时蔬、红糖麻糍，桌子俨然成了"鸳鸯锅"，半边鲜嫩清亮的淡菜，半边色泽红亮的辣菜。

周漾看着清汤寡水的狮子头，从眉毛到嘴巴都透着嫌弃："这涮锅水吗？怎么吃得下去的？"

姜温枝额角抽了抽，递了张纸巾过去："周漾，你擦擦嘴再说话。"

"怎么了？"周漾拍桌而起，"男人就得这么豪迈地吃饭！"

姜温枝沉默了会儿："不是，辣油要顺着你的嘴角滴到领口了。"

"你不早说！"

周漾迅速接过纸巾，保住了身上的粉色卫衣。

三人开始安静地吃东西。

"姜温枝，你知道兔头怎么吃吗？"只一分钟，周漾就憋不住话了。

她摇头："我不是很想知道。"

"不，你想！看着啊，先从这儿掰两半，然后啃它的脸，接着咬舌头，"周漾边说边动作演示，"还有这里，是兔兔的脑花。"

他啧啧道："怎么样，残不残忍？"

片刻，姜温枝放下筷子，无奈也无语："……说话就说话，你别喷口水行不行？"

"才不是口水，一定是屋顶漏雨了！"

"周漾，你的脑花，不，兔兔的脑花掉桌上了。"姜温枝耸了耸肩，一脸无辜地建议，"不过还没到三秒，快捡起来，还能吃。"

"我……"

向来打嘴仗没输过的周漾觉得自己遇到对手了。

从始至终，傅池屿懒散地坐在旁边。他捞起刚上的热饮，给姜温枝倒了一杯奶香玉米汁。看着小学生般幼稚行为的两人，他唇边扯出一抹弧度，虎口摩挲着杯子。

半晌，他抬起旁边的杯子一口喝完。

酒足饭饱，餐桌上撤了些空盘子，10+6英寸的双层蛋糕摆到了吧台中间。

齐峻大喊道："周漾，快关灯，到许愿环节了！我起个头，大家一起唱《生日歌》，祝你生日快乐……"

偌大的包厢陡然黑了，只余萤火光亮，众人围着寿星，有节奏地拍手唱歌。

傅池屿狭长的眼睛合着，微弱的烛光在他脸上跃动，五官轮廓利落分明。

姜温枝站在晦暗的边缘，不清晰的环境里，她的眼中只有他。

许愿神啊，请一定一定要保佑傅池屿愿望成真。

吹蜡烛，切蛋糕，一气呵成。

大家刚吃完饭，所以每人只意思意思来一小块蛋糕，大部分男生三两口吃完了，火速离开餐厅。

刚还热闹非凡的吧台片刻只剩几人。

姜温枝坐在高脚凳上，慢慢吃着分到的蛋糕。青提、草莓、荔枝点缀在奶油上，中间是黄桃夹心。

"吃不下别吃了。"傅池屿洗完手后顺势站了过来。

姜温枝捏着叉子的手一顿，摇头笑了笑："挺好吃的。"

这是第一次参与他的生日，下回还不知什么时候，所以她想吃完。

忽地想起了什么，她看向他，认真问："傅池屿，你今天吃面了吗？"

"我不爱吃面食。"傅池屿摇头。

顿了下，他扯了张纸巾擦手就要往外走："你想吃？我去加……"

"不用不用！我吃饱了。你去玩吧。"姜温枝迅速把最后一点蛋糕消灭，将桌上的垃圾简单收拾了一下，擦掉地上的奶油，这才往休闲区走。

大家兴致高涨，唱歌、打桌球、玩游戏。人声里混着麦克风音响，嘈杂到极致。

沙发上坐着六七个人，氛围稍微安静了点，姜温枝正打算在角落寻个座位，身处中央地带的周漾冲她挥手："姜温枝，来这儿坐！"

她推拒："不用了，我坐旁边就行。"

"快点啊，过来。"

周漾一副你不来我就去拉你的架势，没办法，姜温枝只能顶着一圈人的注视，挤进了热闹得不属于她的人群中。

傅池屿在她半臂之隔。

齐峻粗略扫了一眼周围的人，坐不住了："咱这边六七个人刚好，要不要玩把游戏？"

周漾捧场："峻哥想玩啥？"

"就最近很火的那个'你有我没有'，输的人真心话或大冒险如何？"

这个游戏规则是：举起双手，每人十次机会，发言人说一件觉得只有自己做过的事，没做过的人放下一根手指。十指全放下即淘汰，接受二选一惩罚。

在场只有尹书意表示想当观众，剩下的人或跃跃欲试，或调整有利的位置。

三分钟后，顺序定了下来。

分别是齐峻、施佳、孙瑶瑶、周漾、傅池屿、姜温枝。

头顶晃动不定的灯球来回旋转，洒着彩光。

游戏正式开始。

抢到首位的齐峻率先开口："我来说哈，都听好了……我被狗咬过！"他边说边得意挑眉，一脸"你们输定了"的嚣张。

众人扔了几个白眼过去，根据自身经历自觉弯下手指。

第二位紧跟发言，施佳看了眼后置位，清了清嗓子说道："我给欣赏的人写过信。"

此话一出，场上的搞笑画风立即转变为隐私问题，还是自己爆自己的料。

齐峻举手发言："你这意思是写过就行，送没送出去无所谓吧？"

孙瑶瑶无语："扣什么字眼呢？写了不就相当于送了！否则花时间精力写着玩？"

周漾小眼神从头扫到尾，像发现了新大陆一样惊奇："姜温枝，你居然干过这事？谁啊？"

闻言，傅池屿眸光微顿，不动声色地瞥了过去。

"这个……"姜温枝支支吾吾半天，不敢抬头看旁边的人，好一会儿才底气极其不足地回道，"可以……不说吗？"

"这有什么不好意思的？你悄悄告诉我。"周漾再次探起身，把耳朵贴近，"我这人嘴巴最严了！"

深知校园广播台的喇叭都不一定能胜过周漾，姜温枝抿着唇，思考该怎么把这个话题打岔过去。

好在两人中间的夹心傅池屿稍动后背，往沙发靠背上倚了过去，迅速切断了周围同学八卦的目光。

姜温枝紧张的情绪稍缓了些，哪知周漾越发来劲儿，撑着手半站了起来，语气张狂："不说是吧？你等着，一会儿你输了，看我怎么拷问你！"

姜温枝蹙了蹙眉头，没接招。

写没写信这件事，全场只傅池屿屈了手指。

也是，他要是在意谁，勾勾手就行，哪儿用得着费笔墨？

下面轮到整晚都冷着脸的孙瑶瑶发言，她随意道："我身高168，腿长109。"

"高了不行？腿比109长也不行？"齐峻悠悠叹息。

不符合的人自觉折手指。

姜温枝垂着眼，遗憾自己比例只差了一点点。

"周漾，愣什么？到你了。"傅池屿轻描淡写地抬脸。

"我暑假在家看了一天一夜电影！中间一点儿没睡觉哦！"周漾自信地笑了。

一片嘘声中，发言权传到后一位，所有人的目光聚集过来。

姜温枝稍侧头。

半臂距离外傅池屿浓黑的眼睫微微低垂着，眉目平柔，在昏暗的氛围里有一种说不出的闲逸。

"我在北纬 62 度看过极光。"

"什么时候去的？怎么不带我？"周漾、齐峻异口同声地问。

"六年级寒假。"

"好吧。"齐峻眯眼想了想，"就是那种绿色的、贼绚烂的光？"

"我看到的是紫色。"傅池屿简单地说。

这种经历显然大部分人没有，再次秒杀其他人。

此时的周漾身处劣势，眨着眼卖萌："姜温枝，快，说个咱俩都有的事情！"

两人从前交情就不多，现在更没什么特别的，姜温枝实在找不到和他的共同点，只能放大范围："在座有我的初中同学。"

这句话她是故意的，包含了周漾不说，更是保了傅池屿。

几轮下来，齐峻、施佳、孙瑶瑶三人出局。

齐峻选择大冒险，周漾就让他去给隔壁包间的小姐姐送个果盘。这对性格外放的齐峻来说易如反掌，很快，他便面带笑容回来了。

两个女生选了真心话，几个男生并没插嘴的打算，只让她们互相提问。

孙瑶瑶站起来，问得直接："在座有你喜欢的男生吗？"

这个问题太简单了，姜温枝甚至可以代替回答。

果然，下一秒施佳起身，不假思索地答复："有！"

两个女生对视的十秒钟里，姜温枝看见趴在茶几上的齐峻红了脸。

轮到施佳提问，她笑谊："瑶瑶，最近上新的那部大学校园电影，你和几个男生去看的？"

孙瑶瑶睨她："四个。"

看着两人之间隐隐冒出的火花，姜温枝暗暗摇头，无比庆幸自己还没输，但是这样看来，待会儿还是选大冒险的好。

一轮惩罚结束，剩下的三人继续游戏。

很不幸，周漾错失了最后一次机会，"去过异性厕所"这件事并没有干掉后面的傅池屿和姜温枝。

他内心简直吐血。这俩啥人啊？一个桀骜难驯，一个月白风清的，怎么就这么难对付呢？

不想就此输掉，周漾打算再打一次人情牌。他挤眉弄眼地看向最好的哥们，私心觉得以彼此的情谊，还能顽强地撑一轮。

傅池屿挑眉，似是接受了他恳求的目光，而后慢悠悠吐出一句话："我高中数学考过满分。"

这话刚落，在座众人哗然。

"傅哥，你过分了啊！咱包厢里二十几个人，除了姜温枝，你问问还有谁学习好？你这不故意针对我嘛！"

周漾噘着嘴，满脸委屈地走出包厢。

五分钟后，他眼含热泪，捂着脸从隔壁端回了齐峻之前送去的果盘，扬言没爱了，大家以后漂流瓶联系吧。

游戏最后，傅池屿和姜温枝都只剩下一次机会，先发言的人自然占尽优势。

大家都觉得姜温枝输定了，已经开始想惩罚措施，可众人却并没等到他们意料中的一击绝杀。

"我今天吃了蛋糕。"

傅池屿嗓音略低，偏头看向姜温枝，缓缓说道。

众人都愣住了。

"傅哥！你做人不道德啊！"周漾捂着脸，声泪俱下地控诉，"你刚刚怎么对我的？现在这水都放到太平洋了吧？"

姜温枝也抬头看傅池屿，只见他周身极其放松，懒怠地靠在沙发上，长眸掀起，唇边勾着百无聊赖的笑意。

包厢里嘈杂的混响音乐，周漾和齐峻的调侃，施佳和孙瑶瑶的注目，此刻都消失不见，她的思绪从没有这样明晰过。

耳垂蓦地发烫。

"姜温枝，你发啥呆呢！你要给我讨回公道。"周漾忿忿不平地叉腰，"快说个狠的，我要让傅哥去大冒险！"

姜温枝仓促"嗯"了一声："我今天午休时，有去学校超市。"她眸光飞快扫过，暗暗等着傅池屿说下一件事。

可傅池屿淡淡瞥了她一眼后，缓缓垂下了手。

"我输了。"他扯了扯唇，"大冒险吧。"

"姜温枝牛啊！这么狠，一击即中。"

早已败北的周漾和齐峻欢呼起来，大声商量着要怎么惩罚得来得更过瘾。

喧闹的人群中，姜温枝的视线无措地飘着，最终停在傅池屿微抬的手腕上。他的手背骨节凸起，冷白的指尖按在棕黑色沙发上，昏暗中带着一种别样的美感。

中午她和许宁蔓去超市，结账时分明看见了傅池屿。

两人前后脚拿了一个架子上的笔芯，不过超市人很多，他可能并没看见她。

姜温枝说这件事也是顺着傅池屿的思路，留有余地，让游戏能继续进行下去。可他为什么就这样认输了？

结合前面他说数学考满分这事，姜温枝更确定了刚刚的想法，傅池屿不想让她输。

姜温枝眼前砰砰炸着烟花。

也许不是错觉，他似乎真的对她有一点点不同。

姜温枝还在自顾自地脸红，齐峻叫嚣起来："傅池屿，我们商量好了！"他和周漾对视一眼，不怀好意地笑，"你选一个女生合唱首歌吧，就那首网上恶搞的口水歌！"

齐峻是拿着话筒说的，声音一瞬盖过了所有人声，特别是"选一个女生"这几个字在包厢里回荡。

大家顿时也不吵闹了，目光一致，先是看向静静坐在沙发上的傅池屿，其次从尹书意、孙瑶瑶、施佳，还有姜温枝身上一一扫过，纷纷猜测这几个女生谁能脱颖而出。

半晌，傅池屿眉梢浅动，快速起身，长腿跨过地毯走到点歌区。

姜温枝按捺住激动，抬眸追随着他，睫羽颤抖。如果他喊了她的名字，如果他真的选了她，那就鼓起勇气告诉他吧。

深埋许久的悸动眼看要破土成花，姜温枝只觉得像在编织美梦一般，迷离得不真实。

可这世上从没有如果。

只须臾，她的黄粱梦便碎成渣，现实狠狠抢了她一耳光。

在众人屏息瞩目中，傅池屿的眼神只从她身上略停顿，然后越过她，喊了声："施佳"。

歌曲是广场舞风格，浮夸又吵闹，可就是这样大俗的曲调，在两人的演唱下却多了几分旖旎，立体环绕的声音清晰入耳。

头顶绚烂的光柱跳动，众人拍打着清脆的手摇铃铛凑了上去，跟着节奏扭动身体，氛围轻松。

姜温枝呆愣地坐着。

她觉得每个跳动的音符都有了生命，无情地砸在她脸上，全身上下针刺一样地疼。

是什么让她自作多情没了限度，竟觉得自己可以站在傅池屿身边了？

指尖死死掐住手心，姜温枝半仰着头，不让眼眶里的热意聚集在一起。

"同学，你就是姜温枝？我是音乐班的李朔，咱留个电话呗？"

今晚来的大部分是赤瑾的学生，对"姜温枝"这个名字也耳熟能详。这种平日连教室门都不出的清冷学霸，自然和他们是没有交集的。

可既然出现在这里，那估计也没传闻中那么冷，长得还清纯干净，一晚上惹得不少男生多看两眼。李朔是这些人里胆子最大的，第一个凑上来搭讪。

旁边的人跟着调侃："是啊，你看李朔长得多帅，唱歌也好听，学霸留个电话，咱们下次再一起出来玩！"

姜温枝无波澜的眼神和沉默让热闹有些冷场。

善于交际的李朔面子挂不住，正要往她旁边再凑近点，忽地被人制止了。

"她是我朋友，别开她玩笑。"

一首歌结束，傅池屿把话筒扔到齐峻怀里，穿过人群，踢开李朔搭在沙发边的腿，面无表情地坐到姜温枝旁边。

这话说得不偏不倚，在座的，谁和谁又不是朋友呢？众人嘻嘻哈哈地聊起了别的话题。

大屏幕上切换了一首甜蜜欢快的情歌，男生们再次喧嚷起来。

姜温枝起身，没有看任何人，任由目光虚浮着。

"傅池屿，时间不早了，我先回家了。"

她努力提高音量，可在这样的环境下依旧显得单薄。

"我送你。"

傅池屿垂眸看了眼时间，也从沙发上站了起来。

"这么早走吗？这不才开始呢！别扫兴啊！"

"傅哥，你可是寿星，不能走啊，咱不是说好一起打游戏吗？"

"就是，哪有主人先走的道理？给姜温枝打个车吧！或者我送她。"

人群嘈杂声不断，背景音乐也停了，所有人看向站着的两人，要么劝姜温枝留下，要么劝傅池屿别走。

场面一度很尴尬。

"不好意思，扰了大家兴致。"姜温枝扬了扬手机，扯出一个轻松的笑，"可我爸来接我了，就在外面，你们好好玩！"

不等其他人反应，她快速拿上书包和大衣，拉开门就冲了出去，只留下疾风一般的背影。

包厢里的众人面面相觑，乍然安静了几秒。

施佳拍了拍手里的话筒，发出"噗噗"的沉闷声响，吸引了大家的注意，然后调笑道："果然啊，好学生就是和我们不一样！大家继续玩啊！谁切了我的歌？"

氛围恢复喧闹，没人在意这个小插曲。

远离聒噪的人群，傅池屿坐到了沙发的边缘。他指腹无意识地摩挲着手表，眸色暗淡，冷白的侧脸染上了彩色光圈，却仍不显温和。

忽然，他起身拿上外套往门口走。

齐峻："哎，你去哪儿啊？"

"厕所。"

九点半的街道热闹非凡，霓虹灯亮得出奇，路边各种摊位叫卖声不断，走两步便能遇见商家在售卖打折的鲜花。

人来人往的拥挤没驱走姜温枝半分的孤寂。

她背着书包一路晃晃悠悠，惨白的唇和脸颊可以挡在围巾下，可发红的眼圈遮不住。

按理说，参加了傅池屿的生日宴，他还在众人面前说他们俩是朋友，这应该是值得开心的事情。

仔细想想，傅池屿对她其实真的不错，只是她自己过分误解了。傅池屿的种种维护，都只是出自一个朋友的自觉而已。

施佳可以叫他阿屿，帮他办生日会，吃饭切蛋糕都站在离他最近的地方，而他唱歌想到的第一个人也是施佳。

这才是与众不同的待遇啊！

想起自己傍晚还洋洋自得地接下了施佳的挑衅，姜温枝简直要被自己蠢哭了。她今晚不该来的，多余就算了，简直是自取其辱。在施佳眼里，自己一定愚蠢如猪吧？

再没有什么能比今晚更丢脸了。

过了条马路，人流减少，精致的花灯和灿烂的鲜花摊前均有不少人排队，而最末的树影下，停着一辆破旧的三轮车，车上放着一个黑色铁炉子，还冒着热气。

头发花白的爷爷裹着军大衣，蜷缩着坐在一边。

生意不怎么样，但炉子里甜腻香软的气味浓郁地飘散在空气里。

姜温枝摸了摸口袋，幸好还剩点钱。

她一蹦一跳地跑过去，声音有点哑："爷爷，我要两个大的，一个小的。"

"行行行，这可是爷爷自己家地里种的，保证甜！"老人精神矍铄地站起来，笑呵呵地拿袋子。

"给您钱。"姜温枝说，"爷爷再见。"

包厢里，齐峻唱累了也跳累了，无力地倒在沙发上，摸出手机打游戏。

倏地，门口传来响动。

他无意抬头望去，一身寒气的傅池屿推门进来了，手里还拎着五六袋热气腾腾的东西，焦糖的甜味瞬间弥漫。

齐峻放下手机，瞠目结舌道："别和我说厕所太大你迷路了，还顺便……烤了红薯？"

傅池屿语气淡淡的："门口买的。"

"哦。"齐峻塞了个抱枕到脑袋后面，再次躺倒。

"那冷冷我再吃！对了，刚服务员端了碗面进来，说是长寿面。"他随手指了指餐厅，"我用蛋糕盒罩起来了，不过谁知道你厕所去这么久，估计早凉了。"

傅池屿把袋子放到茶几上，走到餐区，掀起盒子。

好扎实的一碗面。

荷包蛋和青菜整齐地摆在碗边，泛着清油的光泽，只是放的时间过长，细面早吸满了汤汁，膨胀了起来。

傅池屿抿唇多看了两眼。

他不喜面食，更别说这碗面还毫无卖相，只看着就让人没有任何食欲。

"傅池屿，来把游戏？"身后齐峻在喊。

"嗯。"他偏头，"来了。"

凌晨，VIP 包房的客人才离场，服务员进入包厢打扫卫生。

两人在餐厅利落地收拾餐盘碗筷，年纪稍长些的女人感慨："现在的学生真有钱，一晚上消费掉我们一个月工资！"

"是啊，家里养得好，一个比一个好看。特别是过生日的那个男生，长得真帅，简直像电视明星一样。"

"哎呀呀！"忽地，年纪稍长些的女人拔高了嗓音，讶异道，"这面，怎么一筷子都没动？"

"有什么大惊小怪的，他们很多菜都没吃呢，面条算什么。"另一人白了她一眼。

　　"你懂什么？"女人跺脚，"晚上有个穿红衣服的小姑娘来找我，我还以为她是来买单的，就告诉她已经买过了。她笑着和我说，能不能帮忙做碗长寿面，还叮嘱我不加葱花。

　　"他们包间消费这么高，我干脆说送她一碗，可小姑娘非要给我钱，把一堆零钱摆我面前，最后，我就象征性收了二十块。"

　　说到这儿，她深深叹了口气："今晚来了不少女孩，可我看就这个最实在。你说，那男生怎么就没吃呢？"

　　"得了，少感慨，赶紧收拾下班吧。"

　　"唉，可惜了那小姑娘的心意啊……"

成绩单

科目	语文	数学	外语	理综	总分
成绩	87	139	101	195	522

♥第三章♥

海啸

前程似锦

×年×班

"姜温枝，以后别干这种傻事儿了。"

"你第一要保护的，是你自己。"

翌日一早，姜温枝刚醒便觉得眼前一阵晕眩，好不容易撑着起身去洗漱，胃里又是翻涌的恶心。

喝了杯水后她才渐渐缓了过来。

这症状怎么和姜国强喝醉的时候这么像？

今天虽是周六，可还得去上课，姜温枝换好衣服，拿上书包便出了门。

天色未明，路灯笼罩在薄雾里，暗得昏沉，马路上只隐约看见清扫大街的环卫工人。

到学校门口，姜温枝奇怪地看了眼手表。明明只比平时晚了五分钟，怎么班主任已经站在了传达室门口，到得比她还早？

"老师，早上好。"姜温枝把缩在袖口的手伸出来，扯下头上的帽子，颔首问好。

"早！"辛元德一身黑色长款羽绒服，边搓着冷得僵硬的手边看向她，眼神充满了慈祥，"姜温枝，身体好些了吗？"

"……嗯？"姜温枝皱眉。

说话间，辛元德吐出一团白气，神色关切地叮嘱："学习固然重要，可也不能熬坏了身体，知道吗？"

"知道，谢谢老师，那我去班级了。"

"好，去吧。"像是不放心，辛元德又多看了她两眼，"注意身体啊，不舒服随时和老师说！"

到班级后，姜温枝放下书包便从抽屉里掏出镜子，仔仔细细照了照。

是昨晚没睡好脸色太差了吗，还是黑眼圈太重了？怎么感觉班主任说得她好像大病初愈一样，态度也是过分的温和。

略带乌青色的眼圈在镜子里格外明显，姜温枝不想看到自己这个样子，快速合上镜子，掏出了英语书。

对赤瑾一高的学生来说，比周六补课更让人绝望的是年级主任一大早便堵在校门口。

于是乎，迟到的、没穿校服的、校牌没戴的，均被主任抓住训诫了一顿。

早读铃声响起后，校门口只剩下辛元德和站在他后面的几个男生。

清净的环境适合算总账，辛元德拧着眉头瞪向几人，厉声呵斥道："你们四个！给我好好坦白，昨天晚自习去哪儿了！"

"主任，我请他们吃饭去了。"傅池屿先站出来，一副不在乎无所谓的神情，"您罚我就行。"

齐峻在心里疯狂吐槽，昨天下午小辛不是回家了嘛，但面上仍赔着笑："主任，我们错了，下次再也不敢了。您宽宏大量，饶我们一次呗！"

辛元德铁面冷哼："现在知道错了？逃课的时候我看你们一个比一个跑得快！什么饭局，半个年级的人都去了？傅池屿，你怎么不叫上我呢？"

"您早说啊，"傅池屿不正经地挑眉，"那今晚我单独请您一顿？"

"别给我贫嘴！就你花样多！平时你自己逃习就算了，这次胆肥了啊？叫上艺术班的我也忍了，但是……"辛元德语气极重，脸上的皱纹再次加深，"我班上的学生你也拐？"

说到这儿，辛元德往左跨了两步，指着一直没说话的两个男生唾沫横飞地骂道："王麒麟！杜航！你俩可以啊，A班有你们真棒！"

话里反讽意味冲天。

"昨晚我去班级，全班都在认真写作业，甚至没人抬头看我一眼，大家都在拼尽全力，分秒必争，你俩呢？居然给我逃习！这是 A 班学生应该做的事情吗？

"我作为你们的班主任都觉得羞愧！"辛元德拍了拍自己的脸，发出啪啪的声响，"王麒麟，上次考试稍微进步点就骄傲了？还有你，杜航！你就快掉出 A 班了自己不知道吗？还整天吊儿郎当的不知所谓！"

像是抓住了典型，辛元德一个劲儿地猛攻杜航，直骂得男生抬不起头。

"我看有必要给你家长打个电话了，我就问问他们还管不管！要是他们和我说别管了，那我二话不说，从此放任你……"

杜航憋红了脸，不服气地抬起头："老师，您别逮着我一个人骂啊，要说逃课，那咱班姜……"

"主任！"刚刚还态度随意的傅池屿忽然出声打断了两人，"其实主要原因还是在我。我错了，下次绝不拖您后腿。"他还认真地给出了两套解决方案，"您看是写检讨，还是叫我爸妈来？"

认错极快，诚意满满，让人一时语塞。

"你……这次倒是乖觉！"

辛元德侧头，嗓门也小了几分，再回头瞅一眼自己班上毫无悔过之心的男生，生气之余更怒其不争。

"你看看人家的态度，再看看你！怎么，我逮着你骂不行吗？我说错了吗？你根本没把学习的心思端正起来！"

言语上升到学习态度这个高度，显然下一步，别人家的孩子就要出来了。

辛元德背着手在四个男生面前踱步，语重心长道："我们身边又不是没有好榜样，你们看看姜温枝。傅池屿，齐峻，你俩肯定也认识她吧？老第一名！回回表彰上领奖台！"

傅池屿笑了："当然。"

"你别打断我，说到哪儿了？哦对，我昨晚巡班，班长和我说姜温枝身体不舒服回家休息了，我本以为今天她得请假，谁知人家一大早就到学校了。你们连小姑娘都不如！"

辛元德仰天长叹："唉，但凡你们能有她五分之一的努力，那我能少白多少根头发啊！"

"主任，您说得对。"傅池屿抬睫，勾唇附和道。

杜航心想，如果没记错，班主任口中那个身体不舒服的第一名姜温枝同学，昨晚是不是和他们一桌吃的饭？

王麒麟也仰头悲催地望天，眼里全是惆怅。这沈熠文咋回事啊，一个坑也是填，三个也是填，为什么不顺手捞他俩一把？太过分了！

本次逃自习事件，辛元德其实也只抓了两个主谋和自己班上的学生，雷声大雨点小，痛痛快快批骂一顿后，让几人写了检讨，此事便过去了。

风舒草长，飞花芳香，伴着重复的上下课铃声，校园的绿意从沉睡中苏醒，又到了富有生命的季节。

大地回春。

时间和人一样，都要往前走，也只能往前走。

2014年谷雨。

年级里有传言，说理科D班的傅池屿和施佳近来形影不离。

那个下午，姜温枝坐在座位上看窗外的雨。淅淅沥沥的水珠砸下，嫩绿的树枝被吹打得七零八落，煞是可怜。

雨润万物，春天还是留不住了。

她平静地把手伸出窗外，绵柔的细雨落在手心，却在她心里掀起了滔天海啸。

和傅池屿玩得好的女生一个又一个，就是没有姜温枝。

没有立场的占有欲是可笑的，她没吃醋的资格，却依旧酸倒了牙。

2014年仲夏。

周五傍晚，连续上了两周课的学生迎来假期，众人早早离开了学校。

姜温枝被沈熠文以问题目的由头拦在了教室。

她讲了两遍解题思路后，沈熠文半红着脸，闪烁其词，扯了一堆没用的话才横下心说出自己的心意："姜温枝，我们以后考一个大学吧！"

说完，他紧张地屏住呼吸，看向对面的女生。

姜温枝垂眉收拾着桌上的文具，淡声道："这事你问你爸妈或老师，不用和我商量。"

"我的意思是，到了大学，我们有没有继续发展的机会？"沈熠文并不气馁，再接再厉。

"没有。"她说，"我不是日久生情的人。"

"……好吧，那你当我没问，我们继续做朋友。"沈熠文怕她生气，赶紧先退一步。

"你对我有好感？"姜温枝忽然抬眸。

沈熠文点头："是……"

"那我们不能做朋友了。"姜温枝说。

"为什么？"沈熠文问得飞快，只觉得事情山回路转上下起伏。

对上他不解的目光，姜温枝一本正经地分析，语气不带任何情绪："第一，如果我答应和你做朋友，会给你一种到了大学你就有机会了的错觉；第二，我怕做朋友后，你对我的好感越来越多。"

此刻，要不是姜温枝从神情到声音都严肃至极，沈熠文甚至觉得最后一句话是她在欲擒故纵了。

他尴尬地摸头笑，言语混乱："哈哈，做朋友而已，也不至于这样吧……"

"经验之谈。"姜温枝说。

沈熠文收起低落，认真打量面前的女生。

他从高一就注意到姜温枝了。这个女孩很不一样，看似什么都牵动不了她的情绪，可她偏偏又有自己的底线，温和却不失力量。

他似乎走近不了她。

沈熠文感慨了一声，开玩笑说："看来想和你一起读大学的人很多啊，他们被拒绝后，也想和你做朋友？"

所以你干脆连这样退而求其次的要求都不肯答应。

许久，他都没能等到姜温枝的回答。

两人在寂静中一前一后离开了教室。

校园清幽无人，傍晚的凉风吹走了白天的炎热，落日余晖烧红了半边天，云霞变幻成一座岛屿的形状，瑰奇壮阔。

姜温枝抬头看酡红的彩霞，嗅着淡雅的花香，只觉得这个场景朦胧得像一场梦。

同样的事情似乎在很久之前发生过。

她曾经也觉得和傅池屿做朋友是一件极好的事情，可撞了南墙后才惊觉，谁会甘心和在意的人只做朋友？

相处后，你只会日复一日地想和他制造羁绊，时时刻刻想再近一步，更妄图得到他。

所以，还不如一开始就保持陌生的关系，捂住耳朵，遮上眼睛，守口如瓶，把这份惦记慢慢消磨掉。

不曾有过希望，才不会遭受绝望的苦难。

说到底，其实暗恋这件事情不心酸的。

只要你做到一件事——

不想得到。

最近一段时间，许宁蔓总觉得自己的同桌有哪里不太对劲。

下午课间，她看着旁边如松般岿然不动的女生，有些担忧："枝枝，你都坐了一整天了，要不要起来活动活动筋骨？"

顿了顿，她又提议："要不咱们去超市逛逛？"

姜温枝从书本中茫然抬头："嗯？你要买什么东西吗？"

许宁蔓实在想让她起来走走，于是说："嗯，修正带……"

"我这儿有，拿去吧。"

"哦不，除了修正带，我还想买个数学本！"

姜温枝在桌洞里翻了两下："喏，我这儿有几本新的。"把本子放到桌上后，她再次埋头在学习的苦海中。

许宁蔓皱眉，好奇地问："枝枝，以前你不是一天要去好几次超市吗？"连 0.5mm 和 0.38mm 的笔芯都要分两次去买。

"哦，那可能是因为我发现外面的文具店更便宜。"姜温枝用笔尾撩了撩额前的碎发，声音很轻，抛出了个让人无法反驳的理由。

许宁蔓无奈地摇了摇头。算了，最后一节自习课要开年级大会，总能让自己的亲亲同桌下楼。

本次阶段测试中涌现了一批黑马，年级整体的成绩进步喜人，辛元德老早便发布了开会通知。

下午第三节下课铃一响，姜温枝速度极快，利落地搬上凳子，催促着许宁蔓赶紧去操场占座。

A 班同学还在懒散地消磨课间时间，两人已经出了教室，穿过几栋教学楼，在操场东边找到了自己班的区域。

开年级大会最无聊了。

主任、班主任、学生代表依次发言，总结各科成绩，还要对下次考试进行展望。所以，主席台前的第一排位置通常是谁倒霉谁坐。

而姜温枝同学明明到得最早，却拎着凳子主动地、稳稳当当地坐到了第一排。

铃声打响，还有一小半的学生磨洋工赖在教室，在辛元德几次广播催促下，高二全体才到齐。

大会开始。

许宁蔓侧头瞥了眼身后嘈杂的人群，又看了看旁边正襟危坐的姜温枝，凑过头去小声问："枝枝，你不是一直喜欢坐后排吗？"

"不了，后面太吵。"

2014 年 8 月 7 日，立秋。

傅池屿和施佳闹掰的消息横空出世，猛烈地盖过了"高三提前一个月开学"的热度。

这次不是传言，是风月故事里的男主角亲自认证的。

原对话是：

"傅哥，最近怎么没见那谁和你一起吃饭啊？"

"谁？"

"就……施佳啊！"

"绝交了。她提的。"

只一节课间，消息如同长了无数翅膀，飞到了各个班级。两人绝交的原因更是众说纷纭，越传越离谱。

这等重磅新闻，姜温枝自是也听到了。她只一笑置之，而后神情寡淡地抽出新一本考卷，全身心投入到学习中。

步入高三后，姜温枝第一时间在书桌上贴了高考倒计时。每天除了疯狂刷题，就是给许宁蔓和其他人讲讲题。

市面上有的卷子，她基本上都做过。

她笑得比从前多了，和班上大部分同学相处得都很好，每科老师更是对她赞不绝口。

家里，温玉婷和姜国强从衣食住行各个方面妥帖地照顾她。

升入六年级的姜温南虽然还是调皮，可有什么好吃的好玩的，总第一时间分享出来。

光明的白天，姜温枝是所有人眼中的好同学、乖学生、别人家的孩子。

一切如常。

可只有她和墙壁知道，每至夜深人静，关起门来，她有无数次的泣不成声。

姜温枝过得一点儿也不好，甚至一度觉得时间难熬。

每个夜晚，她犹如赤脚走在布满荆棘的丛林里，眼看不见光明，手触不到边际，脚找不到出路，裙摆上早已鲜血淋漓。

姜温枝摸黑选了无数条道路，都走不出这个困局，兜兜转转，怎么样都会回到原地。

绷直的情绪早达到极点，随时都可能压制不住，让她全盘崩溃。

谁来教教她，要怎么样才能忘记他？

2014年10月，霜降。

天气无声无息地转凉，寒意渐浓。

A班不少人得了季节性感冒，但是没人请假，自习课上咳嗽声此起彼伏。

辛元德一边发感冒冲剂，一边心疼学生，见教室一片萎靡氛围，干脆劝症状严重的学生回家休养。

"同学们啊！老师知道时间紧、任务重，可咱们不能把身体搞坏了，不舒服就回家休息两天，苦撑着学不进去知识就算了，还耽误健康！

"再说了，咱别一传十、十传百，全班都病倒了不是！"

见没人抬头，辛元德手肘搭在讲台上，直接开始点名："刘念，你脸都烧红了，赶紧收拾书包，拿我手机给你妈打个电话，明天也别来了！

"江一帆！别对着你同桌咳嗽行不行，不知道飞沫传染性极强吗？你也给我回家……"

辛元德在班里点了一圈，十几个人被迫拎着书包回家了。

看着每位离开的同学都背着鼓鼓囊囊的书包，他叹息道："唉！同样是学生，怎么差距这么大呢？真该让D班的那些混子来感受一下我们班刻苦的风气！"

王麒麟笑嘻嘻地接话："行啊，老师，让他们来。"

"来什么来，我得能找到他们再说啊！一个班来了七八个人！"

自从前段时间教育局打出给学生减负的口号，晚自习便不能再强制要求学生上课，只说大家享有自主选择权。

大部分上进的学生自然是留在学校，还按照老时间规规矩矩上自习，毕竟回家的学习氛围肯定不如教室浓厚。

剩下部分本就混日子的学生可欢脱了，简直是解放自我，每晚早早便溜出学校。

至于他们是回家了还是去哪里了，没人知道。

2014年11月7日，立冬。

高三上学期期中考试结束。

两天后，学校贴出了大榜，年级前十的名次没有任何变化。

避开人流高峰期，姜温枝在公告栏前站了很久。她其实只看了一遍就记住了想知道的成绩，可双脚像灌了铅一样，就是挪不动步子。

语文：87分，数学：139分，外语：101分，理综：195分，总分：522分。

去年高考，本科一批理科录取分数线在548分上下。

晚自习第一节课，姜温枝把许宁蔓试卷上的错题整理好，给许宁蔓分析了失分点，前后桌的同学也拿着卷子凑过来，她耐心地给大家一一答疑。

第二节课，姜温枝捏着笔，对着窗外深邃的夜幕发了45分钟的呆。

第三节课，最近天气凉得冻手冻脚，学校并没装空调，所以大部分同学上完两节课后便回家了。

一番喧闹过去，教室只剩姜温枝一人。

混沌静谧的氛围中，她愣愣起身，从后门走出教室。

长廊上一片昏黑，B、C、D班早已不见人影。姜温枝抬起左手抚在栏杆上，身体贴着走廊边，合上眼，只凭感觉缓缓往前走。

她脑海中忽然闪现一道小学低年级数学题：一间教室长9米，从A班后门到D班后门共计27米，她一步大约0.5米……

54步。

她就可以走到他的班级。

只需要54步，姜温枝就可以走到离傅池屿最近的那扇门。

晦暗中，姜温枝蓦然睁开眼，漆黑的瞳里早溢满水光。

她抬手覆在颤抖的眼皮上，靠墙的身体滑落。曾流血不止的伤口迅速愈合结疤，逾越不过的沟壑瞬间被填平。

既然找不到出路。

那算了吧。

不出去了。

又是个补课的星期六。

第一节下课，姜温枝一个闪现到了D班教室门口，带着笑意拦下了正要出门的某位女生。

"同学你好，能麻烦你帮我喊一下傅池屿吗？谢谢。"

女生用一种新奇的眼神打量过她后，直接回道："他没来。"

"那再麻烦你帮我喊一下齐峻，辛苦。"姜温枝继续笑着说。

女生这次答得更爽快："这人我没法儿帮你叫，你去楼上吧，他分到 E 班去了！"

再次道谢后，姜温枝顺着前面的台阶拾级而上。

刚到 E 班拐角，她没见着齐峻，倒是看见了另一个认识的人。

施佳没穿校服，身着焦糖色毛衣和 A 字高腰半身裙，抱着胳膊站在窗台上和人聊天。

两人的眼神恰好在空中撞上。

施佳脸上倏地没了笑意，冷冷往前走了两步，语气生硬："你来我们班干什么？"

"我找齐峻，有点事。"姜温枝不想和施佳有过多接触。

施佳不耐烦地撇头："什么事？"

姜温枝有些费解，她都说是找齐峻，怎么对方还不依不饶？课间时间不多，她从旁边绕过，直接走到了 E 班前门。

同样的教室，同样的布局，有的班窗明几净，可有的班怎么阴森森的？

E 班整体光线极暗，已经上完一节课了，窗帘居然还没拉开，班里绝大多数人东倒西歪，还沉浸在睡梦里，空气中都是一股不流通的沉闷气味。

姜温枝叩了叩门，声音稍扬："请问一下，齐峻在吗？"

"谁啊？找我丁吗？"

懒洋洋的沙哑声先传出来，接着，一位顶着乱糟糟发型的男生从后排抬起了头。看见来人后，他不慌不忙地起身往外走。

两人过了拐角，在台阶上一高一低站着，姜温枝正好平视他。

齐峻打着哈欠，眼睛还没完全睁开："找我？怎么了？"

"不好意思，打扰你休息了。"简单寒暄后，姜温枝迅速切入正题，"齐峻，你知不知道傅池屿怎么了？我看他今天没来上课。"

"睡过头了吧，要不还能是来学校路上迷路了？"

面对他的猜测，姜温枝抿了抿唇，又问："他不上课的时候会去哪里？玩的地方，吃饭的地方，你都告诉我吧。"

"郊区的人工湖，他偶尔去钓鱼，后街新开了一家咖啡吧，开会员能在那儿待一整天，喝饮料打游戏的好地方，还有商场、电玩城。吃饭嘛，就在美食街……"齐峻仔细回想。

姜温枝默默记下了他说的所有地方。

这空隙里，齐峻整理了一下发型，清醒了几分："你还有其他事吗？"

沉寂了片刻，姜温枝的目光落在他苍白发青的脸上。

只短短几个月，齐峻憔悴了一圈，眸色暗淡，满脸倦容，说不了两句话就哈欠连天，完全不复她印象中那个神采飞扬、精力旺盛的少年。

见姜温枝神情越来越凝重，齐峻心虚地摸了摸脸，心想：难道她看出来我早上没洗脸？

再三欲言又止后，姜温枝还是开口了："人各有不同的活法没错，我们也没必要按照相同的框架往上走。"

　　齐峻一头雾水，不懂她这突如其来的深刻话题是什么意思。

　　"以后我们会拥有什么样的人生，过或好或坏的生活，也不会只由现在决定，但是齐峻，我觉得你目前的状态是不对的。"

　　姜温枝不懂什么微言大义，也知道自己的价值观、人生观还不完善，这只是出于对朋友最直观的感受。

　　见齐峻傻住了，姜温枝放慢了语速："可能我话说得不是很好听，也没什么道理，不过，齐峻……"

　　她顿了顿，眼尾染着轻快的笑："你应该是更好的人。"

　　因为在我们还不熟悉的时候，你曾帮过我。

　　也因为，你是傅池屿的朋友。

　　刺耳的上课铃没能盖住女生清澈的嗓音，齐峻大脑忽然充血，舌尖抵着腮闷笑了两声。

　　姜温枝也跟着弯眉笑，看向楼梯，说："那我回去啦，你记得把你们班教室的窗帘拉开。

　　"今天阳光还不错的。"

　　阳光泄漏进来，冬日方显得可爱。

　　刚下几步台阶，姜温枝就听到齐峻在后面喊她。

　　"姜温枝！"

　　"怎么了？"她回头。

　　齐峻舒朗地笑了，露出一排白牙："谢谢啊！"

　　"是我该谢谢你提供的地址。走了。"

　　须臾，楼梯口空荡下来。齐峻顿时卸下了全部气力，散散地靠在墙上，垂眼沉思。

　　他这一年，确实荒废过度了，回头想想，真不知道自己到底在图什么。

　　E班这节课小测验，老师发了试卷后便去办公室拿水杯。施佳趁这个空当走出教室，寻找自己迟迟不回的同桌。

　　见齐峻低头靠在墙上，她几步走过去，气恼地喊："喂，姜温枝来找你干吗？"

　　没得到回答，施佳推了推他的肩膀，升高了音量："我问你话呢！她是不是嚼舌根子，说我坏话了？我就知道……"

　　"施佳！"齐峻厉声打断了她的话，沉着脸，"她和你不一样。"

　　极具比较色彩的一句话，让人不由得去猜想谁是好的那一个。

　　齐峻不去看施佳瞬间发红的脸色，只觉得心力交瘁。

　　不知怎么，他忽然想起了清净透彻的姜温枝，只觉得自己眼瞎得厉害，从前还嫌人家清冷。

　　他苦笑着摇头，像是自言自语："不，准确来说，她和我们都不一样。"

说完，他深深吐出一口气，抬脚往教室走去。

施佳一时没回过神，还站在原地发愣。

她突然觉得这个一直陪在自己身边、不怎么在意但已经习惯了的男生，似乎离她越来越远了。

她慌乱地咬唇，全没了刚刚的颐指气使，摆出讨好的姿态迎了上去："齐峻，等等我啊！我刚下了几部电影，咱们一起看……"

根据齐峻给的地址信息，大中午姜温枝顾不上吃饭，急急忙忙在学校周围跑了一圈，找了三个地方。

一无所获。

后街上，新开的那家"遇见"咖啡吧成了她最后的希望。

到了门口，姜温枝搓了搓发凉的手，深深吐出一口气后，伸手推开了玻璃门。

又撩起一层帘子，她才算是进去了。

她眼神粗略地打量着室内。

咖啡吧有上下两层楼，空间非常大。

正对门的是个椭圆形吧台，顶上挂着铁艺灯，又缠了些彩色的星星灯串，在桌上打出了错落有致的光线。

地上铺着米色系的地板，整体环境明亮宽敞。

这里不仅卖咖啡和奶茶，也是个休闲吧。楼下点餐，坐满了散客，楼上是隔出来的一个个小包间。

点餐台后面站着个二十多岁的男人，似是被门口风铃的声音吵到，缓缓抬头，瞥了一眼。

"欢迎光临，喝什么？有会员卡吗？"

男人看起来有点凶，姜温枝结巴道："我、我找人。"

"哦，找吧。"男人低下头，去清洗咖啡杯了。

姜温枝硬着头皮往里走。

"我让你上去团啊，跑什么！卖队友吗？"坐在靠窗沙发上的男生皱眉玩着手机，看着年纪不大，应该也是附近学校的学生。

两个浓妆艳抹的女孩挽着手，朝外面走："这周末去逛街吧，想买衣服了。"

"去吃饭吗？喝了两杯咖啡，我越来越饿……"

真不愧是开在高中后街的店，顾客百分之九十是学生，买杯咖啡的钱就能在这里玩手机，拿笔记本打游戏，完全没人管。

姜温枝的目光从每张桌子上飘过，不敢太肆意打量别人。

旋转楼梯处的台阶前挂着个指示牌标记：VIP 区。

姜温枝抬头往上瞟，视线恰好被墙壁阻挡。

她微微有些失望，但下一秒，忽然听到楼上传来熟悉的声音。

"我自己跑地图，你别跟着我。"

是傅池屿。

姜温枝连忙跑回点餐台，对男人说："你好，会员怎么开？"

等她拿着会员卡上楼，这才发现不同于一楼的散台，楼上位置宽敞多了。小包间没有门，只挂着帘子，里面两张沙发相对而放，中间是一张圆桌。

透过门帘的缝隙，姜温枝一眼扫过去，终于看到了那个她找寻了一中午的人。

包间里，傅池屿正懒散坐着，面前放着一台黑色笔记本电脑，他对面是一个姜温枝没见过的男生。

室内温暖，傅池屿没穿外套，上身是灰色潮牌卫衣，袖子随意扯到肘弯处，瘦长的手指在黑色键盘上敲击得飞快，双眼盯着屏幕，嘴角淡淡勾着。

姜温枝抿唇，平静地走过去撩开帘子，然后定定地站在他面前。

余光注意到有人过来，傅池屿抬眸。

少年眼里闪过片刻的惊讶，唇边的笑也收敛了。

找到傅池屿之前，姜温枝有无数话想说，可现在它们都堵在了喉咙里——她沉默了。

他们已经挺久没说话了。

虽在一个学校一个楼层，可只要姜温枝不出教室，两人基本上就不会有任何交集。

此刻，有种疏离和陌生在空气中窜动。

好半晌，傅池屿揉了揉眉心后，站了起来。

"午休快结束了。"他放下手，喉结又滚了两下，"你怎么还不去学校？"

姜温枝不接话，只紧盯着傅池屿。

小包间里浓烈的烟味让她低咳了声。

傅池屿侧头瞥向旁边的男生："邵浩，把烟掐了。"

"不是，傅池屿，我又不是学生，也成年了，还不能抽烟了？"

话虽这么说，可他还是把烟头按进了烟灰缸，眼神转了几下，脸上带着玩味儿的笑。

姜温枝垂眸看向桌面，除了四五杯咖啡、键盘鼠标，还有吃剩半盒的饼干，眉头紧了下。

见姜温枝没有要说话的打算，似乎就只是巧遇，傅池屿又坐回了沙发上，右手覆上鼠标，视线再次落在了屏幕上："姜温枝，逃课不是什么好事，回校去吧。"

本以为两人也算朋友，姜温枝怎么着得和他打个招呼，寒暄客气一番再走，谁知女生听完他的话后，一扭头。

走了？

对面瞧热闹的邵浩半起身，脑袋越过两台电脑，冲傅池屿笑得花枝乱颤。

"哟，你追随者还挺多啊，这两天来多少女生了？不过，这个是最好打发的吧！没说话就走了！"

傅池屿："打你的游戏。"

邵浩瞬间闭嘴。

十多分钟后，姜温枝手里提着袋子，再次回到"遇见"二楼。

她轻车熟路地进了包间，直接来到了傅池屿旁边。

在两个男生诧异的目光里，她淡定地拿出两份饭，一份给傅池屿，另一份递给那个不认识的男生。

"谢了啊，妹妹，我这是沾光了！"邵浩正好饿了，笑嘻嘻地接了过去。

傅池屿的待遇要更好一些，除了饭，还多了一盒牛奶和一盒切好的雪梨。

把叉子包装袋撕开，插在梨片上后，姜温枝放下书包，在傅池屿旁边的空位上坐了下来。

"别看我了，吃饭吧。"姜温枝说。

可傅池屿显然没那么好糊弄。

他极薄的眼皮一撩："姜温枝，这个时间……"他屈着指节敲了敲桌面，发出清脆的声响，"你应该老老实实坐在教室里专心上课。"

"哦，我在这里写作业也一样。"

姜温枝别开视线，从书包里掏出卷子，拿出笔开始写题。

不再纠结逃课的问题，傅池屿的眸光落在面前荤素搭配的盒饭和水果上。

他问："你吃了吗？"

"嗯。"闻着饭香味儿，姜温枝眼睫动了两下，依旧回答得简洁。

傅池屿这才拿起筷子。

不同于对面狼吞虎咽的邵浩，他吃得慢条斯理又安静。

姜温枝倒也没闲工夫对着傅池屿"秀色可餐"，她的注意力全然集中在另一件事上。

她出来得匆忙，包里只装了英语试卷，好巧不巧，拿的还是课外拓展，一篇阅读理解，三分之一的单词不认识。

姜温枝抠了抠手。

似是察觉到她半天没动笔，傅池屿搁下筷子，把笔记本往她眼前推了推。

姜温枝撇头看了他一眼。

"要查单词？自己打开浏览器搜。"他继续低头吃饭。

姜温枝说："谢谢。"

傅池屿眉眼上扬了下。

不知道是傅池屿的电脑太高级，还是姜温枝太少用电子产品了，她几乎是小鸡啄米式打字，单词查得磕磕绊绊。

傅池屿吃完饭，收拾了他那边的桌子，去楼下给姜温枝买了杯喝的，回来时，她一篇阅读还没看完。

"啪"一声，无线鼠标不小心掉到地上，姜温枝伸手够了半天，没摸到，干脆整个人蹲下去，缩进桌子底下找。

傅池屿玩手机的间隙，瞥了一眼，看到旁边坐着的人忽然滑到沙发下面去了。

等了两分钟，见她毫无起身的打算，他眉头一跳，赶紧把沙发往后面移："姜温枝，你蹲地上干吗呢？"

她伸头要出来，傅池屿快速抬手挡在桌沿边。

这桌板很硬，撞一下估计够呛。

听到傅池屿问话，姜温枝麻利钻出来，也没起身，仍蹲着，举了举手上的东西，说："找鼠标啊，不然抓老鼠吗？"

对上少女圆睁着的眼，傅池屿好气又好笑："……你先给我起来！"

"好的。"

到最后，姜温枝也没做完那张卷子。

因为傅池屿把她拉起来后，并没松开，一手拽着她的胳膊，一手把卷子塞进她的书包，连人带包送回了学校。

直到到了 A 班教室门口，亲眼瞧着姜温枝坐到位置上，傅池屿才离开。

瞥见傅池屿的背影消失在门口，姜温枝赶忙从桌洞里翻出早上剩下的面包，就着两杯水，才把这发干发硬的面包咽了下去。

"枝枝，中午你不是说和朋友出去吃饭了吗？怎么饿成这样？"许宁蔓递了一张纸巾给她。

姜温枝呛了一口水，猛烈咳嗽了两声，脸红了。

"呃……哈哈，没吃饱……"

中午放学后，她着急忙慌地跑出去，身上没带多少钱，本想买三份饭的，可咖啡吧开会员不便宜，加上给傅池屿买了水果，她的钱包就空了。

少吃一顿，只当减肥了。

不过，下午和晚自习，姜温枝都在走廊上看见了和别人聊天的傅池屿，顿时觉得自己饿的那顿可太值了！

傅池屿本以为那天在"遇见"看到姜温枝是一次意外，并没放心上。

可周一下午，他刚拎着咖啡到楼上打开笔记本电脑，女生再一次出现了他面前。

这次姜温枝全没了拘束，神情悠然地坐到了他旁边。

傅池屿给个眼神过去："姜温枝，现在可不是午休。"

"嗯！"

姜温枝假装没听出他的言外之意，语气骄傲地说："这次我带了数学试卷，不需要查资料。"

傅池屿嘴角抽动了两下。他真心觉得，哪怕此刻是小辛站在他面前，他都不至于这么无语和慌乱。

这次，姜温枝题依旧没写成，两人再次回了学校。

接下来一个星期，傅池屿按时按点地上课，连 D 班的班主任都啧啧称奇，开班会还重点表扬了他。

11月底，高三年级一半的老师调研学习去了。

除了文理科重点班，其他班级的学习氛围大打折扣，不止晚自习没人，下午三四节课也缺勤不少。大家抓住这个机会尽情地放松了一把。

下午第四节课前，姜温枝佯装无意从D班门口经过。

里面只有前排稀稀拉拉坐着七八个人，后面空空的，在窗外逐渐暗淡的天色中，教室显得越发幽静。

姜温枝高效率地利用第四节课完成了白天预留的作业。

放学铃声一响，她拍了拍许宁蔓的肩膀："蔓蔓，我今晚有事，不上晚自习啦！"

说完，她背着书包率先冲出了教室。

出了校园，姜温枝没犹豫，直接右转往后街走。

树梢上挂着寒风，昏黑的夜色吞噬了最后一点晚霞，破旧的路灯散发着微弱的光，深长的小巷不复白天的热闹，显得尤其僻静。

姜温枝脸上带着冷意，幽寂的环境中，她的视线有些模糊，只好放缓了脚步。

"哟呵，小妹妹去哪里啊？哥哥送你一程！"

突然，有一个浑厚猥琐的笑声在她身后响起。

一阵凌乱粗重的脚步声后，三五个人在附和：

"长挺纯啊，刘哥，她还穿着赤瑾一高的校服呢，乖乖学生啊！"

"来！陪哥哥们乐呵乐呵。"

"美女，我们和你说话呢！不理人是不是有点没礼貌啊？老师就这么教你的？"

听声音，这几个人年纪应该也不大，就是流氓气十足，恶心的语气让人头皮发麻。

赤瑾附近有几所职高，学生人流量很大，这才有了这条什么店都有的后街。

除了电玩城、咖啡吧、小吃街，还有好几家网吧。这几个人就是从网吧走出来的。

这样鱼龙混杂的地方，姜温枝从前很少踏足，偶尔姜国强送她上学，也连连嘱咐她要绕着走。

最近她频繁去"遇见"，没什么异样，胆子就越来越大。

可后街终究不是一派祥和的文具店或书店，那些令家长和老师不安的因素、蛰伏在黑暗中的恶意，只要撞上，就躲不掉。

姜温枝深蹙眉头，脸色难看，两手紧紧揪住校服领口，不敢转身，也不管看不看得见路，拔腿飞快地往前跑。

她深知外面不安全，街道里面也不一定安全，毕竟这点不回家，还在外面乱晃的，还真不知道有没有正义勇士。

想到这儿，姜温枝突然意识到一件更惨的事情，脸色乍然惨白了两分。

她似乎并不能确定傅池屿在不在咖啡吧！

他说不定去别的地方了呢？

她真的是蠢死了！

可没办法回头了，只能闭眼往"遇见"冲。

傅池屿，你可一定要在啊！

"遇见"咖啡吧在后街最深处。

因为地理位置不优越，所以到了晚上，门牌下面悬了一盏明亮的圆灯。

冬日干燥阴冷，灯罩周围围着一圈密密麻麻的小飞虫，飞蛾扑火般地撞击着光亮，发出细微的嗡嗡声。

姜温枝急速奔跑着，速度太快导致小飞虫进到眼睛里了，酸胀的刺痛感顿时让她眼眶灼热。

来不及揉眼，她猛地拉开玻璃门，直接用脑袋撞开了隔帘。

室内光线比外面好些，可姜温枝一只眼睁不开，另一只眼眯着，只模模糊糊看见两个身量高大的人影立在点单台。

她跌跌撞撞跑过去："您好……我买咖啡……"

姜温枝的手肘撑在桌面，垂着头喘息，条理清晰地说："我在这里消费了，那您……是不是得保护一下消费者的安全……"

"咚"一下，是杯子被丢进垃圾桶的声音。

姜温枝的话被打断，接着被一股力道拉扯，她重心没稳就要推开。

下一秒，她闻到了一股熟悉的气息。

"姜温枝，你跑什么？怎么了？"傅池屿眉头紧锁。

像受欺负的小朋友找到了撑腰的大人，姜温枝瞬间卸了全部莫名的恐惧，精神瘫软下来，心头涌上如释重负的委屈。

"呜呜呜，傅池屿……有人追我……"她瘪了瘪嘴，眼圈更红了，"他们、他们说让我、陪他们乐呵、乐呵……"

姜温枝本来没想哭的，但听到傅池屿的声音时，眼泪就不受控地掉了下来。

"不怕。"傅池屿动作轻柔地安抚她，"抬头，我看看。"

姜温枝照做。

下一秒，微冷的指尖触到她脸上，对方动作十分轻缓地扯开她的眼皮，吹了吹。

清凉的风进入眼睛里，姜温枝的瞳孔瞬间放大，肩膀猛地一颤，控制不住地后缩，可须臾又被傅池屿拽回来，重复吹了两下。

"好点没？"他问。

"嗯。"

锐痛感渐去，姜温枝慢慢睁眼，不用仰头，因为傅池屿正弯腰站在她面前。

"哎，刘哥，她是不是进这家店了？咱进去吗？"

"进啊！给我把她找出来！"

"走走走，进去进去……"

是那几个人的声音！

姜温枝眼中再度闪过慌乱，本能地想往傅池屿后面躲，可想到那群人凶神恶煞的语气，她随即又哆嗦着往傅池屿前面站了站，还伸手横在他面前挡了挡。

她回头看向闲闲站在吧台的另一个人，就是那个每次都冷着脸不爱说话的店员。

"那个，大叔，能帮忙报个警吗？我没带手机。"

她说完，对面男人的脸肉眼可见地黑了。

不帮忙就算了，怎么还生气？姜温枝正想再说两句好话，胳膊倏地被人拉住了。

傅池屿神色依旧极冷，拽着她绕过了吧台，不由分说地把她往里面塞。

"颜哥，帮我照看一下她。"他冲男人抬了抬下巴，说完转身就要走。

"傅池屿——"姜温枝快速抓住他的袖口，怎么也不撒手，声音颤抖着，"你去哪儿？"

"别怕。"他说，"我呢，去陪他们乐呵两下。"

见姜温枝仍不松手，脸上满是恐惧，傅池屿神色稍缓，一抬脚，勾了个高脚凳过来，把她往凳子上一按。

"姜温枝，颜哥是我朋友。"他低睫看着她，"你在这儿待着，我马上回来。"

姜温枝摇头，哽咽道："别去，他们好几个人呢。"她看向傅池屿叫颜哥的那个男人，"大叔，哦不是，颜哥，你这里有后门吗？"

男人总算抬头了，没看她，对傅池屿翻了个白眼："磨叽个什么劲儿？赶紧去行不行？"

说罢，他给了姜温枝一个眼色："妹妹，我这是咖啡吧，不是酒吧，不会有危险。"

"可傅池屿他……"

姜温枝还想说话，手里被傅池屿塞了一把什么东西。

待看清后，她又仰头瞅着他。

傅池屿抬了下眉尾，说："姜温枝，那这样，"像在哄小朋友玩过家家，他拍了拍她的脑袋，"你嗑一百颗瓜子，我就回来了。"

此时，门帘被人撩开。

五六个非主流青年含着棒棒糖，打扮前卫时尚，嘴里没句干净话，骂骂咧咧地往里走。

只是几人还没全部进门，走在最前面的男生就被傅池屿猛地重踹了一脚，猝不及防，后面几人接连退到了门外。

"哐当"几声，小流氓摔倒一片，号叫四起。

"王胖子，你起来啊，死沉的，压得我腰都断了！"

"谁踩我手了？"

"谁不长眼撞我的？"

几人在地上估摸躺了快一分钟才全部爬起来。

领头的刘培站起来，骂道："谁啊？瞎了眼是不是？连我都敢撞？"

傅池屿权当没听见，把门帘放下来，遮住里面担忧的视线，又把玻璃门合上，这才回头看这群渣滓。

不理会对方持续不停的谩骂，傅池屿轻蔑地瞥着几人。

"想找人陪你们乐呵乐呵？那怎么不找我？

"追人家小姑娘？

"还把人吓哭了？

"乐呵是吧？"

他眸光一凛，一字一顿地说："我让你乐呵——"

傅池屿狠厉的拳头随声音一起落下，不论是勾拳还是踢腿，动作都干脆有力。不多时，几个流氓就被撂倒一片。

"你知道我谁吗？敢打我……我，王胖，你上啊，跑什么……"

"刘哥，我们赶紧走吧，这是傅池屿，这里没人敢惹他的！"

"废什么狗话，给我上啊！我管他是谁！"

不理会狗腿的话，刘培只觉得自己人多势众，六对一要是输了，他也不用在这一片混了。

可这傅池屿着实是个能打架的人物，他喊话的工夫，已经被狠踹了一脚，膝盖刚跪在地上，还来不及反应，整个人又被掀翻在地。

见转去踢打其他人的傅池屿眉目越来越锋利，刘培瘫在地上吐了口血沫，自己不敢上了，只口齿不清地指挥小弟往上冲。

此刻，坐在吧台的姜温枝哪有闲情逸致嗑瓜子，双脚像踩缝纫机一样抖着，焦急万分。

傅池屿出去已经快两分钟了，她实在是忍不了了。

她面色通红，猝然起身往门口去，岂料才走了两步，书包被人一下拎住了。她的力量显然不足以和对方抗衡。

"傅池屿说了，让你在这儿等他。"

对上男人冷漠的语气，姜温枝一激灵，拨开书包肩带，整个人像泥鳅一样滑了出去。

"颜哥，我不出去，就趴在门口看看！"

哪怕急得不行，她也明白，毫无战斗力的她出去就是给傅池屿添乱，会让他分心的。可她也不能干坐着，起码要让傅池屿出现在她视线里才能放心。

见她确实没有要出门的打算，只撩起帘子透过缝隙扒在门上看，男人便不再管她。

只开局挨了两下便躺在地上的刘培眼见这群小弟没一个顶事儿的，骂了两句，目光转到了墙边零散的几个啤酒瓶上。

等最后一个小弟被傅池屿压在地上抢拳，刘培狰狞着脸爬了起来，一手抄起啤酒瓶，放轻了呼吸往前迈步，趁傅池屿没注意，猛地举起酒瓶往前砸。

"咣……"

"咔嚓……"

两道声音在昏黑深幽的巷子中响起。

一道是击打的闷响，一道是玻璃落地的碎裂声。

所有人停下了动作，齐齐看向声源地。

看到躺在地上的流氓脸上除了痛苦，更多的是惊慌失措，傅池屿额头青筋一跳，神志有一瞬间的茫然。

他缓缓回身。

姜温枝背对着他站着，光线不亮，他这个角度只能看见女生白皙的额头上沾着鲜红的色彩。

空气霎时凝固了。

姜温枝捂着头，只觉得事情发生得太快了，自己好像瞬移了一般。

刚刚看见有人举着瓶子想从后面偷袭傅池屿，她没有任何思考，反应可以说是快如流星，从门口冲出来到挡在他前面，只用了短短一秒钟。

姜温枝眼睛眨了两下……原来，被酒瓶打这么疼啊。

幸好被打到的不是傅池屿。

"刘哥，快跑啊，还愣着干吗？"

"打死人了，你惹大事了！赶紧走啊！"

地上躺着的几人狼狈爬起，鸟兽般逃窜四散而去。

姜温枝心说：喂，你们别跑，把话说清楚！谁死了？

傅池屿力道极轻地掰过姜温枝的肩膀，视线落在她冒血的额头上，咬牙："姜温枝，我不是让你别出来吗？"

"我没出来啊，我出来了吗？"姜温枝有点蒙，"傅池屿，你听我说，我一开始没想出来的……"

不理会她的辩解，傅池屿没工夫计较其他，极力压制住情绪，拉上她往前走。

"我带你去医院！"

从小到大，要说姜温枝最怕什么地方，那一定就是医院，特别是看到那些穿白大褂不苟言笑的医生和护士，就腿软。

其实被砸了以后，除了第一下尖锐的疼痛和麻意，好像也没其他感觉了。

她眼睛没长在头顶，要不是能依稀闻到淡淡的血腥味，她甚至不觉得自己受伤了。

晚上的医院人依旧很多，傅池屿把她半护在怀里，穿过拥挤的人群，脚步急而稳地走着。

姜温枝抬睫对上他紧抿的唇和深皱的眉。

好像只要有傅池屿在，无论发生什么事，她总是安心的。

可他似乎很生气的样子，刚刚来的路上，她试图聊聊天缓解沉重的气氛，但他板着脸，完全不理她。

到了急诊科室，检查后，医生平淡地扔出两个字："缝针。"

说完，他拿起手边的工具就往姜温枝眼前凑。

"医生……别别别！"姜温枝的眼睛瞪得像铜铃，难以置信地问，"您不需要做些其他的准备吗？"

　　这怎么拿着工具就上啊？生缝吗？

　　医生瞥了她一眼，目光里透着不解。

　　姜温枝使劲低头，差点就挤出不存在的双下巴了。

　　"比如，您把我打晕？或者要不要把我的四肢捆起来固定住啊？再不济……"她颤巍巍地给出建议，"您能不能先给我吃点止疼的东西或者扎一针麻药啊？"

　　本着良好的职业道德，医生挤出微笑解释道："小姑娘别怕，你这伤口缝两针就行了。"

　　两针？拜托，您别把这事儿说得像喝两口凉水这么简单好吗？

　　见医生确实没有要上麻药的打算，姜温枝颤抖着抓住旁边傅池屿的胳膊，仰头求救："傅池屿，我首先说明，我绝不是那种贪生怕死的人，但是……"她凄凄惨惨的样子，眼角挂着泪花，像是有些难以启齿："你胳膊能不能借我一下？"

　　神经紧绷了一晚上的傅池屿抿了抿唇，脸色这才有些松动，他快速脱下冲锋衣外套，又把毛衣撸到手肘处，然后把胳膊伸到了姜温枝嘴边。

　　他浅抬眼尾，扯出一个慰藉的笑，低哑着嗓子："咬吧，使劲儿。"

　　看着近在嘴边的胳膊，冷白的肤色盖不住凸起的青筋，姜温枝眸光闪了闪。

　　她的原意是：你手臂能不能借我抓一下，我怕我会忍不住发抖，万一缝歪了不是白遭罪？

　　没想到还能有意外惊喜，咬个牙印盖章好像也不错！

　　好在医生是专业的，姜温枝也着实还挺坚强，并没有张嘴咬，只抱住了傅池屿的胳膊。

　　别说抓痕了，她甚至不舍得用力，只是给自己一个心理安慰罢了。

　　折腾一番，等出了医院，天早已黑成一片。苍穹乌云笼罩，密不透光，路上车水马龙的鸣笛声刺耳，让姜温枝有一种不真实的恍惚感。

　　两人在没什么人的小路上沉默地走着。

　　好半响，傅池屿停下来看着她，先开口了："姜温枝，你有什么话要和我说吗？"

　　"有的。"傅池屿语气虽还淡淡的，可总算愿意搭理人了，姜温枝隐隐激动，"我想说，你刚刚打人，手疼吗？有没有受伤啊？

　　"我还想说，谢谢你今晚保护了我。"

　　等了很久，姜温枝仰得脖子都酸了，傅池屿还不接话，只是视线虚无缥缈地落在她脸上。

　　"傅……"

　　"姜温枝，算我求你，"深沉叹息后，傅池屿愧疚无比的声音让她一愣，"你以后别来这种地方了。"

　　姜温枝停了脚步。

其实这件事情说不上谁对不起谁。

傅池屿会觉得她是因为来找他才遇到这样的事情，所以感到抱歉，可姜温枝却对傅池屿能及时出现并保护她这件事很感激，甚至还觉得是她给他惹了麻烦。

氛围冷清下来。

姜温枝故作没听出深层含义，笑着说："那你呢，以后能不能不逃课了？"这个要求其实挺过分，她想了想，又退了一步，"或者少逃……"

"我和你不一样。"傅池屿说。

这种无形中拉开两人距离的话，把姜温枝噎住了。

她看向傅池屿深不见底的双眸，有股凉意从头顶渐渐袭来。

突然想到了什么，姜温枝说道："傅池屿，我不是你爸爸妈妈。"

傅池屿蹙眉，这姑娘不是脑子被打坏了吧？刚刚应该拍个 CT 的。还是她只是单纯在骂他？

"我也不是你的老师。"

傅池屿倒是要听听看她到底想说什么。

"但我们是朋友，所以有些话我也是可以说的，对吧？"姜温枝拉了拉他的衣袖，抬眸，语气郑重，"傅池屿，你别把自己搞成这样了！"

他瞥了她几眼："嗯？"

他哪样了？

"傅池屿，你能不能答应我一件事？"

"嗯，说来听听。"

"以后，你能不能别再打架了？"姜温枝说，"我怕你受伤……你知道吗，缝针可疼了。"

说话间，两人出了阴暗的小道，来到了灯火通明的十字路口。

红灯跳转间，姜温枝等到了傅池屿的回答。

"好，我答应你。"

他的目光落在她的额头上，久久未动，喉咙干涩地滚动："姜温枝，以后别干这种傻事儿了。"

"你第一要保护的，是你自己。"

姜温枝回到家，姜国强和温玉婷吓出了一身冷汗。

好在伤口处理后贴纸不大，姜温枝又说是不小心磕桌上了，夫妻俩才放下心来，只唠叨嘱咐了好久。

一星期后去拆线，依旧是傅池屿陪她去的。

从缝完针第二天他送了书包给她后，两人中间没有联系过。今天是拆线的日子，一出教室，她就看见了靠在 A 班后门的傅池屿。

这次看到穿白大褂的医生，姜温枝没那么怕了。

医生装作严肃地揶揄道："怎么，拆线不用抓你同学的手啦？"

见姜温枝一脸闷闷不乐，傅池屿扬着唇线，懒懒把手伸了过去。

想着不拉白不拉，姜温枝咽了咽口水，狠狠抱住了！

2014 年，大雪。

晚自习，姜温枝正整理着手里的讲义，许宁蔓问道："枝枝，你今天还去 D 班上自习吗？"

"嗯。"

从上周开始，姜温枝便利用晚上的时间给傅池屿补课。

近来，除了 A 班，其他班级留在学校上自习的人越来越少，傅池屿班上更是只有寥寥五六个人。

这倒是方便了姜温枝给他讲题。

拿上笔记后，她穿过走廊，熟练地进入 D 班。

前排的几名同学从一开始看见她的惊奇已经转变为淡然。这两天，甚至在她进门后，还有人亲热地和她打招呼。

照例简短地寒暄后，姜温枝走到后排，在傅池屿里侧的位置坐下。

今天复习英语，除了针对性的卷子外，她还额外整理了一些相同的题型给他练手。

傅池屿先拧开一盒果汁递到姜温枝面前，然后才去翻她带来的笔记。

"姜温枝，你这学习习惯不错。"他指尖转着笔，挑眉说道。

本子上各个知识点记得详略得当，主次分明。

姜温枝笑了笑，没说话，把综合卷子摊开，抬了抬眉，示意他赶紧做。

看傅池屿压着眉头，一下下划着选择题，她心情愉悦了不少。

其实姜温枝自己学习从来不需要记这些烦琐的概念条框，这本就是整理给他的，很早之前就准备好了，不管他最后能不能看到，能不能用上。

晚自习铃声响起后，辛元德在办公室有些无聊，喝了两杯茶，还是踱步出门，往班级去了。

自从晚自习自由开始，老师们就不怎么管晚上的纪律了，随便同学自己发展。

可教学神经紧绷了那么多年的辛元德还是放心不下。他明白，有的孩子是留下来学习的，那自然也有留下来捣乱的。

他可不能让这锅好粥被霍霍了。

辛元德首先去的自然是 A 班。他的步子放缓，踮起脚透过后门玻璃往里看，面上是掩不住的自豪。自己班上的学生怎么看怎么满意，不需要他要求，一个个都自觉得很。

扫视一圈，辛元德嘴角的笑意收了几分。

怎么姜温枝的位置又是空的？好像昨天她就没来，是生病了吗？

想着这种可能性，辛元德并没有推门进去，转身往后面的班级去视察。

B 班、C 班人数逐渐递减，走到 D 班时，他更不想看了，正打算快步略过，忽然被后排角落里的两个人吸引住了目光。

男生高大随性地坐在靠过道的座位上，姿势散漫，可垂眼看试卷的眼神却很专注。

里面的女生虽被遮挡住了大部分，可纤细瘦弱的手臂撑在桌上，隐隐露出半张白皙柔和的脸。

这个点，傅池屿留在教室不打游戏写试卷，辛元德已经很意外了。

但，他更没想到的是！

他班上的学霸，赤瑾今年最有希望冲状元的学生姜温枝，为什么会出现在D班？

枉他自诩对学校的风花雪月洞察秋毫，可自己窝里的草，啥时候被人啃了？还连锅端了！

辛元德的两道粗眉深深皱起，眼神在两人身上停留许久。

他得采取采取措施了，最后半年，谁也别想动摇姜温枝学习的心！

2015年2月初。

还有三四天就要放寒假了，姜温枝花了几天时间给傅池屿准备了生日礼物。这段时间，他们也算朝夕相处了，这次，她终于可以正大光明地祝福他了。

姜温枝把礼物放进桌洞，想着等晚自习拿给他。

最近因为姜温枝去D班的频次实在是高，所以和傅池屿班上的人也混得十分熟悉了，大部分人都没想到，看着清冷不食人间烟火的年级传说，居然贼好说话。

他们一开始只试探性地问些问题，可姜温枝不厌其烦一遍遍给他们讲解，还带着他们举一反三。

虽说D班学生成绩没那么好，但高考来临之际，众人怎么着也对学习上了几分心。就这样熟识后，大家没了拘束，偶尔也会开开玩笑，调侃打趣。

开玩笑嘛，大家都没放在心上，说话如雁过不留痕，偏姜温枝每次都结结巴巴地解释。当然，她心里也有按捺不住的窃喜。

有时，她进门被羞臊得过分了，傅池屿就从座位上起身，推开凑热闹的人，把她领到后排。

这样的日子，平淡极了，幸福极了。

冬日白天时间很快过去，傍晚，姜温枝和许宁蔓从食堂回到教室。

刚一进门，她便发现氛围有些异常，特别是后面的几名同学纷纷用怪异的眼神看她。

姜温枝摸了摸脸，没沾着米粒吧？确认没有后，她放下手，不经意抬睫，发现自己座位上赫然坐着个眼熟的不速之客。

女生一身鲜亮的打扮，面色明艳，无比娇柔地靠在椅背上，指尖一下一下点着桌子。

A班班风向来平静如水，这样张扬过分的性格在这儿显然格格不入，可女生周身散着轻狂的傲慢，丝毫没有闯入别人领地的胆怯。

姜温枝和这人交情并不多，也不是那种可以互相串班、坐到彼此位置上的友谊，恐怕来者不善。

教室里零散坐着吃完饭回来的同学，大家你看我我看你，并没人说话。

一片噤声中，姜温枝走上前去，平淡地笑着："施佳，找我有事儿吗？"

听到她的声音后，施佳偏了偏头，用力踢开桌腿，幽幽站了起来。

两人身高差不多，同时站着，目光自然地交织在一起。

对上姜温枝恬静的神色，施佳脸上闪过妒意，勾着嘴角，用极慢的语速说："姜温枝，你怎么这么不要脸啊？"

A班其他同学不约而同怔住。

这什么剧情？

"我听说你最近和傅池屿走得很近啊？嗯？你是不是还和齐峻说了什么话，他现在也不理我了，你要不要点脸？"

施佳用蔑视的眼神把姜温枝从头到脚扫了个遍："长得不怎么样，手段倒是挺多的啊！"

"傅池屿不理我了，就是你搞的吧？"她大肆渲染道，"喂，同学们啊，你们都看看，她这人品可真不怎样！"

不同于一直沉默不语的姜温枝，教室里开始出现细微的议论声。

"不会吧？姜温枝看着不像啊……

"难说，最近她一直去D班找傅池屿，说不定是真的。"

听到周遭的议论，施佳突然蹲到地上，捂脸大哭了起来，含含糊糊的脏话却没停止。

从一开始，姜温枝便端正站着，面无表情地听着。她不屑和施佳去争辩这些不着调的事情。

可直到这仿佛脑子有问题的女生开始诋毁傅池屿，她终于忍不了了。

"施佳！"姜温枝后退一步，用力把蹲在地上号啕的施佳扯了起来，"我不知道你今天来闹什么，但是，既然你和傅池屿玩了这么久，就应该知道他是什么样的人！"

他坦荡干净，尊重女生，凭什么受到你这样无谓的辱骂？

听出她语气里的鄙夷，施佳疾声讽刺道："假清高什么？我说错了吗？姜温枝，你敢说你对傅池屿没想法吗？"

看着施佳胡搅蛮缠的样子，姜温枝陡然也来了火气。

她想反唇相讥，大声告诉所有人，她确实在意傅池屿，可她从没做过任何有违边界的事情，他们清清白白。

可这样的形势下，姜温枝不想给傅池屿带来任何负面影响。

更何况，她的私事没必要在这种糟糕的场合公之于众。

于是，姜温枝抿唇不答，只眸光冷冷地看向施佳。

"施佳！你干吗呢？"人群忽然被推开，傅池屿惺忪着眼，神情满是厌倦和不耐烦，大步走了进来。

像是刚被人从睡梦中叫醒，他冷着眉，把姜温枝往身后拉了拉，看向施佳，哑声道："来这儿找麻烦？你走错地方了吧？回你班级去。"

见他一副袒护姜温枝的样子，施佳闹得更狠了，全不顾形象地鼻涕眼泪一起流下："好你个傅池屿，我对你这么好，你怎么对我的？"

"咱俩的事……"傅池屿冷笑两声，漆黑的瞳孔越发深幽，"需要我详细说说吗？"

这话仿佛触及了什么秘辛，施佳顿时跌倒在地，垂着脸抽泣。

"还有，"瞥了眼脸色发白的姜温枝，傅池屿冲施佳更漠然了，"我们俩的事情，你扯别人干吗？"

我们俩？别人？

下一瞬，姜温枝游离的思绪顿住了，脸上竟也勾出了些笑意。

刚刚施佳说了很多难听的话，可并没有对她造成任何伤害。她没做过那些事情，子虚乌有的骂名谁会在意？可傅池屿这轻飘飘的一句话，她却觉得有些绷不住了，胸口颤颤地起伏。

他和施佳是"我们俩"，而她姜温枝只是轻描淡写的一个"别人"。

八点档的狗血剧情在现实中上演，大家都在看笑话，时不时交谈两句，姜温枝觉得心累极了，只想逃离。

她正准备离开时，施佳先发制人，抽抽搭搭地再次大哭起来，加上凌乱的形象，瞬间成了弱势群体。

姜温枝冷眼旁观，明明可怜，可悲，可气，可哭的人应该是她啊。

看着在别人班撒泼打滚的施佳，傅池屿厌烦至极："起来，出去说。"

他的目光在姜温枝脸上逗留了几秒，喉结滚了两下，可最后还是没说什么，只迅速把施佳带离了 A 班。

姜温枝眸光久久未动。

这还真是会哭的孩子有糖吃。

良久，人群散去，姜温枝僵硬地走回座位。见许宁蔓担忧地看她，她点了点头，回了个"我没事"的笑。

出了 A 班，施佳不依不饶地跟在傅池屿后面。

两人刚到 D 班门口，被一道凶狠的声音叫住了。

"傅池屿！施佳！你俩给我过来！"

辛元德站在楼道拐角处，面色铁青地瞪着两人。

他刚吃完饭就看见这两人从 A 班走出来，后面还有不少同学在指指点点，不用问，他就能猜到这俩八成去自己班闹事了。

辛元德沉着脸，声音严厉："不是我说你们，都高三了！能不能收收心学习？整天无所事事地乱逛！考不上好大学，你们打算以后干什么？"

"傅池屿，你别和我说你眼下面的乌青是因为昨天晚上熬夜学习了。"

闻言，傅池屿眼皮微抬，牵了牵嘴角，笑得很是散漫："主任，您还真猜对了。"

"你给我闭嘴！还有你，施佳，你班级在这层吗？乱跑什么？你脸上抹的什么，花花绿绿的，你自己看好看吗？"

十分钟的思想教育，楼梯间不少同学上上下下，施佳臊得慌，就没停止过哭，傅池屿时不时插科打诨两句。

辛元德越说越来火，可快到上课时间了，只能无奈地点明主题："我班上的学生，那都是冲潭清大的苗子，你们自己不好好学习，放纵也就算了，可别耽误了别人的锦绣前程啊！"

他眼神一瞥，意有所指道："傅池屿，你说老师说得对不对？"

这回傅池屿没再和辛元德扯皮，平静地回答："嗯，知道了。"

半夜十二点，姜温枝刷完两套卷子，疲惫地爬到床上，连抬起胳膊的力气都没有，可闭上眼睛却丝毫没睡意。

晚上发生的一切在她脑子里一遍遍重演，尤其是傅池屿脱口而出的那句："我们俩的事情，你扯别人干吗？"

像是开了单曲循环，一刻不停地在她耳边重复播放。

还有晚上的自习课，她佯装什么都没发生过，照旧去了 D 班，可迎接她的只有傅池屿空荡荡的座位。

他班上的同学说傅池屿早早拿着书包走了。

姜温枝没敢问他是自己走的，还是和施佳一起走的。

黑暗中，姜温枝猛然睁开眼，飞快地从床上坐了起来，顾不上开灯，直接在一团漆黑中摸手机。

社交软件可以给某人设置特别消息提醒，而她的特别关心只有一个人。

姜温枝的手在抖，揉了揉发干的眼眶，把手机凑到眼前。

在暗淡的环境中久了，乍一下接触到刺眼的光，她的双眸不适极了，发涨不说，还有温热的液体流了出来。

姜温枝高频率地眨眼，想把它逼回去。

可就像是打开了闸门的洪水，眼泪一发不可收拾，大颗大颗掉落，啪嗒啪嗒砸在屏幕上。

信息逐渐模糊，一片茫茫中，传来低微的抽泣声，良久不止。

发件人是傅池屿。

傅池屿：姜温枝，今天对不起了，我替施佳向你道歉。

傅池屿：对了，以后不用给我补习了，这段时间谢谢你。

2015 年除夕。

八点半，姜温枝刚给傅池屿发完祝福短信，就收到了他的回复。

傅池屿：嗯，新年快乐。姜温枝，你打算去哪所大学？

姜温枝的手顿了顿，视线停在信息页面。

那件事过后，哪怕他们不在一起上自习了，也时常会在学校里遇见，能停下来说两句话，偶尔还会发条信息彼此问候。

或许是默契吧，两人对前面发生的意外绝口不提。

没多耽搁，姜温枝迅速敲了几个字。

姜温枝：潭清大学。

傅池屿：也是，你自然去最好的学校。

姜温枝：你呢，想好去哪个城市了吗？

过了十多分钟，傅池屿才回复，散漫又随意的语气。

傅池屿：我这成绩没得选，再说吧。

姜温枝：嗯。

2015年春，接踵而至的模拟考，傅池屿的成绩稳步上升。

虽然高三下学期已经停止了调班，可傅池屿像变了个人一样，比A班学生来得更早，走得更晚。姜温枝还隐约听闻他拒绝了一切无意义的琐事，只专注刷题。

她很早之前就觉得，如果傅池屿能把心思放在学习上，那成绩一定不会差。他理科本就不错，补起来也相对容易一些。尽管他醒悟的时间晚了一点，但根据几次考试的分数，上本科没有问题。

2015年6月1日。

入夏后，日子简直是开了三倍速一般，一天比一天过得飞快，"高考"这两个字更是以泰山压顶之势摧残着每位高三学子。

好像所有的故事都会从夏天开始，又大多结束在炽热的夏天。

无论是老师还是家长，随着日益临近的大考，不再唠叨学习，只强调放松、休息一类的话，生怕有人在这最后关头绷不住。

下晚自习回到家，已经没资格过儿童节的姜温枝还是收到了礼物。

她刚换好拖鞋，还没来得及放下钥匙，就被一脸神秘兮兮的温玉婷拉到了客厅。

紧接着，她手里多了一个黄澄澄的、长方形的前程似锦护身符，两面重合处还系了一根红色的祈福编织绳。

"枝枝，这是白天我和你李姨去寺庙求的。"温玉婷压低声音，像煞有介事一样，"你可别小看它，有大师开过光的！听说可灵了，好多家长都在求呢，我们排了老长的队！"

摸着所谓"考符"上面粗糙的刺绣工艺，姜温枝眉心一跳："妈，你被骗了吧？花了多少钱买的？"

"没多少，哎呀，你这孩子，这可不是钱多钱少的事情。"温玉婷双手合十晃了晃，嘴里碎碎念，"小孩子有口无心，您别怪罪啊。"

见温玉婷不肯说，姜温枝心想那估计不是几十、一百的事情，想到她平日去买菜都要和商家讨价还价半天，只觉得肉疼。

这钱花得忒冤枉了吧！

"妈，我不信这个。你拿走吧，留着给姜温南用。"

"拿好了，宁可信其有，不可信其无，万一有用呢！"温玉婷执意让姜温枝收下。

姜温枝刚想再次把东西塞回去，动作忽地一僵。

她捏着这个名曰"考符"的东西，翻来覆去看了看，皱着眉问："妈，这个符实名制了吗？"

"啥？"温玉婷不懂，"实名制是什么意思？"

"意思就是说，这个符只能保佑'姜温枝'金榜题名，还是说给谁都管用？"姜温枝用最通俗易懂的话解释。

这话倒是让温玉婷打了个激灵，她猛拍脑门，懊悔道："哎呀呀！你这么一说，我才想起来，我好像确实没有把你的名字报给文殊菩萨啊！

"当时人多太匆忙了，我和你李姨捐了香火钱就回来了。这可怎么办？不行，明天我得再去一趟！"

见她真的明天还要去的样子，姜温枝好笑地挑了挑眉，把符揣到口袋里，伸手抱住她，伏在她肩膀上，好半会儿才轻声说："谢谢妈妈，不用了，我考试会加油的！"

姜温枝笑得眼睛亮晶晶的："您信菩萨不如信我。"

洗完澡，姜温枝坐在书桌前，停下了擦头发的动作，把毛巾随意搭在凳子上，从旁边衣服里掏出了那枚所谓的幸运符。

她转了转台灯，让光线更明亮些。

一面用黄线绣着"金榜题名"，一面是"前程似锦"。

姜温枝把它拿在手里来回摩挲，若有所思地盯着看了很久。其实这无关任何封建迷信，就只是最真诚的、最美好的祝愿。

第二天一早，刚进教学楼，姜温枝就看见傅池屿靠在A班后门的走廊栏杆上。

晨曦给万物镶上金边，尘埃浮动，他站在光下，白色校服微微透光，隐约能看到细窄的腰线。

姜温枝避了避眼神。

听到脚步声，傅池屿回头，眸色清亮分明："姜温枝，早啊。"

"嗯，早上好。"她走近了几步。

"我来还笔记。"傅池屿拍了拍放在一旁厚厚的本子，嘴角弯着，"谢了！"

"嗯，不客气。"

"怎么，一大早不高兴？"傅池屿抬眸看她。

离高考越近，离别的情绪就更多一层萦绕在姜温枝心头，她真开心不起来。可这样好的清晨，她怎么能辜负。

甩开繁杂的思绪，姜温枝摇摇头，露出笑意："没有。"

"傅池屿，我给你个东西。"她把那枚幸运符拿了出来，"我不知道这个管不管用，总之算是个好兆头吧，希望你可以考上心仪的学校。"

傅池屿接过，指尖勾起红色的丝绳仔细看了看，许久才掀开眼睑："你信这个？好，我收下了！"

"行了，你进班吧，我也回了。"他转身走了两步，突然回头，直勾勾地瞧着她，"对了，姜温枝……"

"嗯？"姜温枝仰头看过去，"怎么了？"

傅池屿眉眼上扬，清亮的声音里有浅浅笑意："高考我会好好考，咱们潭清市见！"

潭清市见。

他一句话，让姜温枝翻遍了往年潭清市各大高校的录取分数线和有前景的专业。

2015年6月7日和8日。

语文，数学，理科综合，外语。

最后一场考试铃声响起，广播里播放着机械的女声："考试结束，考生停止答题。"

只两天时间，终结了前面漫长又短暂的三年。

一千多个日夜的努力，无数辛酸难忘的事情，那些以往不在意的、稀松平常的事情，涌现在眼前。

被热汗打湿的校服在身上闷干；课代表一致的口头禅"谁谁你作业是不是又没交"；在操场上一圈圈走着看月亮的晚上；大扫除后满是消毒水味道的教室里，谁拖把没拿好溅了同学一身水被追着打；阳光晴好的冬日午后，搬着凳子在走廊晒太阳，安逸得想就此沉睡……

考生走出考场，蝉鸣叫得嘶哑，斜阳无言却艳丽无边，缀满了无数浪漫的遐思。那些青涩的美好天真，尽数留在了身后的考场里。

他们就此卸下了最沉重的包袱，如同涅槃的新生凤凰，势不可挡，外面广阔盛大的天地向他们挥手。

未来，来了。

2015年6月底，万众期待中，高考成绩出来了。

查分系统一度瘫痪。

这是有高考学子的家庭验收成果的时刻，几家欢乐几家愁。

傅池屿考得不错，而姜温枝的成绩单页面没有显示具体分数，只有"您的位次已进入全省前50名"的提示。

不过，这也是意料之中，因为出分数前，她就已经接到了心仪学校招生组打来的电话。

2015年7月下旬，本科一批录取结果出来。

姜温枝伸出发抖的手，输入了傅池屿的考生号……

潭清信息工程大学。

像做梦一样，庞大的不真实感让她退出又登录，反复查了好几遍。

是真的。

傅池屿的学校和她的潭清大学在同一座城市，同一个区，同一个大学城里，一头一尾。

全国领土面积有 960 万平方公里，几千多所高校，未来四年，他们见面不需要坐飞机、高铁或大巴车。

姜温枝快速打开地图，搜索路径。

9 月开学后，如果她想去见他，只需要在潭清大学东门坐上 13 路公交车，行驶 11 站就能到傅池屿学校的北门。

一站 2 分钟的路程，那她完全可以从食堂打包好吃的带给他。

"叮叮叮……"

急促的提示音在电脑屏幕下方弹起，赤瑾高三大群里猛烈炸开了锅，各种录取图片发了出来。

出成绩后又等录取结果，到此刻，大家才算熬到瓜熟蒂落，全然放松下来，热火朝天地唠嗑。

校友 1：乖乖！今年赤瑾厉害啊！全省排名靠前的人数是近年来最高了吧？

校友 2：小辛估计数奖金数得手都抽筋了！哈哈哈，别说，几天没看见他，还怪想的！

校友 3：亲爱的同学们，结果都出来了，咱还不浪起来？毕业聚餐走起啊！各班负责人组织起来啊！

校友 4：整个高三一起聚基本不可能，哪儿有这么大场地？估计还是按照惯例，理科聚理科的，文归文，艺术班的人早不知去哪儿旅游了！

校友 5：这样也挺好的，理 ABCDE 永远不分家……"

群里你一言我一语，刷屏实在太快，姜温枝只看了几条就退出了，鼠标往下滑，点开了班级群。

高三理 A 班。

沈熠文：同学们，咱们理科几个班聚餐定在 8 月 2 日晚上，地点在学校附近的烧烤街，都能来吧？收到请回复！@全体成员

同学 1：必须能啊，我的大班长！

同学 2：来来来！

同学 3：同学们，我可想死你们了……

清一色附和声中，姜温枝抓住了重点——"理科几个班"。

很好。

她按捺住一直飘在半空中就没下落的兴奋，回复消息。

姜温枝：收到！

聚餐时间定在晚上六点，姜温枝特意提前一小时出门，先去学校闲逛了一圈，计算好时间，才顶着艳丽妖娆的夕阳往烧烤街走。

赤瑾一高周边一半是娱乐，一半是小吃饭馆，界限分明。

刚走到路口，等红绿灯的工夫，她瞥见一个熟人。

男人穿着半袖上衣，戴着黑色鸭舌帽，隐现出半张脸，手里提着超市购物袋，正从另一条道上走来。

是"遇见"的店员，颜哥。傅池屿曾说，颜哥也是那家咖啡吧的老板。

男人似乎也看见了她，在离她不到一米远的地方停下了。

他掀起帽子："是你啊，姜，姜……"

"姜温枝！"

避免他叫不出来名字，两人都尴尬，姜温枝迅速搭了个台阶。

"嗯，"他视线落在她额上，淡声说，"还行，脑袋没留疤。"

姜温枝有些尴尬："呵，呵呵。"

怎么这人一副还挺可惜的样子？

"就因为没看住你，傅池屿冲我发了好大的火。"颜哥扯了扯唇，"还有那群坏蛋，被他追着虐了半个月。"

言语间，他"啧"了两声，不知是对傅池屿手段的称赞，还是对被虐人的同情。

"放心，他没用暴力，也把那几人治得死死的。"

"啊？"姜温枝睁大了眼。

她不知道这事儿，后来她没再踏足过那条街了。

她想问问傅池屿有没有吃亏，可转念一想，事情都过了这么久，傅池屿看着也不像是落下风的样子。

"行了，那天确实怪我，让你白挨了一下。"颜哥把手中的袋子递给她，"不知道能遇上你，拿去吃。"

姜温枝摇头："和你无关，不用啦。"

"走了。"男人背对她挥手。

过了红绿灯，踏进餐饮区，姜温枝很快找到了沈熠文群里通知的那家烧烤店。

五个班把半条街占得满满当当，嘈杂的人声混杂着店里流行音乐的响声，聒噪极了。

这样闷热的夜晚，没人进店里，只在外面摆上方桌圆凳，门牌闪烁的灯光打出了扭纹曲线，时间似乎被放慢了，不管是吃饭还是畅谈，都更过瘾。

"枝枝，来这里！"A班在最前面，许宁蔓坐在角落里冲她招手。

"好。"姜温枝把袋子抬高，费劲地从间隙中挤了进去。

今晚许宁蔓穿了件红色小碎花长裙，脸上洋溢着发自肺腑的开心，整个人看起来活泼了不少，姜温枝也不自觉跟着笑了笑。

这张桌上都是本班的女生，气氛也不像往常在教室里那样沉闷，大家放开了自我，欢快地聊着天。

好一会儿，备受瞩目的辛元德主任终于在男生们的拉扯中站了起来。

人群中不知谁递了个手持大喇叭过去，他按开开关，拍了两下。

还没开始喝酒呢，辛元德脸上就带上了醉意的红，起了两次头才说出完整的话："同学们！大家都静一静，听我说！"

　　长长的巷子里霎时鸦雀无声，所有人的目光同时聚集到站在中间位置的主任身上。

　　三年来，这是第一次小辛只说了一遍安静，大家就真的安静下来，乖乖听话了。

　　"同学们，你们猜刚刚我来到这饭桌上，首先想到了什么？"辛元德笑容满面地抛出问题。

　　有人迅速抢答：

　　"我知道！主任您是不是肠胃不好，吃不来烧烤啊？那我让老板给您上个炒面？"

　　"不不不，主任肯定白天没吃饭，就等这一顿了，想着怎么还不开席呢！"

　　"猜不到，德哥你快说啊，别吊人胃口了！"

　　激烈的讨论中，辛元德再次举起喇叭："我第一个想法就是，这群兔崽子是不是要上天啊！一眼看过去，二十几张桌子，没饮料，全是啤酒，还有人当我的面喝！这是在挑衅我吗？"

　　明明是抑扬顿挫搞笑的语气，可没人笑得出来，也没人起哄，反倒有不少人默默低下了头。

　　"是老师的错，忘了你们不再是孩子了！"辛元德哽了一下，很快恢复正常。

　　有男生接话："您没错！我们在您面前……就是孩子！"

　　"王莽，别踩凳子，给我坐下去。同学们，今天这顿饭啊，虽说是散伙饭，但是……"辛元德眼里闪着泪光。

　　"以后不管你们去哪座城市上大学、工作、结婚生子，都要记住，赤瑾永远是你们的家！想什么时候回来，只要我辛元德还在校，你们尽管给我打电话！

　　"就说，小辛啊，我是你以前带过的谁谁，我来看你了！我绝对二话不说，立马跑到校门口迎接你！"

　　伴随着学生低低的抽泣声，辛元德咬牙忍住眼泪："我在这里祝大家，历经千帆，最后都能过上自己想要的人生！"

　　"啪啪啪……"

　　掌声雷动，久久不息，七嘴八舌的接话声也高低起伏。

　　"德哥，我们真的毕业了吗？9月1日不用再回来了是吧？"

　　"小辛，你没收了我那么多漫画，我不要了！都送给你，正好给你儿子看。"

　　"辛主任，其实上学期你杯子里的粉笔是我放的！"

　　"赤瑾厉害，我们未来可期！大家一起干一杯！"

　　这顿饭后，大家将要走去更远的山海，各奔东西。从前所有的团聚都是喜悦，只从这次开始，是为了庆祝分别。

　　离别的调子起得太高，刚开始吃饭，桌上的餐巾纸就已经不够用了。本该欢声笑语的聚餐，只剩下大片大片的痛哭流涕。

"枝枝。"吵闹间，许宁蔓红着眼站了起来，端着啤酒，话说得一气呵成，"枝枝，能遇到你，是我长这么大最幸运的一件事，我敬你一杯！"

姜温枝也站起来，没说话，陪着她喝了一杯。

"第二杯，枝枝，谢谢你，谢谢你让我拥有了最平凡，也最安稳的三年。"两人碰杯后再次仰头喝了干净。

"第三杯，"许宁蔓脸上挂着泪水，鼻音很重地喊她的全名，"姜温枝，我希望以后你能一切顺利，拥有这世上最圆满的人生！你该得到所有想得到的，每天都是开心的。"

姜温枝眼里也闪了水意，弯着唇："嗯，你也是，留在本地上师范很好。"她俏皮地眨了下眼，"说不定以后我还要靠你罩着呢。"

我们都要往前走，会志得意满，会大有作为。

"哎哎哎，两位妹妹先别喝啊，也带我一个呗！"有道爽利的男声插了进来。

姜温枝敛了敛泪意，回头看，垂眼笑道："齐峻，恭喜你。"

齐峻虽压线，也还是被不错的大学录取了。

"同喜同喜，我这纯属蹭了你的考试运了！"齐峻站在两个女生中间明显高出一截，于是稍弯下身，举起杯子，"来，咱仁为了美好的将来喝一杯！"

三人碰杯后，姜温枝刚递到嘴边的杯子忽然被人夺下了。

她抬眸，傅池屿清冽的侧脸近在眼前。

他抿着唇，眼睫漆黑，递了杯果汁过来："你喝这个。"说着，他将姜温枝方才拿的酒一饮而尽。

丝毫不避讳那是她用过的杯子。

傅池屿和齐峻似乎也不打算走了，直接加了两个凳子，在她们这桌坐了下来。

齐峻拿起一瓶啤酒，直接咬开瓶盖递给傅池屿："她……施佳呢？我看你俩不是出去说事儿了吗？"

"说完了。"

说着，傅池屿掏出一张小圆形防蚊贴，撕开后面的薄膜，抬手随意拍了下姜温枝的后背，贴纸随之附着在她衣服上。

他瞥了几眼。不知道这玩意儿管不管用，这路边野蚊子太多了，聊胜于无吧。

此时的姜温枝正沉浸在齐峻刚刚说的话中，本来的好心情随着"施佳"两个字的出现，如同过山车下坡般陡然下降，对旁边人的动作毫无察觉。

饭桌上众人聊得火热，两个男生不时说几句不痛不痒的话。

渐渐地，大家不安分起来，随便拉过一个人就要敬酒喝一杯。姜温枝作为赤瑾的半个传说，自然逃不过。

半个小时的工夫，不少人过来找她套近乎，啤酒倒满杯，还不让用饮料代替。

不过，除了最开始和许宁蔓的两杯，姜温枝后面可以说得上是一口都没再喝了。

只要有人走过来喊她的名字，傅池屿就只一句："她不喝酒，我来。"

不论谁敬酒，他都替她挡了。

没法儿和学神喝，那和风云校草喝也是一样的。于是，十几个回合下来，姜温枝清楚地看见傅池屿脸上多了酒醉的醺红。

见人来人往的还不停歇，她眸色越发深沉。这么喝下去也不是个事儿，得想个办法躲一躲。

姜温枝伸手拉了拉傅池屿的衣摆，凑到他耳边小声说："咱们去外面坐一会儿吧。"

一杯接一杯喝得太急，傅池屿的意识似乎有些迟钝，他缓慢抬睫，漆黑的瞳孔里蒙着一层潮气。须臾，他稍抬了抬眉尾，算是默许了她的话。

两人起身离开了拥挤嘈杂的饭桌，往长巷末尾深处走去。

巷子越往里越不复前街的繁华，幽暗灯光下，一头市井烟火气，一头静谧悄然。

到最后，只有一家老旧的音像店还开着门。厚重的灰尘掩盖住了店名，门口堆着不少杂物，还放置了一条长椅。

看着脚步略虚浮的傅池屿坐下，姜温枝才放下心来，也坐下了。

先前的两杯酒开始上头，她只觉得有些朦胧恍惚，只想就地趴下好好睡上一觉。

可她要是这时候醉倒了，那真的实打实喝了不少酒的傅池屿可怎么办？

姜温枝晃了晃头，极力让自己保持清醒。

尽管晕乎乎的，可她还是没法儿忘记齐峻的话，她是真的很想知道傅池屿和施佳去说了些什么。

余光瞥了一眼旁边正合眼捏着眉心的傅池屿，姜温枝还是没忍住问了出来："傅池屿，你刚刚和施佳出去了吗？"

"嗯。"

"那……"姜温枝眼睫未抬，盯着地上模糊的影子，语气轻得虚无缥缈，"你现在，还喜欢她吗？"

"嗯？"

傅池屿睁开眼，眸底红意稍褪，人也清醒了几分。

他喉结上下滚动，淡声说："谈不上……喜欢。"

月色撩人。

夏天的晚风里裹挟着梅子的酸涩气息，借着几分醉意，姜温枝转身，睫毛微不可察地颤了两下，像是下了极大的决心。

"那你觉得我……"

她顿了下，舔了舔干涩的唇。

不是练习过好多次了吗？怎么回事？

"我……"

"姜温枝。"傅池屿声音低沉，微微偏头看她。

两人目光交织，倒映着彼此并不明晰的身影。

忽然，他笑了声："其实，谈恋爱挺没意思的。"

没说完的话连同姜温枝眼里的光一齐消散，她仿佛被施了定身咒，浑身动弹不得。

好半晌，她才牵动嘴角，抿出个好难看的笑："什么意思？"

"就是说，"傅池屿懒散地靠着椅背，仰头看天上忽闪的繁星，声音远得像从神秘外太空传来，"一个人挺好，无拘无束，自由随风。"

姜温枝也抬头，眼前暗淡一片，看不见任何的光亮。

须臾，她眨巴着眼顺应："是，是啊，一个人……也好。"

两人沉默望天，像是不想再拘泥于情感类话题，傅池屿转而问道："开学一起走？"

"可以，但我们报到时间不一样。"

潭清大学每年都会比其他学校提前两天开学。

"嗯，你学校早一点。"傅池屿说，"我就当先去熟悉环境了。"

"那好啊！"姜温枝眉眼弯弯地看着他，唇边勾出了点笑意。

那些在脑海里想了一万遍的话，那些还来不及说出口的话，晚风徐徐一吹，全部埋进了八月闷热的夜色中。

怕什么？

急什么？

反正未来他们还会有无数的时机。

E班餐桌上，施佳在起哄声中又喝了一瓶酒，她从没觉得人缘好也会成为一种负担。

今晚本班的、外班的，一堆男生吵着要和她不醉不归。这种场合她本也可以推托应付的，可不知是不是自己真想醉一场，几乎来者不拒。

往常的游刃有余没了，只有一杯接着一杯的酒滑入喉间。

五六瓶啤酒下肚，胃里胀痛不说，还有一股难言的恶心涌上心头。又一杯喝完，她实在撑不住了，推开仍在给她倒酒的男生，弓着腰，跌跌撞撞地找了个僻静的地方。

本就没吃什么东西，吐的全是酸水，胃里针扎一样地疼，她坐在地上缓了好一阵子才虚弱地起身。

眸光无意往巷子深处一瞥，瞬间，她又跌坐回了地上。

靛白色月光倾泻而下，半明半暗间，距离不远的长椅上，坐着她心心念念放不下的男生，还有那个她明明看不上，却又忍不住从心底里忌妒的女生。

傅池屿。

姜温枝。

这两人什么时候离了喧嚣，跑到这无人地方坐着？他们之间氛围极其暖昧，还有一搭没一搭地聊天。

姜温枝一袭白裙，正闭眼靠在椅背上，脸颊软嫩微红。傅池屿侧着头，一贯清亮的双眸低垂着，眼神内敛而又浓烈地紧锁着她。

黄灯漫照下，清新的气氛美好到连那家破音像店的老板都趴在窗台上，支着下巴看着两人傻乐。

这样的场景，施佳不由得想到了刚刚吃饭前，她把傅池屿叫到外面时，他那宛如让人置身冰雪中的淡漠神情。

时至今日，施佳依旧不愿放弃这个从长相到性格都十足吸引她的男生，所以，她抛开了自尊，卑微地乞求两人复合。

可傅池屿只毫无温度地睨她："施佳，咱俩好过吗？"

对上他深邃无波的瞳孔，施佳一时语塞，竟不知该怎么接这句话。很快，她整理好慌乱，扯出从前的娇媚笑态。

"当然！你、你愿意带我组队打游戏，我叫你'阿屿'你没拒绝……"施佳语速极快地罗列着她眼中的那些好，"傅池屿，我不相信你不喜欢我！"

游戏是齐峻组的局，称呼什么的有什么可计较的？面对她的过分解读，傅池屿的语气无比平淡："我确实不喜欢你，就只是普通同学关系。"

"那我和别人说你和我的关系，你为什么没有否认？"像是难以置信，施佳后退了两步，神色凄怆地喊了出来。

傅池屿浅皱眉头，没思考就直接给出了答案："就算是对你曾给我送衣服的感恩吧。"

说完，他利落离开。

施佳骤然跌倒在地。

是啊，她怎么忘了，傅池屿是个多顾及女生面子的男生啊。

因为他有良好的教养，所以不会在众人面前拆穿她的谎言，给了她全部的体面和尊严。

包括今晚。

当着饭桌上看热闹的同学，哪怕从她骂了姜温枝后，他对她的厌恶溢于言表，可还是跟着她走了出来。

要不是刚刚傅池屿提起送衣服那件事，施佳差点忘了，似乎就是从高一元旦晚会后，向来和女生保持距离的傅池屿才默认了她出现在他周围。

所以，就因为这么一点点的小事，才让他忍让至今？

回过神看向远处的两道身影，施佳忽然笑出了眼泪。

可是啊，谁又知道，傅池屿所感念的那点恩情，不过是那天她随手拦了齐峻，截和了不知道是谁的善意罢了。

原来从那天开始，一切就都是错的了。

散伙饭从傍晚霞光吃到了快十一点，辛元德一看就没少喝，脸红得不行，自己都摇摇晃晃站不直了，还在指挥出租车师傅过来搬人。

当然，也有不少同学的家长亲自来接人，姜国强就是其中之一。

他骑着电动车靠在马路边，冲姜温枝招了招手："枝枝，咱不着急啊，你好好和老师、同学道别！"

姜温枝笑着点了点头。

辛元德也看见了他，迷蒙着眼睛大声打招呼："姜温枝爸爸，国强兄弟！来喝两杯？"

"不了不了，辛主任，您早点回家吧！"姜国强笑呵呵地婉拒。

"好吧，那下次，下次……"辛元德一脸的不尽兴，脚步一晃，就要撞上后面的姜温枝，傅池屿眼疾手快扶了主任一把。

十几分钟后，把许宁蔓塞进出租车，又再三嘱咐师傅开慢点后，姜温枝才退回到台阶上。

想起晚上颜哥给的那个袋子，她走到凳子边拎起来翻了翻。

"这个，这个，还有这个……算了，你都拿去吧。"姜温枝干脆把袋子整个塞到一直跟在她后面的傅池屿手里。

"这什么？"傅池屿挑眉瞧她，并不看袋子。

"忘了和你说，晚上我遇到颜哥了，他给的。"姜温枝嘱咐，"你记得把里面的酸奶喝掉！"

那个男人也奇怪，长着一副不食人间烟火的帅脸，怎么像个小孩子一样，逛超市只买零食？

傅池屿拿出酸奶，拧开盖子递给姜温枝，抬睫慢悠悠地扫了她两眼："姜温枝，我记得你没喝两杯呢。"

他俯身凑近了些，淡淡的酒气瞬时压了下来，混杂着他身上一贯的冷香，吐字极悠长："怎么脸红扑扑的？"

姜温枝后颈似乎被什么咬了一下，她肩膀轻微战栗，酥酥麻麻的痒意顿时遍及全身，声音也轻了："有、有两杯的。"

"得了。"只片刻，傅池屿直起腰背，视线转向几米距离外，冲一直等候的中年男人礼貌颔首，而后偏头淡声说，"跟叔叔回去吧。"

"那你到家给我发个信息，"姜温枝问道，"行吗？"

"嗯。"傅池屿微扬下颌。

他单手插兜站在街边，直到再也看不见姜温枝的身影才转身离去。

坐到姜国强电动车后座，姜温枝还迷迷糊糊的。她抱紧怀里的零食，只觉得耳畔的风都是极温柔的。

"枝枝啊，刚刚和你说话的男同学是谁啊？看着还挺帅的。"姜国强装作无意却酸味十足的声音从前面传来，被晚风拉得格外长。

"是我朋友。"想了想，姜温枝又补充了一句，"以后一个城市上大学的朋友！"

回到家，一身烧烤味实在呛人，姜温枝拿了换洗衣服就往浴室去，舒舒服服地洗了个热水澡。

擦干头发上的水，她刚想把换下来的脏衣服顺手洗了，可盆里空空如也。

温玉婷从阳台上探头出来："枝枝，吹完头发赶紧去睡觉。"

"好，谢谢妈妈。"

回过身，温玉婷继续揉搓着女儿纯白的小裙子，忽然泡沫中浮起了一张小小的圆形贴片，还带着卡通图案。她顺手捞起，扔进了旁边的垃圾桶。

这孩子，从哪儿粘来的？

2015 年 8 月末，她再次写下一封无人知晓的信。

傅池屿：

　　你好。

　　我是姜温枝，不想只做你朋友的姜温枝。

　　这是我给你写的第二封信。

　　第一封存在我的柜子里，写于三年前，已经染上了岁月的痕迹，逐渐褪色。

　　而这封，我曾满心希望你能当着我的面打开它，可你突然和我说，谈恋爱没意思。

　　我的语文阅读理解不错，知道这句话的意思是你暂时不想谈恋爱。

　　所以，尽管我很想很想在毕业聚餐那天晚上和你表白，可我还是忍住了。

　　我很怕在这个时机提出来，我就一点希望都没有了。

　　最开始，我怕自己只能做你的朋友，可现在，我更怕我们连朋友都做不成。

　　喜欢让人变成了胆小鬼。

　　枯燥的高中生涯，每天我生活中必不可少的是空气、水、食物和你。

　　你和它们并列重要，甚至可以短暂替代它们。

　　你不知道，当你和我说要去同一座城市上大学时，我有多高兴。

　　我曾因为想念你，熬过了无数个漫漫长夜，也埋怨过暗恋的苦涩，在深渊里默默掉眼泪，可一见到你，哗一下，世界豁然开朗，鸟语花香。

　　不管人声鼎沸还是万籁俱寂，我总会想，要是傅池屿在我身边就好了。

　　想知道你今天吃了什么，回家路上的晚霞好不好看，有没有遇到学校书店旁边的那只小胖猫。它很乖，不挠人，你要是看见，可以抱抱它。

　　我想以后每天都能和你说早安、午安、晚安。

　　傅池屿，我们来日方长。

——我希望
今后陪我过生日的人，
年年如今日。

♥第四章♥

许愿

Mou zhi
xiaoda

X034521
暮山南站 G2025 潭清北站
2015年08月30日 08:00开 可车06A号
￥520元 二等座
限乘当日当次车

4501131993……T329 傅池屿

No.20150214 20190520 暮山遥

2015 年初秋。

长这么大，姜温枝第一次出远门。

临行前，姜国强和温玉婷抹着眼泪，一万个不放心。幸亏姜温南上学去了，否则这话别时间还得拉长。

直到她保证上车下车随时给他们报信，夫妻俩这才放心。

上了出租车后，看着路边父母的身影渐渐模糊变小，姜温枝的鼻头涌上一阵酸涩。

原先觉得长大是一件很漫长的事情，她也曾数次幻想过外面海阔天空的世界，可今天真的离开家踏上未知的征程，除了期待，更多的是忐忑和无措。

到了高铁站，气派的"暮山南站"标志下，清瘦高大的男生格外显眼。他只斜背了个黑色单肩包，没看手机，手肘撑在栏杆边，视线闲散地落在人流中。

前几天，傅池屿给她发信息，还发了张行程对比图。

傅池屿：火车通宵，高铁四个小时，飞机一个半小时。

傅池屿：想怎么去？

姜温枝毅然选了高铁，价格适中，且时间长一些。

所以，现在站在那里的傅池屿，是在等她。

姜温枝挪不开眼。她承受住了漫长的青春试炼，从普通同学到朋友，一步一步走到了傅池屿的身边。

现在，他们将要去同一座城市读书，接下来的四年，不，或许是往后更长的时间，他们都不会分开了。

"嘀嘀嘀！"

路边的鸣笛声刺耳，傅池屿偏了偏头，一抬眼，对上了一道熟悉的目光。他双眸微眯，嘴角扯出好看的弧度："姜温枝，这儿。"

"来啦！"姜温枝推着箱子小跑了两步，弯着眉笑，"对不起啊，等很久了吗？"

"没，刚到。"傅池屿接过姜温枝的行李箱，收起拉杆，把它靠到旁边，"身份证给我。"

"售票处不远，我们赶紧去买票吧。"姜温枝脱下一边的书包带，从隔层里翻出证件递给他。

"不用，我去就行。"傅池屿瞥了眼她的身份证，照片上是一张清丽乖巧的小脸，他抬了抬指尖，"在这儿等我。"

"好。"

每个大学开学日不同，今天车站的人也没姜温枝想象的那么多，不一会儿，傅池屿便拿着票和证件回来了。

在候车厅等了片刻，检票上车后，放好行李箱，两人很快找到了座位——双人位置。

"路上风景还行，你靠窗？"傅池屿往侧边站，征求姜温枝的意见。

"我坐外面吧。"她说。

傅池屿"嗯"了声坐了进去。

高铁每一站停留的时间很短，两人刚坐稳，列车便开动了。周围虽没什么空位，可大家各忙各的，要么玩手机要么发呆，车厢里很安静。

姜温枝靠在柔软的椅背上，头往左边斜，眼神也随之投了过去。表面上她是在看窗外倒退的好风光，可注意力全在傅池屿身上。

初晨静谧的阳光洒进来，傅池屿的皮肤白得透明。此时他正合着眼休憩，极薄的眼皮上跃着光芒，紧致的下颌线勾勒出了流畅的侧脸轮廓。

傅池屿在长相上已经完全褪去了高中生的青涩，可眉眼还是从前那般有少年感。

从今以后，她是不是不必敛起余光，能肆无忌惮地看他了？

窗外光线越发鲜明，见傅池屿的眉头隐隐皱起，姜温枝抬手越过他，想把窗帘拉起来。

她手刚伸一半，傅池屿忽然睁开眼，瞳孔里氤氲着一层莹光："嗯？怎么了？"

听出他声音里的懒怠，姜温枝轻声说："阳光太刺眼了。"

好拙劣的谎话，毕竟她这个位置只有肩膀上能被光照到。

"不看风景了？"

她摇头："嗯，不看了，早上起得好早，正好补个觉。"

"睡吧，到了叫你。"傅池屿利落地拉上窗帘。

见他坐直了身体，眸色也清明起来，姜温枝困恼地咬了咬唇，快速掏出手机，根据到站时刻表调整时间。

"傅池屿，你也睡会儿。"她扬了扬手机，"我定闹钟了，咱们不会坐过站的！"

"行。"

姜温枝安心闭上眼，纤长的眼睫仍不安分地扇动着，唇边也挂着收不住的欢欣。

这趟四个小时的列车正载着他们高速前行，走向一个全新的、充满光明的开始。

"列车前方到站是潭清北站……"广播里传来优雅的女声播报。

明明是第一次来潭清，可下了高铁后，姜温枝的脚踩到站台上的那一刻，内心居然莫名有种强烈的安全感，仿佛曾经无数次踏足过这座城市一般。

本来她觉得暮山南站已经够大了，可山外有山，这里的车站简直像个大型的现代化商场，出口和商铺众多，四通八达，刚毅的直线连接着十几条地铁线路，一不留神就有迷路的风险。

好在指示牌标记得很清楚，她和傅池屿没多绕路，但也花了不少时间才走出站，坐上了出租车。

"还好吗？"傅池屿降下一半车窗后，拧开了一瓶矿泉水递过来。

"嗯，很好。"姜温枝的脑袋直点个不停。

出租车匀速开着，吹着舒适的小风，闻着浓郁的桂花香，傅池屿坐在她旁边，没有什么比这个更好的了。

路程不算远，进了大学城后还堵了一会儿，待师傅又拐了两个路口，潭清大学巍峨庄严的校门映入眼帘。

潭清大学拥有百年建校历史，校门采用了兼收并蓄的古建筑风格，大气厚重的学术感扑面而来。

今天校园里人流如织，路边拉了无数条横幅，彩带纷飞，众多志愿者手里拿着小旗子挥舞，给报到的新生引路。

在经管学院报到点签完名后，姜温枝礼貌地问："学姐，请问一下宿舍在哪里啊？"

"哦，在这儿签名。"

学姐伸手在桌上胡乱戳了两下，半分眼神没分给她，目光炽热地落在她身后的傅池屿身上。

姜温枝小幅度挪了两步，歪头挡住学姐火热的视线，笑得极其乖巧客气。

"学姐，我想问一下，咱们学院的宿舍怎么走呀？"

回头对上傅池屿好整以暇的神情，姜温枝只想立刻去买个好看的麻袋，把他兜头罩起来。

下了校园巴士，走进色彩明亮的住宿区，到了五楼，防火门旁的第一间便是姜温枝的宿舍了。

她把防火门推到底，让后面的傅池屿更方便进来。

可他只把箱子推了进来，随后人退到了楼道口，说道："你先收拾，我出去一趟。"

"去哪儿？"姜温枝追问。

她知道傅池屿方向感极好，又是在学校里，本没什么不放心的，可毕竟是个陌生的环境，她还是忍不住担心。

傅池屿单手插兜，微抬下颌："随便看看，马上回来。"

"那好，你自己小心点呀。"

"嗯，进去吧。"

姜温枝拿出刚领到的钥匙，缓缓打开了宿舍门。

她还以为自己来得挺早的，可现在一看，宿舍里只有靠窗的 2 号位置还空的，其余或凳子上或床上都坐着人。

她眸光快速扫过宿舍环境。

标准的四人间，木质连体床具、桌具，每张桌上还配了衣柜。室内整体空间大小还可以，亮堂堂的。

姜温枝略带紧张，小幅度地抬手晃了晃："大家好，我是姜温枝，2号床位。"话说得生硬又尴尬。

"你好你好！我是你的邻床，我叫丁欢欢！"离她最近的女生放下手机，迅速从床上爬下来，笑得豪爽。

3号床的女生也走了过来，声音和长相一般的娇嫩："我叫岑窈，'窈窕'的'窈'。"

"还有我……"

最里面那个一脸高冷的御姐没下来，只从上铺探出半个身子，干脆简洁地说："韩珈。"

丁欢欢激动地拍手："咱宿舍总算全了啊，以后大家就是一屋里睡觉的姐妹了！"

姜温枝向来佩服这样自来熟的乐天派。

这个叫丁欢欢的女孩子交友能力绝对没话说，只一会儿就把几人摸了个透，从老家到高考分数，再到年龄爱好，事无巨细。

"那这么说，宿舍就我是本地人了？行，以后欢姐罩着你们！"了解后，丁欢欢跷着腿惬意地靠在凳子上。

"咚咚咚！"

简短的敲门声打断了其乐融融的氛围。

今天新开学，左邻右舍的学生和家长来来去去，走廊上一直没消停，还有不少走错地方的人。

丁欢欢扬声问："谁啊？"

同时，正收拾衣物的姜温枝停下手，看向亮起来的手机。

傅池屿：方便进来吗？

她快速跑到门口，继而转头看向舍友们，轻声问："我朋友来了，是男生，可以进吗？"

岑窈和韩珈点头。

丁欢欢笑着说："光天化日有什么不好进来的？我爸和我哥也刚走。"

姜温枝这才转动把手打开门。

黑色木质门"吱呀"被拉开。

几人目光齐聚过去。

虽然已到了白露节气，但夏季的闷热还没全然散去，尤其在中午，温度尚高。清瘦高挑的男生穿了件白色衬衫，内搭纯色T恤，简单的休闲长裤，胸前横着黑色包带，凤眼薄唇，五官利落清俊。

他长相极佳不说，浑身还带矜贵的傲然。往女宿舍寒酸的大门这么一站，还真有点蓬荜生辉的意思。

"这是我朋友，傅池屿。"

"这是我的舍友，丁欢欢，岑窈，韩珈。"

互相介绍一遍后，姜温枝抿了抿唇，不知道下面该说些什么。

"你们好，我是姜温枝的朋友。"傅池屿漆黑瞳孔带着浅笑，"路不太熟，只随便买了些吃的。"

几人这才注意到他两只手上都提着厚重的袋子，水果、零食、奶茶都有。

"太客气了吧！帅哥你哪个学院的？"丁欢欢黑亮的眼珠转动，上下打量着男生，"我说，这暮山风水不错啊，怎么男帅女美的……"

说着，她毫不客气地接过奶茶。

这种极品的男生，哪怕她不问，只半天，学校论坛就得扒个干净。

"呃，欢欢，我给你洗个水果吧！"不知道热情的丁欢欢会不会让傅池屿不自在，姜温枝连忙转移话题。

"哎呀，这么'护食'啊？"丁欢欢一副了然的表情。

"我不是你们学校的。"傅池屿说，"隔壁的隔壁，信息工程。"

"嗐，我说说呢，果然帅哥都是别人学校的……"丁欢欢叹气，一脸可惜。

韩珈扯过她："话多，让人家歇会儿。"

姜温枝感激地看向韩珈：珈姐，你是我的神！

"姜温枝，"傅池屿从袋子里拿出一盒青提，"中厅我不方便去，你洗一下吧。"

"好好好，我去我去！"

临走前，姜温枝抛了个眼神给看起来靠谱点的韩珈，示意韩珈看顾一下异常兴奋的丁欢欢同学。

等她快速洗好水果回到宿舍，傅池屿坐在她桌前，几人居然聊得还不错。

虽然大部分时间都是丁欢欢在说，韩珈和岑窈附和两句，傅池屿充当观众。

宿舍面积其实不算小，但傅池屿长手长腿坐在她的凳子上，屈着腿还稍弯着背，姜温枝只觉得太为难他了。

今后很长一段时间，这个宿舍都是她私密的生活空间。此刻，她喜欢的男生坐在她的桌子前，感受着这个小天地里的一切。

这种感觉很奇妙。

就像是傅池屿主动进入了她的世界。

丁欢欢一脸崇拜："……最近新赛季贼难打，我动辄连跪十把，严重怀疑队友都是小学生来着。大神，你段位这么高，有时间带带我呗？"

"可以。"傅池屿微点头。

姜温枝对游戏一窍不通，不知道他们在说什么，可什么游戏这么好玩，怎么连韩珈和岑窈都是一副"有时间一起玩"的样子？

丁欢欢像挖到宝了，连忙把手机伸过去："来，咱们加个微信！"

傅池屿掏出手机解锁："打的时候叫我就行。"

见姜温枝回来了，他唇边勾着笑，起身邀请："我请大家吃饭吧！"

姜温枝忙说："我请吧，我请。"

这顿"团圆饭"到底没吃成，丁欢欢表示她们三个刚吃完回来，下次再约。

既然如此，也不好强求，姜温枝拿上包，和傅池屿走出了宿舍。

潭清有十几个食堂，两人找了个最近的，顺着人流大部队随便选了个窗口，好在味道还不错。

吃完饭，傅池屿把姜温枝送到宿舍楼下。

姜温枝站在他投下的阴影里，抿了抿唇才讷讷地问："你要回学校了吗？"

"嗯，正好行李到了。"

"那我去帮你吧，反正也不远……"姜温枝瞬间来了精神，眼睛都亮了。

时间还早，她不想这么快就和傅池屿分开。

"帮我？"想到姜温枝爬楼梯时痛苦的表情，傅池屿只觉得好笑，"是帮我搬行李，还是不能吃亏，想参观男生宿舍？"

"不不不，当然不是。"姜温枝脸直冒热气。

男生宿舍有什么好看的！

"不用你，上去吧。"傅池屿说，"你不是行李还没收拾吗？有事随时联系我。"

"好吧。"姜温枝顷刻败下阵来，低头从包里翻出一管男士防晒霜，"那这个给你，军训的时候用。"

傅池屿接过，扫了两眼后抬睫，气定神闲地看着她："怎么，晒黑就不帅了？"

"帅的！"想起高中军训完他持续了一段时间的浅蜜肤色，姜温枝眼神乱瞟，"……但晒伤了皮肤不舒服。"

"还有就是，潭清的空气干燥，你要多喝水，多吃水果，晚上早点休息，有时间我就去找你！"

姜温枝只觉得自己像个老妈子，事事都想再和他说说。

"军训后吧。"傅池屿把防晒霜塞包里，眼神探究地睨过来，语气懒洋洋的，"我听说你们训练挺变态的，姜温枝，你别小古板一样，不舒服就请假，没人让你拿训练标兵。"

不蒸馒头争口气！

这次军训，姜温枝决定好好表现，偏要拿个标兵给傅池屿看看！

事实证明，话还是不能说太早，这有时候吧，梦想和咸鱼只一念之差。

只训练两天，姜温枝就全没了表现的念头。她双腿发抖，哪怕听到教官的哨声都觉得痛不欲生。

好在几个舍友相处得不错，大家互相鼓劲儿支持。她和岑窈身体素质差一点，丁欢欢和韩珈便照顾她们，休息时都是她俩去打的水。

尤其是丁欢欢，跑腿贼勤快，还时不时叮嘱："枝枝，你要是头晕就别坚持哦，直接休息啊！"

韩珈盘腿坐到姜温枝旁边，也开了口："怎么你和窈窈一晒就跟喝大了似的？"她转头瞥了眼精神抖擞的丁欢欢，皱眉嫌弃，"还有你，怎么能晒得这样黢黑。"

丁欢欢："扑哧……"

人身攻击，伤及无辜是吧？

"谢谢你们，你们对我真好。"姜温枝把薄荷清凉糖塞给几人，感动地说。

她头一次体验集体生活，暑假里上网搜了很多和舍友的相处之道，但她的运气真不错，遇到的人都很好相处。

见姜温枝快要流下感激的泪水了，丁欢欢一屁股坐在地上，举起帽子遮阳："一方面，大家都是姐妹，互相照顾是应该的，另一方面嘛……"

还有另一方面？

姜温枝抬眸看她，等着下文。

"哈哈哈！俗话说吃人手短拿人手软，你朋友……"丁欢欢边说边挤眉弄眼，"就那个傅池屿，那天他拜托我们军训多照顾照顾你！"

"他还说你性子慢热，但人非常好。"岑窈热得额上直冒汗珠，声音微弱地补充。

韩珈耸肩摊手："不过他说错了，你可不慢热，还挺活泼的。"

"枝枝啊，他、他真的不是你男朋友吗？"丁欢欢咬碎了薄荷糖，含混不清地问。

良久，姜温枝笑着摇头，掏出纸巾给岑窈擦了擦汗。

远处烈阳烘烤的操场上，教官冲休息区吹响了集合哨，人群里发出一阵悲惨的埋怨声。

姜温枝快速起身，拍了拍衣服上的尘土，往训练场地走去。

在她不知道的时候，傅池屿有替她周全这些人际关系上的小事。这种被人偏爱的感觉，真的很好。

大半个月后，军训结束，学院发了一堆荣誉称号，就是没姜温枝的。而韩珈甚至作为标兵，还得到了外出打靶的机会，回来在宿舍好一通描述。

在游戏里厮杀的丁欢欢并不在意，浑身江南温婉气息的岑窈也不在意，韩珈分享欲垮掉，有些扫兴。

刚和温玉婷打完电话的姜温枝不想拂了她的兴致，只好摆出还挺感兴趣的样子，听她中气十足地说了一晚上。

这半个月来，因为刚开学事多，另外军训确实累，姜温枝只能断断续续在微信上和傅池屿聊着，都是些吃没吃、睡没睡的平淡话题。

但对她来说，都是无比美好的日常。

接踵而至的国庆假期傅池屿不回家，姜温枝只能单独往返。

这次来回路程中，她只觉得高铁也不快了，时间难熬得很。

2015 年 10 月。

6 号晚上，姜温枝拖着行李箱，打开了宿舍门，一股尘封的气息扑面而来。她特意避开人流高峰期，提前一天回来了。

简单收拾后，姜温枝打开小台灯，松散地趴在桌前，掏出手机发信息。

姜温枝：傅池屿，明天你有空吗？要不要一起出去玩？

消息刚发送出去两秒，她便收到了回复。

傅池屿：行，有想去的地儿？

姜温枝：潭清游乐园可以吗？听说那儿有个超大的摩天轮。

她单手撑着下巴，眉梢带着笑意，欢快地等傅池屿的回信。

这个"听说"自然是来自本地人欢姐。

昨天，她问丁欢欢潭清哪里好玩，欢姐把大大小小几十个景点都贬低了一顿，愣是喋喋不休地吐槽了半小时，就在她受不了准备挂电话时，才略带嫌弃地推荐。

"唔，也就潭清乐园还勉强吧，晚上去坐摩天轮，夜景倒是挺浪漫的，不过……"电话里，丁欢欢语调一转，坏笑着问，"枝枝，你和谁一起啊？傅池屿？那正好，你知道摩天轮有个传说吗？就是升到最顶端的时候，两个人一定要亲……"

"呵呵，哈哈哈，没有没有，我就随便问问，"隔着八百公里的距离，姜温枝都能想象到对方八卦的神情，连忙打岔，"欢欢，我妈喊我啦，咱们回校见！"

灯光璀璨的摩天轮，两个人在一个封闭的小格间里，从地面上升到百米高空。只想想，姜温枝就激动得一晚没睡。

傅池屿：好，明早我去接你。

姜温枝：不用啦，我学校在底站，我坐公交车到你学校北门找你。

姜温枝：哦，对了，你也不用提前在站台等，我快到时发信息给你！

傅池屿：也行。

姜温枝：那你早点睡，晚安。

发完后，她迅速丢开手机，麻溜地冲进了洗漱间。

今晚可一定要早点睡觉，养足精神！

第二天一早，姜温枝顺利在信息工程大学北门和傅池屿接上头。两人坐上公交车，中途又转了次地铁。

十点，终于到了目的地。

潭清游乐园整体设计很动漫化，基本上一步一梦幻城堡，各种惊险浪漫的游玩项目齐全，是大家假期休闲的首选。

因为是姜温枝主动邀请的傅池屿，所以她自觉在售票处排队，还提前准备好了钱包。

傅池屿淡淡看她，扯唇道："姜温枝，我没让女生花钱的习惯。"

她往他前面一站，还一副随时准备掏钱的严肃姿态，这让他成什么了？

"我喊你出来玩的，"姜温枝理所应当地说，"应该我买票！"

对上她坦荡的眼神，傅池屿有一瞬的默然。

"我买，好吗？"姜温枝抬眸看他，声音软，却坚定。

见她执意，傅池屿只好退到一旁，撑着下巴说道："那约法三章，"他挑眉笑着，语调却重，"门票你买，进门后的开销我来。"

"好。"

想着进去除了吃东西，应该没什么要花钱的地方了，姜温枝爽快答应了。

国庆假期最后一天，游乐园里人满为患，小朋友大朋友遍地跑，说是人挤人毫不过分。

今天温度低，清晨的凉意没能阻挡大家火热的心情，姜温枝看到好多女生还穿着单薄漂亮的裙子，是那种蓬蓬的公主裙，像童话故事里的公主一样，她不禁多看了两眼。

前方两个壮硕的成年人迎面而来，就要撞到姜温枝的肩，见她还在发愣，傅池屿一把拉过了她。

到安全地带后，他皱眉，问责意味明显："姜温枝，我发现你怎么总在路上走神？"

自知有错，姜温枝飞快敛起目光，垂眼，小声问："对不起，那个，我们先去玩什么呀？"

"……走吧，带你环游世界。"

瞥了眼她心虚的神色，傅池屿轻笑，不再计较了。

在一个名为《世界尽在脚下》的项目入口处排了半小时的队，两人终于走进厅内。

灯光暗淡，姜温枝走得很慢，傅池屿收着步子紧跟在她后面。

厅内放置着十几排悬空的座椅，每排座位有两连坐、四人座、六人座等，他俩坐在了最右边的两人座。

傅池屿从里侧扯出安全带帮姜温枝系好，接着把保护扶手拉下来横在她前面。检查一番后，他快速把自己的防护措施做完。

宽敞的室内可视度不高，昏暗里夹杂着深蓝，姜温枝眯了眯眼睛。这是个什么项目，怎么好神秘的样子？

"姜温枝。"

"嗯。"她偏头看向右边。

"要是不适应就抓住我。"傅池屿认真瞧着她，手也搭在了两人相连的扶手上，并未触碰到她，漆黑的眼睫里亮着光，"不过，你应该会喜欢。"

姜温枝点头。

说话间，厅顶忽然传来一声雀跃的广播音："起飞咯——"

身下的座椅腾空，缓缓上升，姜温枝的眼前出现了全画幅的大屏幕，上面开始展现无比写实的场景。

仿佛踩着孙悟空的筋斗云一样，她的脚下是紫色翻腾的云海，雾茫茫的气息把人笼罩在天际。

面前的风景快速变动，高山瀑布，流水哗啦啦地响，瀑布上方折射的彩虹从姜温枝指尖穿过。

只眨眼的瞬间，他们又来到了万丈金光照射的苍茫雪山。姜温枝真切地感觉自己悬空的腿就要撞上冰山之巅了，下意识抬脚躲避。

傅池屿手撑着头，注意力都在姜温枝身上，见她有些不适应，身体再次微微往她的方向挪了挪。

姜温枝的睫羽扑闪着，正沉浸式体验，脸上满是身临其境的惊叹。

融化的冰面上动物正觅食，古老城堡里的玫瑰园艳丽多姿，草原上大象成群迁徙，大峡谷的热气球环行，无边际的蔚蓝色大海仿佛真的带来了咸湿的潮气……

短短十分钟，广阔世界的名山大川、奇迹景观全在她的脚下掠过。

大屏幕暗下来，全场都是意犹未尽的惊奇声。

傅池屿拉起扶手，解开两人的安全带。

踩到地面后，姜温枝的脚依然软软的，希冀地感慨："要是有一天，真能去看看这世界就好了！"

"想去哪儿，放假一起？"傅池屿站在外侧，让姜温枝走在人少的另一边过道，悠然地问。

出去的路有些黑，姜温枝看不见傅池屿的表情，可从他疏朗又正经的语气中可以判断出，这不是随口丢出的空头支票，反而是在认真地问她想去的地方，轻松自然得就像在和她商量待会儿去哪里吃饭一样。

姜温枝的心猛地揪了一下。

这是上了大学后，她逐渐分明感受到的，他们之间更为现实的经济差距。

傅池屿假期国内国外旅游，朋友圈也常分享壮阔的景致，可她目前并没有这个条件。

虽说学校学费适中，生活成本也不高，可毕竟起点不一样，姜温枝已经在找兼职了，她得更努力才能和傅池屿比肩而立。

她回道："等以后有时间了吧。"

当然还有足够的钱。

外面光线充足，刚出来扎眼得很，姜温枝垂下头，舒缓了下眼睛。

傅池屿瞥了眼手表，计算了一下时间："可以再玩个项目，然后去吃饭。"他打开提前下载的排队指南软件，指了两处，"河道激流和旋转木马，想玩哪个？"

"激流刺激，要穿雨衣，"傅池屿简单描述，让她能更好选择，"旋转木马的话，比较……梦幻一点。"

姜温枝抬眼看向前处的河道，飞溅的水花声和游客的尖叫清晰可闻。

她眸里飞快闪过惧意，可眼神在傅池屿身上徘徊后，心神蓦地稳了几分。有他在，似乎也没什么好怕的了。

"去激流吧。"

他们在入口买了雨衣，是那种一次性长款的包身连帽雨衣。

排队后，姜温枝和傅池屿坐在了第三排。

确认好两人身上的安全装置后，傅池屿把雨衣帽子给姜温枝拉好，自己倒是没戴，额头的刘海在风中恣意微荡。

机动船上坐满了人，沿着直线水道开始平缓爬坡。

到了最高的陡坡时，整个人已经相当于垂直90度了，姜温枝紧绷着身体，唇一直紧紧抿着。

突然，手腕传来一阵温热，她看过去。

傅池屿投来安抚的笑："别怕，抓紧我。"

姜温枝稍微放松了点。

"啊啊啊——"

顷刻，毫无预兆，船猛地往下冲！

激流霎时从前面和两侧漫天扑上来，海啸一样，水花四溅散开，像是要把人从头兜到尾地淋湿。

失重感明显，加上前后左右尖叫四起，可怕的氛围上头了，纯纯是人在前面跑，魂在后面追！

姜温枝的心蹦到了喉咙口，觉得自己的灵魂都出窍了，吓得赶紧闭眼。

人群中几番高亢的尖叫声中，她猛然被一道大力扯过，下一秒就被人护在了怀里，然后一只微凉清瘦的手捂住了她的眼睛。

熟悉的木质香盈满了姜温枝的思绪，水流也没有像意料之中那样铺天盖地泼下来。

几秒钟里，男生的下巴抵着她的后颈，他的气息全数喷涌在她的脖颈上。

姜温枝不觉战栗了一下，这种灼热的烫感太强烈，她极力咬住牙关才没发出闷哼声。

片刻，姜温枝稍微挪动了一下，只觉得傅池屿的身体似乎比她还僵硬。

又一道坡度猝不及防滑下来，他的掌心从她唇边抚过，指腹正巧按在了她的下唇瓣。

傅池屿的手指瘦长，很凉，姜温枝的唇柔嫩又软。

两人同时一滞。

猛烈的风和水流褪去，船只行驶趋于平静，姜温枝颤着腿下了轨道。紧张感还没消退，她眉眼微弯地看向傅池屿。

他的头发和脸都被打湿了，发梢和眼睫上挂着水珠，乌黑的瞳孔里熠熠生辉，薄唇也泛着水光，显得肤色格外瓷白。

下了船后，傅池屿随意抓了抓头发，几缕稍长的发丝过眉，凌乱地垂在额前，痞气十足。滚动的水珠顺着脖颈滑到了他卫衣领子里。

"快擦擦，冷吗？"

姜温枝赶紧从包里翻出纸巾，打开后抽了几张递给他。

"不冷，挺凉快。"傅池屿闲闲地接过纸巾，贴在脸上胡乱擦了几下。

水势这么猛，刚刚姜温枝在他怀里还不住地想探头，亏得被他按下去了。这地方夏天来玩还是不错的，秋冬就算了。

看着傅池屿湿了一半的卫衣，姜温枝着急道："会感冒的，这里有烘干机吗？或者卖吹风机的？"

"哪儿这么矫情，一会儿就干了。"

傅池屿抬了抬脖颈，似乎并不在意那里覆盖了一层水意。

盯着他上下滚动的喉结，姜温枝掏出一张纸巾，下一瞬，手比脑子快，就这么伸了过去。

她屈着手指，尽量不肌肤相触，只一下一下认真地擦着。傅池屿也没躲，还稍微弯了弯背。

很快擦干净，姜温枝正要撤开手时，谁知傅池屿的喉结忽然往上提了一下，她屈起的指节刚好顶上了那个凸起。

两人同时一怔。

周围游客的嬉笑玩闹声无限放大，他们却像被施了魔法般定在原地。

姜温枝能感受到傅池屿身上的温度越来越高，呼吸也无规律了。她的眉眼骤然红了，慌张地垂下手，语气有些乱："我看你擦不到……"

不是要占他便宜的意思，他应该不会多想吧？

傅池屿没搭她的话，反而突然蹲在了她面前。

他个子颀长，平时大部分时间都是姜温枝自下而上地仰看他的下颌。他冷不丁往她面前一蹲，还真有点不适应。

"怎么啦？"她问。

话音刚落，傅池屿敛着肩，抬手擦向她的鞋边，那是玩激流时在船上沾的水。

两人虽说站在路边，可前面来来往往的人众多，不少人的目光在他们身上打转。

一对小情侣勾肩搭背走过，女孩艳羡地嚷嚷："你看人家！长得那么帅还给女朋友擦鞋子！"

男生不屑地瞥了一眼，嗤笑一声："大庭广众的，多不好意思啊，我可是个男人！再说了，我对你不好？乖！"

女孩嘟嘴："你就知道嘴上说……"

姜温枝有些尴尬，下意识想把脚往后撤一步。

傅池屿快速按住了她的脚踝，漂亮的腕骨打了个转，把松散的鞋带系上蝴蝶结，随后懒懒起身。

"傅池屿，我自己能系，你和我说一下就好了。"

这样的小事无须你弯腰做。

傅池屿似乎毫不在意别人的眼光，挑眉问道："鞋子里面湿了吗？"

姜温枝摇头："没，没有。"

"那袜子呢？"

姜温枝忍不住弯唇笑了："鞋都没湿，袜子怎么会湿呢？"

"那行。"听出她调笑的语调，傅池屿也不生气，走在外侧勾勾手，"走，带你吃饭去。"

姜温枝垂着潋滟含笑的眼，乖乖跟上了他。

绕过人流，傅池屿带着姜温枝来到了一座两层的小城堡前。

屋顶尖尖的，两侧塔楼对称，城墙上涂着金粉色的颜料，城堡的大门玻璃镂空，点缀着五颜六色的宝石。

一侧门上挂着精致的皇冠装饰画，上面写着餐厅的名字：公主的后厨。

进入餐厅后，里面装修的风格更富丽堂皇，餐布粉粉嫩嫩的，光看氛围就很有食欲。

一身城堡管家打扮的服务生带着他们坐到了双人餐桌上。

服务生正要递来菜单，傅池屿按住了，抬睫问："姜温枝，先点个招牌双人套餐，不够再加，可以吗？"

"可以。"她本身对这些也不了解，自然是没意见。

傅池屿把菜单退了回去，服务生带着标准礼仪的笑下单后离开。

姜温枝好奇地问："你之前来过这儿吗？"

怎么驾轻就熟的样子，就像在逛自己家的后花园一样随意？

"第一次。"

"那你怎么对这里这么熟？"

景点不都差不多嘛。傅池屿拆了张湿巾递给姜温枝，瞥了眼旁边的纸张："这不有地图？"

"噢。"姜温枝拿起了旁边的地图看。

花里胡哨的线路，弯弯曲曲圈绕在一起，每个项目、景点、餐厅还放大了路标，页面五颜六色的。

饶是她自诩是个明白人，可也找了半天才找到目前身处的餐厅。

这也能算是地图？

没等姜温枝再细研究，他们点的套餐便端了上来。

主食分别是火鸡腿套饭和海鲜拉面，剩下的就是叉烧烤鸭比萨、焗鸡翅、两份卡通形象的果冻布丁、两杯玉米汁、巧克力草莓蛋糕、水果杯。

分量都不小，大大小小的盘子瞬间摆满了圆桌。

傅池屿稍抬眉，先问她："吃饭还是面？"

火鸡腿套饭上面扣着一个大大的火鸡腿，表皮金黄泛着光泽，浓郁的酱汁浇在饭上，配了半截玉米。海鲜面是清汤粗面，上面配了几根青菜，虾、鱿鱼、扇贝整齐地排列在面上。

"拉面吧。"

看着那个和自己前臂差不多大的火鸡腿，姜温枝果断选了拉面。

傅池屿把面放到她面前，自己端着火鸡腿餐盘去了前台。没多久，后厨便把火鸡腿和饭分离，拆分成了小块。

回来后，他把片好的鸡腿放在姜温枝面前，说："尝尝这个，味道应该还可以。"

说罢，他坐回座位，两人开始动筷子。

不知道是这个餐厅太偏远了还是怎么，大中午用餐的人并不多，环境还算是惬意。

菜品不少，两人好半天才吃完。

傅池屿在前台结完账，姜温枝忍不住问："多少钱呀？"

潭清游乐园算是她正儿八经来的第一个游乐场，虽然没看到餐厅菜单，但看这高大上的城堡，这菜品的精致程度，应该不便宜，没理由让傅池屿一个人承担。

"进园前怎么说的？"傅池屿神色傲然地睨她，一字一顿，"别耍赖！"

……是她草率了。

下午游乐园人流量再次加大，他们大部分时间都花在了排队上，也没玩几个项目。

落日倾吐出漫天余晖，傍晚秋意寒凉。

看天色渐晚，想着返校还要时间，傅池屿把抓到的几个娃娃塞到姜温枝手里，慢悠悠道："不早了，咱们回去。"

姜温枝仰头看开始昏暗的天，又看向不远处缓缓转动闪着彩光的摩天轮："现在，现在就回去吗？"

"天快黑了。"傅池屿稍抬下颌，眸光微挑。

"我舍友说……"姜温枝正视着他，她可没有"无中生友"哦，"她说，这里的摩天轮可以眺望半个城市的夜景。"

"可以是可以，但这个高度，矮的时候没意思，高了你可能看不……"

"傅池屿，你是不是怕高？"像是想到了什么，姜温枝忽然开口。

"什么，怕高？"傅池屿不解地看她，笑得恣意，"这我还真不怕，比起高度……"他敛起笑，牵动嘴角，"我更怕水一点。"

"怕水？"

"也不是怕，就……"他措了措辞，皱眉，"就是不喜欢。"

姜温枝歪头想了想，猜测："你也……你是不是溺过水？"

"没有，就单纯有些恐惧而已。"

"哦哦，"姜温枝心下了然，"那咱们回学校吧！"

既然傅池屿不想，那摩天轮不坐也没什么的。只要他在她身边，坐公交车、坐地铁都是一样快乐的。

刚走两步，她的脚步骤然停住了，结结巴巴道："你你你，你怕水还去玩河道激流？"

傅池屿不以为意："倒也没那么严重。"

姜温枝顿时愧疚，垂眉丧气地说："对不起啊，如果我早知道的话，一定不让你去的。"

"没那么严重，不是坐船上了嘛。"傅池屿停了脚步。

"真的对不起，以后不会了，下次咱们去玩别的……"

"姜温枝，看——"傅池屿倏地抬起手腕，直直指向前方，语调懒散。

"什么？"

姜温枝从愧疚中抽离，顺着傅池屿手指的方向望了过去。

"那边有个人没站稳，被推了一把，手里饮料洒了。"

"嗯？"所以呢？他是什么意思？

傅池屿低睫看她，好整以暇地笑，没头没尾地冒出一句："去吧，去和他说对不起。"

"为什么？"姜温枝瞪着眼，不明所以。人也不是她推的啊，为什么要她去道歉？

"这不得了？"傅池屿眼睫泛着光，笑容清亮，"别什么事情都往自己身上扯，懂了没？"

看着他清澈瞳孔里的倒影，姜温枝重重点了点头："我记住了。"

"不错，很听话。"傅池屿勾了勾手，"跟上，送你回去。"

"好。"

背后，巨型的摩天轮缓缓转动，带着格子间跨越夜空，闪耀着斑斓的灯光。姜温枝想，那样的高度，应该可以看到真正的星星吧？

她最后回头看了一眼，而后毫不流连地收回视线，紧紧跟上了傅池屿的步伐。

2015 年冬。

姜温枝把桌角的保温杯握在手里，试图通过隔热层感受里面的暖意，掀起眼帘看向阶梯教室的讲台。

两鬓斑白，但眼里闪着智慧和精明的老师正饱含热情地授课，这节微观经济学课听得台下众人"如痴如醉"。

姜温枝的目光有一瞬的恍惚，手撑着头，浅浅地想，从前真是被老师骗惨了！

寒窗苦读的那些年里，老师们都是一致的口径——

"现在辛苦点没什么，等上了大学你们就轻松了！"

如果还能有机会回到当时的课堂，她一定要好好问问老师们，大学到底是哪里轻松了？

大一的课倒没有排得特别满，但姜温枝学的经济金融、偏数理，每门课的学习任务都很重。除此之外，"校园之大，腿走不下"，每天上课还得着急忙慌赶校车，不然就得骑自行车。

平时课余时间，学院里总有开不完的会、听不完的讲座、手机群组里回复不完的"收到"，整个人忙得团团转，可停下来回过头想想，压根不知道自己到底在忙些什么。

"……好的，同学们，作业都记住了吧？那咱们这节课就上到这里，下课！"

虽然铃声在五分钟前就已经响过了，但老师笑眯眯地宣布完，教室里还是发出了一阵如释重负的感叹声。

怎么大学还拖堂？

姜温枝看了眼时间，快速把课本和笔记塞进包里，拍了拍旁边瞌睡的丁欢欢："欢欢，快起来，下课了，晚饭我不和你们一起吃了，先走啦！"

"咋，又抛弃咱仨了呗。"丁欢欢抬头，揉了揉惺忪的睡眼，哀怨地看着她。

姜温枝心想：什么叫"抛弃"？什么叫"又"？

"算了算了，你快去吧！"丁欢欢认命似的摆手，"不过，傅池屿最近怎么经常来找你吃饭？"

两人搞得跟热恋期的小情侣似的，每周都要一起吃饭，可偏偏还就是纯情的朋友。怎么，信息工程的饭有这么难吃？

"还好吧……"姜温枝想了想。

一周见一次，这个频率算不上"经常"吧？当然，除了吃饭，周末的时候，两人也会去潭清比较出名的景点逛逛，天黑了傅池屿就送她返校。

正值下课高峰期，校园里人流如潮，姜温枝一路小跑着在人群中穿梭。

到了约定的食堂，她的目光只转了半圈就看见了傅池屿。

他姿态闲散地坐在角落的圆形沙发上，穿着黑色冲锋衣，侧脸干净俊朗，视线淡然落在窗外。在玻璃映衬下，他漆黑的双眸里暗光起伏。

姜温枝平稳了一下呼吸，正要过去，两个面容姣好的女生赶在她前面凑了上去。

其中一个胆子大的女生腮边染着红，羞涩地开口："小哥哥，我们能坐这儿吗？或者加个微信吧？"

傅池屿神情极淡地回头："不好意思，"他扯了扯唇，吐出三个字，"有主了。"

"啊，好吧……"

两个女生对视一眼，虽不知道他说的"有主"指的是座位还是人，可都是拒绝的意思，顿时失落万分，悻悻然离开了。

姜温枝与她们擦肩，快步走上去，眉梢带着笑："饿了吧？刚刚老师拖了一会儿堂。想吃什么？"

"还好，有什么推荐？"傅池屿拿起桌上的手机起身，一副你说了算的样子看着她。

潭清大的食堂非常不错，可以说是吃货的天堂。十几个食堂装潢华丽，各有千秋，汇集了天南地北的特色美食。

"今天好冷，我们吃个小火锅，或者你喜欢喝瓦罐汤吗？"姜温枝笑意弯弯地抛出二选一。

"瓦罐。"

傅池屿爽快地做出选择。

看着他似乎还挺愉悦的神色，姜温枝装作不经意地问："刚刚……那两个女孩你认识吗？"

"不认识。"傅池屿眉梢一挑，语气懒洋洋的，"她们想拼座，我说有人了。"

姜温枝一噎，胡乱"嗯"了声。

她其实听到他们的话了，她还以为……所以，没有一语双关，就只是字面上的意思。

两人边说边走着，路过一个窗口时，忽然，姜温枝听到了一道熟悉的年长和蔼的声音。

"小姑娘，怎么来得这么早呀？今天加煎蛋吗？"

她停了脚步，转头看过去。

这家麦香捞面做得很符合姜温枝的喜好，清淡筋道。近来天气寒凉，她几乎每天不是中午就是晚上都要来吃上一回，成功在阿姨面前混了个眼熟。

许是今天生意不佳，阿姨竟靠在窗口揽生意，目光热情地打量着她和傅池屿。

果然，熟了以后只要路过，不吃他家都会觉得不好意思，可……

瞄了一眼旁边的傅池屿，姜温枝只好尴尬地笑了笑，婉拒这份热情："不了，阿姨，今天我们不吃面，我明天来吃……"

"那来两碗吧！"傅池屿抬手拉住了她，俯身冲窗口笑，"对了，阿姨，今天我们加煎蛋。"

"……你不是，不爱吃面吗？"姜温枝扯住他的衣袖，犹豫着问。

她记得之前傅池屿过生日的时候，说不爱吃面食。可那天她还是央求厨房做了碗长寿面给他，那是有不一样意义的，她希望他平安圆满，长命百岁。

那碗面，他应该吃了吧？

傅池屿低睫，眼神锁着她，一瞬后哂笑道："偶尔换换口味。"

"好吧，那你先去找座位。"

姜温枝不再纠结，傅池屿走后，看向窗口轻声嘱咐："阿姨，麻烦他那份不要葱花，多放一点点辣。"

"没问题！"阿姨冲她使了个眼色。

"谢谢您了。"

两人在光线明朗的中间位置找了个方桌，姜温枝把背包取下，翻出纸巾擦了擦桌面。

很快窗口叫号，她去拿餐具，傅池屿端着两碗面回来了。

一碗清汤寡水，一碗红油热汤。

姜温枝把餐具递过去，目光微闪："你先尝尝，如果觉得不好吃，那我去给你买瓦罐汤。"

看着傅池屿吃了两口后舒展的眉头稍蹙，她咽了咽口水，小心翼翼地问："怎么样……还吃得惯吗？"

透过面汤上缓缓升起的白雾，姜温枝仔细观察着傅池屿的脸色，生怕他露出一点不满意的神情。

"嗯——"傅池屿尾音拖得有点长，接着轻描淡写地说，"和我想象的不太一样。"

"那不吃了！我给你买别的！"姜温枝抿了抿嘴，脸色稍带尴尬。

不该勉强他吃不喜欢的东西的。

捕捉到她脸上的局促，傅池屿眸里闪过玩味的笑，摇头装得很正经："那不行，得吃完，不能浪费。"

"不浪费的！我吃，我可以吃两碗。"怕他不信，姜温枝赶紧拿起筷子大口吃了起来。

"慢点，骗你的。"傅池屿收起坏心思，认真点评道，"还不错！"

姜温枝拿筷子的手一顿，抬眸看他，眼底是敛不住的喜色。

自己的口味受到了傅池屿的认可，这让她无比开心："是吧！面很筋道，里面的腊肠也很好吃，你试试！"

"好。"傅池屿说。

两人出食堂时，黑夜裹挟着朔风扑到脸上。姜温枝把脸埋在衣领里，露出的双眸在晦暗中闪闪发亮。

傅池屿照旧把她送回了宿舍楼便回去了。

等他高大的背影消失在夜幕中，姜温枝在原地站了两分钟。直到空气里再感受不到一丝傅池屿存在时的暖意，她才搓了搓冻僵的脸回了宿舍。

12月，不算新的大一新生们迎来了英语四级考试。

想大四顺利毕业，除了修满学分，四级便是一场必须要通过的考试。

但这种等级的考试在学霸云集的潭清大学里，实在是掀不起任何波澜，比白开水还平淡地揭了过去。

出了考场，姜温枝给傅池屿发信息。

姜温枝：考得怎么样呀？

傅池屿估计也刚出来，拿到了手机，几乎是秒回。

傅池屿：得挂。

姜温枝心里一咯噔。

姜温枝：啊？哪个板块你觉得难？

傅池屿：轻松大半年，单词早忘了。

姜温枝：考完都会有这种感觉的，没关系，你肯定能过！

傅池屿：不说这个。周六出去玩？

姜温枝：晚上可以吗？下午有个兼职。

傅池屿：那下次，你晚上早点回。

姜温枝：好。

按熄手机屏幕，姜温枝仰头看了看天。

金黄但并不带任何温暖的光线照在她脸上，她微微眯眼，没回宿舍，径直往自习室走去。

时间真的过得好快啊！那场千军万马过独木桥的高考已经过去半年了。

相比于傅池屿口中的轻松，她一点也没感觉到，甚至觉得身心比高三最后冲刺阶段还要疲累。

课程虽排得不算紧，可要学的东西很杂很多。周围的人不管学识还是见识，又或者是家境，都更优秀，姜温枝只能拼命去追赶。

每天穿梭在偌大的校园里，到了周末也不能喘息，除了学习，她还在附近找了兼职，时间安排得非常充实。

也就每次傅池屿来找她，或者她去傅池屿学校时，心情才能彻底放松下来。

晚上十点，姜温枝从自习室出来，饥肠辘辘地走去食堂，照旧去了那家面店。

阿姨探头往她身后看，笑着问："怎么，小男朋友没来？"

那次过后，两人又一起来吃过三四回，可能是傅池屿相貌太过出众，阿姨很快便记住了他。

"呃，阿姨，麻烦帮我打包。"

姜温枝把校园卡搭在刷卡器上，只笑着回避。内心的小怪兽在作祟，她恶劣地没有去纠正这个事情。

回到宿舍，还没打开门，丁欢欢震耳欲聋的咆哮声便传了过来。

"真是够了！咱们匹配的这两个人是智障吗？他们懂不懂什么叫团队意识啊？"

韩珈皱眉，声音冷漠："……欢子，你要不找找自身问题？"

五人开黑，丁欢欢作为队伍里的打野，本该收割的位置，她打出 0 比 13 的战绩也是个谜。

"我们不玩了吧，一晚上都没赢了。"岑窈弱弱地举手。

丁欢欢倔脾气上来了："不行！再来一把！我还就不信赢不了了！"

看着三人脸色一个比一个差，姜温枝无奈地笑，放下包，去洗了手回来，坐在桌前悠然地吃面。

这一年，一款推塔游戏大火，说是全民皆玩也不过分。开学时，本只有丁欢欢人菜瘾大，后来她干脆强制其他几个人也下载了，连姜温枝都免不了被拉去做了壮丁。

不过她打的次数极少，通常都是丁欢欢、岑窈、韩珈三人组队。

姜温枝一份面还没吃完，游戏失败的提示音就从她的右边、侧面、后面，3D 环绕一般而来。

宿舍骤然陷入一片寂静中。

"游戏嘛，就是用来放松的，输了就输了。"姜温枝放下筷子，试图安抚三颗受伤的心灵，"况且，对面肯定是大神开小号了！"

"说得对，我咋没想到呢！"不知被刺激到哪根神经，丁欢欢倏地蹦跳起来，灵活地爬下床，"枝枝，我们喊傅池屿一起打吧！"

姜温枝一愣："可你上次不是说他段位太高，和我们打不了排位，你又不打匹配吗？"

这个游戏需要段位差不多的人才可以五排上分，她们宿舍四个人的段位就不一样，更别说游戏顶端的傅池屿了。

丁欢欢凑到她面前，跳起了眉毛舞："现在可以了，前两天傅池屿推了个小号给我。"她笑得谄媚，"他说……我们宿舍五排缺人的时候喊他！"

"枝枝，你问问他吧？"韩珈也走了过来，她实在是不想再让丁欢欢打野了。

"好吧。"

在三道期待的目光中，姜温枝打开微信。

姜温枝：傅池屿，你现在有时间吗？要不要一起打游戏？

她抬睫看向三人，耸了耸肩，说："发了，但我不能保证他有时间……"

"嗡嗡嗡！"

正说着，手机在姜温枝的掌心振动起来。她刚从自习室出来，手机还没开提示音。

四人一道垂眼看去。

傅池屿：有，上号。

姜温枝眉眼带笑。

丁欢欢、岑窈、韩珈也懒得去上铺躺着了，直接拖了凳子凑到姜温枝旁边。

上线后，丁欢欢点开傅池屿的小号看战绩，感慨道："枝枝，你这朋友真牛啊，他好像上周才开的号，几乎没败绩一路升上来了！"

"不过也巧了！"像发现了新大陆，丁欢欢猛一拍大腿，惊喜地说，"他现在正好在我们四人中间的段位，看来咱能跟着大佬持续上分了！"

姜温枝皱眉把她的手移开，表情略带痛苦："欢欢，再激动，也请拍自己的腿。"

五人进入同一队伍后，队内语音杂乱，韩珈建议："咱把语音都闭了，留枝枝的。"

旁边信息栏傅池屿打了一行字：我宿舍吵，不开麦了。

丁欢欢狗腿地回复"没事，大佬您随意"！

正式开局后，姜温枝紧张得擦了擦手心。

游戏机制是遇强则强，虽说她和岑窈段位低，但韩珈和丁欢欢的段位还挺高，没打过这种高端局，又不想在傅池屿面前丢脸，她有些慌。

"欢欢，我不太会，你稍微提点我一下。"

"扑哧——"丁欢欢靠在她肩上，笑得岔气，"你傻了吧，你法师中路，喊傅池屿帮你啊！他野王好吧！"

姜温枝心想：算了，还是安分守塔吧。

她优雅地放技能打小兵，并不主动进攻。

几波兵线清理下来，敌方不乐意了，在公屏叫嚣：喂，对面中路这么屁啊，敢不敢出来单挑？

丁欢欢最受不了这种挑衅，拱火说："枝枝上去虐他！"

姜温枝不答，操控英雄走到个安全地带，点开消息框回复：哦，不。

搞笑死了，团战游戏，谁和你单挑？有毛病吧？

"不"字还没发出去，画面便提示敌方刚叫器的人被我方打野击杀，接着，公屏滚动傅池屿的轻蔑发言：就这？不配我家中路出手。

丁欢欢："越塔强杀？大佬厉害！我服！"

岑窈："越塔杀的？好厉害啊！"

韩珈："这操作确实牛。"

姜温枝没参与讨论，目光紧锁住傅池屿发出的"我家"两个字上。她不能不想起前段时间食堂里傅池屿的那句"有主了"。

"我家""有主了"……

这两个能让人产生暧昧误会的词在傅池屿对她的层面上，应该就只是浅显的意思。

不必延伸。

"枝枝，发什么呆？赶紧退守二塔！"

韩珈推了推分神的姜温枝，一会儿工夫，对面便围了三个人到中路，似乎想找回面子联合进攻。

"别怕，上去团。"麦里传来傅池屿沉稳清朗的声音。

不疑有他，姜温枝没退后，指尖飞快地点着技能。

一番电光石火的大招技能后……

"Double kill（双杀）！"

"Triple kill（三杀）！"

傅池屿三杀。

对面不服极了，在公屏上用脏话挑衅，傅池屿只回了句"上路等你"，对方便开始死了活，活了死。

敌方又一次团灭后，傅池屿低沉的嗓音再度传来："直接推上高地，一波了。"

丁欢欢："得嘞！"

姜温枝注意到傅池屿那边似乎格外安静，并不像他一开始所说的那么吵闹，甚至说话还有浅短的回音。

敌方还在等复活，几人快速点着水晶，大大的"Victory（胜利）"跳出，他们赢了！

直到宿舍断电熄灯，几人连赢升星，丁欢欢尤其兴奋，全没了不久前萎靡落败之风。

最后退出游戏前，姜温枝隐约听到了傅池屿那边的风声，还有个模模糊糊不真切的陌生声音。

"傅哥……阳台……进来……"

想到后来几局傅池屿话虽少，但哪怕是丁欢欢随口问的技术问题他都有耐心回答，所以，他一直在宿舍阳台上吗？

抬头望了眼窗外浓重的寒夜，姜温枝仿佛看见了傅池屿散漫地靠在栏杆上，冷白细长的手指在屏幕上滑动，眸里噙着傲视的强势，游刃有余地在游戏里大杀特杀。

她连忙发信息。

姜温枝：傅池屿，你在外面打的游戏？

零下的温度，得有多冷啊，怎么这么傻？

过了两三分钟。

傅池屿：正好收个衣服。

什么衣服要收一个多小时？姜温枝握手机的力道紧了紧。

傅池屿这种"朋友"界限里的好，让她无所适从。她得寸进尺，想要更多超出这个范围的身份。

姜温枝：嗯，那你早点休息，晚安。

傅池屿：晚安。

2016 年 1 月 5 日。

大清早，宿舍厚重的窗帘遮住了微亮的天光，姜温枝迷迷糊糊中听到了手机连续振动的声音。她翻了个身，半睁开眼，手从温热的被窝探出，好半天才在床边的挂篮里摸出手机。

微信里一连串的红点信息。

首先是温玉婷发来的语音。

"枝枝起床了吗？今天生日，记得去食堂吃点好的。"

"钱花完了和我说！"

姜国强：乖女儿，早上记得去吃碗面啊，爸爸给你发个红包。

许宁蔓：枝枝，生日快乐呀！礼物收到了吗？

姜温枝唇边勾着笑，挨个回复了消息。

"枝枝，今天你生日啊？"和她紧挨着的，中间只隔了一层床帘的丁欢欢趴着抬起头，嗓音沙哑地问。

"嗯。"想着还没动静的岑窈和韩珈，姜温枝压低了声音。

"先给你个早安吻，么么……"丁欢欢瞬间也不困了，手托腮看着她，"咱们晚上在宿舍庆祝庆祝，煮火锅怎么样？"

韩珈撩起了帘子："我看行。"她侧头戳了戳另一边，"窈窈，你呢？"

"好啊，枝枝生日快乐！"岑窈声音低婉，半睡半醒地附和。

丁欢欢兴奋地从床上坐起："那就这么说定了！下午我们去买点食材。"

姜温枝笑着点了点头。

几人缩在被窝里，讨论了十几分钟各自想吃的火锅涮菜，闹钟响后，不得不快速爬起来洗漱。

四人哈着白气抱着书来到教室，挑了中间位置坐下。

姜温枝一边喝豆浆，一边点开微信步数，把页面拉到最下面。

傅池屿 0 步，看来还没起床。

"对了，枝枝。"丁欢欢咬了两口包子，忽然偏头问道，"你晚上不和傅池屿出去吃饭吧？"

"不。"姜温枝说，"他不知道今天是我生日。"

丁欢欢一愣："嗯？那你不打算告诉他？"

"不打算啊。"姜温枝回得理所当然。

傅池屿的生日在她这里是至关重要的事情，可她自己的似乎并没有很重要了。

要是突然主动和他说今天是她生日，总感觉怪怪的，就像是上赶着催人要祝福一样。

对上姜温枝坦荡平静的神情，丁欢欢一噎，瞪着眼，不知道该说些什么。

不提其他，就算是普通朋友，记住对方的生日，一起吃个饭送个礼也没什么吧？这个傅池屿是个什么情况，连姜温枝的生日都不知道？

就这?

看着姜温枝清丽柔婉的侧脸,只看着就很好欺负又好骗,丁欢欢话到了嘴边实在憋不住了:"枝枝,如果一个男生在意你,那不用你说……"

"咱们四个一起也一样。"韩珈抬手从姜温枝背后越过,拍了拍还在喋喋不休的丁欢欢。

"可是……"丁欢欢张了张嘴,还想说些什么。

最外侧的岑窈轻笑,语气软软地插话:"是啊,晚上我们煮鸳鸯锅吧。"

"鸳鸯?窈窈不是我说你,这世界上最遥远的距离就是辣锅和清汤锅,辣多好吃啊,一半牛油爆辣,一半清油麻辣,吃起来绝对爽!"丁欢欢瞬间转移话题。

岑窈无语。

一旁的韩珈低头看书,不想参与这种地域口味之争。

见丁欢欢还抓着岑窈描述辣锅的美味和对清汤、番茄汤的鄙视,姜温枝冲两人比了个裁判判定的手势。

作为寿星,她还是享有话语决定权的,大手一挥,拍板:"那就鸳鸯锅。"

下午课程结束,四人在学校商业区好一番扫荡,避开了宿管阿姨,成功带着大包小包溜进了宿舍。

韩珈接了个电话下楼了,剩下的三人洗菜、切菜、收拾吃饭的地方。

等一切准备妥当,韩珈提着蛋糕上来了。

不大的折叠方桌上,烧烤、啤酒、火锅配菜,摆放得整整齐齐。几人正要动筷子,丁欢欢拦住了:"姐妹,等下,我拍个照发朋友圈!"

"咔嚓"一顿操作后,她又举起手机分别给四人拍了独照:"好啦好啦,吃吧。"

火锅嘟噜嘟噜冒热气,几人边吃边聊,还时不时举起罐装啤酒碰杯。

热热闹闹饭末,韩珈把蛋糕端上桌,插好蜡烛,三人围着姜温枝唱完了生日歌。

丁欢欢一刻也闲不住,率先挑衅,不多时,几人脸上头上都被抹了不少蛋糕。作为被攻击最多的人,姜温枝浑身散发着奶油的馨香,无奈只好去洗澡了。

潭清宿舍有独立浴室,姜温枝正洗着头,突然听见放在洗漱台的手机响了。

她的交友圈不大,所以平时并没太多人找她,而且大多也是发信息。

姜温枝的大脑快速转动,思考着这个时间能给她打电话的人。

来不及冲洗泡沫,她快速关掉水龙头,把头发挽起来,用毛巾潦草包住,两步跨出淋浴间,拿起手机。

屏幕上"傅池屿"三个字连同她狂热的心跳一般蹦个不停。

"咳咳咳……"

姜温枝清了清嗓子,还带着少许白色泡沫的手按下了接听键:"喂,傅池屿。"

"吃完饭没？"电话另一头有哂笑声传来。

"嗯。"

"那，有空下来？"

姜温枝手一滑，差点没握住手机，问："下来？你在哪儿？"

"你学校。"傅池屿的声音顿了下，"更准确地说，是你宿舍楼下。"

"我马上到！"

挂了电话，姜温枝用生平最快的速度洗完澡，冲出浴室便开始换衣服。

"枝枝干吗去？外面怪冷的，吹完头发再下去吧。"岑窈好奇地看她，把吹风机递了过来。

"不了，谢谢窈窈，但来不及了！"

她已经迫不及待地想见傅池屿。

明明几天前的假期两人才一起去了潭清著名的古镇，可姜温枝却感觉那已经是很久以前的事情了。

出了宿舍楼，门口的圆灯打出了清润的黄光，快十点了，可楼下依旧热闹。

借着夜色，两边花坛旁许多小情侣难舍难分，热恋中的人如胶似漆，正在拥抱，或私密耳语。这也算是大学里一道亮丽的风景线。

不同于别人的成双成对，一道清俊高瘦的身影站在其中，在阑夜里出众而独立。

重重树影浓重，对上他俊朗的侧脸，姜温枝眼里瞬间起了潮气，有些蒙眬。她走过去："傅池屿，你怎么来了？"

还有，什么时候来的？

"头发怎么不擦干？"傅池屿双眸微张，视线落在她滴水的发丝上，"我刚到。

"姜温枝，生日快乐。"

姜温枝这才注意到傅池屿手里提着的东西——蛋糕盒和礼品袋。

她不是个节日仪式感很强的人，也并没有让傅池屿为她庆生的打算，可这样美好的事情，偏偏发生了。

寒夜朔风起，姜温枝仰头看他，眸子亮晶晶的："你怎么知道……"想到饭前丁欢欢拍的照片，"你是看到欢欢发的朋友圈了？"

傅池屿竖眉"嗯"了声，把盒子递给她，喉结滚动两下："回去吧。"

怎么刚见面不到两分钟就赶人？姜温枝嘴角牵动，试探地问："你还有其他事儿？能……一起吃个蛋糕吗？"

"你不冷？"傅池屿眸光一瞥。

一听这话就是有希望，姜温枝连连摇头："不冷不冷，那我们，去操场？"

傅池屿懒懒抬手，把她棉服后面的帽子给她戴上，低低笑了声："去什么操场，你们食堂不是还开着呢吗？"

"好，去那儿也行！"

学校有夜宵，一般食堂十一点多才关门，此时学生也较少，各窗口只稀稀拉拉几个人。

两人找了个角落的位置。

傅池屿拆开蛋糕，撕开包装插上蜡烛，又从口袋里掏出一枚银色的打火机。火舌蹿起，小火焰忽明忽暗的。

姜温枝眉梢带笑地闭上眼，第二次许愿。

——我希望今后陪我过生日的人，年年如今日。

安静中，她睁开眼，烛光上下跳动，傅池屿坐在她面前。他发色浓黑，短碎发遮住了眉尾，眸子幽暗中含着光，下颌坚俊却又多了几分柔和。

"发什么呆呢？吹蜡烛。"傅池屿屈着手指轻晃。

"好。"

尽管姜温枝的胃里早已塞满了，刚刚在宿舍实在吃得太多，可想到是傅池屿买的，她还是强压着自己吃了一块。

不过，这蛋糕不仅外形精致，口感也很细腻香醇，吃起来淡雅甜软。傅池屿也难得吃了一块，姜温枝知道他平时不爱吃甜的。

等把桌子收拾干净，傅池屿推了推手边的礼品袋："礼物。"

看着包装精美的袋子，姜温枝闷闷地说："谢谢。"接着小声补充，"你生日，我也会准备的！"

似是没想到她会说这句话，又似乎是在他意料之中了，傅池屿慢悠悠地挑眉，好笑道："姜温枝，你还真是礼尚往来。

"怎么什么都算得这么清楚？"

"这不是算得清楚，"姜温枝神色认真地纠正他，"你对我好，我自然要对你更好。"

"行吧，不早了，送你回宿舍。"傅池屿说。

回宿舍的小路上，拥抱的情侣队伍又壮大了几分。姜温枝和傅池屿并肩路过，相比人家的密不可分，他俩的半臂距离显得很突兀。

到了宿舍门口，傅池屿把蛋糕和袋子一齐递给她，提醒："回去吹干头发再睡。"

"嗯。"姜温枝抬眼，目光停在他冷白的脖颈上，忽然压着嗓音说，"傅池屿，你等我一下好吗？我很快下来。"

"好。"

得到他肯定的回答，姜温枝转身拔腿就往宿舍冲。她深刻觉得住在五楼真是一件非常要命的事情。

大喘着气推开宿舍门，姜温枝把手里的东西往桌上一放，噼里啪啦一顿操作后，瞬间又消失在了楼梯口。

风风火火下楼，她把怀里的东西往傅池屿手里一塞，弯着背，双手扶着膝盖深呼吸："你快、快回去吧……再晚没公交车了。"她又半直起身子，不舍道，"到学校给我发个信息。"

"围巾就算了，"傅池屿嘴角弯着，指腹摩挲着热得发烫的毛茸物品，"啧"了声，"这热水袋是干什么？"

"你抱着它，很暖和的，还有这个围巾，"像怕他嫌弃，姜温枝柔声解释，

"黑白拼色，不像女款的。"

姜温枝两眼弯弯，笑出了月牙："傅池屿，谢谢你陪我过生日，也谢谢你的礼物。"

苍劲的冬风撕裂了夜色，发出猛兽般尖厉的声音，空气中寒流滚滚，两人之间却好似萦绕着一股暖流。

傅池屿沉默着把围巾搭上脖颈，鼻尖顿时充满了淡淡的甜香，绵长清冷，像午后静谧的光线，明朗温柔。

不知怎么，这一瞬，他突然想伸手揉揉姜温枝的脑袋。

"要不，我送你出校门吧！"两人每次分别，姜温枝都会说这句话，可傅池屿从不给她机会，但她仍固执地每次都提。

"我一大老爷们要你送？"傅池屿扫了她一眼，捏了捏手里的热水袋，笑道，"得了，快上去。"

姜温枝一蹦一跳地回了宿舍，脸上是藏不住的笑意。

她刚打开门，丁欢欢抱着胳膊站在床边看她，一副审视的意味："姜温枝同学，立正！坦白从宽抗拒从严，你快给我如实招来！"

"招什么？"

丁欢欢一把擒住她的肩膀："蛋糕谁买的？礼物谁送的？"

"呃……"姜温枝额角一跳，怎么有种审犯人的感觉。

韩珈关停了正在播放的相声，宿舍陡然静了不少。她指了指桌子："这家蛋糕私人订制，基本要提前一周预约。"

早上她们才知道姜温枝生日，来不及订了，只能就近买了一家。

"而且他家贼任性，不负责配送，要自提，最最关键的是！"丁欢欢抑扬顿挫地补充，"他家和我们不在一个区，来回挺远的，得大半天工夫吧。"

姜温枝沉默了。

想到刚刚在食堂，她见傅池屿很喜欢吃的样子，就问蛋糕哪儿买的，想着下次也买给他吃，可他只闲散地说随便买的。

所以，傅池屿竟不是看了丁欢欢的朋友圈，他是早就知道了吗？

丁欢欢摇了摇姜温枝的手臂，语气隐隐激动："枝枝，礼物你打开看看，这个牌子的话……"她眯了眯眼，"挺贵的。"

姜温枝打开盒子，一条玫瑰金细链，坠着一朵清新的粉釉瓷四叶草，中间镶了颗小钻石，就算在她朴实无华的台灯下，仍熠熠生辉，很耀眼。

"这项链是最新的限量款！"丁欢欢两眼放光，整个人就差贴在盒子上了，好一阵感叹，眨巴着大眼睛垂涎，"枝枝，你可能不知道，这个超级难买的！"

姜温枝垂眼不语，丁欢欢家境很好，她说贵，那应该是真的价值不菲。

蛋糕，项链……

姜温枝本该十分开心的心情，此刻更蒙上一层厚沉的压力。这个礼物像个烫手山芋般，让她进退两难。

姜温枝没办法说服自己坦然接受，与这条项链相比，她以往送傅池屿的礼物都像是小孩子过家家，不值一提。

她拿起手机。

姜温枝：到学校了吗？

傅池屿：刚下车。

——傅池屿，你干吗对我这么好？

姜温枝把这句话一个字一个字删掉。

——傅池屿，礼物太贵重了，我不能要。

删掉。

——傅池屿，我现在还送不了你等价的东西。

删。

她还在措辞，手机突然振了振。

傅池屿：礼物托我小姨在香港买的，不能退换。

姜温枝闭了闭眼，按捺住满心的卑怯。

好半晌，她才郑重地回复：傅池屿，等以后我赚钱了，给你买所有想要的东西！

这句话刚发出去，姜温枝的眉心就跳了跳。

怎么越看越像是不靠谱的领导在给下属画大饼呢，或是老油条渣男在诓骗无知单纯的少女。

字里行间都是浓浓的"不靠谱"三个字！

不过……她，老油条渣男？傅池屿，无知单纯少女？

姜温枝挑眉，摸了摸下巴。

很快，她收到傅池屿的信息。

先是一个卡通小兔子摸脑袋的动图。

傅池屿：行，我等着。

两人又聊了一会儿，姜温枝把项链收回盒子，放进了柜子最里层。

等她什么时候能送还傅池屿同等的礼物，再自信地戴上它。在这之前，只能委屈它待在柜子里啦。

洗漱后，姜温枝躺到床上，点开兼职群，翻找着时薪和工作内容都还不错的岗位。

周中课业繁忙，姜温枝对兼职工作并不是来者不拒，她需要合理规划时间，也大多找寻能提升个人能力的岗位。等升了大二大三，奖学金和学院里的项目她也会尽力争取。

总之，她一定要万分努力，尽早与傅池屿并肩同行。

2016 年小寒。

期末考试周，各科作业堆积如山不说，复习功课更是犹如海底捞针。

最后几堂课，老师大发善心，扬言要给大家画重点。可几百页课件 PPT 放出来，老师笑眯眯地抱胸靠在讲台边，说道："同学们，这都是。"

一片倒抽气中，丁欢欢惊愕地张大了嘴巴："这这这，意思就是……考试范围是我们所有看过的书？”

“是这个意思。”姜温枝抬手合上了她的下巴。

“唉！”

四人同时看着厚厚的课本叹气。

午饭后，几人急急忙忙去图书馆，连着转悠了好几层才找到空位。

就这么学习了一下午，外面的天渐渐暗淡，丁欢欢扛不住了，瞥了眼旁边依旧沉浸书海的三人，偷偷摸出手机上网冲浪。

潭清大论坛里，各学院的学生都在抱怨复习的地狱程度。

△放我回去高考，这习是一天也学不下去了。

△楼上说得好！为什么我要来潭大？去某翔学挖掘机不开心吗？通宵复习了两天，我现在只想回村里喂猪……

△面对现实吧，家人们，话说明天有 MBA 名师剖析创新经济的讲座，一票难求啊，有同学抢到了吗？

△没，咱是抢不到票，我女朋友的学校，就是信息工程大学，他们的讲座场场没人去。无奈，信息大只能强制学生每学期必须听 6 次讲座，否则少 3 个学分。

△嚯，一学期 6 场，那还不是闹着玩嘛！

…………

丁欢欢滑下去的手往上翻，眼神锁住“信息工程大学”几个字。

她手肘碰了碰旁边的姜温枝："枝枝，这不你的'好朋友'傅池屿的学校吗？"她咧着嘴压低声音，"哈哈，这样一看，他们的学分还怪好得的。"

姜温枝侧了侧脸，看向丁欢欢凑过来的手机。

傅池屿在计算机学院，平时有空的时候大多出去周边游，或者打打球，玩玩游戏。根据她的了解，讲座这样烦琐的事情，他应该是不愿意去听的。

逛了一会儿，实在没有好玩的帖子，丁欢欢趴在桌上，眉飞色舞地暗示几人："走吧，饿死了，吃饭去。"

姜温枝："你们去吧，我还不饿。"

"那行，你早点回啊！"丁欢欢几人也没强加要求，毕竟姜温枝一进图书馆，那基本晚上十一点才会回去。图书馆不许过夜，有时她还会去旁边可以通宵自习的咖啡厅，泡到天亮。

舍友走后，姜温枝专注地把剩下的计划完成，等放下笔，也已经十点多了。她整理好手提帆布包，走出图书馆的路上，给傅池屿发信息。

姜温枝：听朋友说，你们学期有听讲座次数要求，你达标了吗？

她疲惫地揉了揉发僵的后脖颈，垂眼看向手机。

傅池屿：还有这事儿？

傅池屿：问了下舍友，是有。

看他这随意的态度，姜温枝有种不好的预感。

姜温枝：所以，你听几场了？

傅池屿：貌似开学听过一次。

……这学期都要结束了，你现在和我说开学？

姜温枝：明天中午我去找你吧，你把校园卡给我，我帮你听。

想了想，她又发了一条消息。

姜温枝：我看了一下这周的讲座信息，有几场还挺有意思的。

这话自然是假的，她还没来得及研究他们学校的讲座安排呢，况且她和傅池屿放假时间就相差一天，现在离期末考试也就一周了。不过，时间嘛，挤挤总会有的。

姜温枝快到宿舍时，收到了回复。

傅池屿：行，挑你感兴趣的听一两场得了。

姜温枝：好。

估计是熟知大部分同学都会在期末赶进度，信息工程大学在官网上连续发布了十几场讲座安排。

姜温枝划掉和她课程有冲突的选项，最后留下来的大多在午饭时间，还得预留几个备选，万一她没赶上总得有退路，怎么着也不能拿傅池屿的学分开玩笑。

于是，接下来的几天，姜温枝频繁往返在两个学校之间。

说是公交车 11 站的距离，可两个校园都挺大的，车程没多久，姜温枝花在路上奔跑的时间挺长的。

她接连几个中午饭都没吃，下了课就急急往傅池屿学校去。有些讲座还限制人数，她去得晚了只能算白跑一趟。

姜温枝也不浪费时间，一旦赶不上，干脆留在他们学校的图书馆里自习。

紧赶慢赶的，总算只差一场讲座了。

上午第四节课，姜温枝的老师拖了一会儿堂，等她打车赶到时，礼堂门口已经排起了长队，人群甚至延伸到了外面的石板路上。

今天凑一起补卡的学生太多，小礼堂人数爆满。门口查勤的学生主要负责看管刷卡器，秉持着一人一卡，不能多刷的工作态度，对人数倒是不控制了，只要塞得进去，门能合上，那他们就睁一只眼闭一只眼。

到姜温枝前面两位女生时，查勤的男生像是看不下去了，伸出手臂拦住了女生："就到这里吧，同学别挤了，实在是进不了了，下一场吧。"

"学长，放我们进去吧，明天要考试了，真的没机会了！"女生不死心，仍想最后努力一把。

男生也是个软性子，闻言利落地垂下手："行行行，你进，你能进去我绝不拦着！"

两名女生大喜，铆足了劲儿往里探脖子。她们这么一挤，不仅没进去，靠近门口的几个人反而转头怒吼："后面的别挤了！没看到一点空隙都没有了吗？"

女生悻悻然退了回来，又看了几眼人群，这才不舍又悔恨地离开了。

见前面的人都走了，队伍后面排着的十几个人也垂头丧气地转身飘走。

"学长，刷卡器别关！"

姜温枝抓住机会，眼疾手快地刷了一下校园卡。

"你……"男生诧异地看着飞速在他面前刷完卡的女生，这速度之快，他完全没反应过来。

姜温枝微微鞠躬，笑得礼貌疏离："谢谢学长！"

说完，她往前走了两步，看向一门之隔乌泱泱的人群。怕是礼堂中间的人不愿意往前走，纷纷聚集在中后段位置，所以前面的人互相推搡间时不时有空隙。

又一阵乱躁动，像是讲师上台了，人流又挪动了几分，姜温枝抓住机会，从门侧边的间隙艰难地挤了进去。

门外的男生瞪大了眼，惊叹地关上门。

这场讲座足足两个小时，姜温枝卡在门边站着，身体几乎动不了。不同于后排密集的站立大队，前端柔软舒适的座位上，不少人从进来就开始睡觉，甚至打起了鼾。

主讲师是来自某互联网公司的总经理，他人至中年，言谈间带了些口音，很多话听得不是很明晰，可姜温枝依旧努力去分辨。

前面虽讲得无聊，可最后谈论的一些行业趋势和就业形势倒是别有一番见解，姜温枝有条理地记录下来。

讲座结束时，礼堂里终于响起了一阵并不热烈但绝对发自真心的掌声。

离门近也是有好处的，姜温枝被动地被人挤出礼堂，再次刷完卡，她总算如释重负。

姜温枝：傅池屿，在宿舍吗？我把校园卡送给……

"同学！"

正低头打字，姜温枝感觉肩上被人轻拍了两下，她转头，正对上门口负责刷卡的男生一脸含笑的神情。

她错愕地收起手机。

这人吧，就不能做亏心事，刷卡器虽然没有人脸识别和照片，但是专业和名字还是有的。

难道是他识破了自己是冒名顶替的？这要是被抓到可够倒霉了，但大家都是学生，一般来说，也不会做得这么绝吧？

俗话说，伸手不打笑脸人，态度端正总没错，姜温枝尴尬地"呵呵"笑了两声："学长，您有事儿吗？"

够尊敬了吧？

男生脸上闪过可疑的红晕，咳了咳才又开口："那个，学妹，你是哪个学院的？"

"计算机与软件。"姜温枝答得干净利落。

她进步了呀，说谎已经面不红心不跳了。

"……这个专业，女生应该很少吧？"

姜温枝回道："还行，也就 1 比 7 的比例。"她抬睫，"您还有事儿吗？"

言下之意就是，你没事我有事，能不能让我走了。

站得太久了，她现在两腿有点麻，很想找个地方坐坐。

男生应该是听出了她的意思，快速掏出手机："能加个好友吗？我是应用气象学的赵泽言。"

呼，还好，不是抓作弊的。

后知后觉的姜温枝摇了摇头，平静地回绝："不好意思啊，我不加陌生人，再见。"

望着女生迫切消失的背影，赵泽言遗憾地"啧"了两声。

在大学这个认识的人多好办事的环境下，多个朋友多条路，居然还能被拒绝得如此直接。哎，相比这样的烈性，他还是喜欢柔顺的类型。

把校园卡交到傅池屿手上，姜温枝又把一大袋水果递给他："红色袋子是你的，剩下的是你舍友的！"

"我不是说了不要买嘛。"傅池屿眉尾一抬，神色不豫地看她。

姜温枝把勒出红印子的手背到身后，抿了抿唇，嘴硬道："那你每次去找我，也买很多吃的啊。"

"这个都是在旁边商业街买的。"她伸手指了指近在咫尺的商铺，比画道，"来回就这点距离。"

傅池屿气极反笑，下颌线勾着弧度看她："吃饭了吗？怎么这个时间来？"

"吃了……"姜温枝双眸颤了两下。

她腿软不仅是因为站了半天，更是腹中空空抗议着，早饿得前胸贴后背了。可现在两点多了，不中不晚的，也没必要让傅池屿陪她去吃饭。

想起正事，姜温枝语气洋溢着欢欣："对了，你的讲座听满啦。"

"嗯？"傅池屿说，"就这几天工夫，你哪儿来这么多时间？"

潭清大的学习强度不是一般学校能比的，这段时间他每次去，不说食堂里，咖啡厅，就连清水湖畔和小树林里都坐满了拿书的人。

"也还好。其中对你专业有益的我都记下来了。"姜温枝指指袋子，"笔记本我放在红袋子里啦，有时间你可以翻翻看。"

虽然目前可能对你没太大帮助，但多了解些总没坏处。

"等我一下。"傅池屿转身走向宿管站，"阿姨，放个东西，待会儿拿。"

姜温枝好奇地问："怎么，你要出去？"

"送你回去，不过，先去趟食堂。"傅池屿身形挺直往前走，眸光却往旁边瞥，"饿了，陪我吃点？"

"好啊！"姜温枝快步跟上去，眼尾勾着笑，语气十分期待，"我们去吃什么？"

"你想吃什么呢？"

"养生粥。"

"那就吃这个。"

2016 年 2 月。

除夕家家悬灯结彩，灯笼高挂，姜国强在门上贴完喜庆的对联后，年夜饭也正好开席了。

今年姜家的年夜饭颇为丰盛，饭后，姜国强和温玉婷给儿子、女儿一人塞了个红包。

姜温南上初中后越发调皮贪玩，磕完头，没留在家里看春晚，欢脱地下楼和小区里的玩伴放鞭炮去了。

姜温枝帮温玉婷收拾好碗筷，明亮的客厅里响起了春节联欢晚会开始的声音。

按照往年的惯例，她卡着八点半给傅池屿发了新年祝福。

姜温枝：傅池屿，新年快乐！吃完年夜饭了吗？

想着这个时间他应该在忙，姜温枝打算放下手机，却不想手机振动了一下。

傅池屿：吃了，你在家吧？

姜温枝的目光紧锁着这句话，睫羽翘着弧度。

他这是什么意思？

姜温枝：在的。

傅池屿：十分钟后去阳台。

姜温枝的手腕微微颤抖着，当即点开了手机计时器。

她的理解能力尚可，傅池屿这短短几个字，不管怎么斟酌考量，好像都是她想的那个意思。

巨大的兴奋感铺天盖地包裹住了她。

干等什么十分钟啊！姜温枝猛地一拍脑袋，迅速从沙发上站起来，穿过客厅，径直走到阳台上，掀开窗户，望向外面浓重暗淡的夜。

恰逢年节，小区的路灯和花坛旁装饰着大红色的灯笼和平安福，在路灯下微微发亮。从高处看，只模糊成一片红河。

十分钟如同半辈子那么漫长，又像是眨眼的短暂，计时刚一结束，"砰砰"的响声骤然点亮了她眼前的黑色。

满天焰火腾起绽放，姹紫嫣红，异常烂漫，黑夜瞬间亮如白昼。

"谁家炮放得这么早？"姜国强不知什么时候放下了遥控器，走到阳台仰头看天，发出了惊奇的感叹。

此起彼伏的火焰实在夺目，姜温枝眯了眯眼。低头间，她依稀听见了楼下吵闹的声音："傅哥，咱这烟花绝对放得够猛啊。"

来不及思考，姜温枝急速从姜国强后面蹿过："爸，妈，我下楼一趟！"

推门而出后，她顾不得按楼道的触碰灯，只抓着扶手凭感觉一步两台阶地往下冲。

出了楼道口，凛凛寒风扑面而来，五彩缤纷的烟花在半空中炸裂，烟雾升腾，夜空通明绚烂。

姜温枝一抬眼，有两道高大的身影站在昏暗中，其中一个身形她再熟悉不过了。

男生穿着纯白羽绒服，黑色长裤，衣服拉链拉到顶，露出了俊逸的下颌。

夜晚温度极低，他本就白皙的脸更加如冷玉，高挺的鼻尖上染着浅粉，狭长的眼睛半眯着，正扬眉含笑地看烟火。

姜温枝的眼尾蓦地泛红。

空中落下的星点焰火没有湮灭，反而垂直落入她的心里，仿佛在做一个盛大美好的梦。

又一轮烟花熠熠齐放，"嘭嘭"巨响中，她听见了自己微哽的声音：

"傅池屿！"

像是有心灵感应，男生没有任何迟疑地转头看她。

昨天下了场大雪，一眼望去，白花花一片，小区道路旁的几棵光秃秃的树干上还挂着冰凌，晶莹剔透，地面上也积着层雪，雪化成水，水结成冰。

明净的天地间倒映着两人。

傅池屿眸色微闪，拂了拂鼻尖，朝她的方向走了几步："怎么下来了？"

"你怎么……"对上他的眼，姜温枝的双眸潮气一片，"你怎么来了？"

"来和你说新年快乐。"

"还有我！"一抹亮橙色圆滑地凑了上来。

一个浓眉大眼、神色富有生气的男生勾住了傅池屿的肩膀，往前纵身一跃，笑哈哈地说："嗨！老同学，好久不见啊！"

"嗯，周漾，新年好！"姜温枝稳住内心滔天的惊喜，怔怔地问，"不过，你们怎么会来？"

不怪她好奇，周漾不知道，但傅池屿家离得还挺远的，这除夕夜，大晚上冰天雪地的，两人怎么就过来了？

傅池屿扯了扯唇，状若自然："路过。"

姜温枝嘴角抽了抽。

您路过得还真巧，都溜达到我家楼下了。

"什么啊？路过什么？"周漾皱眉拆穿，"我年夜饭刚撂下筷子，傅哥就给我打电话，说是要带我去放烟花。"

他瘪了瘪嘴，有点委屈："我还以为带我去江边或者荒地呢，谁知给我带这里来了！这种型号的烟花在小区里放多没意思啊。"

"……那、要不要去我家坐坐？"姜温枝眨了眨眼，诚心邀请。

不等傅池屿开口，周漾头摇摆得像拨浪鼓："不了不了，这传统佳节的，要真去你家，那算什么？见家长吗？再说了，我们也没带礼物，不好意思上门的！"

傅池屿忽然有点后悔了，捎这货来干吗的？添堵？

姜温枝觉得周漾着实是想太多了，可也不能勉强。她瞟了眼旁边的傅池屿，小声说道："附近店铺应该都关门了，要不我们去旁边的活动区坐会儿？"

"好。"

傅池屿抢先一步答应，眼尾一挑，示意她带路。

"你俩先去，我把剩下的烟花放完。"周漾把玩着手里的打火机往阴影中去了。

小区里的灯并没有全开，两人走得极慢，说是龟速也丝毫不为过。

姜温枝舔了舔唇，只觉得周遭冷清的环境格外微妙。

忽然，前方迎面走来一群嬉闹着的人群，模糊间，她似乎听见了姜温南的声音。

不知哪根筋没搭对，姜温枝突然一个用力拉住了身侧的傅池屿，往就近的单元门里躲。

显然，傅池屿没反应过来，但也顺应了她。可他的身高远压过她，两人跟跄了几步，瞬间躲进了没有任何光亮的楼道口里。

傅池屿嗓音低哑地问："怎么了？"

"嘘——别说话！"

姜温枝猛地抬手，牢牢捂住了他的嘴巴。

此时，满脑子做贼心虚的她全身紧张绷直，还踮起脚，试图透过傅池屿的肩线往外面看。

她也不知道自己在心虚个什么劲儿，大大方方地和朋友见面，怎么搞得像见不得人一样？可人已经被她拉到暗处了，现在再走出去被人看到，是不是更欲盖弥彰……

好半晌，等姜温枝终于感受到傅池屿潮热的气息喷涌到她的手心时，整个人不受控地一颤，骤然松开手和他拉开了距离。

眼前漆黑，她看不见任何东西，但能感受到自己的脸绝对红得不像话。

"呵呵，我、我弟。"

姜温枝尽量让自己的语气轻松些。

"你弟？那躲什么？"傅池屿略带疑惑的声音在黑暗中极其清晰。

"嗯，呃，那个。"她支支吾吾的，实在不知道该从何说起。

沉默中，小空间里，温度节节升高，有种隐晦不明的气息笼罩着两人。

姜温枝清晰地听到了急促的心跳声，她的，傅池屿的，一起一伏，交织在一起。

"傅池屿。"实在受不了这样的幽静，她轻声叫着他的名字。

"嗯。"

黑暗中，傅池屿沉闷地回应她。

"那个……"

姜温枝动了动唇，刚想再聊些什么，突然，一双大手陡然勾住了她的后脖颈，力道往前一带，一个转身，两人方位掉转，弱小的她顿时被高大的身影掩盖。

傅池屿把她抵在了门上。

他应该是俯身垂着头，两人呼吸近在咫尺不说，他额前的短碎发还扫在了她的脸颊，像轻羽一样，痒痒得撩人。

幽暗中，姜温枝下意识屏住了呼吸，眼神极力下瞥，身体努力地往后仰，试图拉开两人之间的距离。

她要喘不上来气了，但傅池屿把她禁锢在他的臂弯里，逼仄、狭窄，她退无可退。

这个姿势维持了许久，久到姜温枝腿有些软，她觉得是时候该说些什么来打破平静了。

她咬了咬下唇，小声嘤咛："傅池屿，你、你压到我头发了……"尽管她的声音很平和柔软，可在这样的氛围下，还是多了几分缱绻的意味。

什么鬼！

话音落下，姜温枝懊恼地闭眼。

我的天，我这是在说什么啊？怎么语气娇滴滴地瘆得慌？

果然，上方传来了傅池屿的低笑声，嗓音慵懒："哦，那对不起了。"说罢，他便放开了手，退了半步。

身前力道骤然抽去，姜温枝咽了咽口水。她无比！极其！后悔自己刚才的失言，老老实实做个哑巴不好吗？

晦涩的一分钟过去，周漾吊儿郎当的声音从外面响起："怎么搞的，人呢？傅哥，姜温枝——"

似是见无人回应，他又加大了分贝，像极了路边叫卖的大喇叭："月黑风高的，我胆子小，你俩别玩我啊，别吓我！"

旖旎的气氛就此终结。

两人前后走出，到了有光亮的地方，姜温枝捂着发烫的脸，避开周漾探寻的目光："我们在这儿。"

"我说，你俩跑哪儿去了？真不够意思啊。"周漾拧着眉上下打量两人。就这么点地方，他找两圈了，愣是没看见人。

傅池屿随手扯了下他的帽子，眼神冷峻："好奇心别那么重。"

送完两个男生出小区，姜温枝刚回到家，还在换拖鞋，姜温南挤眉弄眼地站在了她面前。

"姐，我刚刚好像看见你了！"他的语气拉得格外长，仿若发现了什么大秘密一样，眼睛眨得如狂按的快门，"和你在一起的男生是谁啊？"

姜温枝推开姜温南凑得极近的脑门，淡淡地说："本来我还在某人的枕头下放了个红包，不过现在……"她丢了个眼神过去，"我觉得有必要拿回来了。"

"别别别！姐，我什么也没说，你什么也没听见，姐姐新年好，万事如意，恭喜发财！"一阵二倍速不走心的祝福语后，姜温南迅速消失在了姜温枝眼前。

凌晨三点，姜温枝躺在床上睁大着眼，悔得心肝脾肺肾挨个疼。

傅池屿的气息仍若有似无地萦绕在她脖颈，化成了看不见的丝线捆绑在了她的肌肤上，挥之不去，挠得很。

那种气氛下，该亲上去的！

这么好的时机，怎么愣是被她三百六十度闪躲过去了呢？到底是迟钝还是脑子缺根筋啊？

唉！

叹了一百八十次气后，姜温枝狠狠把被子拉过头顶，悔恨交加地睡了过去。

2016 年，惊蛰。

"姐妹们，体育课你们打算选什么啊？"丁欢欢一边在阳台晾衣服，一边扬着大嗓门聊天。

新学期伊始，学校开放了体育选修课，从排球、网球、篮球等球类运动，再到健美操、太极拳这些修身养性的实操课，全方位支持大学生多样化发展。

"我嘛，排球吧。"岑窈坐在书桌前，吹了吹未干的指甲油。

姜温枝想了想，回道："游泳。"

"嗯？游泳好像也不错，不过……"丁欢欢甩了甩手上的水，脸上勾着精明的笑，又着腰，"我要去健美操！听说那里的小哥哥身材贼好……"

看着踩在木质阶梯上的丁欢欢笑得志在必得，姜温枝表示这是意料之中。毕竟春天来了，少女的心思难免萌动。

"珈姐呢？你选啥？"丁欢欢转头。

"和枝枝一样。"韩珈干脆地撂下一句话。

"嗯？你不是会游泳吗？"

面对丁欢欢的质疑，韩珈只微微蹙眉："对，所以可以划一学期的水。"

姜温枝的嘴角抽了抽。

是了，比起重新学一项运动，韩珈这话绝对没毛病，还真就是字面意义上的划水。

须臾，姜温枝放下手中的课本，走上前，轻轻握住了韩珈的手，眨着无比真诚又水灵的双眸看着她："大神，求带。"

自己找到组织了。

然而，事情并没有姜温枝想象中的那么顺利。

第一堂游泳课，老师先教了心肺复苏步骤，接着热身、原地憋气后，便让学生下水练习漂浮。

从试水温开始，姜温枝的身体便自发开启了防御状态，全身肌肉不受控地收缩，惊慌的情绪顺着脚往上爬，像万只蚂蚁筑巢一样。

泳池碧波清澈，一眼就可以看到底，可其他同学漾起的圈圈涟漪和水花更加深了她的恐惧。

想着上课时间有限，姜温枝咬了咬唇，一个憋气猛地把头埋进了水里。

当水面没过头顶的那刻，水仿若有磁性一般，骤然压缩了感官，冷水迅猛地从四面八方涌到她的耳朵和鼻子里。

一个没憋住，姜温枝吐气呵出了一串泡泡，忽然眼前一黑。惊慌的窒息感当头袭来，她猛烈地扑腾起来，动作幅度过大，带起了不小的水花。

旁边的韩珈见姜温枝似有不妥，长臂一捞，把她圈住，迅速把人往边沿带。

片刻，两人坐到了泳池边。

看着瑟瑟发抖、裹着毛巾、痛苦得五官皱成一团的姜温枝，韩珈不解地问："枝枝，熟悉水性而已，你玩命呢？"

再说了，泳池这点深度，不至于吧？

"咳咳咳……"

刚刚呛了几口水，姜温枝剧烈地咳嗽了一会儿，整个人虚脱地大口喘息。

平复了一阵后，她的小脸惨白惨白的，长睫颤着，声音也带了点鼻音："书上说，这是可以靠意志力克服的。"

韩珈问："克服什么？"

她纵横大小泳池这些年，又对上姜温枝的症状，猜测道："你不会，溺过水吧？"

姜温枝还在甩头，试图把耳朵里的水晃出来，听到韩珈的话，沉默着点了点头。

之前傅池屿说讨厌水，那时，姜温枝只觉得他们又多了一个共同点。可不同于傅池屿单纯的不喜欢，她是真的恐惧至极。

小学暑假，姜温枝曾去奶奶家待过两个月。

那是个僻静悠远的村庄，一条河流从村中蜿蜒而出，水流汩汩，绿藻丛生，但岸边并没有任何防护措施。

有天雨后初晴，一群人围在巷头打牌聊天，孩子们就在一边玩耍。石板路上青苔覆盖，姜温枝一个不小心，滑入了河中。

村中有河，于是，这里每家每户的孩子自小就熟识水性。有不懂事的孩童还以为姜温枝来了兴致在游泳，就算看见了也并没觉得不妥。

熊孩子的追打嬉闹，中年妇女聒噪的大嗓门，完完全全盖过了十岁小女孩在水里的扑腾和微弱的呼救。

等姜温枝奶奶终于发现自家孙女不见了，河里的小人只堪堪冒了个细弱的手臂还在无力折腾。

自那以后，姜温枝再不敢靠近任何河道。

见姜温枝点头默认，韩珈手一撑，利落地站起，下了决定："我去找老师换课。"

"不用了，珈珈，我可以学的！"姜温枝干净的瞳孔遍布红血丝，固执地仰头看着她，"我可以的。"

这里是学校的游泳课，有最专业的老师教导，很安全。她淹水第一时间就会有人来救她，没什么好怕的。

傅池屿不喜欢水，那大不了他们一辈子不去海边。可人生谁说得准呢，学了总是有备无患，总不能两人都怕水吧？

见姜温枝如此执拗，韩珈叹了口气坐下来，看来自己划水的计划泡汤了："我教你。"

"珈姐万岁。"姜温枝甩开浴巾，紧紧抱住了她的胳膊。

春天远去，天气渐渐有了热意，潭清大百花盛放，清水湖里的荷叶亭亭玉立，让人只看着就心情舒畅。

晚上，快到门禁时间，姜温枝出了图书馆，顶着似雾似丝的细雨往宿舍走，一路上抬着手臂小心护着帆布包里的资料。

刚到五楼楼梯口，就听见了一阵尖锐激烈的争吵声。

"……丁欢欢，我忍你很久了！你加我男朋友微信想干什么？长得这副尊荣没人要，只能死乞白赖挖墙脚是吧？也不照照镜子看看你自己！有这个资本吗？"

"你放什么屁呢？苏筱柔，你去搞搞清楚行不行，是你那花心傻男友主动加的我好吗？"

"哼，还不是你先献媚取宠。你这样的……"对面女生的语气里尽是嘲讽，"除了街边发传单推销的，谁要？嗯？你说说，谁要？"

"你……"丁欢欢似是一噎。

"我不打女生，给丁欢欢道歉！"韩珈冷淡的声音接上。

"道歉？呵呵！"像是真觉得好笑极了，女生声音里含着十足的鄙视，"你们宿舍也是厉害，丁欢欢你长相不及格，韩珈雌雄莫辨，岑窈绩点倒数，姜温枝嘛，学习愣呆子……"

"你！"丁欢欢彻底被惹怒，拎着拳头就要往上扑。

"找事儿是吧？"姜温枝冷着眉眼，"砰"一下推开半掩着的防火门，在七八个女生的注视下坦然走到了人群中间。

大学活动大多以宿舍为单位，同班同学之间并没有很熟，快一年下来，班上大半的男生姜温枝甚至没说过话，其他女生也是点头之交。

此时和丁欢欢发生争吵的是她们同班，也就是隔壁宿舍的苏筱柔。姜温枝和这人也不熟悉，可既然人家咄咄逼人，那就别怪她不礼貌了。

"苏筱柔。"姜温枝比她高三四厘米说话间低头扫她，"丁欢欢比你高、比你瘦、比你眼睛有神、比你有脑子、韩珈比你可爱、比你善良、比你有女人味儿，岑窈那更是有目共睹的比你漂亮，所以，你只能从成绩来攻击她，那我，刚好弥补了她这一点。"

"呆子又怎样？我的成绩就是比你好。"姜温枝又往前走了一步，声线平静却掷地有声，"这样说来，你言语间瞧不上的我们四人，似乎每一项都强于你。但，我们更高于你的是……"

姜温枝瞳色深了深，轻扯唇线："我们从不八婆，而且，"她斜眼瞥了瞥愣住的苏筱柔，清晰地吐字，"从不和没脑子的人浪费口舌。"

说罢，她快速转身，把丁欢欢、韩珈、岑窈三人推进宿舍，"哐当"一下关上了门。

她今天心情不太好，苏筱柔正撞在枪口上。

"枝枝，你别拦着我，我要去撕烂她的嘴！"像是才反应过来，丁欢欢张牙舞爪地还要出去和人较量。

"合着你刚刚走神了是吧？"姜温枝拉着她没松手。

岑窈愠怒地涨红着脸坐在凳子上，韩珈抱胸不语。

见丁欢欢没了理智，就要挣脱，姜温枝开口了："去和她打架，然后被通报批评？

"欢欢，为了这种人，不值得。"

丁欢欢咬牙："可我真没勾搭她男朋友，是那个男的先撩拨的我，还说自己没女朋友，我凭什么受这样的污蔑？"

姜温枝放开了手："这样的话，你刚刚没解释吗？她听吗？"

丁欢欢红着眼跺了跺脚。

"讨回公道的方式有很多种。欢欢，真没必要搭上自己。"相比丁欢欢一身气血莽撞，姜温枝显然冷静极了，"把聊天记录截图发给苏筱柔，让她道歉。"

"如果她不……"

姜温枝语气不紧不慢："如果她继续胡搅蛮缠，那就把聊天记录公开，发论坛或贴在公告栏。"

舆论的力量无比可怕。

总之，过错方不在丁欢欢，所以她占尽了优势，可一旦今晚她动手打了苏筱柔，那无疑是给自己抹黑点。

韩珈放下手，颔首道："是该这样。"

她们都没有姜温枝冷静周到。

姜温枝把斜肩包放在桌上，身体靠着桌沿，捏了捏眉心，沉沉吐了口气。

平静下来的丁欢欢耷拉着脑袋，声音细弱："对不起啊，连累你们一起挨骂了……"

"又不是你骂的我们，你对不起什么？"岑窈虚弱地浅笑着说。

"嗯，和你无关，是那女……"韩珈挑了下眉，正想评价一下那泼妇，可转念想到刚刚姜温枝义正词严地说她们从不背后议论人，后面的话一下咽了下去，转头，"枝枝，去洗漱吧，要熄灯了。"

"对对对，枝枝我给你调洗澡水去！"丁欢欢殷勤地笑，总算转移了注意力，边走边回头，"对了，你今晚帮傅池屿复习得怎么样？他这次四级能过吗？"

瞥了眼包里怎么带去就怎么带回来的讲义，姜温枝轻声回道："应该，可以。"

今早，她和傅池屿约定晚上一起上自习，可她在图书馆从傍晚等到十一点，他都没来。

他也并没有发任何信息，手机也是无人接听的状态。她内心极度忐忑不安，甚至想去他学校看看。

洗完澡躺到床上，宿舍一片昏暗，姜温枝翻来覆去睡不着，一会儿摸一下手机。

"枝枝，你真的好厉害啊。"黑暗中传来丁欢欢低低的声音，但也压不住她的惊叹，"语不惊人死不休，话说起来一套一套的，不带脏字也能把人气半死！"

"也没有了。"姜温枝说，"就是正常聊天的。"礼尚往来，对方什么言辞决定了她什么态度。

"我要向你学习！"攥紧拳头表完态后，丁欢欢把头一蒙，钻到被子里看小说去了。

姜温枝仰了仰头，觉得自己才应该学学丁欢欢，果断爽快，敢爱敢恨，而不是做什么都先想着权衡利弊。

夜幽深，舍友们绵长的呼吸传来时，姜温枝仍清醒。她的胳膊按在手机上，每根神经都在静静等着它响起。

不知过了多久，她的眼皮实在控制不住在打架。

"嗡嗡嗡……"

有振动传来，姜温枝陡然睁大了眼，眯着眼点亮屏幕。

凌晨三点了。

傅池屿：舍友临时约了去吃饭，手机丢宿舍了。

傅池屿：还以为下午给你发过信息了，对不起。

眼睛还没完全恢复清明，姜温枝松了一口气，他是安全的就好。

姜温枝：嗯，没事儿。

似乎没想到这个点还能收到回信，傅池屿回得也快。

傅池屿：还没睡吗？

姜温枝：已经睡一觉了。那明晚我把考试资料送给你，也有你舍友一份。

上回考四级，傅池屿宿舍全军覆没，分数也是一个赛一个低。姜温枝整理好资料后，特意去打印店复印了几份。

傅池屿：好，那你接着睡，我洗澡了。

姜温枝：嗯，洗完赶紧睡觉，你白天还有课呢。

傅池屿：晚安。

姜温枝：晚安，不，是早安。

眼睛酸涩得不行，姜温枝这才踏实地把手机放回床边的架子上，翻了个身，抱着被子瞬间沉入梦乡。

2016年，夏至。

周五下午，正巧没课，姜温枝和傅池屿在大学城中央的商业圈逛街。

这一块不仅大学集聚，也错落分布着不少高档小区，学生和居民带动了较大的客流量，由此产生了规模不小的购物广场。

从电影院出来后，两人买了些小吃边吃边逛。

十字交叉路口车水马龙，行人如织。绿灯亮起，他们跟着人潮穿过斑马线。

人流量实在大，本挨得很近的两人一个不注意被冲散开。对上傅池屿投过来带着忧色的眼神，姜温枝回了个安心的笑，意思是先过去再说。

她心想，刚刚拉住他的衣摆就好了。

走到三分之二时，姜温枝只觉得肩上的背包被外力重重一扯，然后有什么掉落的声音传来。

她回头垂眼看了过去。

本该吊在包侧面的小狐狸挂件被路人无意碰掉，摔落在了地上。姜温枝顿了脚步，待身后的行人都过去了，赶忙弯腰去捡。

就这片刻，信号灯由绿转红，她加快速度跑了两步，脚刚踩到对面台阶上，后面便响起了一道浑厚高亢的声音。

"欸——那个穿白裙子的小姑娘，你站住！"

路上车鸣声不断，再说穿白裙的女生也很多，所以姜温枝并没以为是在叫自己，迎上路边等她的傅池屿，再次往前走了两步。

"叫你呢，小姑娘！"那道喝止声再次响起，并且由远及近。

似乎真在喊她，姜温枝转身的同时，傅池屿也站在了她旁边。

一位穿着黄绿色马甲的交警叔叔停在了她面前。

男人身形威猛，皮肤晒得黝黑，脸上泛着油光，声音洪亮无比，一开口便是问责："你俩闯什么红灯！"

面对突如其来扣下来的锅，傅池屿神色未变，只一抬眼尾，话说得简洁："没有。"

"交警叔叔，我们没有闯红灯，是我走慢了。"姜温枝老老实实交代。

"可我刚刚确实看到你违反交通规则了。"交警似乎是个严谨的性子，粗黑的眉毛拧成一条线，沉声道，"这样吧，你俩站这路口，抓到下一个闯红灯的人再走！"

合着在这儿等着呢。

傅池屿眼神寡淡，见并没什么要紧的，要扯姜温枝离开。

"交警叔叔，我们真没闯红灯。"看了眼脸色不耐烦的傅池屿，又看了看严肃至极的交警，姜温枝陷入两难，"要不……您看，红灯亮起的时候我朋友已经过马路了，所以，是不是罚我就行？"

这个路口四通八达，人流量很大，闯红灯的行为也是屡见不鲜，抓个人那还不是几分钟的事情。

交警上下打量着面前这两人。

女生一身书卷气，看着就乖巧，男生桀骜，眉宇冷冽，这清澈干净的气质一看就是附近学校的大学生。何况红灯亮起时，他确实也只看到女生在马路中间。这样一想，他松口道："嗯，那就你一人……"

"没有，我和她一起的。"

傅池屿掀起眼皮，认了这值岗的要求。

就这样一个乌龙，本该惬意的休闲时分，姜温枝和傅池屿直直站在了路口，抓违反交通规则的行人！

夏日已至，温度攀升，四点多的光景，骄阳还挺热烈，好在路边种着银杏树，树干挺立，叶片淡绿稀疏，可树身并不高大，只投下了浅浅的荫翳。

姜温枝瞅准角度，试图让傅池屿去到阴影里。

"站我后面来。"傅池屿行动快了她一步。

"哦。"挪步子的同时，姜温枝讷讷地问，"我这算不算连累你了？"

交警叔叔只凭半眼给她下了结论，她理解交警的辛苦，不愿多纠缠，于是认了这个惩罚，可不该让傅池屿陪着一起受罚。

扫了眼站在路中间指挥的那抹黄绿色，傅池屿低沉的声音在嘈杂中显得很懒散闲适："说什么呢？我们在为社会做贡献。"

"这样啊？"

两人把视线重新放回路口。

又一轮绿灯，大部队过马路时，姜温枝眼神扫过，忽见人群末尾有个年迈佝偻着背的老人正慢腾腾走着。

绿灯数字一下一下减少跳转。

她没犹豫，快步走了上去，扶住老人颤悠悠的身子："奶奶，我扶您过去吧！"

"丫头啊……谢谢，这人老了，腿脚就是不利索……"借着姜温枝的力，老奶奶笑得慈眉善目，微跛的脚步走得稳当了些。

夕阳斜下来，两人刚起步，姜温枝的上方陡然覆盖了一道高大的身影。她抬眼，傅池屿不疾不徐地走在了她外侧。

满天余霞，不管是行驶的车辆还是行走的路人，身上都披着橙黄色的光。

人行横道上，清丽的女生扶着老人，旁边走着一位颀长俊逸的男生，他单手插兜，脚步放得很缓，挡住了等待起步的车流。

过了马路，姜温枝松开手。想了想，她稍俯身，指着前面的信号灯："奶奶，以后您独自出门的话，"她大概估算了一下老人的脚程，微笑着，"如果绿灯剩下 10 秒以下，您就靠在旁边等下一轮好不好？"

"行行行……奶奶记住了，谢谢丫头，也谢谢这个小伙子！"

送走老人后，两人回到银杏树下。

刚一站稳，后方忽然蹿出了一对牵手的小情侣。他们用并不是很快的速度从姜温枝旁侧跑出，红灯闪烁间，就这么消失在了斑马线的另一头。

姜温枝："呃，他们好快……"

约会这么火急火燎的吗？几十秒都等不了。

"嗯，等下个吧。"傅池屿勾了勾唇，并不在意。

还没等五分钟呢，又有人明目张胆闯了红灯。这次对方就没那么好运了，实打实被姜温枝提溜到旁边，预备好好教训一番。

姜温枝端出一副严肃的架子，拢了拢裙摆后施施然蹲了下来，语重心长地说道："小朋友怎么能闯红灯呢？多危险呀！"

没错，这会儿她抓住了两个半截高，看起来也就一二年级的小朋友，一个是一脸高冷的小正太，一个是冰雪可爱的小女孩。

小男孩从站过来便低头不说话，倒是小女孩眨着无辜又水灵的大眼睛看着她。

姜温枝抿了抿唇，想着刚刚自己的语气是不是太死板直接了，毕竟他们还是懵懂的孩子呢。于是，她迅速切换了另一种状态，弯着眉，柔声说："你们看，哥哥姐姐就是因为闯红灯，在这里罚站呢。

"超丢脸的是不是？"

她最会举例子了，这样晓之以理动之以情不怕他们不屈服。

"是啊，蛮丢脸的！"小男生抬头皱眉，语气老成地嫌弃。

这孩子说话可真直接，姜温枝一怔，一时没反应过来。

一旁的小女孩扯了扯自己的麻花辫，奶声奶气地说："可是，我感觉哥哥姐姐还挺开心的呀。"她抬起白嫩的小手向后指，"看，哥哥笑得很高兴呢！"

姜温枝蹲着未起身，只转头看向女孩所说的笑得很高兴的哥哥。

两三步远的地方，傅池屿靠在并不粗壮的银杏树下，狭长的眼尾挑着，清隽的下颌稍抬，俊朗的眉宇间满是少年意气。他正抱着手臂，好整以暇地笑看她们。

姜温枝的耳垂倏地一热。

他这岁月静好又享受的姿态是怎么回事？没见她这正教育祖国未来的花朵呢？

姜温枝眸光流转，暗暗递了个眼神过去，示意他收敛一点。

剩下的教导还得做完，她转头看向两个小朋友，一本正经地说道："你们还小，还没有学过'苦中作乐'这个成语吧？"

她极力压低声音，试图不让后面的人听见："其实那个哥哥就是在苦笑。只是他长得好看，所以笑起来也显得开心。"

"喔，这样嘛！"小女孩似懂非懂。

等两个孩童和她挥手再见后，姜温枝心虚地回了傅池屿身边。

"苦中作乐？"傅池屿扬手扯了片银杏叶，捏在指尖把玩，懒洋洋地抬睫睨她，"姜温枝，和我一起罚站这么痛苦？"

"呵呵，不不不，是开心！高兴！荣幸的！"她尴尬地轻笑了两声，极度肯定地点头。

傅池屿眉头一挑，气笑了："行了，再站一会儿，咱们就能陪交警叔叔一块儿下班了。"

"嗯嗯。"姜温枝抬头看了眼天色，怎么时间过得这么快？

还别说，五点整，交警叔叔真笑呵呵地走了过来，夸赞了现在的大学生就是纯良有礼后，还顺手奖励了他们两瓶水，全没了一开始的冷酷。

两人就近吃了晚饭，等霓虹爬上街头，打车先回了潭清大学。

走到经管宿舍楼下，他们迎面碰上了一脸雀跃激动的丁欢欢，后面跟着相对平静的岑窈和韩珈。

傅池屿冲三人微微颔首，简单打了招呼。

"枝枝！"丁欢欢一个箭步冲上前，捏住了姜温枝细瘦的手臂，扬声问，"你干嘛呢，一下午电话不接微信不回的……"扫了眼旁边的傅池屿，她眼神里带了几分欲言又止。

"没看手机呢，怎么了？是要带吃的？"姜温枝翻开包拿出手机，果然有一堆的消息和未接来电。

看电影时手机就调成了静音，而且她和傅池屿在一块儿基本不看手机。不过丁欢欢找她，大约是想吃外面的小吃了。

"还吃什么吃啊！走，和我去操场！"丁欢欢按捺不住地兴奋，不停晃着姜温枝的肩膀，"学校表白墙、论坛都炸了！靳彦光摆了蜡烛和鲜花向你表白呢！"

半个学院的人都在那里凑热闹，就等女主角出现了。

闻言，傅池屿眸色一沉，垂睫看向满脸茫然的姜温枝，只须臾便收回了视线。

"……谁表白？"姜温枝一头雾水，"表白谁？"

"计算机系的靳彦光，大二的，学生会宣传部部长。"韩珈走上前，"对你表白。"

丁欢欢狂点头："是啊是啊，一群宅男里难得出了个潇洒倜傥的男生，他到处喊话在等你！听说操场上都闹疯了！"

靳彦光……

好陌生的名字。

姜温枝太阳穴跳了跳，想了半天才模糊记起来。前段时间在图书馆，几个男生坐她对面打游戏，她嫌吵，提醒未果后直接换了个地儿，后来，其中一个男生过来和她道歉，小事就这么翻篇了。

接下来的几天，他们在食堂又碰上过两次。这男生总有意无意地坐她邻桌，试图和她攀谈，说些不着调的话。

几次后，姜温枝干脆不去那食堂吃饭了。

见姜温枝从头至尾没有露出一个笑颜，旁边的傅池屿更是神色深冷，丁欢欢躁动的心瞬间沉了下来，弱弱地问："枝枝，你……要去吗？"

姜温枝："我……"

"枝枝，傅池屿，你们随意，我们吃饭去了。"韩珈扭住丁欢欢的手腕，又叫上后面的人，"窈窈，走吧。"

"靳彦光正抱吉他唱歌呢！咱们要不先去听听？"丁欢欢不死心地回头喊道，"枝枝你要去的话，一定给我发信息啊！"

三人离开。

夏夜闷热，蝉虫低鸣，偶有路过的学生说说笑笑，姜温枝和傅池屿站在花坛边，静默不言。

路灯下，她被男生高大的影子完全罩住，有些背光，他的表情看得不分明。

"傅池屿，"姜温枝抬眼，直勾勾盯着他清俊的侧脸，轻声问，"你觉得我要去吗？"

空气中流动着清新的花草气味，昏暗的氛围下，有些说不清道不明的情绪越发明显。

她在赌，赌一个并不明晰或许又能开出小花苞的结果。

好半晌，姜温枝的眼眶都发酸了，傅池屿才出声回答了她的问题。

"不错啊，我们姜温枝同学……"傅池屿眼睫稍抬，轻轻扯了扯嘴角，"长大了，可以谈恋爱了。"

这意思就相当于明着说：姜温枝去吧，去操场，去答应那个男生，然后和那人谈恋爱。

夜色燥热斑斓，飞蚊围着不高的路灯扇动着翅膀，发出低低的嗡嗡声。

姜温枝眨了眨眼，瞳孔里泛着碎金明灭的光。

一直以来，她从不会让傅池屿的话掉在地上，于是句句有回应。可他刚刚这句话呢，该怎么回？

姜温枝的嘴角扯起又抿住，喉咙实在紧涩，始终没能发出一个字的回响，连语气词都憋不出，甚至连敷衍搭腔的笑也装不出来。

良久，她摇了摇头，苍白的脸上就差明写着"我在撒谎"这四个大字："一个人，自由自在挺好。"

她本也没打算去。

既然压根没考虑答应那男生，那就没必要出现。她不去，男生自然知道她是什么意思。这比在众目睽睽下，在一片起哄声中拒绝他来得更直接。

"嗯。"

傅池屿喉结滚了滚，声音晦涩。

就这么僵着气氛道别后，姜温枝先转身进了宿舍楼。她不敢像从前那样一步三回头，起码，今晚是没有勇气了。

花没开。

她输了，貌似输得还有点彻底。

是她太着急了。

傅池屿不是说过吗？现在不想谈恋爱。又不是只活这一年了，所以啊，干吗逼得这么急呢？

慢慢来。

+86 188xxxx0105: ···

2010年2月13号

傅池屿，新年快乐啦(^·^)，祝你平安好运，万事从欢，希望你此后满路繁花，所遇之人皆为良善。

2010年2月14号

嗯哪，新年快乐。

+86 188xxxx0105: ···

2011年2月2号

傅池屿，新年快乐

+86 188xxxx0105: ···

2016年2月

傅池屿，新年快乐！吃完年夜饭了吗？

吧了，你在家吧！

古的

十分钟后去你楼下

作业本
xx一
xx一

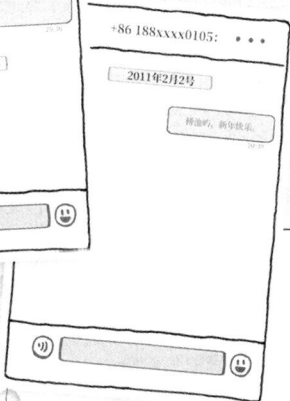

傅池屿
vs
姜温栀

APPROVED

2016 年中秋。

晚霞流金，一辆曜岩黑的奔驰停在潭清大门口，随后，副驾和后车门相继被猛地推开，三个男生跟跄着下车。

"傅哥，我这车不是你那红色超跑！你追天上飞机呢？要把我飙吐了……"个子高且瘦的吕昕趔趄了两步，紧急逃离危险地带，冲驾驶位上的傅池屿抱怨。

这厮车开得忒野了！

"吕昕说得没错，"副驾下来的宋卓身形圆润，方脸上架着眼镜，更显憨态，往路旁的圆墩上一坐，"要不是我死扣着安全带，这速度非把我甩出去不可！"

一贯话少高冷的谢锐川也跟着颔首，表示十分赞同两人的话。

"就这点胆？"傅池屿右手搭在方向盘上，左手懒散地抵着车窗，唇边噙着若有似无的弧度，幽幽吐出一个字，"屃。"

"拜托，你听听这是人话吗？"吕昕还在叫嚣。

不理会矫情的三个舍友，傅池屿收回眼神，往左看，正好瞧见了不远处刚走出校门的女生。

姜温枝今天穿了一件杏色温婉的连衣裙，白嫩的脸上挂着亮晶晶的笑意，在萧瑟的初秋里，显得格外乖萌清丽。

她也看见了路边打闹的男生们，眼睫弯着，加快步伐向几人走去。

上个月底，英语四六级成绩发布，傅池屿宿舍全员通过。于是，刚一开学，几个男生便嚷嚷着要请提供复习资料的姜温枝吃饭。

过去的一年里，她和傅池屿的舍友见过几次，彼此也算熟悉，不好拂了他们的好意，只得应允。

"哟，大功臣来了！妹妹啊，我跟你说，傅池屿开车好凶残了！"吕昕大方又健谈，捋了捋发型后开始告状，"哥哥我为了这顿饭还专门喷了发胶，你快看看，是不是全没型儿了？"

"还……好吧。"瞅了眼吕昕三七分叉的刘海，姜温枝试图安慰他，"别有一番味道呢。"

具体是什么味道她不敢说。

大约是茄子成精了？或者是玉米须劈腿了？

谢锐川没什么表情，冲姜温枝点头后便掏出手机，打开了某打车软件。

宋卓眯着笑眼走上前："姜温枝，傅哥的车我们是不敢上了！"他划拉了一下除姜温枝和傅池屿之外的人，"咱仨预备打车去，你呢？要不要和我们一起？"

"一起一起吧，让傅哥自个儿上天去！"吕昕故意抬高声音，眼神挑衅似的往刚从驾驶座下来的傅池屿身上瞥。

本着善良的心思，他可不愿意柔柔弱弱的学霸妹妹上傅池屿的贼船！

不，是贼车。

傅池屿倚着车门，云淡风轻的，并没接招，也不开口为自己争取最后一位"乘客"，只冲姜温枝淡淡挑了下眉。

"不用啦，我和傅池屿一起吧。"稍一愣神后，姜温枝笑着回绝了吕昕的好意。

离间失败，正巧他们叫的车也来了，吕昕挥手后拉着两个舍友先上了出租车："得嘞，那咱餐厅见！"

目送出租车扬长而去，姜温枝才转而看向傅池屿。

见他提步想绕到她这侧，还没等他动作，就先拉开车门坐了进去。

车子开动后，和缓舒适的秋风在脸颊扫过。

姜温枝胸前牢牢箍着安全带，两手乖巧地垂在膝盖上，眼睛更是直直看着前路，私心想着，一会儿傅池屿要是飚起车来，她可一定得稳住。

"这速度还怕？"

傅池屿骨骼分明的手搭着方向盘，后背懒散地靠着座椅，像看出了她的不安，稍稍抛了个眼神给她。

"不呢。"姜温枝长睫稍抬，把视线挪到他侧脸。

"那紧张什么？"

是啊，她紧张什么？他们不过才一个暑假没见。

姜温枝正色回道："没有，我天生长得严肃。"

这句话不知戳到了傅池屿哪里的笑点，唇线扬着，长长"哦"了一声后，仿佛极其认同她的自我点评，颔首："不笑时，确实挺清冷的。"

冷吗？

姜温枝长睫垂下。

"但笑起来……"正好红灯，车子缓步停下，傅池屿略侧头，"笑的时候还挺明媚的。"

他手肘靠着车窗，声音似笑非笑的："所以说呢，别总皱眉，像个小古板一样。"

傅池屿这含笑的语气让姜温枝心神一颤，她不服气地嘟囔："和你在一起的时候，我总笑啊。"

不管是浅笑还是偷笑，她都是开心的，所以他到底是从哪里看出来她老皱眉的？难道有皱纹了吗？

姜温枝下意识抬手摸了摸眉心。

"和我，在一起？"傅池屿手指摩挲着方向盘，眸光往一侧偏了偏，玩味地瞟了她两眼。

"不不不，我的意思是我们一起玩的时候！"姜温枝反驳的话脱口而出。

那句话说得确实好暧昧啊！

这一秒里，她脑海里飞速闪过傅池屿曾说的不想谈恋爱，还有他劝她去谈恋爱的事情。

就这么一想，姜温枝的脸色骤然煞白，话里也透着急切："傅池屿，你别误会，我就是字面上的意思。"

傅池屿淡淡"嗯"了声，不再搭腔。

吃饭的地点在附近商业圈，一家刚开业不久的火锅店。

因为提前定了包间，所以并没有排队。他俩到的时候，三个男生已经在点菜了。

服务员先上了茶水和小吃，吕昕边嚼黄瓜边说："你俩是绕着大学城跑了一圈吗？怎么这么慢？"

按傅池屿正常的发挥，怎么着也得在出租车前面到才对啊！

"堵车。"

傅池屿接过服务员的热毛巾，自然地递到旁边。

姜温枝接过："嗯，堵了一点点。"

当然，傅池屿的车速过分慢也是原因。他不知怎么了，就差和旁边的电动车赛跑了。

"来，姜温枝你看看想吃什么，我们只点了锅底和简单的配菜，剩下的你喜欢吃什么随便加！"宋卓把平板放到她跟前。

傅池屿扔了个眼神过去，见锅底选的是鸳鸯锅，便收回了目光。

姜温枝滑着购物车页面，一分钟都没就拉到底。

这还叫简单？点了些肉、蛋、蔬菜，比菜场还齐全，完全可以说是火锅涮菜的大开会了好吗？

"可以了。"她把平板往傅池屿桌面推，轻声问道，"你呢？要不要加什么？"

傅池屿加了几种小吃后就提交了订单。

上菜速度极快，十分钟左右，服务员便推着餐车敲开了门。

几个男生大大咧咧地聊着些日常又有趣的话题，主要有吕昕和宋卓调节气氛，傅池屿也时不时提两句姜温枝知道的事情，让她参与进去。

热腾腾的饭桌上，氛围轻松又欢快。

吃到一半，吕昕的手机响了，他眯眼看向陌生的来电号码，迟疑着接通："谁？"

此刻，包厢里只有咕嘟咕嘟冒泡的火锅声，电话另一头的人叽里咕噜说了一长串不歇口的话，传出来的声音并不清晰。

姜温枝低头吃着丸子。

"……哦……行。我问完室友和你说，就这样。"挂了电话后，吕昕拿起筷子，捞了一块虾滑去蘸醋。

"谁的电话，还需要问我们？"宋卓推了推眼镜。

"宋俊天。"不顾烫，吕昕咬了一口粉嫩的虾滑，含混着说了个名字。

谢锐川难得接了句话："卖实训报告还是刷网课？"

大学里，勤奋的学生是真勤奋，懒惰的人那更是足不出户。需求诞生了市场，于是，精明的赚钱门路也多了。只要你付出报酬，就有人帮你写报告、代打卡、刷网课课时。

宋俊天就是计算机学院有名的"生意人"。

"不不，都不是。"吕昕摇了摇头，极其随意地说，"问我们要不要讲座打卡。"

傅池屿给姜温枝倒水的手微停，双眸浅眯了下，似乎才对号上他们说的这人。

"怎么才开学就这么积极？"宋卓有些纳闷地问。

"去年咱不是学期末才找他吗，估计单子压一起难搞。"吕昕摊了摊手，表示无所谓，"早晚都行，50一场，我替你们包了吧！"

有这服务确实方便了他们，花点小钱，用这时间打游戏不好吗？想到了什么，吕昕看向坐在对面的人："傅哥，上次你没和我们一起，这学期呢？"

傅池屿没接话，极薄的眼皮垂下，手里缓缓转着杯子，余光往旁边瞥去。

趁吕昕说话的间隙，宋卓夹起最后一块毛肚开涮，笑出一口白牙："是啊，六场讲座几百块钱搞定算了，浪费那时间干吗？"

"你们先吃。"姜温枝慢腾腾起身，声音低柔，"我去下洗手间。"

傅池屿放下杯子："我陪你。"

"不用啦，我找得到的。"姜温枝眼里蕴着莹莹笑意，冲他摇了摇头。

"好。"

一顿饭吃下来，几人聊得酣畅淋漓，就是一身的热意和火锅味儿逼人。

最后，服务员端上了一个果盘。红红绿绿的新鲜水果摆得很精致，中间主打的是削好的芒果。

傅池屿接过果盘就要往姜温枝面前放，她连忙抬手压住了盘子边缘："不用放我这儿。"

她抿了抿唇，补充说："我不吃芒果。"

茶余饭饱，一行人走出火锅店。男生只谢锐川没喝酒，于是返程时便由他来开车。

把走路摇晃的吕昕和宋卓塞进后排，傅池屿掏出钥匙丢给谢锐川，目光带向旁边的姜温枝："我送她回去，你们先走。"

"好。"谢锐川带着两个酒鬼扬长而去。

姜温枝看向身侧站得还算直挺的傅池屿，他也喝了不少，但醉没醉倒是看不出来。

不过，想起高考聚餐时傅池屿的酒量，今晚他喝得和那时差不多，于是觉得他大抵已经神志不清了，只强装出清醒。

路边空着的出租车不少，姜温枝随手拦了辆车，沉默着把傅池屿先推进了后座。

替他系好安全带，她冲司机报出目的地："信息工程北门。"

"嗯？不，"坐上车便合眼小憩的傅池屿忽然出声否定，冲司机摇了摇手，"去潭清大东门。"

声音虽懒散，可也是不容置疑的决定。

姜温枝随他了。

天幕刚暗，层层乌云遮天蔽月。今晚大学城路上的行人车辆并不太多，司机刚想提速，后面便传来一道轻慢的女声。

"师傅，麻烦您慢点开。"

"没问题！"司机转头看了两人几眼，满面笑容地搭话，"小姑娘，你男朋友这是喝了多少啊？"

他固定在这一片拉活，客人大多是活泼朝气的大学生，他常和他们聊得不亦乐乎，感觉自己也年轻了不少。

盯着傅池屿微凝起的眉，姜温枝把车窗开了条小缝。夜晚比白日凉了几分，可风吹着也让人神清气爽。沁入心脾的新鲜空气涌入鼻腔时，她一瞬间有些恍然。

吃饭的时候，听到吕昕关于讲座50元一场的话时，姜温枝忽然觉得自己错了。她在考试周费心抽出时间帮傅池屿刷讲座，其实是一件蠢事。

她自以为是在帮他，但忘了去想，或许傅池屿压根并不需要她。她只是在做一些感动自己的事情。

不想失态，所以姜温枝找了个去洗手间的借口，极力压下落空的情绪。她对着镜子拍了拍脸，扯出笑意后往包间走。

她还没推门，吕昕略带暧昧猜测的话便传了出来。

"傅哥，你这好事将近了呀，和姜温枝今天算官宣了？"

姜温枝握着门把手的指尖颤得发红。

透过虚掩的门，她看见傅池屿微沉着脸，周身的不耐烦跃然于表。

"吃饭就吃饭，"傅池屿屈指叩着手机，神色似心不在焉，语气冷了一些，瞳色也显得更浓黑了，"瞎扯什么犊子呢？"

"好好好，不说了不说了，哥们提一杯！"见他确实不悦，吕昕端起啤酒喝尽，挑起了另外的话题。

突然，后方有车超速，司机问候了两句对方的亲戚，低骂声一下拉回了姜温枝的思绪。

上大学后，很多人都曾把傅池屿说成是她的男朋友，她每次都笑而不答。

算默许，也算是否认，她很卑劣吧？

可不知为何，今天的晚风吹得人从鼻尖到心肺都是寒凉彻骨的。许久，她才听到自己细微且淡漠的声音。

"他不是我男朋友。"

是肯定的话，也是否认的话。

只一瞬，便在风中消弭。

商业圈距离学校不远，很快便到了潭清大东门。

姜温枝咽下暗淡的情绪，轻轻推了推似陷入深睡的男生："傅池屿，醒醒，我要下车了。"

"嗯。"像突然被人从黑暗中拉出，傅池屿声音含着低哑，掀起眼皮看向她，双眸里有光明明暗暗，"到宿舍发个信息。"

姜温枝点点头："好，你别睡了。我给谢锐川发了短信，他说会在校门口等你。"

"行。"傅池屿垂眼应声。

打开车门正要下车时，姜温枝又回身对司机叮嘱道："师傅，您开慢一点，千万别着急，到了喊他一下。

"还有，他背包在手边，也麻烦您到时候提醒他。谢谢您了。"

在司机笑呵呵答应后，姜温枝关上了车门。

车辆起步后在宽敞的马路上飞驰，一个拐弯后，刚巧遇到了 60 秒的红灯。

夜晚太安静，等红灯的工夫，师傅有些无聊，没话找话地想唠唠嗑。

他不经意看向车内后视镜，一秒后惊讶地转身，只见后排男生坐得极其端正，漆黑的双眸清澈明亮……这哪是喝醉的样子？

想到刚刚小姑娘那样担心唠叨，司机总觉得自己没看走眼，再次笑着问："帅哥，那姑娘这么贴心，是你女朋友？"

傅池屿按下调节按钮，窗户悠然大敞。他偏头看向窗外，野性的风在昏暗中咆哮，路灯投下隐晦不明的光。

良久，他牵了牵生硬的嘴角："她不是回答您了吗？"

2016 年，霜降。

经管学院发布专业奖学金公示表的那天，日光晴好，空气中浮动着让人清醒的冷意。

学院的奖学金向来有例可循，在无挂科、无违纪、无处分的前提下，按学生综合测评排名来评选。

姜温枝的专业排名一直靠前，可本次获奖名单中并没有她。本班里，绩点在她之后的苏筱柔反倒榜上有名。

看到名单后，姜温枝没回宿舍，在校园大道上掉了个头，去了办公室找辅导员。

"刘老师，打扰您了，我有些疑问想请教您一下，可以吗？"

辅导员叫刘莹，三十出头的年纪，单眼皮，脸型尖尖的，消瘦的五官带了点洞察世情的成熟。

大学相对自由，一般没什么事，除了班委，其他人也不会和辅导员有太多的交集，所以姜温枝也甚少来这栋办公楼。

"说吧。"刘莹点头。

"是这样的，学院奖学金按成绩评选，我排名前列但并未选上，"姜温枝的态度十分谦逊，"所以想问一下您，是我哪里做得不好吗？"

"这个啊，主要还是根据你们的综合素质评判的。"刘莹话里没什么温度，不抬眼看她，只皱眉整理着桌上的文件。

"那标准是什么呢？"姜温枝问。

她其实并没有其他意思，只是想搞清楚自己输在了哪里。

奖学金对她而言是一笔收入，但没选上也没什么可愤愤不平的，毕竟大学里人才济济。只是以后这样的机会还有很多，她总要弄明白自己的不足，好去有针对性的提升。

"标准？我不是说了，综合素质。"刘莹斜了她一眼，仿佛她问了一个极没营养且重复的问题。

下一瞬，刘莹拿起手边的文件袋，语速也很快："还有事儿？我要去开会了。"

"好的，老师您慢走。"姜温枝再迟钝，也感受到了辅导员匆忙赶客的意味，她不再追问，侧了侧身，让出路来。

回到宿舍，姜温枝拿上笔记本，预备去泡图书馆，她下周有个全英脱稿演讲。

她刚收拾好准备出门，丁欢欢火急火燎地从外面回来了。

见姜温枝怀抱着书，手里提着电脑包，丁欢欢冲上前一把夺了下来："还去什么图书馆？学习好管屁用啊！"

"小声点。"不知道丁欢欢哪来那么大的气性，姜温枝抬手"嘘"了声，示意她轻一点，"珈珈，窈窈睡着呢。"

"快都别睡了，起来起来！"丁欢欢不以为意，迅速关上门，把放下的两道床帘扯到一边，叫醒睡觉的两人，妥妥有大事要说的架势。

半分钟后，韩珈和岑窈揉了揉眼下床。

"又怎么了？"韩珈问。

不怪她不重视，楼下阿姨吵个架丁欢欢都一副火燎腚的样子，她们早习惯了。

丁欢欢："你们知道吗？"

果然，又是这熟悉的开场白。姜温枝手撑在桌上，心绪平静，徐徐等着故事展开。

"咱班奖学金名额不管怎么排也应该有枝枝啊！怎么能轮到苏筱柔那个矫揉造作小妖精！于是，我就悄悄去班长那里打听了一下！"

说着说着，丁欢欢眼神复杂地盯着姜温枝，可见她神色如常，只浅浅撩了下眼皮，这反应甚至还不如自己激动呢！

"结果你们猜怎么着……"丁欢欢满脸写着"有黑幕"三字，让姐妹们大胆去猜测。

姜温枝后腰抵着桌边，不语。

"结果，结果不就是苏筱柔得了？"岑窈挠了挠头。

"……窈窈，听君一席话，胜似一席话啊！"丁欢欢无语地半翻白眼，把废话文学拿捏得死死的。

见两人大眼瞪小眼沉默了几秒，韩珈打了个响指拉回正题，沉声说："苏筱柔走后门了。"

不是疑问的语气。

"没错！"丁欢欢猛然退了两步，后面的凳子被撞到后移，发出了"刺啦"的噪声，"班长说开学后，苏筱柔有事没事就往刘莹那儿跑，一口一个'刘姐姐'叫着。"她双手抱着胳膊搓了搓，像是起了一身鸡皮疙瘩，"噫。"

"听说她们还一起手拉手逛街呢！"丁欢欢愤愤地踢了踢地面，压着眉头看向姜温枝，语气缓了几分，"枝枝，这件事本来我不想和你说的，但我就是气不过，凭什么啊？"

凭什么有实力的人要输在这种不光彩的事情上。

"要不？"见姜温枝没反应，丁欢欢嘀咕着出主意，"咱们去找刘莹当面对质，或者去学院那里投诉她！"

"举报有用吗？院长会管这些事情吗？"岑窈提出质疑。

历年评选奖学金似乎都会出现这样那样不服的声音，可到最后也快速淹没于人海中，并没听说有谁举报后拿回名额的事情。

是校方不作为，还是被各种理由挡回来了，谁也不得知。

"枝枝，事关你，你怎么说？"韩珈把视线落在当事人身上，语气轻但坚定，"你想去，我们就陪你。"

大不了一起闹一场，罚就罚了。

在三道关切的目光中，好半晌，姜温枝才扯了扯唇，眸光暗淡地落了下来："是啊，凭什么呢？"

凭什么她的努力，要以这样灰暗的失败告终？

想起刚刚刘莹冷漠的态度，姜温枝忽然有些明白了。

这样不公平的事情或许在未来，特别是步入职场后层出不穷，或许自己百分之百的努力也赶不上别人的好运气或是好人脉。

世道如此，社会如此。

丁欢欢拉了拉姜温枝的手："管他凭什么，枝枝你怎么说？要是想极力争取，那我丁欢欢一定陪你到底！"

岑窈也跟着附和。

姜温枝笑着冲三人微微颔首。

周五下午，和傅池屿在食堂吃饭时，姜温枝明显心不在焉，米饭一粒一粒夹起，菜更是没怎么动。

"胃口不好？"傅池屿把盛菜的碟子推近了些。

"没。"姜温枝垂眸看向印有"潭清信息工程饮食服务中心"标记的餐盘时，突然开口问，"傅池屿，你们班第一名拿到奖学金了吗？"

"奖学金？"傅池屿皱眉，似乎对这个词极陌生，随意答道，"没关注，怎么了？"

"随便问问，没事儿。"姜温枝说。

傅池屿放下筷子，眼神紧瞧着她："嗯？"

被他看得心里发慌，姜温枝只好把事情简单叙述了一下。

这件事本就不复杂，说起来更是三言两语便概括了。

听完，傅池屿神色略放松下来，沉思了片刻，说："辅导员没那么重要，所以不用讨好，但去得罪更没那个必要。

"名单已经公示，现在去反对或许会对你有负面影响。"

傅池屿直直看着她："但一切都还基于你的决断。"

食堂这个点人流量很大，学生的交谈声，餐厅屏幕上还播放着宫斗剧，各种嘈杂络绎不绝，耳边充斥着热闹。

姜温枝其实没想去追回名额了。

那天，她对舍友额首表示感谢后，也和她们说了不想牵扯到她们。

毕竟这事情成与不成，或多或少都会让她们给学院留下并不算积极的印象。她不会这样做的。

况且，再深想下去，其实也没什么可耿耿于怀的。

善交际也是大学生活中一项重要的能力，这也算是给她提了个醒，让她意识到自己的不足。

可尽管这样说服自己，但姜温枝心里总憋着一股气，不上不下的，吊着人难受。

安静了几秒，见她不吭声，傅池屿拎起旁边的手机闲散地点了几下。

须臾，姜温枝放在包上的手机发出了嗡嗡振动声。

她长睫抬了抬，眸光突然一滞，声音生硬到带了生气的意味："这是什么意思？"

她手机支付宝提示消息，傅池屿向她转账 20000 元。

"周末别兼职了，大二课挺多。"傅池屿揉了揉姜温枝的脑袋，状若轻松地挑眉，"我给第一发奖，咱不稀罕学校那破奖。"

姜温枝指尖抠着手机，咬唇控制着翻涌上头的羞臊。

他给她转钱，是觉得她斤斤计较的样子很可笑，还是觉得她就缺这点钱？

好吧，她是缺钱，似乎也真的在计较。

"这不是钱的问题……"姜温枝板着脸再次强调，"傅池屿，这不是钱的问题！

"这本该是我得到的东西，但被别人抢占了。"

虽然她没有想去拿回来，可这个道理，是傅池屿曾教过她的。

他已全然忘了。

姜温枝也不是说想让傅池屿大手一挥，鼓励她去维权到底，可不知怎么，就是陷在这个死胡同里出不来了。

尤其涉及钱，她那该死的自尊心疯狂作祟，本来已淡下去的情绪一下全面冒了出来。

"我知道你是好意，但你这样会让我觉得……"姜温枝一哽，而后接着说道，"是我假清高，故作姿态了。但是傅池屿，不管是哪一方面，我都希望我们是平等的。"

似是没料到自己这个举动会引发这样的局面，傅池屿眉心稍动，带着歉意压低了声音："抱歉，是我做法不对。"

他垂眸看她，神色正经："但姜温枝，我们从来都是一样的。"

不存在谁比谁慢一步的说法。

"对不起，我今天情绪不好，是我的问题。"姜温枝点开手机，把钱给傅池屿转了回去。

黑色手机收到转账后响起提示音，清脆短促。

傅池屿往椅背一靠，屈手挠了挠眼皮，漫不经心地开口："情绪不好，所以饭都不吃？"

他上下打量了一下姜温枝，扯唇，语调懒懒的："怎么几天不见，瘦这么多？"

姜温枝一向是吃不胖的体质，最近课业量大，连续熬了几个通宵，面色是有些憔悴，但没瘦。

她抿了抿嘴角，顺着他的话给出了一个女孩子通用的借口："我减肥呢。"

"你减哪门子肥？"傅池屿嗤笑一声，瞥了眼不远处排队的窗口，"等着，我加个菜。"

"嗯，好。"姜温枝点头。

等傅池屿走出就餐区，她的眸光仍丝毫不移地追着他，脸上更是浮现出微不可查的苦笑。

她对傅池屿的喜欢日益浓烈又患得患失，这让她不自觉把自己放到了无比卑怯的角落。

所以，不管是经济还是情感，她都希望有朝一日两人能走到平等的层面上，大方明朗。

2017 年冬。

寒假前的考试周，姜温枝做完周日兼职后，阴沉沉的天幕下，朔风裹挟着银蝶般的大雪飘落，地上早铺了厚厚一层雪泥。

她戴好帽子和手套，搭上了返校的公交车。

大约有四十多分钟的车程，姜温枝打算在车上微微眯一觉。

雪如梨花瓣纷飞，道路湿滑，车子开得缓慢不说，还走走停停。来回晃悠间，姜温枝那些微的睡意全颠簸没了。

呵出一团白气后，她摘下手套，活动几下僵硬的手指，从口袋里摸出手机刷朋友圈。

今天这样恶劣的天气，好友动态被各种飘雪的视频占据。翻了一会儿，吕昕半小时前发的一条动态跳出来，文字滑稽搞笑。

——地主家没余粮啦，没人愿意下楼吃饭的下场！谁有火腿肠卤蛋什么的吗？求接济！

配图是四桶不同口味的泡面，上方各压着平板或课本。

其中，图片最右上角隐约露出了一只瘦白的手，无名指指节处有颗浅浅的小痣。

她无比熟悉。

看着傅池屿宿舍这般惨兮兮的晚饭，姜温枝莞尔一笑，抬头看了下站点。

十几分钟后，在语音播报"信息工程北门站"的时候，姜温枝果断拎上书包下了车。

进入校园，路上行人稀少，漫天飞雪中找不到几个朝气的大学生。她没带伞，埋着头，深一脚浅一脚地往食堂去。

想着男生食量大，更何况还是四个正值饥饿的男大学生，姜温枝在食堂里好一番采购，从东窗口买到西窗口，又点了几杯热意满满的奶茶，这才往傅池屿宿舍楼去。

雪扑得人睁不开眼，计算机宿舍楼外人员凋零，她等了好半天才遇到个裹着棉大衣拿快递回来的人。

"同学，能麻烦帮个忙吗？"冷风灌进嗓子，姜温枝的声音带着几分哑意，本就清冷的面色比霜雪还淡。

她笑着再三感谢，又把多买的奶茶作为谢礼送给了男生。

提着丰盛的饭菜，不多时，男生便找到了女生所拜托的宿舍。

303紧闭的大门没尽数隔绝掉里面澎湃激烈的谈论声。

"傅哥，多亏你救场，就这一天游戏打下来，咱在外语系女生面前那绝对的雄赳赳气昂昂！"

"是啊，赢麻了，不然我和吕昕可带不动，对面女生一口一个'傅池屿学长好厉害'，要是能喊两句'宋卓学长'就更好了！"

短暂断话后，男生又听到了一道极淡清润的低声："晚上不打了，累。"

"好，我跟她们说一声！哎，傅哥，要不待会儿一起看个电影？我最近下了不少资源……"

懒得继续听，男生抬不起手，只得用脚踢了踢面前的这扇门。

"哐哐哐"三声落地，里面的声音戛然而止，门"吱呀"开了。

男生稍抬下巴，见开门的是个比他高、更比他俊的帅哥，压迫感油然而生，怔了两秒后，把手里的东西递过去，说："有个女孩捎的。"

"叫啥来着？叫……"东西被帅哥接过，男生揉了揉手腕，想了片刻还是没记起来，"好像叫什么枝……"

须臾，他看到帅哥双眸挑了下，而后吐出了三个字："姜温枝？"

"啊对，就是这个名儿！"完成任务了，男生扣紧大衣，打了个哈欠转身就走，"东西送到了，不用谢。"毕竟他奶茶也不是白喝的。

关上门，傅池屿缄默着把袋子放到了桌上。

袋子厚重，大大小小十几个，无一例外都封了口，外层浅浅覆着未化的落雪。

"这、这哪儿来的？"吕昕从上铺探出头来，看着一桌子的美食瞠目结舌，

"欸，傅哥，你去哪儿？"

回应他的只有一道极快闪出的身影和急促带门的"砰"声。

"对不起，您拨打的电话已关机，请稍后再拨……"

天穹飘落无穷尽的雪花，傅池屿悠长的喘息淹没在无声的飞雪中。

他沿着姜温枝可能走的路线跑着追寻，空无一人的校园大道上，形状不一的片絮有力地刮砸在他脸上。

出了校门，傅池屿放目远眺，一辆在风雪中行驶的 13 路公交车只撂下了个隐约的尾影，转瞬便消失在下一个拐角。

"枝枝，你可算回来了！"丁欢欢正和韩珈、岑窈趴在阳台上赏雪，听见开门的声音，三人转身走回宿舍里。

"喏，"姜温枝笑着把手里的袋子递过去，"冰糖雪梨，你们趁热吃。"

"哇，这么大雪，门口那家摊位居然还开着呢？爱死你了！"丁欢欢笑嘻嘻地接过，抛了个飞吻出去。

"嗯，今天只有老爷爷在。"姜温枝取下被雪浸透的围巾和帽子，又把已经没电自动关机的手机接上电源。

"你先暖暖。"韩珈把手里的热水袋塞到她怀里。

岑窈叉了块雪梨递到姜温枝嘴边："来，枝枝，张嘴——"

姜温枝嚼了嚼，嘴里满是甜丝丝的果味儿。

丁欢欢在旁边坐下，看着她冻得白里透红的小脸蛋，有些心疼："枝枝，你不是拿到了挺高一笔的奖学金吗，怎么还去兼职？"

捏了捏热水袋，姜温枝眉眼稍扬，好笑道："怎么，谁还能嫌钱多不成？"

福祸相依，你只需要做好自己该做的，自然会得到该得的。前段时间，姜温枝以专业前列的成绩拿到了学校最高级的奖学金。

听说隔壁宿舍挠了三天的墙皮，丁欢欢在这头笑了三天。

"不说啦，我去洗个澡。"姜温枝拿上换洗衣服就进了浴室。

好好洗了个热水澡，驱了一身的寒意出来，姜温枝只觉得通体舒畅。她一边擦头发，一边给手机开机。

屏幕闪了几下后，没解锁的页面上挂了一排未接来电。

姜温枝蹙眉，放下毛巾后点开，全是傅池屿打来的电话，几乎每隔几分钟一通，最近的是三分钟前。

姜温枝赶忙回拨了过去，只响了一声便接通了。

她轻声问："傅池屿，怎么了吗？"

对面格外静，连呼吸都不可闻。几秒后，姜温枝把手机拿远了些，确认是在通话中。

"喂，傅池屿，能听到吗？"

还是没任何声响。

姜温枝正想着手机不会是进雪冻坏了吧，对面的人忽然出声了："嗯，听得到。"

另一端傅池屿的情绪似乎有些沉，声音虽然平和，但感觉没什么力气。

"哦，那你吃完饭了吗？我去得晚了些，我们平时吃的那家炒菜关门了，但我买了其他你爱吃的。"

可能是刚刚吃了冰糖雪梨的缘故，姜温枝的声音清甜，带着笑意："对了！奶茶我特意加了七分糖，你会不会觉得太腻了呀？可冬天喝点甜的才暖和……"

"嗯。"他说，"……很好喝，饭也好吃。"

"是嘛。"姜温枝手指勾着头发，侧头看着台灯，嫣然笑着。

"你呢？吃了没有？冷不冷？"像被她的笑感染了，傅池屿的语调提高了些，不似刚才那般沉厚。

姜温枝"嗯"了两声："早吃啦，不冷，刚洗完澡呢。"

"枝枝，你和谁打电话呢？傅池屿吗？"丁欢欢歪头凑了过来。

姜温枝点头，眸里是遮不住的激漪。

"那你问问他要不要打两把游戏啊，我们白天又掉了好几颗星！"

其实这话丁欢欢说得也没底气。她白天打了一天游戏，看见傅池屿的号也在线差不多一天，但他的队伍始终是满的。

对上丁欢欢可怜的小表情，姜温枝指了指手机，正打算问，傅池屿慵懒的腔调传来："听你的，想不想打？"

猝不及防！

明晃晃撩拨人的气音就这么钻入耳朵里。

姜温枝贴着话筒的那边脸热得发烫，声音似流水潺潺："要不就，打两把吧……"

"嗯，"傅池屿声音远了些，似是把手机移开，但一瞬又恢复了，"不过，我电量不多，估摸着也就两把了。"

姜温枝："好。"

雪扑簌簌地落，但势头小了不少，不时有冷洌的寒风袭过，残风席卷后归于虚无，天地苍茫，又是寂寥一般的静。

傅池屿背靠着龟裂坚硬的梧桐树干，抬头看向五楼某个窗口。

昏黄的暖光烘托着温柔的轮廓，通明灯火里映着一个明洁善良的姑娘。

游戏里传来几个女孩叽叽喳喳却不显吵闹的声音。

丁欢欢："哎呀呀，我这是捡漏三杀啊！窈窈，你刚刚要是在我前面再扛一下伤害，那我绝对五连绝世！"

韩珈："欢子，你嚣张什么？没有傅池屿，你能拿三杀？"

丁欢欢嘟囔几声后，姜温枝轻笑撒娇的声音听在他耳里分外鲜明："不是窈窈的问题，是我，我没看到草丛有人。"

几人嬉闹中，傅池屿点开小地图，眼神久久停留在中路的法师身上。

赢了两局，手机弹出电量不足百分之十的提示，傅池屿犹豫片刻，指尖滑了几下，给姜温枝拨了个电话过去："快没电了。"

"那咱们就不玩了。"

姜温枝心想，既然傅池屿在宿舍，那充上电不就好了，又想着可能他有其他的事情，或者没边充电边玩手机的习惯，于是，她脆生生回道："那你早点休息。"

呼吸着凉得彻骨的空气，傅池屿倏地抬起眼看漆黑的暮色，有些着急地喊道："姜温枝……"

"嗯？我在啊。"

女生清新愉悦的声音传来，傅池屿瞬时仓皇低下眼，黑白不是那么分明的瞳孔里深色翻涌。

雪又开始密密麻麻地坠落，团团片片的，洋洋洒洒。他站在雪地里，发梢和双眸霎时沾上了白花。

少顷，傅池屿喉咙滚了两下，艰难地吐字："姜温枝，你傻不傻？"

"啊？"听见这话，姜温枝有些羞涩，抬着指尖拂了拂耳垂，小声问道，"是我游戏打得太菜了，拖你们后腿了吗？"

她对游戏一向没什么兴趣，打得很少，操作有些生硬，但这个学起来似乎也不难。

她又笑道："那我好好练练，等我变厉害了再和你玩！"

沉默了半晌，姜温枝才听到傅池屿的声音，他咬字极重，闷闷的，像千言万语最终凝结成一句话，"真没电了，晚安。"

他刚说完，姜温枝还没来得及开口，电话就断了线。

傅池屿在宿舍啊，随便就能充个电吧？

她狐疑地拨过去，只想把没说完的两个字说完，可只有机械的女声一遍遍重复："对不起，您拨打的用户已关机……"

好吧。

姜温枝挂了电话，打开微信。

姜温枝：傅池屿，那晚安啦！

2017年，夏至。

又一年盛夏，蝉鸣阵阵，热意蓬勃。

潭清大学打着"奔赴山海，夏天无畏无惧"的口号，很合时宜地举办了一场日落音乐节。

本次音乐节邀请了不少小众宝藏乐队，歌单刚一爆出来便在校园里掀起浪潮，在各个社团的疯狂追捧下，接连几天宣传单满天飞。

起初，对于这样的轰轰烈烈，姜温枝只有一半的兴趣，等她被傅池屿以"当天有事"为由拒绝后，连仅存的一半兴味也没了。

音乐节当天，架不住丁欢欢爱凑热闹的性子，还没到时间呢，她们宿舍便一个没少地站在了操场上。

才下午四点，场地便挤满了人。音响里放着震耳欲聋的重金属音乐，是多听几秒就能轻度耳聋的程度。

大学生仿佛有用不完的活力，多数人手持荧光棒和小型灯牌候场，平日严整的操场隐约有变身大型蹦迪现场的趋势。

还没到开场时间，姜温枝她们先在旁边学生自发组织的小集市上闲逛，塔罗牌、鲜花玩偶、水果塔、调酒吧台等一系列有趣的摊位应有尽有。

岑窈在塔罗牌前停留，丁欢欢和韩珈则在手工DIY的桌子旁坐下，姜温枝只好一个人闲散地继续往前逛着。

走了几分钟，络绎不绝的大学生中忽然冒出了个小小的身影，姜温枝一个没注意差点撞上去，等反应过来，她忙把这个乱窜的冒失鬼拉到一边。

今天学校里不只学生欢腾，貌似还来了不少家长，还有很多人带着半大的孩子。

只是这个穿搭十分潮流的小男孩看着也就十来岁的样子，怎么怀里抱着好大一捧花，是准备待会儿上台去互动吗？

没等姜温枝开口叮嘱他别在人群里奔跑，小男孩倒是先拉了拉她的裙摆，而后仰头看着她，说：“姐姐，这个花送给你！”

“嗯？”

她低头看向男孩怀里灿烂明亮的黄色玫瑰花，像是夏日还没落山的太阳，颜色纯正，干净清新，确实好看。

可什么情况？送她？

姜温枝蹲下身，轻笑着说：“小朋友，你认错人了吧？”

她确定自己不认识这个孩子，估摸着人太多，他是和家里大人走散了。

“你爸爸妈妈呢？是不是一个人跑丢了？”

“这里我熟得很，不会丢的。”男孩一本正经地摇头，把花又递近了几分，“姐姐，给你！”

这小小霸道总裁的语气让姜温枝一哂，有些摸不着头脑，狐疑地问：“我们认识吗？为什么给姐姐送花呀？”

“因为，因为……”重复了两遍，男孩圆眼亮亮的，扬声说，“因为姐姐好看！”

刚刚给他买糖的哥哥就是这样说的。

姜温枝扶额，现在的小朋友都这么早熟吗？还是她有不自知的魅力，已经可以打入00后内部了？

她无奈地叹息，顿了半分钟后，很耐心地拒绝：“要是因为这个，那姐姐不能收你的花哦。”

“为什么啊？”接连被拒绝，男孩白嫩的脸变得通红，稚嫩的声音里极具委屈。

见他嘬着嘴，一副欲哭的样子，姜温枝还真有点头疼了。

先不说他这花哪儿来的，这要是被他家长知道了，可怎么解释？

扫了眼男孩怀里的花，姜温枝绞尽脑汁找了个理由。她清了清嗓子，装作很为难地说：“因为姐姐有喜欢的人了，想第一个收到他的花。”

本以为突兀的送花事件就要结束，岂料男孩眨眨眼，想了一下便立刻说道："可我答应了别人，一定要替他送给你的。

"给你，姐姐再见！"

说话间，男孩便把花束往姜温枝怀里一塞，扭头一溜烟钻进了人群中，灵活得像一尾活蹦乱跳的小鱼。

"欸，等等……"

姜温枝快速站起来，刚想追上去问问他话里说的"别人"是谁，后方就传来了丁欢欢叫她的声音："枝枝，你咋跑这里来了？"

丁欢欢手里自在地甩着个钥匙圈挂坠，慢腾腾踱了过来："哎哟，行啊，枝枝，才一会儿工夫没见，谁送了这么大一捧花？"

丁欢欢瞥了几眼，挑眉："啧，还是黄玫瑰呢！"

"说出来你可能不信。"姜温枝无辜地耸了耸肩，空出一只手在腰际比画了一下，笑了，"大约这么高的一小朋友送的，但他好像是受人所托。"

"谁啊？还挺迂回的！嘁，当面送花的勇气都没有吗？"丁欢欢轻蔑地撇嘴，"算了，演唱会快开始了，咱们快去主区占个好位置，珈珈和窈窈等着呢！"

"可这花……"姜温枝有些为难地蹙眉，"我想还回去。"

丁欢欢伸手拨了拨含苞欲放的花骨朵，无所谓地说道："哎呀，没事儿，管他谁送的。黄玫瑰，你知道这花的花语是什么吗？"

长这么大，姜温枝只知道康乃馨代表什么，对其他的花还真不了解，老实摇头："不知道。"

"这花，要么代表友谊祝福，要么代表为爱道歉、消失的爱。"一通科普后，丁欢欢笑了两声，很不在乎，"所以啊，不论是哪种寓意，都没其他过分的意思。"

言下之意，送花之人要么是姜温枝某个同学，要么就是对方已经放下了对她的非分之念，只想简单做个告别。

虽说丁欢欢说得这么玄乎，可姜温枝怎么觉得还是送错人的可能性比较大呢？

她看了看操场上人挤人的场面，想在这里找到那个小男孩确实也挺难的，不管送错还是什么的，可别怪上她啊。

"那算了，走吧。"姜温枝把花竖着抱起，跟着丁欢欢往前走。

落日成辉，规划出来的音乐演唱区域铺着金灿灿的光。

姜温枝的步伐分明是往前迈，可冥冥中总有几分错觉，像是有张无形有力的网，在背后紧密扯住她。

像极了想留下她，又像是试图让她的步子放缓，走得再慢一些。

丁欢欢凑到前面找了个位置站定，原地等了二十多分钟后，昏暗的天色笼罩，正中央的方形炫酷舞台上灯光开始璀璨。

一阵白色烟雾弥漫后，彩色梦幻泡泡从台上飘往台下，半空中伸出无数只手试图抓住圆泡。五光闪耀间，主持人的声音响起，简短的串词后，开场一首热辣 Rap 燃爆了整个场地。

狂热律动中，浪潮里，年轻人的朝气旺盛蓬勃。

这样的人声鼎沸中，姜温枝却控制不住地失神。很奇怪，她分明被四周上下蹦跶着的人群包裹着，心底却是失魂一般，极其空落。

乐手的电吉他和架子鼓声再次掀起小高潮，沸反盈天里，姜温枝下意识回头。

人影层层叠叠，忽然，她抓住了一个瞬间。眼睫一掀，她似乎瞧见了个熟记于心的身影。

姜温枝怀里还抱着花，毫无迟疑地转身，当即从密集的人群里拨开一条窄道，大步往那个方向追去。

盛大的音乐节喧嚣繁杂，熙熙攘攘，那道刻在骨子里的高瘦影子就这么一晃，不见了。

仿佛就只是她强烈的思念下产生的如梦幻影、海市蜃楼。

姜温枝的思绪紧绷，迅速掏出手机，点开通讯录置顶的傅池屿的号码。

嘈闹的氛围中，姜温枝还能听见自己猛烈又急促的心跳，额上也因为热意有了汗珠，贴在耳边的手微微发抖。

"嘟嘟嘟……"

不知过了多久，另一头无人接听，通话自动挂断。

姜温枝舔了舔嘴角，一边往人少的地方走，一边发信息。

姜温枝：傅池屿，你来音乐节了吗？

姜温枝：我好像看见你了。

发完后，姜温枝长舒了一口气，抱着有些碍事儿的花束在操场边沿无目的地乱走，眼神倒是一刻没停，在四面八方来回找寻。

她不会认错啊。

可傅池屿要是来了，没理由不找她的。

难道是自己最近没睡好，老眼昏花了？

姜温枝在某个角落里驻足，低头踩着凹凸不平的鹅卵石小路，脑海里细细回忆着刚刚一闪而过的影子，越想越笃定。

"叮——"

傅池屿：没有。

又一条。

傅池屿：在外面，不方便接电话。

难道真出现幻觉了？

姜温枝按了按眼眶，回复消息。

姜温枝：好吧，那可能是我看错了。你忙完早点回学校呀。

傅池屿：嗯。

姜温枝最后回复了个"可爱"的表情包后，把手机胡乱塞进口袋里，情绪没由来地又降了几分。

原地发了一会儿呆后，她懒懒抬眸。

暮色四合，前方舞台光影摇曳，沸腾喧笑一刻未曾停歇，声光碰撞间，有澎湃的爱意汹涌起伏。

盛夏留不住，但爱永远有出路。

这一瞬，她无比想念傅池屿。如果把这份想念转化成声音，那一定比眼前的音乐节更震耳欲聋。

她可以不去纠结很遥远的未来，但起码下次热烈时，她希望傅池屿能站在她触手可及的地方。

2017 年，暮秋。

大三刚开学，姜温枝便被导师拉进了一个"互联网创新创业大赛"的项目里，她主要负责竞赛中有关商业市场调研分析的板块。

因为涉及市场背景调查以及数据整合，姜温枝这段时间起早贪黑地忙碌着。除了上课，她要么泡在图书馆，要么就跑市场，连舍友都没怎么碰上面。

就么昏天黑地打转的两个月里，百忙之中，她只能靠微信和傅池屿维持断断续续的联系。

九月底，提交完最后一组案例设计后，姜温枝抛却枷锁束缚，一身轻松地走出了实训楼。

一年中的第十六个节气，秋分，上周已过，校园里一派硕果累累的风光。

因为国庆节假期要调休，所以今天要补一天的课，但他们班运气好，补的这天刚好只有上午两节课，所以丁欢欢和韩珈回家的回家，周边游的旅游去了，好不潇洒。

踩着枯黄的落叶，姜温枝走得很慢。秋季明媚但不灼烈的光洒在身上，暖洋洋的，很舒服。

晃悠了许久，她在一条长椅上坐下。

晚霞橘红，每呼吸的一口空气里，都漂浮着金桂馥郁的香味儿。姜温枝合眼靠在椅背上，身心十足轻盈。

这一刻，她忽然觉得人生无比充实又灿烂。

学业向上，傅池屿在旁，这不就是她这些年心心念念的吗？

姜温枝：傅池屿，明晚你有时间吗？

姜温枝：我请你吃饭吧，有事情想告诉你。

霞影灼灼，一点点晕红了姜温枝的脸，趁着满心腾聚的充实感，她给傅池屿发了信息。

她说过，下次热烈的时候，希望有傅池屿在她身边。不知怎么，她忽然不想再遥遥无期地等了。

既然近来天清气朗，秋意澄澈，那不如就把明晚定为下一个时刻吧。

傅池屿：忙完了？好，正好我也有事和你说。

傅池屿：见面说。

姜温枝：嗯嗯。

翌日。

生物钟的驱使下，尽管昨天熬夜到凌晨，但姜温枝依然早早睁开了眼。

偌大的宿舍就她一个人，左邻右舍似乎也没动静，整层楼安静得能听见外面簌簌的风声。

姜温枝打开手机播放轻音乐，先是干劲满满地把宿舍打扫得一尘不染，而后慢腾腾地洗了个澡。

挑选衣服，戴上饰品，化妆，一番倒腾后已经到了中午。

准备出门时，姜温枝站在全身镜前。

她化妆技术一般，妆容谈不上精致，但也清雅自然。衣服内搭酒红色收腰鱼尾裙，外面是浅色风衣，配上黑色短靴拉长比例，身姿更显纤细。

她曾经清瘦的五官轮廓已经完全清晰，举手投足间也隐隐有了几分气质风情。

把提前准备好的东西塞进包里，姜温枝悠然关上了宿舍大门。

搭上专线公交车，在约定吃饭的商圈下车后，姜温枝有目的地停在一家店铺门前。

今天多云，不见太阳，天光稍显沉闷。这家叫"一枝怦然"的花店开了橱窗灯，暖色调的灯光洒在窗棂上，掷出浅灰的暗影。

门口木架子上堆满了多肉和绿植，紫色迎客风铃随风摇摆，一只圆润的橘猫慵懒懒地趴在地上。或许是心情不佳，它正垂着脑袋打哈欠，样子实在滑稽可爱。

"下午好！小姑娘，想买什么花呢？"半扎着温柔丸子头、打扮淑女的老板娘迎了出来，脸上带着标准的礼仪微笑。

"您好，我想买……"姜温枝的目光从一室的鲜花上快速略过，唇边带了点弧度，轻声说，"买告白的花。"

"噢——"

老板娘的眼里快速闪过揶揄，一副"我懂了"的暧昧笑脸。

她的花店开在大学城里，来买花表白的男生多不胜数，但主动的女生真不多。

"那我来给你介绍介绍吧。"老板娘带着浪漫的口吻说，"红玫瑰你肯定知道，代表热烈的爱，是比较常见的。三色堇呢，是深深地思念，也不错！"

姜温枝跟着老板娘一路走过去。

"还有这白玫瑰、雏菊、向日葵……"

"老板，"姜温枝出声打断，"我能都要一点吗？"

"啊？"老板娘一愣，停下了推荐的话，偏头看她。

"这个，这个，这几种，我都要。"姜温枝伸手点了几样，而后认真地问，"还有，我能自己包装吗？"

"当然行。"省得自己动手了，老板娘自然乐意。

像是想到了什么，她拧着眉，迟疑地问："但你会包花吗？"

包花自然不难，可不是人人都能搭配得好看的，何况是表白这种重要的场合，怎么也得包得出挑一点吧？

"嗯，昨晚我看了一些教程，"姜温枝点头，"应该没问题。"

她的动手能力一向强。

"那行，你自己挑吧！那边桌上包装纸、丝带应有尽有。"老板娘比了个肯定的手势，一脸和悦。

"谢谢您了。"

挑了心仪的花品后，姜温枝站在桌前开始动手。

本以为这个瞧着年纪不大的女生刚才只是随口说的，可当老板娘看到她包装手法娴熟、各种鲜花搭配巧妙后，不禁夸赞道："姑娘，你这么用心，喜欢的男生一定也很优秀吧？"

手里锋利的剪刀划过透明包装纸，发出"滋滋"的悦耳声，几张画报牛皮纸错位重叠，很快被折出分明的褶皱。

听到老板娘的话，姜温枝抬头笑了笑，并没有正面回答。

过去的那些年，她从未在任何一个人面前表露出自己的心意，但自从她下定决心表白开始，好像一切情思都藏不住地冒了出来。

或许今晚之后，她再也不需要掩盖自己的一腔心意了。

等老板娘回了柜台，姜温枝把丝带系成蝴蝶结，才动了动唇，无声地说：嗯，很喜欢他，他很优秀。

但这句喜欢，她想第一个说给傅池屿听。

下午五六点的光景，随着黑云压顶，天色逐渐暗淡下来。街上路人皆行色匆匆，但这样的环境却没给姜温枝带来任何影响。

一路上，她捧着鲜花，脚步轻盈欢快地往约定的餐厅去，脑海里构思了七八个告白的开头，来回删减修改，苦恼着怎么样才能把这浓烈的喜欢用语言表达出来。

就只是这样胡乱想着，她脸上的期待和甜蜜就怎么也遮不住了。

在街尾找到那家装修复古的西餐厅，姜温枝站在门口抚了抚胸口，又做了几个深呼吸后才踏进餐厅的门。

黄金假期，但此刻吃饭的人还没有太多，姜温枝只抬着目光略微环视了一下，刹那间，脸上漾着的笑还来不及收敛分毫，眸光就顷刻停滞了。

主调红绿色的角落里，几盏雕刻烛台点缀着浪漫的氛围，傅池屿坐在那里，一如既往的英俊落拓。

而他的旁边，赫然还有个她从没见过的陌生女生。

两人说说笑笑，并排坐在餐椅上，正对着餐厅的门。

女生长相姣好美艳，嗔喜间娇态尽显，细嫩的手腕搭在傅池屿的肩上，正歪着头凑得很近地和他说着什么。

而傅池屿眉眼深邃，薄唇淡淡弯着，稍抬下颌，轻描淡写的两句话惹得女生笑意连连，粉腮边还勾起了两个酒窝。

和傅池屿侧脸撞上的一瞬，姜温枝的心头骤然紧缩，活脱脱有一种锐利刀片划过喉管的错觉，空气一下变得稀薄了。

似乎是她静止不动的行为和这热闹非凡的餐厅氛围不符，又或是服务生连续两遍"女士您好，欢迎光临，请问几位"的声音过于大，她看见傅池屿撑在桌上的一边手肘放下，随后懒散地掀起眼皮看了过来。

　　不知道是不是她的错觉，两人眼神刚刚交汇的那一瞬间，傅池屿瞳孔里云淡风轻的笑似乎暗了一下。

　　来不及思考，姜温枝先败下阵来，迅速低下目光，巨大的错愕转瞬即逝。她强迫自己拉了拉嘴角，试图把一向温和的笑意显露出来。

　　"女士，请问您有预约吗？"服务生再次问道。

　　"和我们一起的。"傅池屿走了过来，冲服务生打了个招呼。

　　他的眼神在姜温枝身上扫过，视线停在了她怀里那束暗香浮动、绿白素雅绽放的鲜花上。

　　姜温枝单手捧着花，指甲无意识地抠着包装纸，骨节泛白透光，另一只手不着痕迹地从侧边伸进单肩包里，把那个露出边角的信封压了下去。

　　"我……来得……不晚吧？"

　　愣怔几秒后，姜温枝听见了自己无比僵硬沙哑的声音。

　　"没有，"傅池屿引着她向前走，淡淡偏了偏头，笑着说，"是我们来得早了。"

　　轰隆隆！

　　平地惊雷，一声巨响猛地在半空炸开。

　　外头沉寂的黑空一闪，细长的电流划破漆黑的穹顶，划拉出一条波谲云诡的弧度。天色骤然暗下的同时，狂风骤雨突袭，豆大的雨点噼里啪啦地砸向地面。

　　突如其来的雷电让姜温枝陡然打了个冷战，眼里瞬时氤氲起比室外黑云更浓重的阴郁，连暴雨也冲刷不掉。

　　她倏地抬眸看向傅池屿。

　　他刚刚说，"和我们一起的""我们来得早了"……

　　是排除掉了她。

　　是他和另一个女生的并称。

　　是莫名有些熟悉，然又令人惊悚恐惧的……

　　"我们"。

　　这两个字当头砸下的那一秒，姜温枝的思绪闪白又闪黑，瞬息便回到了高三。

　　明明没过去几年，可高中仿佛已经是很久以前的事情了。那时，傅池屿也曾把他和施佳并称为"我们"，而她，是别人。

　　到此时此刻，时间、境况皆已不同，可不变的是，她依旧不是"我们"。

　　餐厅里有人弹奏着古典钢琴曲，高雅悠扬，姜温枝坐在两人对面。

　　"我女朋友，"傅池屿揽着女生的肩，眸光闲散地投过来，声音淡得听不出情绪，"阮茉茉。"

女生笑态嫣然，梨涡微陷，眸里似含着盈盈秋水："你好呀，池屿说今天带我见个人，没说是个好看的小姐姐。"

"她……"话锋一转，傅池屿瘦长的手指圈起茶杯一饮而尽，极薄的眼尾上挑。

"她是姜温枝，"他对他女朋友这样介绍，"我的，初高中同学。"

"你好。"

说着，姜温枝把手里的花束递给阮茉茉，笑得很是大方得体，仿若对面坐着的傅池屿就真的只是她的初高中同学。

"谢谢，我叫你温枝吧，你叫我茉茉就行！"阮茉茉一双桃花眼，弯起来纯净又娇媚。

她似乎是个极活泼的性子，接过花后捧在手里开心道："好特别的花束。"

花的种类杂，但大多是绿和白的配色，让人眼前一亮。

"白茉莉，三色堇，栀子花，呃？这是什么？"阮茉茉指着细杆嫩绿、白瓣似雪、粉蕊点缀的小花骨朵，"这花没见过，池屿，你认识吗？"

傅池屿一瞥，摇头。

"温枝，你买的，你知道这是什么花吗？"

看着肩膀靠在一起，无形中透露着亲昵的两人，姜温枝低垂着眉，唇边的笑意已然僵化，佯装随意地回道："不知道，路边有人在卖花……我随便买的。"

"好吧。"阮茉茉不再好奇，随手把花放在一旁。

姜温枝的余光从两人身上移开。

阮茉茉问的那是荞麦花，它代表着"恋人"。

这花果然应验，她对面的两人可不就是恋人？

餐上齐后，姜温枝自认为的硝烟场因为阮茉茉甜妹的性格，气氛却也没那么僵。

大部分是阮茉茉挑着话题活跃气氛，傅池屿偶尔淡声搭话，姜温枝负责回应。

"……是吧是吧！"阮茉茉放下调羹，一挑蛾眉，似控诉又似甜蜜，"我跟你说，池屿可难追了呢。我给他买了半个月的早饭，一下课就去堵他。"

说着，阮茉茉娇嗔地偏头，而后撒娇道："温枝，你说他过不过分？"

"他、他很好，不是……"姜温枝像咬了舌头，语无伦次，眼神飘忽着，实在不知道往哪儿看，偶尔对上傅池屿深邃的黑瞳更是狼狈。

"我是说，他是挺难追，呃，也不是。"姜温枝狠劲儿掐了掐手心，艰难地确定了要说的话，"是挺过分的。"

听到她磕磕绊绊的结论，傅池屿哂然一笑，搭在桌边的手不自然滑落桌面。

姜温枝极力克制着眼底的波动，让自己维持住泰山崩于前也面不改色的冷静。

可面对阮茉茉的鲜活，她简直像路边随手拉来的凑食客，多余至极。为了掩盖这份慌乱，她开始跟着闲扯："你们，什么时候认识的？"

又是什么时候在一起的？

"说来都是缘分，我俩同届，之前我就听说计算机系有个巨帅的男生，然后这学期开学他们正好举办了个舞会。"

"接着嘛——"

阮茉茉拖着尾音，眉眼带笑地说："我就对他一见钟情啦！第二天就堵他表白，可他不理我，那我就更来劲儿了，就缠着他呗。"

"早中晚一起吃饭，陪他上课，哦对了，连他们系的老师都认识我啦……"

"你吃这份。"傅池屿把切好的牛排换到阮茉茉面前，拿起叉子递给她。

"哦。"爱情故事阮茉茉正说到兴头上，冷不防被他一打断，仿佛也意识到了自己话太多，于是吐了吐舌头，直接说结局，"就女追男呗，把高岭之花拉下神坛。"

阮茉茉声音婉转，美目流动间若有莹光。她斜着肩碰了碰傅池屿，两人目光短暂对上。

一个笑意盈眸，一个浅淡回应。

"嗯，你们很好。"看着旁若无人、深情缱绻的小情侣，姜温枝眼睫颤着，哽声道。

阮茉茉回答的是她的问题，她理应为这段美满的爱情发表看法，送上祝福，乃至鼓掌叫好。

一、个、月……

他们才认识一个月，满打满算，在一起应该还不到半个月。

这种感觉就像是姜温枝在枯乏的岁月里找到了一处宝藏，万分珍之藏之，日夜不敢忘。她拿着得用放大镜才看得见的袖珍小铁锹，哪怕再急如星火地想接近它打开它，可又极端地惶恐不安，生怕自己太用力会磕掉宝藏的一点点表皮。

那么漫长的时间熬下来，就在她自认为只差临门一脚时，忽然有人开着大型挖掘机后来居上，只一爪子下去，瞬间就铲平了她的宝藏，一锅端走了不说，连碎泥都没给她留下。

甚至半空路过的飞鸟都在嘲笑她的无能。

姜温枝不敢抬头看两人，压着疼挛的手拿起茶杯猛灌了一口，滚烫的沸水刚一入嘴便烫得她舌尖发颤："嘶……"

"急什么！"傅池屿眼神蕴含沉色，反应迅速地抽了张纸巾递上。

"没事儿吧？"阮茉茉担忧地看她。

"哈哈哈，没事没事……"姜温枝没去接傅池屿手里的纸巾，手掩着唇倒抽气。

缓了几秒后，她耷拉着眉眼窘迫地说道："茶有点烫，你们先别喝。"

在阮茉茉生动的衬托下，她更丢盔弃甲。

傅池屿目光一凛，收回了手。

"没事就好，尝尝他们家的牛排吧，趁热吃，很鲜嫩的。"阮茉茉很有经验地安利，"还有这个香煎鹅肝，入口即化！"

姜温枝点点头："好。"

"可惜我这两天身体不舒服，池屿不让我喝酒。"阮茉茉一脸惋惜地道。

姜温枝还没想好这句话怎么搭腔，傅池屿随口回道："姜温枝不喝酒。"他单边扬眉，冲姜温枝稍抬下颌，漫不经心的样子，"她喝酒上脸。"

极随意的语气，气氛却陡然静默了下来。

阮茉茉撇头看他，眼神不明。

姜温枝也掀起睫羽，微不可查地瞟了他一眼，但又飞速把眼神挪到阮茉茉身上，扯了扯唇："我们……"

倏地意识到了什么，她嘴角骤然一顿。

须臾间，姜温枝咽下说了一半的"们"字，仓皇改口："我和他，之前在高三毕业聚餐时喝过一次。"

想了想，她又补充："几个班一起吃饭的那种。"

这一回，轮到对面两人齐刷刷看她了。

傅池屿嗤声一笑，额前垂落的刘海极显恣意。他勾了勾眼尾，语气不明："你记得倒清楚。"

听着他不咸不淡的话，姜温枝额角抽了抽，面色尴尬发青。她不知道自己这番充斥着解释意味的话是在干什么。

怕阮茉茉吃醋误会？还是昭告大下，她和傅池屿真的就是纯洁如水的同学关系？

你看，大学两年过去，他们再没一起喝过酒，多纯粹的友谊。

"这样一说，你们认识好多年了呀，真好！"阮茉茉并不在意的样子，莞尔一笑，"听池屿说，温枝你是个学霸啊，你什么专业的？"

"金融方面。"

"哇，好厉害。"阮茉茉由衷感叹，"我是传媒艺术，感觉学了也没啥用。不过也是了，咱们虽然在一个大学城，但潭清大可不是我们学校能碰瓷儿的！"

"都一样，没什么区别的。"姜温枝说，"你们的专业也很好。"

"哎？"阮茉茉忽然俯身凑近了些。

她俩本就面对面，这样突然拉近的距离让姜温枝一怔，她甚至可以在阮茉茉浅色瞳孔里看见自己并不清晰的倒影。

"怎么了？"

"温枝，你眼睛怎么红红的？"阮茉茉皱眉头的样子也很是明艳。

姜温枝觉察到傅池屿也在瞧着她，不觉低了低头，闷声道："可能，我今天戴了棕色的美瞳，还不大适应。"

"那回去滴点眼药水舒缓一下。"阮茉茉坐了回去。

"好，谢谢。"

饭毕，三人走出餐厅时，外面骤雨未歇，说是瓢泼也毫不过分，雨幕又黑又凉。

这秋雨来得仓促，毫无预兆，不少人聚在门口停步不前。

阮茉茉面色有些急，攀着傅池屿小声说："苗苗没带宿舍钥匙，催着我赶紧回去呢！"

傅池屿瞥了眼几十米外隔着绿化带的车，利落地脱了外套："车开进不来，你俩顶着衣服过去。"

"这个给你们。"

姜温枝从包里掏出雨伞递给两人。

阮茉茉接过，语气惊喜："温枝，你太有先见之明了吧！"

姜温枝笑而不答。

傅池屿淡淡看了她一眼，从阮茉茉手里拿过伞打开，走到另一边，让两个女生站在一起，随后把伞柄伸到姜温枝面前："那正好，你们撑伞上车。"

"我先送姜温枝回去。"像拿定了主意，他挑眉对阮茉茉散漫地说，"你那室友不差这会儿。"

"那、那行吧。"阮茉茉答应得迟疑。

"不用了。"姜温枝没接伞，也没看这两人，只扬声否决了这个提议。

她眉梢勾着很轻松的笑，声音在落雨中也显得柔和："这里刚好在两所学校中间，雨这么大，还是别绕路了。"

不安全，也不顺路的。

不顺路了。

"不行。"傅池屿第一时间拒绝。

他这个反应在姜温枝意料之中，她太懂他了。

"我已经打车了，几分钟就到。"姜温枝摇了摇手机上的打车页面给他们看，只一霎便熄屏。

她又拍了拍单肩包，笑得很明媚："而且，我还有一把伞。"

傅池屿深沉的目光紧紧睨着她，没说话。

阮茉茉看了眼渐大的雨势，抿了抿嘴，说："池屿，雨越来越大了，一会儿路该不好走了。"

"姜温枝。"傅池屿出声。

姜温枝扬着笑看向他。

许久，傅池屿的喉结滚了两下，牵着唇线重重吐出几个字："你确定？"

"嗯。"姜温枝还是笑着，"我确定。"

"行！"傅池屿勾过阮茉茉的肩膀，把大半的伞面遮在她身上，偏头，最后说道，"到学校回我个信息，我们先走了。"

姜温枝的眉眼仍弯着，眸光跃动，声音虚得能被风雨轻而易举地打散，像是无意识发出的声音："开车注意安全。"

"等等，温枝，我加你个微信吧！"阮茉茉稍低头，从伞下伸出手机。

姜温枝配合得极快，打开二维码递了过去。

"OK，记得通过啊！那我们回啦，再见！"阮茉茉摇了摇手道别。

姜温枝点头："拜拜。"

两道背影逐渐和她拉开距离，一高一低。

她这个角度可以很明确地看见傅池屿稍弯着脊背把阮茉茉护在怀里，两人贴得严丝合缝走在雨地里，彼此依偎着向前行。

他们就这么一步一步，踩着噼里啪啦的雨点，少顷就消失在了前方。

紧绷了一晚上的弦顷刻"砰"地断裂，姜温枝整个人颓丧地半靠着外墙，脸上霎时血色尽失，惨白骇人。

她费劲地抬起僵直的脖颈，似乎还听见了骨头"咔嗒"一声。

大雨斜着从遮帘砸下，摔落在她浓密的睫毛上，打得人睁不开眼。像被人兜头泼下一桶冰水，姜温枝被冻得从发丝到脚趾都在战栗。

她用尽气力在暴风雨中掀开眼皮，试图直视这不讲道义的老天。

玩我呢？

就这样靠在餐厅门口站了半个多小时，姜温枝躬身捶腿时，手机响了。

屏幕上闪动着"傅池屿"三个字。

她指腹划过，按掉了来电，转而打开了微信。

姜温枝：已到。

傅池屿回得光速。

傅池屿：好，早点休息。找时间把伞送给你。

姜温枝：不用。

发完这两个字，她切换后台，点开打车 App。

她没有撒谎，从餐厅出来时她真打了车，只不过今天是国庆假期，又是这样的天气，她的订单正排队呢。本来在一百五十名开外，经过她半小时的等候，现在已经排到第一百零一位了。

系统贴心提示她，预计一个半小时后，她就能坐上车，回去温暖的宿舍了。

"女士您好，因为天气原因，我们要提早打烊了。"穿着红色制服的服务生走了过来，礼貌地说道。

"不好意思，添麻烦了。"

姜温枝侧身略颔首后，潇洒地取消了打车订单，把手机塞进防水袋才扔到包里，随后在服务生震惊的眼神里，面不改色地一脚踏进了滂沱暴雨中。

雷雨晦暝，嫩枣大的雨珠打得人眼眶生疼。

银河倒泻，路旁积水已经淹没至小腿，姜温枝陷在黑暗中，全身刹那便湿得彻彻底底。她仿若放飞自我，也不在乎了，只慢慢走着。

雨水顺着脸颊蜿蜒，疯狂眨眼间，姜温枝甚至还有几分闲情逸致去欣赏路边被打落得惨兮兮的花。

等她龟速来到离得最近的站台时，她才恍然发现，公交车早已开走了，她错过了最后一班。

姜温枝疲惫极了，用手抹开坐凳上的水，脱力坐下休息了一会儿，思绪杂乱得像盲人缠的毛线，完全找不到头绪来清理。

放空了半晌，姜温枝拧了拧风衣下摆的水，轻声安慰着自己："没关系的……没关系。"

她声音颤抖："这不是第一次了。"

这样的事情，她不是早就经历过了吗？

可不知是不是今晚的雨太凉了，姜温枝的内心晦暗至极。她隐约觉得这次和从前的情况不一样了。

他们不是从前懵懂的少年了。

姜温枝拨开粘在脸上的发丝，睫毛上挂着晶莹，似水似泪，就是不落下。

为什么啊？除了那层窗户纸没捅破，她和傅池屿不是早已经玩得很开心了吗？

她已经变得越来越好了，她只是忙了一段时间没有联系他而已。

为什么？

阮茉茉除了漂亮一点，性格有趣一点，身材好一点，其他……

没有其他了。

时光从来偏爱勇敢之人，傅池屿也不会等她做足万全准备。

姜温枝啼笑皆非地摇了摇头，再次走进雨中。

飞速行驶的车辆从她身边接连闪过，或许是微弱的路灯光在这样的雨夜没起到任何作用，无一辆车减速。不多时，她本来只一身水，现在又被溅了一身泥。

她的视线在晚上从来都不好，加上睁不开眼，只能紧贴路边走。模模糊糊间，一辆打着双闪的出租车停在了她旁边。

"姑娘！你要去哪里啊？我捎你一程！"司机开了车窗，脸红脖子粗大吼，这才压过了骤雨声。

姜温枝剧烈摇头，脸上和头上的雨水四处甩开，眨眼间又被浇湿。

"谢谢您，师傅！不用了。"她也拼尽全力地回喊，"我，我已经走到头了……"

风雨交加的深夜，道路上晃晃悠悠走着一个孱弱的女孩，偶然电闪雷鸣间，她脸上白得像雪，黑瞳却深得看不见底，毫无一丝光亮。

再回头看一眼身后幽黑的大道，司机不由得一身汗毛直立。

这哪儿到头了？

雨刷器"嗒嗒"摆动着，想了想，他还是善意提醒："小姑娘啊，前面路上水深难行，你还是掉头拐弯，换条道走吧！"

说完，他关上车窗，一踩油门离去。

姜温枝的眼帘已经掀不起来，脚步趔趔趄趄地蹚着水，薄弱无力的话就这么被狂砸下来的雨点淹没。

"不，我不拐弯！

"我走了这么久，怎么能拐弯呢？凭什么要拐弯？我拐不了弯的……"

她要迎着当前的道路直行。

一直直行。

暮春好时节，群莺飞舞，红花绿草生长。

姜温枝拉好校服拉链，又把胸前"风斯一中"的校牌端正，背着粉白书包，哼着欢快的小调踏进了五班教室。

"学霸早啊！"曹宇硕打着哈欠，细嫩的脸上有薄薄的青眼圈，"对了，数学综合卷你写了吗？借我对对答案行吗？"

"不行，得自己写。"姜温枝佯装严肃挑眉，一下戳穿了他的小九九，组长气派拿捏得妥妥的，"你要和傅池屿学学，他最近上课可认真了。"

"和谁学？"曹宇硕拍脸的手停住，狐疑地问，"傅、傅什么？"

"傅池屿啊，喏，他就坐在我对面，他马上会踩着铃声来的。"姜温枝笑着回道。

"啊？"曹宇硕瞪大了眼，语气古怪，"你对面，不是李书磊吗？"

以为他又在恶作剧，姜温枝随手拿了一本她对面课桌上的书，翻开首页："你现在玩笑说得一点儿也不好，你看，这不写着……"

姜温枝低睫稍瞥，眸光忽然一凝，笑容也停滞了。

数学书右下角龙飞凤舞地圈着草书，可不难辨认出字迹。

初一五班
李书磊

"傅池屿呢？"姜温枝强撑着笑，把她这组的学员挨个对上学号。

除了傅池屿外，一个不差。

她惊恐起身，把四张桌子八个位置，包括她自己的书桌都一个个翻了个遍。

依旧没有傅池屿。

见她如此焦灼，曹宇硕挠了挠头："组长，你别找了，我们班没这人。"想了片刻，他确定地补充，"整个年级也没听说过。你知道的，我最爱串班了……哎！组长，你去哪儿？"

姜温枝神色张皇地冲出教室，逢人便拦住人家，只问一句："傅池屿呢？你看见傅池屿了吗？"

从笃思楼问到慎行楼，二三十号人都面无表情地摇头，回答也是如同商量好的一致。

"谁？没听过，没这人。"

姜温枝的脚步越发虚软，突然，她看见了前面升旗台下，钱青山和李正东正背着手聊天。

像抓住了最后一根救命草，她跌跌撞撞跑过去："主任，老师——"

"姜温枝，上课时间你乱跑什么呢？"李正东笑得慈祥，提着保温杯的手冲她晃了晃。

"李老师，傅池屿呢？钱主任，您看见傅池屿了吗？"

"谁？"钱青山问。

姜温枝抹掉脸上的泪，急切地问："傅池屿啊，那个会打架，常给您惹事，让您生气的傅池屿啊！"

李正东和钱青山对视了一眼，齐齐说："没听过这个学生，你赶紧回去上课！"

再也撑不住了，姜温枝小腿一软，摔倒在地上。她四周骤然升起白色浓雾，只一瞬便将整个天地掩盖。

姜温枝硬咬着牙站起，在重重雾气里，她一路奔跑，穿过熙熙攘攘的街道和车流。

画面一转，她停在了赤瑾一高的理科楼——这是熟悉到刻在她记忆里的存在。

姜温枝跑过 A、B、C 班，径直推开了 D 班的门。

辛元德正站在讲台上，怒眉训斥最近 D 班的风气太差，下课追打嬉闹不安生，大部分人的成绩也是一落千丈。

见她推门，辛元德像是极为惊诧，沉声问道："姜温枝，你不在班里好好考试，来 D 班干什么？"

姜温枝充耳不闻，疾步走到最后一排靠窗的位置。

一个无比陌生的男生坐在那里。

桌面乱七八糟的，有吃了一半的零食，有揉捏狗啃般的试卷，还有喝了一半的可口可乐。他的手还缩在课桌里打游戏，只瞥一眼，战绩特别难看。

姜温枝深呼吸，蓦地一把揪住了他的衣领，扬声喝责："你是谁？你怎么坐在这里？"

"这是傅池屿的位置！他人呢？"

"咳咳……"男生涨红了脸，挣脱。

随即，这位男生、D 班全体，还有德哥，皆一脸茫然地告诉她，没傅池屿这个人。

姜温枝合上双眸，眼尾的泪再也挂不住，流泻而下。

她魂不附体地出了教室，走出这栋楼，失魂间竟停在了操场的红绿跑道上，蹲了下来，抱着膝盖把自己缩成一小团。

良久。

"小组长！"一道清脆利落的少年声音响起，语气俏皮调笑，"小组长，咱们下节什么课啊？"

姜温枝尚未抬睫，眼里又盈满眼泪，捂着嘴缓缓站起来。

清瘦颀长的少年傅池屿站在她面前，五官那样稚气干净，眉宇清澈，眼尾略略上挑，正意气风发地看着她。

不去想为什么初中的傅池屿会出现在赤瑾的操场上，姜温枝迅猛跳起，紧紧抱住了他。

她的身体控制不住地发抖，可这并不妨碍她用力至极去抱他。

这几秒，姜温枝把全部力气都压在傅池屿身上，泪珠划过脸颊坠落在他的肩上。

"傅池屿，你跑哪儿去了……呜呜呜……我到处找你，到处也找不到……

你去哪儿了呀……

　　"你别、你别吓我，也别，别抛下我一个人……

　　"傅池屿……能不能别让我找不到你……我害怕死了……"

　　尽管这一天处处透着诡异和不合理，可此刻，姜温枝好像真的抱住了这个少年，因为她能清楚感受到傅池屿身上温热的气息和冷凉的木质香。

　　这是她满心觊觎了这么多年的月亮，她要把他牢牢抱在怀里，再不撒手。

　　良久，姜温枝停止哽咽，再哭不出眼泪，才从少年肩上抬头。

　　泪眼蒙眬，下一瞬，她看见傅池屿棱角分明的下颌稍低，极淡地挑了下眼尾，疑惑地问："你是？"

　　姜温枝半张着的唇还来不及闭上，猝然怔住了。

　　傅池屿清俊的眉头微蹙，黑亮的双眸一凛，试探性猜测："姜、姜温枝？初高中同学？"

　　姜温枝的手蓦然垂下。

　　残留泪水的眼眶泛起潮气，她猛烈摇头，声音哀凄地请求，嘴唇颤抖着傅池屿，对不起，我错了，我以后不说喜欢你了，我们就做朋友，好不好？

　　"你别，你别喜欢别人，行不行？"

　　傅池屿一抬眼，眸中流露出不耐烦，更多的是漠然。

　　"借过。"他冷声说，"我女朋友来了。"

　　而后，他眼神不再停留，大步从她身边走过，一秒都没迟疑。

　　姜温枝笨拙地转身，透过他，看见金黄的梧桐树下站着一位笑语嫣然的女生。看见傅池屿走过来，女生歪了歪头，眨眼，随之笑盈盈地挽上了他的臂弯。

　　两人一起走进迷雾中。

　　白烟开始弥散，姜温枝抬手想去抓两人的背影，可挥了几下都是徒劳，一切即刻化为虚无。

　　现实场景开始清晰，只余她坐在地上撕心裂肺地疼。

　　"傅池屿！傅池屿！

　　"傅池屿——

　　傅池屿！

　　姜温枝的意识猛地一颤，肘弯撑到了硬的木板。她借着这股强大的后劲陡然坐了起来，力道过大，不知胳膊撞上了什么，直磕得她钻心地疼。

　　一阵心悸绞痛后，她半扶着身子大口喘气，才发现从头到脚出了一层虚汗。

　　周边黑得吓人，静得可怕，仿佛只有她浅弱的呼吸声，不知在何地，也不知今夕是何夕。

　　内心残留的恐惧和落空无限放大。

　　缓了很久，姜温枝的眼前仍一片幽暗，脑子空洞，浑浑噩噩的。

　　她捶了捶头，努力回想自己这是怎么了，摸着被汗打湿的软被，才发觉自己在宿舍。

　　现在好像是国庆假期，舍友都回家了。

那她呢？

她为什么在这里？

为什么没回家？

是了，傅池屿说国庆不回去，打算在潭清玩玩。然后……然后她昨晚是不是去见了傅池屿？还一起吃了饭？

像老式电脑开机，各种细节一条条清晰地在她脑海里映现。

突然想到了什么，漆黑中，姜温枝从枕头下摸出手机。

她手忙脚乱地解锁，双眼快速眨着。

通讯录里有傅池屿的电话。

相册里有偷拍傅池屿的照片，还有从初二到现在，每年除夕八点半她给傅池屿发的"新年快乐"的对话截图。

微信点开，最上面有傅池屿发来的未读消息。

是她"不用"两个字后，他回的一个"嗯"。

姜温枝倏然松了口气，劫后余生般地庆幸，那个让她惧怕到哭醒的噩梦是假的。

没有那些乱七八糟的事情，傅池屿这些年是真的存在的。

姜温枝如释重负。

返回微信主页面，下方有条新的好友请求添加的通知，头像是一个娇美的女生，不太认识的样子。

姜温枝随手点开，懒懒地瞥了一眼。

对方发来的备注是"傅池屿的女朋友"。

"嘭！"

小臂没撑住上半身的重量，姜温枝瘫躺在床上。手机一个没拿稳，重重砸在了鼻梁上，酸疼感让她一下红了眼。

从眉毛到眼眶都发肿发疼，脸上的肌肤更是热得烫手。

宿舍晦暗如深渊，她下坠万丈悬崖。她怎么忘了，那顿饭上还有第三个人，傅池屿的……女朋友。

傅池屿介绍了他的女朋友给她认识。

饭后没打到车，她淋了两个多小时的雨，回到宿舍冲了个澡便爬上了床，接着便人事不省了。

这是她潜意识里拼命想否认，却真真实实发生了的事情。

喉咙哑得生疼，头痛欲裂。

姜温枝双手交叠覆在额前，眼皮一下下抽搐着。

是久违的高烧的感觉。

原来时间真的没办法证明任何事情。她用了那么久才走到傅池屿面前，而阮茉茉只用半个月就牵了他的手，成了他身边的人。

游戏还没开局，她还没公平竞争，就直接被淘汰踢出去了。

她真的受够了！

为什么总是这样一而再，再而三地发生这样的事情？

为什么?

已经第三次了,她真的受不了了!

她可以在傅池屿多次和别人解释他俩只是朋友的前提下,继续努力向他靠近,她有的是时间和耐心。

因为他的一句"不想恋爱",她也可以极力克制着自己的热烈,静待时机。

可为什么到头来还是这样的结局?

这一刻,姜温枝忽然有些恍过神来了。

他们所有的相处或许在傅池屿眼里都只是稀松平淡的日常,只在她这里才是每秒都刻骨铭心。

没她,他依旧会吃饭、游玩、放烟花。

讲座没听满,会有代打卡服务。

他这么聪明,英语四级只要稍微下点功夫,自然是能过的,并不需要她熬夜整理资料。

一切的一切,都源于她把自己看得过于重要了。

她满心以为他们之间只差一步了,就一步。可她错了,这一步远如银河,是她永远也迈不过去的。

姜温枝隐隐有种惊悚的胆寒,这条她走了许多年的路,大概是要到尽头了。

清月难圆,与傅池屿并肩而行的人,兜兜转转,始终不会是她。

她大抵是真的失去他了。

姜温枝跌跌撞撞下了床,搬了凳子坐到阳台上。

已经是三号凌晨了,那场暴风雨早已过去,磅礴汹涌的黑暗一瞬间就吞噬了她。

她有夜盲症,从来看不见星星,月亮也看得模模糊糊。今天是半弯,月亮一点儿也不圆,因为摸不着,所以显得更遥不可及。

姜温枝从包里拿出在雨里泡湿未干的信封,里面装着她见面前一晚鏖战一夜写下的第三封情书。

上面的字迹早模糊走色,可每字每句都篆刻在了她脑海里,根本不需要再辨认字迹。

姜温枝舔了舔干裂的唇瓣,声音沙哑,颤抖着念了出来。

亲爱的傅池屿:

我是姜温枝呀!

手头繁杂的事情刚忙完,有点累,但不耽误想你。

我本以为忙起来就会把你抛诸脑后,可这段时间,但凡停下项目,自由呼吸的每一秒里,我都发了疯一样想念你。

此刻,要是你能咻的一下突然出现在我面前就好了,那我立刻就能充到百分之一百的电量!

对了,欢欢说我们二食堂新开了一家川菜窗口,她们排了好久的队去尝啦。连珈姐这么挑剔的人都说不错，你一定也会喜欢的。等国庆假期过去，我们一起去吃呀？

傅池屿，你现在在干吗呢？

上次分开时，我说有事情想告诉你。

那，这个故事有点长，我希望明晚后，我可以一点一点从头仔细地讲给你听。

傅池屿，你有没有觉得我们好有缘分啊？你看，从初中到大学，我们一直都没有分开过。

其实……要当面和你告白，我还真有点害羞，要是我说得不好，你别笑我呀。

距离你说不想谈恋爱已经过去很久了，我不知道到目前为止，你的想法有没有改变，可我不想再等了。

我每天都在想，哪怕你在我身边的时候。

早上睡醒第一件事就是拿手机，看你有没有给我发信息，或者绞尽脑汁想些有趣的话题分享给你。

你喜欢的事情我都有去了解、去回应，你呢？

傅池屿，不知道是不是我的错觉，真的有很多个瞬间，我都觉得你也是有一点点喜欢我的，但又说不上来是哪里差了些。

唉，明天怎么还不来？我迫不及待想见你了。

后天如果是个好天气，我们一起去爬山吧！去追逐初旭，去捕捉落日，这样美好的时刻，我想和你一起。

傅池屿，我喜欢你。

除了朋友，再给我个身份，让我能长长久久地陪在你身边吧。

傅池屿，你要不要和我在一起试试？我会对你很好很好的！

细白的手腕沉沉垂下，她瞥向已经是废纸一团、洇湿得稀烂的信纸，无力地合上眼，久久没有再睁开。

这人世间，怎么就偏偏让人这般遗憾？

你圆满，
亦算我赢。

DATE:

прайс

от 350 слайд

9000

'00 слайд

70

уги
аботе

•第六章•

独行

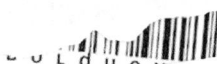

咪度一下，你就知道

饺子，算面食吗？

"饺子，算面食吗？"
是。

2018 年初。

前段时间，姜温枝参加的项目获得了金奖，后面接连又进了几个竞赛，加之学院的事情、兼职，她把所有精力都见缝插针地利用起来，整个人忙得脚不沾地，晚上回宿舍倒头就睡。

去年国庆节后，傅池屿在微信上又邀过几次吃饭，当然都是和一众朋友一起，不仅有阮茉茉，还有他的舍友们。

姜温枝接二连三以学业忙拒绝了。

多番下来，傅池屿不再喊她。

人与人之间的距离想更进一步很难，但要想疏远，那可太简单了。她和傅池屿从友好的朋友到疏离冷淡的初高中同学，只在一夕之间，比潭清的初春都短。

他们的关系陷入了一种莫名尴尬却又不知从何说破的两难。

姜温枝通过了阮茉茉的微信。

从朋友圈可以看出，她是个极鲜活的女生，不同于自己万年一更，她几乎每天发三四条动态。

从清早在食堂围观别人因插队而吵架，到晚上在清吧肆意歌舞，生动记录了她丰富多彩的生活。

她发得最多的是她和傅池屿的恋爱日常。

礼物、吃饭、旅游、牵手、拥抱……

第一次看见阮茉茉贴出两人搂肩秀恩爱的照片时，姜温枝沉默片刻，把傅池屿和阮茉茉的朋友圈屏蔽了。

然而下一秒，她又手足无措地把他们放出了"小黑屋"。

姜温枝准确地把自己这个行为定义为犯贱。

她极力克制着，让自己不要那么在意。

经过反复锤炼，后来阮茉茉发的所有，姜温枝一条没落地都看了，但没点赞，只充当陌生角落的看客。

转眼冬去春来，某天晚上，看着近来像陀螺转的姜温枝，丁欢欢咬着奶茶吸管疑惑地问："枝枝，怎么最近傅池屿都没来找你吃饭了？"

姜温枝躺在床上，把枕头蒙在脸上挡住头顶直射下来的灯光，好半晌才回答："太远了，也忙。"

"唉，一个大学城里已经算不错啦！"丁欢欢叹息，"总比我和我男朋友好吧？"

年初，丁欢欢参加高中同学聚会，一来二去和班上的学习委员有了联系，接着自然而然就在一起了。

不过学习委员并不在潭清市上大学，两人虽异地，但正通过手机如胶似漆地谈恋爱。

"嗯。"

姜温枝翻了个身，面对墙壁，胡乱应了声。

远，但无关现实距离。

她和傅池屿本就没有很亲密的羁绊，朋友散场也不必大张旗鼓地哗然。

哪怕她深以为这个漫长的故事不该到这里就戛然而止的，可似乎又只能停在这里，无法再推进下去。

丁欢欢的男朋友是高中同学，岑窈在一个周末带了青梅竹马请舍友吃饭。仲春，有个大一学弟对韩珈发动了直球进攻，酷姐和奶狗很是般配。

大学里有个不成文的规定，谁脱单谁请客，姜温枝厚脸皮吃了三顿后，也实在不好意思了。

正巧她拿了一笔不菲的奖学金，于是挑了个周日的中午，请三人赏光。

她们挑了家淮扬菜馆，饭后，韩珈和学弟去楼上看电影了，其他几人则在商场里溜达消食。

从六楼餐厅乘电梯下来五楼，大多是装饰高级的商铺，主打品牌女装、配饰一类。

她们又拐入一家定制潮牌店，妆容靓丽的销售员走了上来。

应该是重复地迎来送往造就了她们的一双慧眼，也许是姜温枝一身蝴蝶结衬衫背带裙，外面纯白开衫外套太素淡，销售员只把优质服务给了丁欢欢和岑窈，边走边热情地给她们推荐款式。

挑了几件裙装，丁欢欢和岑窈去试衣服的间隙，姜温枝不想和销售员大眼瞪小眼，只能假装随意走动看看。

这家店铺面积宽敞，装潢也大气高端，金色陈列架上挂着精致的展示成衣，姜温枝粗粗扫过去，尽量不去看商标上一连串的零，只单纯从审美角度去欣赏。

半个展区过去，前面壁灯明亮的落地全身镜前，娉婷站着位姿态窈窕的女生。一袭露背开衩的丝绸红裙迤逦生光，她一低头一耸肩，或整理肩带时，玲珑凹凸的曲线更是性感婀娜。

女生旁边除了三四个满脸堆笑的销售员，还站着两个连连夸赞的朋友，一群人说说笑笑的。

虽然这位红裙小姐姐一直背对着，姜温枝并没看到她的长相，但谁都慕美，不由得多瞥了两眼。

"枝枝——姜温枝，你在哪儿？"隔着几排架子，丁欢欢扬声叫喊，"我们买好啦，枝枝，咱们走吧！"

"来了。"姜温枝应道。

她刚转身，又一道带着疑问又娇柔的声音从后面袭来："温枝？温枝吗？"

姜温枝脚步一顿，霎时脖颈的神经也麻木了。

世界这么大，有些人就是避不开了是不是？她无比想当没听见，可就这几步的距离，除非是聋子。

"好巧啊，呵呵……"姜温枝咬了咬唇后，又转了回去，脸上一瞬扯出温暾的笑，"茉茉。"

她和阮茉茉本就只见过一次，方才看了那么久的背影，也确实没认出来这个明艳四射的女生就是阮茉茉。

看着阮茉茉提着裙摆走过来，姜温枝忍住疯狂想逃跑的念头，试图抬起手友好地打招呼："你……"

"姜温枝？"

另一道沉朗低音从侧边响起。

这是哪怕在极其嘈杂的人群里，姜温枝也能一秒听出来的声音。须臾间，她真想就地打个洞钻进去。

她缓慢抬眼往出声的方向看。

因为下面垫着台子，所以这家模特比正常人高半个身。此刻，模特后面姿态闲散地走出个人。

快入夏了，傅池屿穿着白恤叠加黑夹克，休闲长裤，白鞋，一身舒适清爽。他长腿一跨，几步便站在了阮茉茉旁边。

他眉眼英俊依旧，身形挺拔，臂弯里挂着三四个品牌手提纸袋。

"一个人？"傅池屿黑眸微闪，薄唇动了动，毫无许久未见的疏离，仿若他和姜温枝还是从前交好的情谊，"吃饭了吗？"

对上他落拓的下颌轮廓，又看向阮茉茉自然搭在傅池屿肩上的手，姜温枝眼睫微颤，也尽量语气自然："和朋友，吃了。"

看似平静的语气里压制着不亚于腥风血雨的风起云涌。

姜温枝还以为几个月过去了，她已经把傅池屿看得淡了一些了，甚至觉得自己或许真的可以慢慢消磨掉这个人的存在。

可当傅池屿站在她面前，无须做什么，就只站在那里，她才惊觉，过去那些她浑浑噩噩的日子里，她一秒都没忘记过他。

一切都是自欺欺人。

"温枝，最近事情很多吗？叫了你几次都没约上饭。"阮茉茉半靠着傅池屿，语气含笑。

"嗯，挺忙的。"姜温枝说。

阮茉茉点头表示理解，随性地问："那今天呢？我是说待会儿。"

姜温枝稍皱眉："嗯？"

"晚上我们去坐摩天轮，就在潭清乐园里。"阮茉茉的明眸朱唇在灯光下越发艳丽，"你有时间吗？要不要一起去？"

潭清乐园，摩天轮……

姜温枝生硬地半启了启唇，愣是没出声，眼神也只停在阮茉茉脸上，半分移不动。

可能是觉得自己没说清楚，阮茉茉往后面的女生身上指了指，补充说："不是我和池屿单独，我舍友也去的。"

姜温枝垂在一侧的手紧攥着衣摆，默了默，对阮茉茉笑了笑："不了，晚上学院有个活动要参加。"

她又说："还挺重要的。"

"是嘛，那太遗憾了吧。"阮茉茉撇了撇嘴。

"你们……"姜温枝的眸光低到了地板上，看向那道浅黑的影子，"你们玩得开心。"

阮茉茉笑得清脆："好！"

地上的黑影动了动，紧接着，姜温枝听见傅池屿极淡地"嗯"了声。

从刚才他走出来，他们俩只说了一句话。比起他，她和阮茉茉更像是相熟已久的朋友，而他才是那个附带的，朋友的男朋友。

"枝枝啊——我的枝枝呢？"丁欢欢的声音再度传过来。

姜温枝从没有一刻这样感谢丁欢欢的大嗓门，匆促摆出抱歉的神情："茉茉，不好意思，我朋友喊我了。我还有事儿就先走了，拜拜。"

阮茉茉："嗯，拜拜。"

姜温枝视线上抬，眼神终于有理由停在傅池屿脸上了，可她的笑顿时延伸不出来了，喉咙口噎得慌，只能更快道别："再见。"

再见，傅池屿。

"嗯，再见。"傅池屿说。

不再耽搁一秒，姜温枝急速转身，只绕过一排陈列架后就把疾步变成了小跑。等到了丁欢欢她们面前，满心哽咽再压不住了，红着眼尾吞吐道："欢欢、窈窈……我们、我们回学校吧……"

岑窈提起放在沙发凳上的手提袋，柔声说："好，是该回去了，累死了。"

丁欢欢踮起踮脚尖，仰头看着姜温枝跑来的方向："枝枝，那边不是傅池屿吗？他旁边的女生是谁？好漂亮啊！也是他朋友？"

不怪丁欢欢不往风花雪月的事情上想，实在是傅池屿这样的天之骄子一直都没谈恋爱的迹象，说他洁身自好，不沾凡尘烟火丝毫不为过。

姜温枝合了合眼，沉沉地吐出一口气，低声说："他女朋友。"

"什么？"

岑窈和丁欢欢一致睁大了眼看她。

"这么劲爆？他俩啥时候在一起的？"丁欢欢作势就要跑过去一探究竟，姜温枝一把猛拽住了她。

"枝枝，"岑窈眉头紧锁，"你没事儿吧？"

"嗐，我能有什么事？没事儿啊……"姜温枝掀开眼帘，笑着说，"他们挺般配的，去年国庆前就在一起了，我们还……"

说到这儿，她脸色瞬时一僵，快速把话说完："我和他们还一起吃过饭呢。"

"那就好。"岑窈舒了口气，"那咱快回去吧！"

姜温枝建议："我们还坐 56 路公交车吧。"

岑窈不解地看她："来的时候我就想问了。13 路不是更近吗？为什么要绕远坐56路啊？"

"窈窈，欢欢，"姜温枝长睫一抬，轻声说，"就坐56路行不行？"

不坐13路。

"嗯呢，反正也差不了多远。"岑窈笑了，偏了偏头，"欢欢，你冷着脸想什么呢？深沉可不适合你啊，快跟上！"

"哦。"

走出店门后，丁欢欢跟在姜温枝和岑窈身后一言不发。

从姜温枝说那边是傅池屿和他女朋友后，向来欢脱的丁欢欢脑子一紧，思绪倏地闪回到了去年国庆的时候。

那时，她因为在家和哥哥吵架，五号便早早回了学校，刚打开宿舍门，一股冷冽的穿堂风贯通而入，阳台推拉门大敞着。宿舍干净得一尘不染，也安静得悄无声息。

以为没人，丁欢欢在宿舍又唱又跳自嗨了一两个小时，等洗漱好关掉音响，优哉游哉地躺在宿舍床上玩手机。

突然，她听见了若有似无的呼吸声，瞬时又变得绵长急促。

没犹豫，丁欢欢一手撩起了对床2号的帘子。

姜温枝无比孱弱可怜地躺在床上，人已经烧得满身通红，干裂的嘴唇一张一合，断断续续嘤咛着：

"……别让我找不到你……不说喜欢你了……就做朋友……好……不好……"

她找不到谁？

又喜欢谁？

来不及细想，丁欢欢火速把姜温枝背去了医务室，等把她放在病床上，觉得肩上一凉，下意识伸手去摸了摸。

姜温枝的眼泪洇湿了她半边肩胛骨。

2018年中。

大四伊始，姜温枝的导师给她推荐了一家不错的投行实习。

金融行业对学历要求甚高，动辄研究生起步，所以姜温枝更拼命抓住了这个机会。

说是进入投行当分析员，可前期更多的是跟在经理后面学习。虽然工作内容像个打杂的，从复印资料到买咖啡、做表格等，但姜温枝并不抱怨，甚至很主动地去做这些。

她的经理叫陈航，是位天庭开阔、颧骨横突、中等身材的男人，平时相处看着也一团祥和，但涉及工作利益那就妥妥的大刀杀伐，谈笑间就能不动声色地给人施压。

因为实习公司离学校跨了两个区，下班时间也不固定，于是姜温枝从宿舍搬了出来，在折中位置的望月馨苑租了房子。

潭清是一线城市，消费极高，姜温枝没能力租一整套房子，经过房管的调和，她和两个也在附近工作的女生合租了三室一厅。

都是年轻人，时间作息什么的也很快磨合好。

姜温枝住次卧，没阳台，但有个飘窗。下班回来，她就喜欢窝在飘窗上眺望夜景，有时困了就直接在飘窗睡到天亮。

实习的头两个月，她的生活就只有工作、看书和睡觉。

某个早上，她恍恍惚惚起床，看着镜中苍白枯瘦的脸没有一点神采。这一瞬，她忽然觉得自己像失了魂的行尸走肉。

第二天，难得的休息日，她睁眼拿手机时，已经下午两点了。

打开温玉婷上午发来的信息。

温玉婷：枝枝，起床没有？今天你不上班好好休息啊，吃饭了吗？

温玉婷：你买的按摩仪我收到啦，你爸正用着呢！下次别乱花钱了。你读大学就没问家里要钱了，现在刚实习，用钱的地方肯定也多。

温玉婷：身上还有钱吗？缺钱一定要和我说啊。

尽管饥肠辘辘，胃灼烧得难受，但姜温枝习惯了报喜不报忧。

姜温枝：吃了，有钱花的，您不用担心。

回完消息，她起床快速冲了个澡，把头发吹得半干后，戴了副无度数的框架眼镜，换上一身杏色休闲运动服，拿上钥匙便出了门。

这小区附近设施完善，不仅有地铁、学校，还有大型连锁超市。

进超市后，姜温枝随手推了辆购物车，走哪儿算哪儿地瞎逛。

从生活用品一层逛到生鲜市场时，推车里还只零散放了些速冻水饺馄饨，还有沐浴露、牙膏一类的必需品。

这个点超市的人并不多，她散漫地逛着，人更是懒洋洋的，一步一步慢慢走着。

"欢迎品尝新推出的酸奶，口味浓郁清甜，不好喝不要钱！"

冷柜旁摆了张桌子，上面放着一沓宣传单和几种口味的酸奶，穿着黄色马甲的推销员脸上洋溢着笑，正拿着一次性纸杯给路过的客人品尝。

这种过度的热情姜温枝一向不喜，正打算变道换个方向走，岂料可能是因为人少，推销阿姨竟一把拉住了她的购物车。

姜温枝抬眸。

无声对视几秒，她试图将车子拉回来，可不仅没成功，还被阿姨大力一带，轮子往前滑了几步，她人正好停在了宣传桌前。

"小姑娘，来尝尝这个酸奶吧！"阿姨满面笑容地看她，和蔼中带了点强买强卖的意思。

"谢谢阿姨，不用了。"姜温枝再次使劲，想拉回车。

阿姨不管她，继续推销："哎呀，免费的！你就尝尝看，觉得好喝再买！"

"不了，我从不要免费的东西。"

她是个原则分明的人，试喝了，那就一定得买。

但她刚开始工作，实习工资连衣食住行都应付不够，以后还有几场专业考试要参加，用钱的地方多了去了。虽然前几年攒了一笔积蓄，也不得不省着花。目前，不必要的东西她都不考虑。

似是见她无动于衷，阿姨开始厚着脸道德绑架："哎哟，我说，你这女孩怎么这么轴呢！买一盒能怎样？"

"阿姨，我实话跟您说，"姜温枝无奈地叹息，神情带了几分不着调地调侃，"其实吧，我还挺穷的……"

"阿姨，给我尝尝吧！"

忽然，侧边伸出一只纤瘦的手臂接过了酸奶，手腕处戴着玫金色的手镯，精致贵气。

此刻是下午三四点的样子，超市里并不嘈杂，广播里放着不知名的粤语歌，韵律舒缓又错落，加上刚刚这句甜美的声音，凭空生出了几分时空轮转的意思。

"温枝，刚刚在超市入口我就看到你啦！只是你走得快，我们没来得及和你打招呼。"

姜温枝机械转头，正对上阮茉茉笑得灿烂的粉颊。

"嗯嗯，还不错。"阮茉茉小口抿了下酸奶，偏头问姜温枝，"你也住这附近吗？"

顷刻，一股难言的窘迫和郁闷在姜温枝胸腔起伏。她后脑勺像被人猛抢了一棍子，甚至产生了掀翻这酸奶摊子的荒唐念头。

潭清好歹算超大城市，十几个区，地铁线路也快二十条了，怎么走哪儿都能遇见她想看见又想避开的人呢？

"嗯，离公司近点。"回过神，姜温枝快速回答。

阮茉茉又问："哪个小区？我和池屿刚搬到旁边的望月馨苑。"

姜温枝握着推车把手的力道逐渐加重，困难地吐字："我也是。"

"那咱们就是邻居了呀！"阮茉茉惊讶地靠了靠她的肩膀，而后稍侧身，冲后面挥手，扬声喊道，"池屿，我在这里！"

推车轮子滚动，发出"吱吱"的声音，由远及近。

姜温枝的目光从堆满零食水果的购物车向上移动，停在了搭在把手处的手腕上。

骨节分明，手背冷白得隐约透出青色血管。

再往上，傅池屿明朗的脸似笑非笑，正轻抬眼皮看着她……她们。

阮茉茉笑着说："池屿，温枝也住望月呢，咱们以后约饭就方便了。"

"嗯。"傅池屿喉咙滚了下，眸光闲散地扫着。

姜温枝挪远了两步，意图和两人拉开距离。

阮茉茉把手里的纸杯放到桌上，对着阿姨指了指购物车："阿姨，您给我拿两盒吧！"

"好嘞！"阿姨喜笑颜开。

在不同的柜台结完账，姜温枝的袋子便被傅池屿拎了过去，而她则被阮茉茉挽着手走在前面，一路上叽叽喳喳。

"你在 6 栋？我们住 1 栋呢，挨得很近啊。我们租了两室一厅，精装，还不错，主要是有个大阳台我很喜欢，池屿就租了……"

"对了，温枝，你双休吗？休息的时候来我们家里吧，池屿做饭可好吃了。"

"啊？你们公司这么变态啊！要求接受 17 小时工作制，一周到岗 7 天？这不是压榨人吗？你工资还这么少，够生活吗……"

阮茉茉和姜温枝差不多高，走在路上和姜温枝靠得极近，姜温枝能闻到她身上淡淡的香水味，清亮纯净，仿若拔掉刺但还浓烈鲜艳的玫瑰。

姜温枝余光瞥了眼走在人行道外侧的傅池屿。

他脸上带着极淡的笑，眼神落于前方的信号灯上，手里提着两大包东西，但神色轻松得很，似乎为了迁就她俩，还把步子也放得很缓。

某一瞬，姜温枝能清晰感知到，虽然阮茉茉一直和自己说着话，但目光却总落到旁边的傅池屿身上。

而她，像个讨人厌的、多余的、烦死人的电灯泡。

她被无形的磁场远远隔离在两人之外。

姜温枝如芒在背，她最不愿意发生的事情还是发生了。

是的，她至今依然接受不了傅池屿有女朋友的事实。

所以姜温枝学鸵鸟，把自己深深埋进沙坑里，不抬头看，不去多想，只当大家忙于学业，碌于实习，她和傅池屿就只是因为这样的现实而慢慢走上两条路。

前方能否有交集，未知。只要互相不联系，不和他见面，一切谎言她都可以自圆其说。

只要看不见他，所有都好说。

哪怕她在世界的角落里铺天盖地去喊他的名字，哪怕每一秒都被震耳欲聋的想念吞没，那又能怎样？

她不会打扰到任何人。

可一旦获得傅池屿的消息，哪怕只是别人言谈间随口说起，她便溃不成军。

这三个字曾是她无坚不摧的宝藏，满心觊觎的月亮，现在却成了一触即碎的玻璃，不能沾染的泡沫，风不吹都会散的蒲公英，绝口不能提的忌讳。

总算走到六栋楼下，姜温枝嘴角稍顿，伸手想从傅池屿那里接过袋子，话也比动作先出来："谢谢了。"

"等等。"他说。

姜温枝不明所以地看着他。

傅池屿把另一只袋子放在地上，慢条斯理地从里面掏出一个蓝色小熊。

姜温枝认那是超市促销，消费达到规定金额后赠送的小礼品。

只见他瘦长的手指拉开系在小熊身上的丝带，三两下便得到了一块小方手帕。

不同于阮茉茉饶有兴趣地欣赏，姜温枝还是没搞懂他想干什么。

傅池屿把手帕往袋子提手上缠了两圈，试了试确实不勒手了，这才递给姜温枝："回吧。"

"姜温枝。"他轻扯嘴角，眼睫动了动，但语气还是很淡，"一个人在外注意安全，有事随时联系我。"

"……嗯。"只蒙了两秒，姜温枝迅速低低应了声。

接过袋子的瞬间，她忙垂下视线，转而看向阮茉茉。

"你们也快回去。"她笑着说，"一样，你们需要帮忙的话，茉茉你给我发信息就行。拜拜。"

她深呼吸，侧头对上傅池屿，轻松地撂下两个字："再见。"

说完，在开始暗淡的天光里，姜温枝脸上的笑像被文上去一样放不下来。她提着分量颇重的袋子健步如飞，小跑着进了楼道。

打开家门的刹那，她的小腿已经痉挛着抽筋，针刺刀割地疼。

坐在凳子上缓了十几分钟，她才一瘸一拐地起身，拎着袋子走到厨房。思绪还涣散着，她行动呆滞地把东西往冰箱里塞。

速冻食品都拿出来后，姜温枝伸到袋子里的手蓦然又碰到了一阵凉意。

她眼神聚焦，低眸看去。

几盒酸奶安静地堆在袋子最下方。

姜温枝捏着复原的蓝色小熊，在飘窗上躺了许久，还是把转账页面关掉了。根据刚刚阮茉茉留的门牌号，她在网上订了些水果送货上门，就当是祝贺他们的……

搬家同居之喜。

2018年末。

起早贪黑的工作让接下来的很长一段时间里，姜温枝都没有在小区里碰到傅池屿和阮茉茉。

一方面是她真的忙，另一方面是她有意躲着两人。

小雪节气后，她跟着陈航出了趟差。本该是她前头入职的男生陪同，但不知怎么，后来这助理的差事莫名落到了她头上。

当是一次学习机会，她也欣然接受。

到了那儿才发现，此次项目地区极其偏远，吃住条件差不说，工作强度也大。白天走访上下游企业，晚上挑灯跟进整理资料，只大半个月工夫，人又瘦了一圈。

等返程潭清，已经是十二月下旬。

下了高铁后，姜温枝揉了揉乌青的眼眶。虽然中午了，但今天并没日头，阴云低垂着，映照得她更是一脸菜色。

可能是出于对她吃苦耐劳的肯定，陈航大手一挥，放了她两天假。

两人在出站口分开，陈航上了专车，姜温枝拐进了地铁。

找位置坐下后，她打开班级群，翻看里面的公告。

正值年末，又是学期末，除了工作，学校还有实习报告和几篇论文要交，这两天假期注定不能逍遥自在睡大觉。

简单浏览后，姜温枝又点开短信，一条物流信息弹了出来。

回来前，她算着时间网购了一张书桌，派送员把它放在了小区快递站点。正好，待会儿一并搬上楼。

出了地铁站，很快便进了小区。姜温枝头重脚轻，脚步虚浮着往10栋驿站存放点去。

冬日寒风凛冽，打着哈欠半迷眼中，姜温枝不经意瞥见两道熟悉的影子。霎时，她迈出一半的步子倏然停住，人也如当头棒喝般瞬间清醒。

不是吧？

近两三个月来，每天上下班姜温枝都脚底生风地埋头快走，生怕有天在小区遇见举止亲密的傅池屿和阮茉茉。

每每想到那个画面，她都怕极了，如果真实看见，那一定得要命吧？可此刻，这一幕还真切切实实地出现在她眼前。

本想掉头就逃，可犹豫少顷，她还是忍着没转身。住在同一片区域，早晚都会碰上的。

原地站了几秒后，姜温枝拍了拍微凉的脸颊，努力挤出轻快的笑意，继续往前走。

恰逢周末，又是午饭时间，拿快递的人不少，傅池屿和阮茉茉站在队伍末端排着队。

姜温枝处于斜后方的角度，只能看见傅池屿高瘦的背影。

而正对面，阮茉茉仰着俏丽的脸看着傅池屿，手坏在他腰际，氛围美好。似乎是她一问，傅池屿一答，两人有说有笑地讨论着什么。

说话间，阮茉茉脸上勾着娇懒的笑，一低眉，目光忽地延伸，直直往后撞了过来。

同时，姜温枝也走到了与两人隔着三四个路人的距离。

"中午好。"姜温枝先出声打招呼，状若自然，"你们也来拿快递吗？"

话毕，她心微微一紧。

蠢，人都站在菜鸟驿站了，不然还能是来吃饭的？

"对啊！"阮茉茉放开了傅池屿，冲她笑得甜美。

随着傅池屿转身的动作，姜温枝微不可查地垂了垂目光。

"温枝，你这是？"阮茉茉跳了一小步，像对她的一身简装和商务工作包很感兴趣。

"刚出差回来。"姜温枝回道。

阮茉茉蹙了蹙眉："噢，那还挺辛苦的呀。"

拖长的语气明显表达出了对她一路风尘仆仆的同情。

傅池屿扫她几眼，唇线一挑，冷声说："出差？确定不是遭虐待了？还是你们公司压根不让人吃饭的？"

姜温枝捏了捏指尖，没搭话。

见有些冷场，阮茉茉轻掐了下傅池屿，笑着说："温枝，一路累坏了吧？待会儿和我们一起回去呗！"

姜温枝抬眼看她。

阮茉茉继续说："今天冬至，下午我们在家里包饺子，你也来吃点？"

饺子？

姜温枝瞥了傅池屿一眼，又飞快收回余光。

已经冬至了吗？这年怎么过去得这样快？

"谢谢，不用了。"姜温枝露出遗憾又困倦的神情，叹息道，"半个月没睡好觉了，实在困得睁不开眼。"

"你睡你的，不耽误，我们做好，你只管吃就行！"阮茉茉不放弃。

姜温枝是真不懂，为什么阮茉茉对于邀请她吃饭这件事如此执着？这样都听不出来她拒绝的意思吗？

"或者，"傅池屿轻挑眉，看着她，低声说，"我煮好给你送过去。"

闻言，姜温枝身形稍动，下一秒，她抬手佯装打了个哈欠，眼尾顺理成章地红了："真的，不用了。"

天冷得让人说话间呵出白气，她的语气虽轻，但很坚决。

"排到你们了，拿快递吧。"姜温枝向两人身后一指，转移了话题。

不多时，阮茉茉拿着两个小盒子走了出来，傅池屿自然接过，两人往旁边站了站。

"姜温枝，你买了什么？"傅池屿偏头问道。

"嗯？"

傅池屿冲放置区抬了抬下巴："快递，好拿吗？"

阮茉茉手里拆着纸盒子，拿出耳环或是项链一类的饰品，一边举到傅池屿面前，一边说："是啊，温枝，要是大件，我们帮你一起拿。"

"……是个小东西。"眼看前面就剩一个人了，姜温枝飞快地催促，"你们先回吧！"

她仰头看了一眼天空，笑着说："真的别等我了，快走吧。天色不好，一会儿要是下雨了……"

蜷缩在衣袖里的手掐得泛白，她开玩笑似的扯着嘴角："这次……我可没有伞再给你们了。"

等傅池屿和阮茉茉消失在楼群中，老板连喊了两声"取件码多少"才叫回姜温枝的视线。

默了默，她指着堆在门口的巨大纸箱，报出一串数字后说："这个。"

洗完澡，姜温枝头上裹着毛巾，写了几篇报告后实在扛不住困意，加上胳膊因为搬重物有些拉伤，她把毛巾扔到洗衣筐后，顶着湿发钻进了被窝。

这一觉睡得极不安稳，断断续续做着些光怪陆离的梦，好像试图把她拉扯入无尽的深渊里。

一年了，她总做这种能轻而易举摧毁她的噩梦。

浑浑噩噩中，突然砸来几道打雷声，她一瞬惊醒，坐了起来。

眼前一片漆黑，房门外面有窸窸窣窣的说话声。

"……要不，我们打电话问问房管呢？这都什么事儿啊……"是舍友杨雪静。

"算了吧，问也没用。"住在主卧的杜槿说，"区域停电，他还能冒着这么大雨去修不成？还是等等吧。"

杨雪静怯怯道："可这太黑了，我害怕……"

姜温枝长呼一口气，原来只是停电了，并不是梦中那样，她失去了视物能力。

从床边摸出手机，想着自己这觉睡得这么长，怎么也该凌晨了，可一看，才八点半。

她起身拉开窗帘，透过玻璃窗，看到外面大雨如注，楼下粗壮的大树在风雨中疯狂摇摆，饮料瓶一类的垃圾到处滚动，再细看，路上的积水更是没过了斜倒的自行车。

姜温枝打开手机自带的手电筒，摸着墙慢慢走出卧室。和客厅的两个女生打招呼后，她也坐在一旁的凳子上。

沉寂片刻，忽然，防盗门像被什么大力碰撞了一下，紧接着传来短促却显得十分焦躁的敲门声。

"姜温枝！"

"咚咚咚！"

"姜温枝，你在家吗？"

"咚咚咚！"

"姜温枝！听得到吗？"

姜温枝骤然一怔。

幽暗中，她的双眸霎时沁上一层暗光。

在两个女生"姜温枝，门外是不是在叫你""你有朋友住这儿"的疑问中，姜温枝拧着门把手，缓缓打开了门。

她举着手机，亮光刹那打在了来人苍白狼狈的脸上。

地上胡乱扔着一柄折断的雨伞，傅池屿一脚板鞋一脚休闲鞋，小腿沾满浑浊的泥水和枯叶，短裤和睡衣全部打湿了，正嗒嗒滴着水。

他俊朗的脸上神色急切，下颔更是绷得紧直，发丝杂乱地垂在额前，漆瞳深邃，一如这雨夜。

见她开门，傅池屿像陡然松了口气，打量了她片刻，低哑着嗓子说："没事儿吧？"

"你……"

姜温枝的指甲死死抓着门框，艰难地张了张嘴，可许久都说不出一句完整的话。

这一刻，她发了疯地想抱抱他，想赶紧把他拉进门来，给他擦干身上的雨水，想问问他这么大的雨乱跑什么，有没有磕到碰到，想告诉他，她真的真的好想念他，快要喘不过气了……

可她不能。

"拿着，给你备用。"傅池屿甩了甩手上的水，小心地把手里的袋子递到姜温枝面前。

姜温枝仓皇低头，这才看到他怀里一直抱着个透明的袋子。

虽然层层叠叠包装得很厚实，但依稀可以辨认出里面的东西是手电筒和蜡烛。

傅池屿眸光微抬，毫不在意水珠正顺着刘海在他脸上蜿蜒出痕迹，反而扬眉一笑："看不见就别乱走动，早点睡觉。"

是安抚的话，是关心她的话。

下一秒，姜温枝困难抬手，只短短两秒，却耗尽了全身的力气。她猛地往前俯身，一把推向傅池屿的肩膀。

速度极快。

傅池屿眼里的错愕一闪而过，重心不稳往后趔趄了几步。他很快站稳，蹙眉睖着她："姜温枝，没睡醒呢？我是谁？你……"

"嘭！"

寒风呼啸四起，回应他的就只是一道利落的摔门声。

一道门之隔。

姜温枝半蹲着，背贴在墙上，单手搭在玄关柜子上，拼命支撑着不让自己跌到地上。

"傅池屿。"

她声音细若游丝，但她知道，傅池屿听得见。

"嗯。"

他没质问她为什么这么不知好歹，把他关在冰冷的黑夜，只闷声回应她。

"你来干什么？"

这种时候，你该陪着女朋友。

傅池屿似乎也挨着门边坐下了，低笑两声后，他自嘲地说："你不是，怕黑吗？"声线和她同一高度。

姜温枝的手撑不住了，手臂肌肉本就酸疼，现在直接脱力落在身侧。

仗着晦暗中两个舍友看不见她的神情，她的眼泪再也止不住，捂着嘴失声痛哭。

曾经她那样怕黑，傅池屿给了她光亮，她也试着去抓住。可为什么等她习惯了光，他又猝不及防抽身而去，只留她一人在暗黑不见出路的长夜？

艰难地深呼吸几下后，她声线清明地喊他的名字："傅池屿……"

"嗯，"他说，"我在。"

她微哽，鼻音略重："我早就，不怕黑了。"

没有你的每一夜，任何东西都比黑暗来得更让她恐惧。

"算我求你，别对我哪怕有一点点的好了，行吗？"

半晌，傅池屿才吐出几个字："我们是朋友。"

"没有朋友是你这样的！"姜温枝疾言厉色地拔高语气，一霎又颓然，长长叹息，"你走吧。"

片刻后，傅池屿像是站起身拍了拍手，一向冷调的声音也压低了些："东西放门口，那我先……"

"我是说！"

姜温枝扬声打断了他的话。

"以后没什么事情的话，我和你……"她合眼，下唇咬得鲜血淋漓，"保持距离吧。"

分明是毫无底气微弱的话，可穿过厚重的防盗门，登时变得冷漠又坚硬无比。

不知在地上坐了多久，姜温枝抹掉脸上的泪痕，贴耳覆在门上。

外面似乎彻底悄然无声了，就像从没人来过一般，或许只需要冷风稍微一激，连那湿汔的脚步都会消失得干干净净。

"其实吧，"杨雪静从客厅摸索过来，她虽不知道外面的男生和姜温枝是什么情况，但还是眨巴了一下眼睛，纳闷道，"不管什么关系，就只是送个蜡烛，这没什么吧？"

"不。"姜温枝呆滞地摇头，不知是在回应她还是在自言自语，"有的。"

如果是普通朋友，那去对方家里做客吃饭，搬桌子抬柜子，送蜡烛，自然没什么，她可以欣然接受。

但傅池屿不同。

她那样喜欢着他。

尽管傅池屿不知道，阮茉茉不知道，甚至全世界都无人知晓她的喜欢。

她可以躲在方圆之地闭门不出，但绝不能再坦然地去接受傅池屿那点所谓的对朋友的善意。

她深知，一旦和傅池屿接触，她的私心就会燎原疯长，所以，她宁愿将一切欲念强制压下。

她心中有鬼，所以于心不安。

一小时后，风雨停歇，望月馨苑小区的灯光同时亮起。

次卧里，姜温枝缩在床尾，久久未抬头。

一旁的书桌上，本是待机状态的电脑屏幕闪了闪，倏地亮了起来。因为没设置密码，所以页面停在了最后使用的画面上。

那是一条百度问答。

——饺子，算面食吗？

——是。

简短又肯定的答案。

2019 年初。

蜡烛事件后，姜温枝本想搬家，但签的租房合同还有半年到期，加上年初合适的房子并不好找，这件事就耽搁了下来。

自停电雨夜后，她和傅池屿没有再联系。

春节假期结束，陈航带着几个实习生参加饭局。

席间，一是因为客户实在难缠，二是陈航早在来前就示意他们嘴甜一点，特别强调了工作哪有不喝酒的，于是，尽管姜温枝机智应对躲了不少，可也实打实喝了几杯。

推杯换盏的虚伪里，姜温枝脸上始终带着疏离的笑意。冷酒入喉，她仰头对上通亮的灯盏，眸里不自觉覆上一层莹光。

很不合时宜，她忽然想起了赤瑾毕业聚餐的那个傍晚。夏风热意，年少的同学笑闹聒噪，她旁边坐着自带冷气的傅池屿。

算得上是挺久之前的事情了，可姜温枝却清晰记得傅池屿替自己挡下一杯又一杯酒时，他劲瘦的手臂偶尔擦过她的腕骨，肌肤相触时那种酥麻的凉意。

十一点半应酬结束，姜温枝身形虽摇摇欲坠，可思绪尚且清醒。送完客户，她和同事互道珍重后便打了辆出租车回望月馨苑。

一路上，司机师傅开得很稳当，姜温枝下车还不忘给他打了个五星好评。

已经凌晨，茫茫长夜皆被黑暗笼罩，路灯微弱，马路上别说行人，连车都不见几辆。

酒后劲上头，胃里灼烧得难受，姜温枝捂着小腹在小区门口的绿化带旁坐下，打算缓一会儿再说。

耳畔的风呼啸而过，姜温枝只觉得蒙蒙眬眬间又坠入了梦中。

恍惚迷雾里，她看到有道瘦高挺拔的身影正往她这边走来。不用细看，她梦里的常客了，傅池屿。

今天他穿着黑色冲锋衣和深色长裤，手里拎着一袋水果，一如往常的潇洒恣意，只是他的神色倒是比以往更冷一些。

"呵……又来……"

姜温枝抬手遮住路灯洒下的光，眯着眼想看得清楚些。

现在的幻觉都这么真实了，呼吸居然还有氤氲白气飘出？

果然，她在梦里也是个逻辑严谨的人。

"姜温枝！"

哟呵，你这梦中人居然敢如此大声和我说话？狂什么！信不信我扇醒自己给你看看？

姜温枝蹲在地上仰着脑袋，遍布红晕的脸微微皱起，不满地瞪眼看向来人。

"姜温枝，你好样的！"

来人加快步伐，即刻站在了她面前，一下挡住了她头顶的路灯光。他的声音极凌厉，在幽静的夜里徒增了几分僵硬。

"嗯，怎样？"姜温枝大声嚷嚷回去。她鼻音极重，本骄横的语气瞬间没了气势，反而软绵绵的。

见她嚣张，傅池屿眸光一凛，快速伸手拽她的胳膊，没好气地说："你先给我起来！"

"别碰我。"姜温枝"啪"一下打在他手上，自己颤巍巍站了起来，打了个酒嗝，警告道，"嗝……你谁啊？我、我现在可不是好欺负的人哦！"

对方似被一噎，很快沉声道："我欺负你？姜温枝，大半夜你蹲路边吓谁呢？"

"我在这儿吹吹晚风，思考人生，不行吗？"

"零下的天，你蹲大马路思考人生？"傅池屿淡淡扫了她几眼，嗤笑，"你挺有想法啊。"

他话里话外的不屑让姜温枝更气了，刚想辩驳："我……"

"还喝酒了？"似是嗅到了她身上弥漫不散的酒味，傅池屿咬牙切齿，"深夜、醉酒、夜不归宿？"

姜温枝无意识扭着大衣扣子。

"为了工作？你不会躲吗？"看她垂头恹恹的，傅池屿只能想到这个理由，可那也没消掉他半分的怒意。

于是，傅池屿眸色越发深沉无底，说着话就钳住了她细瘦的手臂："说自己酒精过敏，吃了头孢，开了车……理由不有的是？"

"灌女生酒的男人没一个好东西，什么工作非得二两黄汤下肚才能谈？嗯？"像越说越来气，傅池屿的眼神简直能杀死人，"姜温枝，你这样多危险知道吗？"

"'有事联系我'这句话我和你说几次了？"傅池屿冷笑，"怎么，出息了就瞧不上我了？"

他掐她用了不小的力道，胳膊传来钝痛，再对上傅池屿冷峻至极的神情，她不禁打了个冷战，一瞬清醒了。

竟不是做梦。

她半睁着眼皮，直直看向他。

从傅池屿和阮茉茉在一起，不算上回停电两人一门之隔，这是她和他首次不期而遇。

此刻，她终于看清了眼前这个真实的傅池屿。他抿直了唇线，低着下颌瞥她，脸上愠意一分未减。

刚刚傅池屿一连不停歇的话，她并没有听进去多少，还以为是假的，但似乎他自己气得不清，眉头一刻也没松下来。

借着几分酒意，姜温枝往常只会往自己心头上扎的尖锐棱角忽然冒了出来，她恢复神智的那一刹那便大力甩开了他的手。

见她这个动作，傅池屿的眉梢挑起，薄唇紧扯，带着她很少见的戾气。

他问："为什么？"

"什么为什么？"姜温枝话硬邦邦的，仿佛带了刺。

"姜温枝。"傅池屿盯着她，神色极为不解，"你总得让我知道……"顿了片刻，他喉结滚了下，"为什么刻意疏远我？"

这句话他问得无比流畅，仿若已经酝酿很久了，只差个时机就能随口抛出来。

姜温枝低下头。

是啊，傅池屿不知道她的万般纠葛，只会觉得她莫名其妙，不解为什么以前关系还不错的朋友，一夕之间仿佛和他结仇了一般，甚至都不愿意和他同框了。

不过这样的想法或许只会在傅池屿脑海里一闪而过，然后继续他恣意的人生。

他朋友太多了，时间排得很满，有趣的事情每天都有，所以他并不会分出太多的精力去想她这个并不是很重要的朋友。

"呵，为什么？傅池屿，那我也有件事情想问问你。"姜温枝反客为主。

"你说。"他点头。

一刹那，无数话堵在了姜温枝喉咙口。

她想问：

从前的相处就真的只是我一厢情愿吗？

你为什么就和阮茉茉在一起了呢？

我是输给了时机，抑或是我在你心里从来都没有进一步的可能？

我和你，还有转圜的余地吗？

…………

可是这些话，在傅池屿和阮茉茉恋爱后，就已经晚了。不管再怎么问，无论答案是什么，都不重要了。

姜温枝深呼吸，眼里有亮晶晶的光："你现在，过得开心吗？"

看她沉默了许久就问出这句话，傅池屿气笑了："别问我，我倒觉得你挺不开心的。"

他抬眼皮瞧着她："姜温枝，工作很辛苦吗？"

"是啊……"她呵出淡淡的气息，"很累。"

但都是她能力范围内可承受的，只有他，是她一触即死的软肋。

"这样吧，做得不开心就换一份工作，"傅池屿扯了扯唇，神色认真，"想去什么行业？我有些人脉……"

"不是，"姜温枝摇头，"我工作挺顺利的。"

傅池屿低眼锁着她，像在确认她话里的真假。

"让我不开心的。"

姜温枝倏地抬睫，怔怔撞上他的目光，语气很轻："是你。"

傅池屿一愣。

"我真的……"她悠悠吐了一口气，装作很轻松随意的样子，"傅池屿，我真的好讨厌你啊。"

傅池屿眼角一抽，感觉没听清楚："什么？"

"我讨厌你说我是你的朋友。"姜温枝笑了，笑得肆意妄为，强压着嘴角，不让它颤抖，"谁稀罕做你的朋友了？哈哈哈，傅池屿，谁和你是朋友？"

"哦，对不起，我忘了……"似是想到了什么，姜温枝脚下一趔趄，瞥到傅池屿有要扶她的动作，迅速后退了一步，两人始终保持半米距离，"是啊！我怎么忘了，你现在都说，我和你，就只是……"

半醉的缘故，姜温枝说话重复又颠倒。

"你说，我们、不……"她忽一摇头，而后先指了指自己，又指向他，界限划得分明，"我和你，就只是，初、高、中、同、学。"

她冷笑，去他的初高中同学。

傅池屿凸起的喉结滑了下，始终没发出声音。

少顷，姜温枝轻飘飘地叹了口气，转而望向漆黑的马路，声音幽然："傅池屿，你知道吗，我真的好后悔啊。"

颤音控制不了，但她可以把湿润的眼角很好地掩盖在夜色中。

"嗯。"傅池屿神情滞得难看，顺着她的话头低声问，"悔什么？"

姜温枝长睫沾着晶莹，她把声线压得很平，却又像是懊悔到了极致："早知道，不和你做朋友就好了。"

这样说不定有万分之一的可能，她从青涩时期就喜欢这个少年，早已淹没在时间的洪流里了。

两人僵直在路灯下，黄暖的光在傅池屿低垂的眼睫下投出一片阴影。

半晌，他艰难出声："是吗？"

他自嘲地笑，紧接着一字一顿地问："姜温枝，你说真的？"

假的。

不是的。

可还能怎么样呢？

"……嗯。"

姜温枝的心脏霎时被丝线勒住，胸腔吸不上气，她只能用语气词答得飞快，不落下风。

"行。"傅池屿说。

"不是同学，也不算朋友，"他极淡地睨了她一眼，而后轻描淡写地说道，"就当是陌生人，送你到楼下不过分吧？"

小区里寂静无声，两人一前一后，一路无言到了六栋楼下。

姜温枝头晕脑胀，人也开始站不稳，快速说完"再见"就要转身走，手里猝然被塞了个袋子。

她垂着视线瞥去。

联想到刚刚在车上无聊，随手刷到的阮茉茉发的动态……所以，傅池屿大半夜出门就是为了买水果？

看着怀里包装精致，贴着进口标签的芒果，她又塞回到他手里，语气很冷："我不吃。"

幽微光线下，傅池屿清隽的侧脸半明半暗，冷峻的下颌绷着，眼神更是深黯得没什么情绪。

两人寂然站了会儿后，姜温枝重复："谢谢，我不吃。"

她不吃芒果，而且，她曾和他说过的。

或许是以为她还没清醒，依然在任性，最后，傅池屿还是执意要给她。

姜温枝盯着他看了片刻，低眉笑了。

碰上他，她兵败如山倒，没再推辞，道谢后，她收下了。

隔日，休息天。

下午醒来时，姜温枝头疼欲裂，拿起手机发现自己凌晨给傅池屿转的水果钱，他又转了回来，还附上了一句话。

傅池屿：姜温枝，至于这样吗？

姜温枝：至于。

说完，她再次转了过去。

这次，傅池屿没回她。

喉咙干得紧，姜温枝起身去客厅倒水喝。

舍友杨雪静背着包从房间走出来，手里拿着纸巾，不住打喷嚏，看见姜温枝，打招呼说："我去买菜，顺便去药房买点感冒药。你一起逛逛吗？"

姜温枝摇了摇头。

忽然想到了什么，她拿水杯的手一顿，迟疑地说："你去药店，能不能帮我带些过敏的药？"

"氯雷他定就行。"

"没问题，你过敏了？"杨雪静把纸巾扔进垃圾筐，随口聊着，"没见你身上起疹子，精神看着也不错，不像啊。"

偏头瞥了眼桌上的芒果，姜温枝点点头，拿起削皮刀："嗯，一会儿就过敏了。"

杨雪静震惊地看她，似乎在说：牛啊，姐们，这都可以预知的！

2019 年中。

姜温枝做好了很久都不会再见到傅池屿的心理准备。

可恨她不是个酒后断片的人。那夜，她和傅池屿说的那些冷漠、违心的话，像夏天聒噪不停的蝉鸣，在她耳边缭绕回转。

她醉了，可傅池屿没有。

或许，他真的认为她就是那个意思，觉得她只把他当个寻常同学，还是有事没事都少联系的淡淡之交。

姜温枝无从解释，她没立场为自己辩解。

六月夏至，毕业季。

宿舍里，丁欢欢考研，岑窈和韩珈回老家。

四人最后一次煮火锅时，酒过三巡，丁欢欢、岑窈瘫在床上休息，姜温枝和韩珈在阳台吹晚风。

沉默了片刻，可能觉得过了今晚，姜温枝是第一个离开的人，于是韩珈先出声了："枝枝，其实很早之前我就想和你说了。"

姜温枝手里捏着半罐百事可乐："嗯。"

"你这人，什么都好，真的好。"韩珈调子铺得挺高，言语发自肺腑，接着转折，"就是……太清醒，也太克制了。"

四年，几个性格迥异的女生同吃同住，说没点摩擦是不可能的，但大矛盾确实没有，主要原因都在姜温枝。

丁欢欢大大咧咧，往往做事不过脑。岑窈敏感，偶尔说错一句话便闷闷不乐。而她自己，也一堆问题。唯独姜温枝，无比温和地迁就了她们三人，事事以她们为先，从不挑头或质疑，做什么都比她们周到。

姜温枝会提前去交网费、电费，帮谈恋爱的舍友留门，给逃课的她们带饭、打水，兼职回来得晚，也从不发出一点动静。

包括现在。

韩珈偏头看去。

此刻，姜温枝安静地站在旁边，脸上倦意明显，眼神也空洞，明显是强撑着睡意。

韩珈知道，姜温枝是不放心留她自己一个人。

收回目光，韩珈幽幽道："枝枝，你可以自私一点的，没必要小心翼翼考虑到每一个人。"

姜温枝的眸光散散落在楼下的路灯上，声音很轻："这样，不好吗？"

韩珈摇头："活得这么清醒，替所有人周全，那你呢？你自己快活吗？"

姜温枝沉默。

"欸。"韩珈碰了碰她的肩，对即将分别的好友极度不放心，"有时候啊，凡是十分在意结果的事情，那就一定会输。

"所以，还不如及时享乐，活得潇洒呢。"

姜温枝敛目，随即一口喝干了剩下的可乐，将易拉罐捏得"嘎吱"响。

她不是圣人，很多事她只是懒得计较，但她是自私的，无比自私。

比如关于傅池屿的一切，她都克制不了，甚至可以算是不可理喻。

她也不懂，事情发展成怎样的结果算输。赢，又是什么样？

正式搬离宿舍那天，姜温枝意外收到了一条老同学发来的信息。

她是个不太注重社交的人，从前的同学也就初中的周漾和高中的许宁蔓还在联系。

许宁蔓是她放假回去常聚的人，而这条信息来自她联系得不是很频繁的周漾。

周漾：姜温枝，毕业的事情忙完了没？我这两天来潭清旅游，怎样，赏光吗？明晚一起吃个饭？

还是那样开朗活跃的语气。

姜温枝嘴角稍弯，顿了几秒，她后知后觉地想起，周漾来潭清，第一个联系的人不会是她。

果不其然，周漾紧接着追加了一句。

周漾：不许拒绝！傅哥陪我在宾馆打一天游戏了，你是我在这座城唯二认识的人。所以，咱仨必须好好聚聚！

良久，房间的自然光开始暗淡，姜温枝靠着飘窗的肩背才微微动了动。

姜温枝：刚在忙没看见。好。

吃饭地点约在潭清一家著名的音乐酒馆，离望月馨苑只有三站地铁的距离。

根据导航，姜温枝并没费什么时间就找到了。

说是酒馆，其实就是个放松休闲的餐厅，装修得年轻有情调，中间的圆形舞台上还有专业乐队驻唱。

谈笑碰杯的人群中，姜温枝很快看见了傅池屿。

灯束斑驳，光线昏暗，他闲闲坐在酒馆定制的沙发上，黑发微分，狭长的凤眼上挑，似墨的瞳孔染上了几分迷离的光圈，错落无序的线条灯打下，反衬得他骨相尤为优越。

此刻，他肘弯搭在桌边，瘦白的手指抵在眉尾，垂着睫，神色散漫地和旁边的周漾说着什么。

舞台上DJ打碟嗨得不行，主唱比着手势和台下互动，掀起一波澎湃。

似是预感到了什么，傅池屿长眸一掀，直直往她这个方向瞥了过来。

只一眼，姜温枝对镜练了一天的平静霎时丢到了十万八千里外。她朝他们走过去的同时，嘴角弯出了一个僵硬无比的笑。

"来得挺快。"傅池屿起身，替她拉开座椅。

"嗯。"她低眼应道。

四人座，她和傅池屿面对面，周漾坐一边。

"姜温枝！"周漾颇为不满地嘟囔，"不是告诉你快到了和我们说，我和傅哥出去接你嘛。"

姜温枝把包放旁边："这地方挺好找的，就没想麻烦你们。"

她敛着睫不敢抬起，生怕和面前的傅池屿撞上视线。

周漾："这有什么麻烦的，大家都是这么多年的朋友了。"

听到他这句话，姜温枝的头更低了。

突然，"咚"的一声，一只骨节修长的手出现在她余光里，还敲了敲桌面。

姜温枝抬眸。

"招牌菜都点了，"傅池屿挑眉，不咸不淡地扯了下嘴角，"要不要加点？"

"不、不用了。"姜温枝声音发颤。

"嘻！加什么加啊，你们干吗呢？"周漾狐疑地看看傅池屿，又看看姜温枝，"我就算了，你俩之前不天天在一起吃饭吗？"

他用胳膊推了推傅池屿，直言直语，毫不避讳地说："傅哥，你点的不都是姜温枝爱吃的？多年同学情谊搞得怪陌生的呢！"

傅池屿手一顿，略僵硬地收了回来。

姜温枝更是紧张得不敢喘气。虽然来之前她有心理准备，可这周漾是怎么做到闭眼还能在雷区精准踩炸弹的？

"上菜前我先去个厕所，你俩先聊着哈。"闲了会儿，周漾抓着手机离开了餐桌。

暖场的人一走，氛围瞬间冷了，无形中有莫名的尴尬在两人之间拉扯。

"姜温枝。"

四周人声鼎沸，姜温枝好像听见有人喊了声她的名字。

她下意识回应："嗯？"

傅池屿放下酒杯，视线从姜温枝面前的饮料上移，停在了她明晃晃写着局促心虚的脸上。

"怎么？"他笑得淡淡的，"真打算和我……"

像在措辞，傅池屿屈手飞快地挠了下额心，拖腔拉调地继续说："老死不相往来？"

姜温枝顿时抿嘴，不敢看他直白的眼神，话在喉咙里反复咽了咽，终于决定放过自己，解释道："那个，之前，对不起，我不是那个意思。"

姜温枝坐直，可仍要微微仰头才能对上傅池屿的目光。

"傅池屿，那天我喝多了，说了什么自己也没控制住。"她眨了眨眼，没回避对面的眸光，"能和你做同学，做朋友，是我……"

她一哽，声音又抑制不住地颤抖："是我最幸运的事情。"

似乎被她这番突如其来的感性怔了下，傅池屿声音稍哑地笑了："行了，我又没说什么，怎么哭腔都出来了？"

他低着下颌，抬眼看她，语调懒洋洋的："还好，没眼泪掉出来。"

"嗯。"姜温枝放在桌下的手轻揉着掌心，带了点笑意看他。

见状，傅池屿又靠了回去，眉间一开始带的锋利尽褪，多了闲散的懒意。

"我回来啦，分别这么一小会儿，傅哥、姜温枝，你俩是不是想死我了？"周漾一颠一颠地跑了回来。

傅池屿睨他，淡声说："让开。"

周漾眼睛瞪得如铜铃："啊？为什么？"

姜温枝老实道："你后面，服务生要上菜。"

"哦哦哦，不好意思啊，没看见您！"周漾快速闪到一边，笑着说，"您上，您上。"

不愧是网红争相打卡的酒馆，菜品精致可口，氛围也是喧嚣与柔和互相切换。

姜温枝夹了块排骨到碗里，刚咬了一口就听见周漾说："姜温枝，我掰手指算了算，你和傅哥认识十年了啊，仅次于我了！"

说着，他举起杯子，激动道："快，为了这缘分，咱干一个！"

周漾本以为他幼稚的行为带不动傅池屿，只能获得一个不屑的笑，谁知他话音刚落，傅池屿竟慢条斯理地端起了酒杯。

登时，他欣喜地看向另一个人："姜温枝，快点啊，傅哥都捧场了。怎么，认识我们不是一件值得庆祝的事情吗？"

姜温枝没搭腔，捏着杯子举了起来，和周漾碰杯后，又在傅池屿的杯身轻轻磕了下。

都是玻璃杯，触碰间发出了"叮"的清脆声响，只一下就被嘈杂的背景音乐盖过。

她在心底回答了周漾的问题。

是，值得庆祝。

酒意上头，周漾半开玩笑地说："也怪了，你们相处那么久，怎么没在一起呢？"他眯了眯眼，有酒气吐出，"难道，你们就是传说中的男女之间的纯友谊？"

正好酒馆换歌的间隙，周围静了下来，周漾特意拔高音量的话顿时显得突兀无比。

姜温枝和傅池屿短暂对视了一秒，又十分默契地同时回避。

画面骤然一凝。

"是！"

"说什么呢，人能看上我？"

两道声音同时响起，撞在了半空。

又是安静。

周漾晃晃脑袋，先看向只说了一个字的姜温枝，又转向语调漫不经心的傅池屿。

姜温枝一时不察，手里的饮料洒了出来。

她偏头紧锁着傅池屿。刚才，她不愿和谐的氛围被打破，近乎慌张地回了周漾，可与她同时出声的傅池屿说了什么？

说什么呢，人能看上我？

不去管周漾困惑的神情，姜温枝双眸紧紧盯着傅池屿，嘴巴比脑子跑得更快："看上的。"

几个字说得又急又猛，姜温枝仓促间咬到了舌头，眼角顷刻泛湿，可她顾不上疼。

因为话说出口的瞬间，她觉得"看上"两字实在不妥帖，于是切换了一下用词，再次说："会喜欢的。"

其实"会"字也不对，而是"已经"，她已经喜欢他那样久了，就像周漾数的，十年。

从姜温枝的话一说出来，傅池屿便一言不发地垂下了目光。

他乌黑的眼睫低垂，视线浮在大理石吧台上，觉得沉寂的几秒漫长至极。而后，他撩起眼皮，云淡风轻地笑了："嗯，姜温枝向来给面儿。"

他们短暂对话的时间里，周漾多吃了几口菜，见两人停下来并开始沉默，放下筷子，似有感触："潭清果然是大城市，菜还真不错。别说，这几天景点逛得我累死了。"

他侧头随口问："傅哥，你和阮茉茉东西都收拾好了吗？明天咱们一早的飞机呢。"

傅池屿指腹摩挲着光滑的酒杯，低低"嗯"了一声。

听到阮茉茉的名字，姜温枝并不意外，抽了张纸巾擦手，顺理成章地想，他们是要一起毕业旅行吗？

"行啊，暮山市这两年发展形势挺好的，反正你这儿工作也一般，回去也好。"周漾艳羡地捶了下傅池屿，满脸喜色，"大学毕业直接带女朋友回家，羡慕死我了！"

"……什么？"

像是没听明白，姜温枝细碎的声音突兀地冒出，掌心更是抵到了桌角，略尖锐的直角扎得她从手心到心脏抽搐地绞痛。

紧绷中，她屏息看向傅池屿。

"你们……"姜温枝长睫颤着挑起，这一刻，情绪静谧又磅礴到了极点。

稳了稳，她咬着牙把话问完："你们要一起……回暮山了？"

她眼里莹光隐隐，目光灼烈地看着傅池屿。

一桌之隔的傅池屿低着头，神色寡淡，手里酒杯晃得悠然。一圈暗光从他侧脸打过，双眸深邃，更显得意味不明。

正当旁边不知所措的周漾挠了挠头，打算替傅池屿回答这个简单至极的问题时，傅池屿抬眸，极轻极淡地看向姜温枝。

"嗯。"

目光撞上，她笑了："恭喜。"

出了酒馆，外面的街道也很热闹，只是少了几分震耳欲聋的喧嚣。

望月馨苑的房子傅池屿已经退了，东西都放在宾馆，再和姜温枝顺路。

即将分别，醉醺醺的周漾突然一侧身，浅浅拥抱了一下姜温枝，只几秒便放开了。

他哈哈笑得大方又豪气："老同学，咱今天就到这儿了，下次，"他勉强稳住身形，高声说，"下次咱在老家聚，就去风斯一中旁边的餐馆！"

姜温枝点点头："好。"

如果真的还能有这一天的话。

不知是不是受到了周漾的启发，姜温枝微偏头后，站一旁的傅池屿忽然勾了下嘴角，然后也伸展开手臂，冲她扬了扬下颌。

这是在暗示她，也给他一个友谊的抱抱？

"傅池屿。"不管其他，姜温枝仰脸盯住傅池屿，认真地问，"你还记得高一的时候，英语老师放的那部电影吗？"

这话问得突兀。

傅池屿长眸一抬，只稍怔后便点头："记得。"

"那时候你问了我一个问题，可我还没问你呢，不公平。"姜温枝笑着，"你觉得，结尾他们重逢后，还会在一起吗？"

"会。"傅池屿答得极快。

一如她当年坚定地告诉他，是喜剧。

瞬时，姜温枝笑出了眼泪，瞥向傅池屿迟迟没放下的手，轻声说道：

"……不了。"

傅池屿长腿微微一动,眉目间,恍如当年坐她书桌旁看电影的那个明朗少年。

他也笑,声音低哑:"不抱一下?"

她摇头:"下次吧。"

拥抱是给分开的人的,他在她这里,从没有离别这个概念。

等下次,重逢为序章,以"好久不见"为开场白。她会努力收拾好自己的情绪,在下一次见面时,眼神不再躲开,大大方方给他一个拥抱,像普通朋友那样。

"姜温枝,飞机很快,有事情随时给我打电话。"傅池屿极缓慢地放下手,"照顾好自己,姑娘家家的,别那么要强。"

姜温枝"嗯"了声,而后说道:"我看着你们走。周漾,拜拜。"

她眸里有光璀璨,胸口却如同炸开了一般,麻疼又酸涩。许久,她才听见自己用哑声也压不住的颤音说:"傅池屿,我们……再见!"

再多告别的话,她一句也张不开嘴了。

"嗯。"

静静站了片刻,傅池屿忽然微微一俯身,与她平视。对视几秒后,他扯弯了嘴角,最后喊了句她的名字。

"再见,姜温枝。"

夜已至,华灯辉煌,街头人流如潮,影影绰绰。只一晃,姜温枝茫然的眼瞳里就寻不见傅池屿了。

倏然,铺天盖地的过往纷至沓来。

2012 年,他捡了准考证递给她,说:"姜温枝,中考加油,再见!"

2015 年,她把自己祝祷求神了一夜的幸运符送给他。他扬眉浅笑说:"高考我会好好考。咱们潭清市见!"

今年,2019 年夏,他和她留存了一个拥抱,他说:"再见,姜温枝。"

傅池屿从不失信。

他说了再见,那他们就一定会再见的。

一定会。

"姐姐,你怎么哭了呀?给你纸巾。"街道中央,有奶声奶气的小朋友拉了下她的衣角。

姜温枝怔了怔,慢慢蹲下身。

一摸脸,不知何时,她已泪流满面。

"……姐姐没事……姐姐只是,只是……"她泣不成声。

只是,今年的夏,落了。

九月初,潭清各大高校开学,再次迎来一批鲜嫩血液。

信息工程大学新生报到那天,已经沦为社畜的姜温枝也去了。

从 13 路公交下车，她进了曾走过无数次，却也很久没踏足过的校园。

今天学校里彩旗飘展，人海沸腾。不同于新奇激动的大学生，姜温枝无所事事地闲逛着。

"学姐！"

忽然，一道青春响亮的声音在姜温枝耳边响起。

她转头看去，一个穿白 T 恤和运动裤的男生叫住了她。

男生清秀的面容下是掩不住的欢欣，把黑色行李箱立在一旁后，带着几分羞涩开口："你好，请问你是计算机系的学姐吗？"

姜温枝眉心微蹙，没答。

"我看你戴着和他们同色系的帽子。"她茫然的神情让男生也拿不准了，转身指了指不远处的新生接待处，"而且，我看你走得慢悠悠的，也没带任何行李，所以猜你应该是我们计算机院的学姐！"

男生笑得灿烂，把自认为的小聪明讲了个明白。

姜温枝顺着他指的方向看了眼，见签到桌边站了一排戴着卡其鸭舌帽的志愿者，太阳穴跳了跳。

早上，想着是来学校，她没穿得像工作时那样正式，只换了件寻常的白色荷叶领连衣裙，出门时又随手戴了个帽子。

估计颜色一样，这男生误会了。

她懒得解释，只问："有事吗？"

男生摸了摸头，不好意思道："学姐，请问计算机系的宿舍怎么走啊？刚刚学长说过，我忘了。"

"沿枫叶大道往前，路过两个食堂，往左是一条商业街，计算机宿舍楼在中间……"

见男生的神色越来越迷糊，姜温枝放下手，笑了声。

"你不会是……"她直直戳破，"想让我送你过去吧？"

"嗯嗯，麻烦学姐啦！"

男生点头如捣蒜，黑亮的眼睛盯着她。

左右也没事，姜温枝叹了口气，转身："跟上。"

"好好好，学姐真是人美心善。"男生笑嘻嘻地拎起箱子。

不愧是十八九岁最活泼健谈的年纪，一路上，这男生的嘴叽叽喳喳就没停过。

"学姐，我看贴吧里都说咱们晚上要查寝，还规定时间断网熄灯啊，几点呢？"

"只大一查寝，十一点半断网断电。"

"哦哦，好惨啊！岂不是和高中一样没自由？那要是晚上有事，实在回来晚了怎么办？不会被关在楼外吧？"

"晚上楼管处有阿姨值班，敲窗就行。"

顿了顿，姜温枝完善道："你们楼管一个姓陈，一个姓杨，都很好说话。"

"那还不错啊，看来得和她们处好关系！学姐，咱们网费电费去哪里交？"

"学校服务办事厅。"

"行呢，我记住了。对了，咱们学校哪个食堂最好吃？计算系的老师都怎么样？严不严格？期末挂科率高吗？学姐你大几了？"

或许是姜温枝全面细致地回答了这男生所有的问题，让他误以为她是个好相处的人，到宿舍楼下时，男生竟火速拿出手机，打开了添加好友页面。

姜温枝干脆地摆手拒绝后，便往一旁的商业街去了。

路过一家水果店，姜温枝没犹豫，直接走了进去。

此时店里没其他顾客，老板靠在收银台，见有客来，脸上堆起笑意："欢迎光临，想买些什么？"

姜温枝状若无意地多扫了几眼店内，还是从前那般的布置。

她收回视线："橘子。"

"来，袋子给你，现在正是橘子上市的时节呢！"老板扯了个袋子给她，有意无意地瞥了她几眼，语气迟疑，"哎？姑娘，我看你有点眼熟啊，但又有点陌生……你毕业了吧？"

姜温枝不会挑水果，只捡好看的往袋子里放。听到老板的话，她的手微微一顿。

可能是无聊找话说，她不搭腔也没能终止老板的好奇心。

他仔细打量着她，最后带了些肯定："还别说，越看越眼熟，从前你是不是常来我们家买东西……"

"老板，称一下。"姜温枝把挑好的橘子递过去。

"好嘞。"

老板不再纠结，快速上称。

扫码付完钱，老板正给袋子打结时，姜温枝喊了声："孙老板。"

老板手上的动作一停，眼神诧异地看她。

他这水果店开了许多年了，大学生韭菜一样一茬茬的，哪怕是常光顾的人也只是叫"老板老板"，还真少有人叫他"孙老板"。见这个姑娘居然能平静叫出自己的姓，老板一时多了几分感触。

上学时得来得多勤，才能记住他的姓？

"来来来，拿去吃！"老板把已经货钱两清的袋子解开，不由分说又抓了几个橘子塞进去，笑道，"早知道刚刚给你抹个零头了。"

"谢谢您。"

接过袋子，姜温枝抿了抿唇，认真地说道："孙老板，我其实不是你们学校的学生，但我朋友是。"

她弯了弯眉，眼里有亮光，像在回忆很久以前的事情。良久，她才又轻声继续说："从前我常来，是找他的。"

许是没想到生意上的客套还真有人较真解释，老板愣在原地。

"以后……"姜温枝笑了，"以后，我应该不会再来了。"

"祝您生意兴隆。"

出了信息工程大学北门，正是午间日头最热的时候，路上的新生和家长也少了。

姜温枝垂着头，不知不觉走过了公交站台。

等她抬眼，人已经站在了一条宽阔的马路上，侧面的绿荫里坐着个胡子花白的老人。

老人戴了副黑不见底的圆墨镜，旁边树干处支了杆白布，上面用草书写着"吾半仙"的字样，他面前的地上更是摆了块奇奇怪怪的帆布，还有张掉漆厉害的小马扎。

姜温枝分了个眼神过去。

怎么，现在算命的都这么猖狂，随便找个地儿就摆摊了？不怕城管追啊？

哦，这老人这么大年纪，估计也不敢追他。

想了片刻，姜温枝退了两步。鬼使神差地，她在离老人两三米的花坛边找了个地方，安静地坐下了。

蝉鸣，车笛，喇叭叫卖，人声。

一下午悄然而过，暮色四合，姜温枝口干舌燥，从袋子里拿出橘子剥着吃。

青皮橘，还不是很甜，酸涩得让人牙根发软。

姜温枝正思忖着要不要给旁边那个和她一起呆坐了一下午、看起来很奇怪的老人分一些橘子，老人先偏头看她了。

隔着两米距离，老人声音仍显得中气十足："小姑娘，你在我的地盘坐半天了，要是等人早该等到了！"他墨镜微微反光，语气里带着探寻，"还是你想算一卦，只不过拉不下脸？"

姜温枝无语地看向四周，宽敞大马路呢，怎么就成他的地盘了？

她吞下最后一瓣橘子，起身，慢悠悠地给出两个字："路过。"

"别蒙我了，我知道你们年轻人要面子。"老人显然不信，推了推墨镜，略带惋惜，"时间不早了，你不珍惜，我可要收摊咯！"

威胁谁呢？

姜温枝摇了摇头，作势要走。

"啧啧啧……"老人声调拖得极长，像煞有介事的样子，"小姑娘，我观你面相啊，求不得的怨念从生，好久没睡好了吧？"

姜温枝步子一滞，她最看不惯这些招摇撞骗了。

下一瞬，军绿色的小马扎被人一把拉过来坐下。

姜温枝肩背端正，手平放在膝盖上，给自己找了个理由，微笑道："爷爷，我很好。我也不算，就借您地方歇歇。"

怕他不信，她又添了句："五分钟就走。"

说完，她从钱包里翻出一百块递给老人。

"哈哈哈……"大笑后，老人做推拒姿态，摆出一副刚正的样子，"那怎么好意思？我可是有职业道德的。"

姜温枝觉得自己脑子进水了才会坐在这里。

"那您随意说说？"她还是把钱给了老人，只是底气不足，"我也……

265

随便听听。"

　　见状，老人不再客气，一把接过钱揣到怀里，黑圆眼镜下滑，露出一双目光精明的双眸："想算哪方面？"瞟了眼面前书香气未褪的女生，"学业？事业？还是……"

　　老人枯瘦的手指抵着墨镜，缓慢说出两个字："爱情？"

　　姜温枝眼尾抬起："随意，您随意发挥。"

　　"你学业顺畅，财气高升，至于情路嘛……"

　　看不惯他这故作高深的沉默，姜温枝又拿出一百块。

　　老人接连点头，仿佛在赞赏她的上路。停了停，他沉声说："姑娘，你有一段缘。"

　　姜温枝低着长睫，在眼下掷出不分明的暗影。

　　"垂头丧气干吗？还没到你伤春悲秋的时候呢。"瞥了她几眼，老人才又说，"缘分，还未尽。"

　　瞬时，姜温枝撩起眼皮盯着他，板滞的眼里情绪起伏。

　　"别瞪那么大眼睛看我，吓人！"老人往后缩了缩下巴，手指滑了两下，"不过，据我推算。"

　　他停了手上动作，回看她："你们重要的节点也快了。"

　　"哐当！"

　　可怜掉漆的小马扎倒地又被扶起，眨眼工夫，算命摊上只剩老人一人瞠目结舌。

　　三分钟后。

　　"大爷。"

　　冷清的算命摊前又冒出个人——姜温枝去而复返。

　　老人眼疾手快捂住口袋，戒备地防着她："怎么？我可不退钱啊！"

　　姜温枝没管他，自顾自说道："我是想问，您售后怎么样？应验比例多少？能推演出'快了'这个时间，请问具体是何时？"

　　话音落下，她自己都笑了。真是疯了，连这种无稽之谈，明晃晃的招摇撞骗都信。

　　天光开始沉下来，老人把算命幡卷了卷塞进布袋里，冗长叹息后，扔下四个字："顺其自然。"

　　姜温枝沉寂片刻后摇头："这个词太笼统。"

　　可能是真到了下班点，老人背上袋子就要走人，姜温枝也没阻拦，直到他的背影渐渐模糊，才开口："我很不喜欢这四个字。"

　　"顺其自然"只是托词罢了，大多是不甘心之人给自己最后的慰藉。要是能最快最好地得到自己想要的，谁会愿意顺其自然呢？

　　十月下旬。

　　周六晚上十一点四十分，刚走出公司办公楼的姜温枝捏了捏发酸的脖颈，懒怠抻腰后打开手机。

有微信消息框悬浮在锁屏上。

只瞧了半眼，姜温枝骤然失神。

那是她翻看了无数次，熟悉到只看见一角就能认出来的头像。

是她毕业换手机后，聊天记录只剩空白的联系人。

是从六月初街头分别，和她再没任何交集的"朋友"。

解锁，滑开，信息映入眼帘。

姜温枝的胸腔一颤，霎时像被抽干了魂般，心口灼烧。汹涌的疼痛一刹那压弯了她的肩背，她只能弓着身子来缓解这要命的痛感。

她用最后的理智扶住了旁边的玻璃门。

神经麻痹的几秒里，姜温枝恍然觉得，是不是由于高强度的工作，自己已然过得含糊糊了。

原地缓了十分钟，直到感觉凉风如刀割在脸上，她才僵硬地眨了下眼睛。

好半晌回了几丝神志，她哆嗦着摊开掌心，一根一根掰手指数数："六月，七月，八月，九月……"

不算上现在，不过才过去四个月而已，她囫囵着睁眼闭眼就翻走了。

还是她真的昏了头，世界早已转了四年之久了？

等她再次确认时间，肯定今年还是 2019 年后，闭眼又睁开，而后迟缓垂睫，看向刚刚收到的信息。

傅池屿：姜温枝，我下个月 23 号结婚。

傅池屿：有时间回来吗？

傅池屿婚礼前一天，潭清市下了一场大雪。

晚上，姜温枝难得没有耽搁，到点即摘下工牌，打卡后就下班了。

天气寒冷，加上白天的雪，小区里的公共活动场所无人，连带着旁边的篮球场也孤寂空荡，全被层层白雪覆盖。

姜温枝在篮球场边站了一会儿，顷刻间雪落满头。

片状的雪花覆在眼睫上，凉凉的，透过昏暗的光影，她突然想到，幸好明天暮山是个好天气，否则新娘的婚纱裙摆拖曳，会很不方便吧。

捻了捻冻僵的手，姜温枝打开了傅池屿的消息框。

信息不需要上下滑动，只有一页。

他们的对话停在一个月前。

傅池屿邀请她后，隔了一天她才回复的。

姜温枝：年底公司事多，不好请假。

大家都是成年人了，这样的话，傅池屿自然知道是什么意思。

傅池屿：工作要紧，照顾好自己。

这次，姜温枝没再拉长时间线，即刻接上了他的话。

姜温枝：新婚快乐。

傅池屿：嗯。

姜温枝：嗯。

退出微信，她打开许久没用的另一个社交平台，找到了那个仅自己可见的私密相册。

它设置于很多年前，但截至此刻，里面也只存了八张对话截图。

有雪砸在屏幕上，晕成一团水印。

姜温枝挨张翻过去。

从2011年到2018年，每年除夕，姜温枝都卡着晚上八点半给傅池屿发了祝福。

2010年是她的独角戏，因为傅池屿没回复她，也因为那条单方面的短信不知怎么，没了。

而今年年初，是她和傅池屿正僵化的时候，两人关系降至冰点。新年那天，祝福在她消息框躺了一天，终是没有发出去。

这些年的祝福大同小异，每年必不可少的一句"傅池屿，新年快乐"，除了2018年，其余所有的潜台词都是"傅池屿，我喜欢你"。

删完最后一张图片，再删掉这个相册，姜温枝宛如掉进了虚无的黑洞，庞大的落空猛烈袭来，是比冬雪还彻骨的寒凉。

她按熄手机，塞到口袋里，仓皇抬头，看向这个小区里供人休闲的篮球场，某段回忆被挑起，像眼前的雪花一样飘飘洒洒。

大一刚来潭清市，她和傅池屿从游乐园回来的那个周末，傅池屿和她说有场篮球赛要不要看。

她欣然答应。

到了体育馆才知道，原来是信息工程大学和旁边的体校打的友谊赛。

热血方刚的年纪，一上场，两个队便把"友谊第一，比赛第二"的宣传口号抛诸脑后，连姜温枝这种不懂球的人都能感受到两校之间的剑拔弩张。

比赛进行到一半，她正沉浸在对方有个小平头抢了傅池屿球的紧张中，旁边来了个人。

她转头，只见吕昕艰难地从后排挤了过来，连最重视的发型都乱了。等站稳，他抖了抖手里的外套，动作如斗牛一般粗犷，好整以暇地看着她。

姜温枝蹙眉。她刚认识傅池屿这个舍友，不是很懂他是什么意思。

见她呆愣，吕昕朝前方扬了扬下巴，解释说："妹妹，傅哥让你穿的。"

姜温枝转头看向篮球场。

场上男生个头都差不多，但姜温枝一眼就看见了傅池屿。

他的队服是深蓝短袖配同色系短裤，腿长肩宽，露出了线条分明的结实肌肉。他今天戴了黑色运动发带，穿着白色篮球鞋，虽已初秋，但他的侧分刘海已然被汗水打湿，凤眼轻挑着，浑身上下傲然骄矜。

此时，他快速转身过人上篮，得分。

观众席一片尖叫，傅池屿的名字回荡在体育馆上空。

和队友击掌后，他稍歪头一抬眉，右手捞起上衣下摆，随意擦去鼻尖上的汗。

上衣掀起时，两道 V 形线条和腹肌暴露无遗。

姜温枝愣神的片刻，有人再次把球传给了傅池屿，他高举双手扣篮。

场上欢呼声雷动。

这瞬间，姜温枝紧紧凝视着他，刚好他也偏头看向观众席，和她的目光碰撞在一起。

对视的瞬息，她看见傅池屿抬手指了指吕昕，随即手肘一弯，做了个"穿上"的动作，冲她弯唇一笑后才转身跑向队友。

姜温枝敛了敛嘴角，脸颊微微发烫。

"还不懂吗？妹妹！"一旁的吕昕摊手耸肩，无语又无奈地摇头，"傅哥是嫌你裙子太短了。"

才入秋，天气并不冷。知道要来看篮球赛，姜温枝特意穿了件泡泡袖高腰小裙子，两条雪白纤细的腿直接露在外面。

听吕昕这么一说，她的脸越发发烫了，赶忙接过衣服。

傅池屿个子高，外套直接盖到了她膝盖上，顿时，她周身都笼罩在了他独特的冷调香中。

送完衣服，吕昕倒也没走，干脆站一边观赛。

许是场地里"傅池屿加油"的口号喊得太响亮，吕昕有感而发："傅哥真是帅啊，走哪儿都是焦点。"

他侧了侧脸，吹嘘道："妹妹，你知道吗？我们学校中文系的系花追他，傅哥看都不看一眼的。"

遗憾又羡慕。

姜温枝手里捏着长出一截的袖子，"嗯"了声："他一向很多人喜欢的。"

傅池屿这样的人，只要接触，没人会不喜欢的。

吕昕深表赞同："也是，就是不知道未来啥样的仙女能拿下他！"

姜温枝笑了下，专注看比赛。

场上计时器倒计时一分钟，目前比分 60∶60。一番追逐后，傅池屿站在了离球框比较远的地方，篮球传到了他手里。

最后 30 秒，傅池屿起跳，抛出，篮球在空中形成一道抛物线，这一刻，它肩负着两个学校的命运。

"傅哥厉害！"吕昕乐得手舞足蹈，竖起了大拇指，"超远距离三分压哨绝杀！"

姜温枝听不懂专业词是什么意思，但她知道，傅池屿赢了。

目光越过偌大场地，望向被队友、啦啦队簇拥的他，姜温枝略显失神。

她那时就在想。

她要他，她非他不可。

她绝没办法接受傅池屿身边再出现另外的女生。

但若是真到了一天，傅池屿有了别人，她再没机会成为他心上的人，那她大概会舍下所有的爱意，把自己圈禁放逐。

岁岁年年，与他再不复相见。

"姜温枝，水给我。"

突然，上方压来一道黑影，姜温枝抬睫，这才发现傅池屿站到了她面前。

一场比赛下来，他满头大汗，像盛夏未尽的烈阳，散发着蒸腾的热意。

只见傅池屿扯下发带丢给吕昕，随手拨了拨头发，非常自然地从她手里接过水，拧开喝了一大口。

接着，他把剩下的水浇在脸上，水珠从他浓黑的发梢滴落，顺着冒起的喉结滑落到锁骨。

傅池屿唇上沾着水意，褐色眸子清亮纯粹，眉梢含笑地看她。

倒是吕昕开玩笑似的哼了两声，大声嚷嚷："水我买的哈，姜温枝喝免费，但傅哥你得给钱！"

"拿去。"傅池屿利落地把空了的水瓶扔给他，轻描淡写地挑眉，"多攒点再卖。"

吕昕无语："……做个人好不好。"

姜温枝正看着两人傻笑，下一秒，傅池屿慢腾腾朝她伸手。

傅池屿肤色冷白，刚运动完，手臂上的青筋格外明显，姜温枝有些猝不及防。

时间放慢了般，这堪比手模的一双手就这么到了她身前，然后握住了她的……外套拉链。

傅池屿不紧不慢地把拉链向上扯，一直到最上端，连带着衣服领子都竖了起来，遮住了她半张脸。

"傅池屿，你干吗？"姜温枝睫羽扇动，小声说。

傅池屿勾唇，声音里带了点懒散的腔调："待会儿有事没？和我一起吃饭吧？"

她连连点头，眼尾藏不住地上扬。

想什么遥远的放逐，此时此刻，傅池屿就在她身边，他们会有无数机会。

对上他黑漆的瞳孔，姜温枝笑着说："没事，好啊。"

记忆中的体育馆和面前寥落的小区篮球场重合，姜温枝眼前逐渐模糊。

她迈着步子，顶着风雪，在篮球场边徘徊。

因前段时间算命的那没谱又可笑的"缘分未尽""快了"的话，姜温枝每天都会抽出时间来去勾勒她和傅池屿下次见面的场景。

可能是傅池屿带阮茉茉回潭清，那她就请他们吃个饭吧，听说大学城里最近开了家不错的火锅店。

如果是她回暮山，在熟悉又陌生的街道，无意看见两人亲密地牵手逛街，那她就闪躲到旁边的小巷，不做任何打扰。

姜温枝也几次梦到，下次见面时，阳光晴好，她和傅池屿两人在街头偶遇，傅池屿讶异地瞥了她一眼，随即冷漠地移开眼神，淡淡道："姜温枝？好巧。"而她，完美地掩饰住自己所有的情绪，也疏离地看他，缓缓吐出四个字："好久不见。"

梦境给了她放纵的自由。

那些幻境里，她从没平静如水过，每回都是只看他一眼就全盘崩溃，一次次红着眼哽咽："傅池屿，在所有的好久不见里，你知道我有多想你吗？"

我真的，真的好想你。

每每醒来，她第一件事就是否认那样失去理智的自己。

不。

如果是现实中发生的话，她不会这样做的，因为她自小就是个极擅长克制自己的人。

她能控制好自己。

姜温枝曾觉得时间是良药。

所以再等等吧，或许事情真的会留到花开，比如有天一觉醒来，她失忆了，不再记得傅池屿这个人是谁。

她悲切又乐观地想，就这样把他忘掉，或许也不错。

总之，给时间一点时间，他们的境遇会变得不同的。

明明才分别几个月，姜温枝都快把与傅池屿的重逢想烂了，设想过千千万万种可能。

可这是现实，没有五年八年后独身男女在都市的重逢，没有茫茫人海中的蓦然回首，没有狗血的失忆桥段。

事实就是，她放不下的也没有迎来转机，只得知了傅池屿的婚讯。一切虚幻的构想，在得知傅池屿要结婚的消息后，全数烟消云散。

电影里的人会再相逢，而她和傅池屿，再无机会。

她等到了真正的告别。

她漫长的暗恋本就是一个人的哑剧，自悲自喜，自圆其说。

这次，不是两颗糖，也不是五十四步就能跨过的。

姜温枝揉了揉眼，掸去发上的雪。

这次，真没办法了。

傅池屿的婚礼她才不去呢。

她怎么去？她去不了的。

"啪！"

手里的枯树枝被生生折断，发出刚硬的声响，在静谧无声的雪地里分外清脆。

姜温枝捶了捶蹲得发麻的小腿，没起身，只缓慢抬起目光，入眼苍茫一片。标准的长方形篮球场地，坚实平坦的表面覆盖着厚厚一层雪。而雪面之上，她用枯树枝写满了"傅池屿"，大大小小的，字迹深刻飘逸，排列得整齐无比。

一地的傅池屿。

姜温枝站啊站啊，等新雪掩埋掉篮球场上所有"傅池屿"的痕迹，已经是23号凌晨了。

等满地再看不见清晰的名字时，她买了张早七点飞暮山的机票。

原来坐飞机从潭清市到暮山市，只要一个半小时。

果然很快。

2019年11月23号上午8:25，飞机落地暮山市。

姜温枝觉得她该是开心至极的。

这趟行程，她带上了自己全部的赤忱，带着从少女时期就未变更过的热烈，来赶赴一场盛大的喜筵，见证傅池屿最重要的幸福时刻。

九点半，她站在了暮山市最奢华的地段，嘉尔禧酒店门口。

高级紫白色立体拱门上点缀着气球和流苏，红地毯和灿烂的鲜花铺路，延伸到里面的宴会厅。

婚礼内场主色调是剔透的紫色，满目深邃独特的紫，恰如静谧无边银河里，荧光星辰点点洒落，吊顶的水晶灯也熠熠闪烁。

百桌宴席分在上下两层，中间旋转楼梯上也铺满了薰衣草。

时间尚早，此时厅中并没有宾客，只有督导人员还在布置，灯光师和音响师也在做最后的调试。

"女士，您是来参加傅池屿先生和阮茉茉小姐的婚礼的吧？"手拿对讲机的统筹见姜温枝站在门口，善意提醒，"不过您来得太早了，喜帖上应该有写婚礼中午开始吧？"

男人抬起腕表看了下，估摸着说："这个时间……新郎大约还被伴娘堵在门口，没接到新娘哪！"

姜温枝眼波微动，颔首："我知道了，谢谢。"

片刻，她刚走出婚宴厅，就见统筹搬了张巨大的油画布海报，在门口放下便开始布置迎宾区。

姜温枝目光一偏，恍神。

木质花架上是傅池屿和阮茉茉的婚纱照。

新郎英挺俊朗，新娘美丽优雅，一对璧人额头相抵，侧脸剪影浅浅，完美勾勒出了浪漫意境。

盯看了两秒，姜温枝忽然笑了。

她低头，自言自语："傅池屿，你还挺过分，婚礼这样快，我都来不及攒上一笔更丰厚的份子钱呢。"

酒店极大，姜温枝在景观花园的休息区找了个地方待着。

时间一秒一秒过去，缓慢无比地流逝，像是想把她往后的岁月一下全带走般漫长。

十一点，场地开始热闹起来，来往宾客众多，皆满面春风，和气又高兴。

姜温枝穿了件蓝紫色大衣，戴了米白色鸭舌帽和口罩。

她这样打扮本就为了泯然众人，加之似乎和婚礼撞色调了，更显得不起眼，所以她也并不担心被人认出来。

此时，婚宴厅门口摆了张喜桌，旁边端坐着两个中年男子，脸上均带着喜气洋洋的笑容。他们一个登记客人签到信息，另一个负责清点份子钱。

姜温枝把准备好的红包递过去。

偏瘦的男人打开厚厚的包封，一边点金额，一边不住抬眼看她。

姜温枝压了压帽檐，只露出一双水亮的眼睛。

没耽搁，她正打算直接进去，负责登记礼单的男人温声问："女士，你的名字？"

姜温枝摇头："不用留。"

"那不行啊，姑娘，我们负责给主家登记，钱名都要留存的！"瘦个子男人狐疑地瞟了她两眼，音量也不自觉加高。

见后面排队的宾客纷纷张望过来，姜温枝无奈，只好随意说："那就……国强。"

男人拿起笔，和蔼地加了句："姓什么？"

婚宴礼簿必须记清楚的，这都是人情世故，方便以后你来我往。这姑娘看着年龄不大，自己来的还包了这么大金额，记个"国强"，那和记"路人甲"有什么区别？

姜温枝低了低头，戴着口罩的脸半隐藏，再次摇头："就叫国强。"

她自然没想过留名。

这个红包是她目前能拿出来的所有，里面承载了她对傅池屿以后全部喜事的祝福。

就当是她一次给清了。

见她坚持，男人不再说什么，快速登记好后，从旁边的箱子里提了盒喜糖给她。

喜糖盒是紫色镂空蝴蝶结的，扎着纯白的缎带，精致端庄，一看就是花了心思挑选的。

果然，紫色用在哪里都是极好的。

姜温枝小声说："谢谢。"

"女士，后面有留言区，"男人越过她指了指一两米外的留言板画框，例行公事的口吻，"要是有想对新娘新郎说的话，可以写上。"

"嗯。"

进了内场，姜温枝在一楼最边缘找了个席位。她的椅背靠着墙壁，前面是熙熙攘攘的客流，一回身便是出去的侧门。

周遭一拨一拨人走来走去，喜笑颜开地互相打招呼，而她静静喝了四杯茶水，目光所及没有任何熟悉的身影。

"各位亲爱的来宾，大家中午好，我们隆重精彩的婚礼仪式即将开始。请大家就近落座，静候新人入场！"璀璨舞台上传来司仪情绪饱满的声音。

姜温枝又给自己倒了杯滚烫的茶。

12:08，吉时，宜祈福、嫁娶、求嗣。

宴席上的水晶灯踩点全暗了下去，舞台上紫光豁亮。

司仪正式出场："尊敬的各位来宾，大家好！祥年瑞月，良辰吉日，我们在傅池峙先生和阮茉茉小姐的婚礼盛典齐聚，感谢大家的如约而至……"

一番风雅的祝贺词后，姜温枝听见司仪又说："下面，让我们隆重欢迎暮山市最帅气的新郎入场！"

刹那，她握着杯子的手在发抖。

四面掌声如雷，所有人翘首以盼。

几束追光灯折叠，一袭矜贵定制西装的新郎从入场处缓步走了出来。

男人高瘦挺拔，五官硬朗利落，行走间，长腿宽肩的卓越身形尽显。他黑色西装领口别着胸针襟花，上面印着两个字——

新郎。

只一眼，姜温枝双眸里霎时有细碎光影浮动，在潭清时死寂一般无波的心脏蓦地一下鲜活跳动起来。

猛烈得让她措手不及。

这是久违了的、真实活着的感觉。

半年过去，傅池峙瘦了，下颌线清晰分明，头发剪短了，眉峰凛凛，傲气收敛了些，抬眸时眼神中多了温和的笑意。

明明没多久，怎么好像上次见他已经是前一辈子的事情了，模糊又真实，就像在大雾未散、荒诞不羁的梦境里？

在没停歇的掌声中，傅池峙踏上了鲜花地毯，站在如云宾客里，站在鼎沸喧嚣中，站在盛大华丽的婚礼舞台上，站在姜温枝淋漓尽致的年少时，永远意气热烈。

姜温枝的眼尾须臾染上红意。

这样美好的场合，时光却一下倒退，过往那些平凡至极的记忆纷纷涌上来，一幕幕映现。仿若穿梭了时间隧道，她转瞬回到了风斯一中。

梧桐树下，自行车棚旁，她初见了这个少年，而后被光迷了眼。

她看到岁月静好的午后，自己手肘撑在桌上浅浅打了个盹儿，一睁眼，面前清澈的少年扬眉冲她喊"小组长"。

他把她带离黑暗，给了她一瓶拧开的矿泉水，她抛硬币来坚定和他一个班的决心。

姜温枝还清楚记得，初三分班考，她没答的大题第三小问是求一次函数的解析式。

答案是：$y=x+4$，或 $y=-x-4$。

她故意不答，只愉悦地合上笔，想着一定可以和他分到一个班。

她也再次感受了每年给他挑礼物时的纠结和期待。

"朋友们，万众瞩目的时刻到啦！让我们目光汇集到一处，请出我们最美丽的女主角，欢迎新娘入场！"

司仪话音一落，厅内欢呼声澎湃汹涌。

宴会厅的主门被伴娘拉开，盛装华美的新娘盖着纯白头纱款款而来，穿过百花锦簇。傅池峙站在漫天华彩的星光下，带着绣球手捧花，郑重地牵起了他的新娘。

两人默契对视一笑，齐步往主舞台走去。

姜温枝双眸里悲喜轮换，少年跑过了光阴，和台上新郎的俊容重合，恰如初见那个率性恣意的少年。

是她跑慢了，被远远甩在身后，时间一晃，这个占据了她全部少女时光的少年已经变得成熟稳重。今天，他和他心爱的新娘将一起步入人生的另一座殿堂。

除了爱情，他们被这世上最紧密的契约联系在了一起。

从此再与她无关。

这位将与他喜乐同享、携手一生的新娘，真的很漂亮。余生他们会携手同行，会耳鬓厮磨，会彼此敬重爱护，人生圆满。

似是台上新人互问互答出现了小失误，司仪开始热场子起哄："那咱们请新郎亲吻一下新娘吧！大家想不想看？"

"当然想！"

"来一个来一个……"

"别害羞啊，对了，朋友们记得把自家小朋友的眼睛都捂住！"

欢呼祝福声此起彼伏，傅池屿微微俯身，温柔地拥吻新娘。

一片喝彩中，姜温枝安静起身。

她桌偏远，除了她，只有两个看起来像高中生模样的小姑娘，她们正津津有味地看向舞台，并没注意她。

姜温枝躲到光柱的侧影里。分明是阴暗的角落，可她总觉得有束刺眼灼热的光直直打在她身上，让人无所适从得想掉眼泪。

台上花瓣飘飞，再流连，她也该退场了。

她的路，到头了。

姜温枝颤着声，喃喃自语："傅池屿，新娘很漂亮，祝你们新婚快乐。"

她稍稍抬头，帽檐下的睫羽微湿，眸里融着碎灭的光。

从前，她任凭荒芜内心的野草疯长，今天挥起利刃，手起刀落，一把割尽，随之点了把火，烧得它连等待春风再生的机会都不再有。

看向旖旎光晕下拥吻的两人，她也笑了。

她吸了吸鼻子，一时不知该遗憾还是幸运。

"我以为还能有见面的机会，所以……仲夏分别的那个街头，拒绝了你的拥抱。

"对不起啊，傅池屿，我是胆小鬼。

"我还是……没办法和你做朋友了。"

她以为能劝好自己，以为能去试着接受"朋友"这两个字。

可这太难太难了，她真做不到。

"往后晴风万里路，山高道远，南辕北辙。"姜温枝笑出了泪，深深呼出一口气，"我和你再不相逢。

"傅池屿，这次……我们没有再见了。"

既然无法克制，那她想做个极端洒脱的人。

姜温枝伸手压了压帽檐，慢慢转身。

第一步。

司仪："请新郎新娘宣誓。"

新郎："我宣誓此生对你忠实，也将毫无保留爱你，只爱你。"

新娘："老公，我也爱你！人生很长，未来会有酸甜苦辣，或许我们也会常吵架，但我初为人妻，你要多多指教我包容我！"

第二步。

司仪："好，请新郎为新娘戴上戒指。"

第三步。

司仪："那咱们新娘也拿起戒指，余生把新郎套牢。"

第四步。

司仪："请新郎再次亲吻新娘！"

…………

第十步。

司仪："礼成。"

内场掌声沸反盈天。

姜温枝也在厅口的门槛处停了脚步。

短短十步。

她从 2009 年走到了 2019 年。

她用少年青春喜欢上了一个人，执着地，只喜欢他一个人。

今后，这份爱意只能被更加妥善地收藏，不与外人道。

一如从前的十年。

第十一步，即将迈出宴厅，姜温枝强忍着没回头，口罩早被打湿了，因为她泪如雨下。

她极其庆幸。

还好他不知道她喜欢他。

幸好他不知道她喜欢他。

遗憾他不知道她喜欢他。

可傅池屿，你能不能别把下辈子也许给别人？

那时候说后悔和你做朋友的话真的是假的，我从不后悔关于你的任何事。如果有下辈子，如果真的有下辈子的话，我还是想喜欢你。

我们还是初遇于少年时期，我一定在看到你的第一眼就坚定地跑到你面前，撞上你澄澈的目光，我会弯着双眸对你笑，大声告诉你：

傅池屿，你好啊，我叫姜温枝。

你别不信，我从上辈子就开始喜欢你啦！

我们以后天天见面吧，不要来日方长，把你的当下交给我，我会对你很好很好的。

倘若，下辈子时机还是不巧，你仍没能喜欢上我，那……再暗恋你一次，也不是不行。

是你的话。

暗恋，也行。

后方喧嚣渐淡，似有闹着新郎新娘敬酒的声音，姜温枝出宴会厅后往旁边的祝福留言区走。

韩珈曾说，凡是十分在意结果的事情，那就一定会输。

今天是结果，但韩珈说得不对。

光永远耀眼，只是没落到她身上。

于他，她从不会输。

拿起搁置在架子上的马克笔，姜温枝在留言板最不起眼处写下一行小字：

　　　　你圆满，亦算我赢。

出了酒店，天蒙蒙的，无风无云也无晴。

姜温枝从包里翻出墨镜戴上，绕过一地喜庆，在马路边拦了辆出租车。

"师傅，去暮山机场，麻烦您从风斯一中那条路走。"

"姑娘啊，那可就绕太远了。"闻言，司机边系安全带边皱眉。

从风斯一中走，那势必还得路过赤瑾一高，这样规划路程简直算绕城区一圈了。

"嗯，您开吧，"姜温枝垂睫看向窗外，"慢点儿开。"

司机呵呵笑了两声，顾客是上帝，上帝要绕路他也没办法，再说了，有钱谁还不赚呢？

"没问题，那您坐好咯！"司机脚踩油门，"走嘞。"

婚宴厅内，阮茉茉换好了敬酒服，一对新人开始挨桌敬酒，接受所有亲朋好友的祝福。周漾作为伴郎，不挡酒，反而和其他人一起瞎闹："交杯酒！交杯酒！"

新郎新娘相视而笑，各持一杯酒后手腕缠绕，仰头饮下。

"哇哦哇哦……超甜蜜啊……"

"要幸福啊，白头到老，早生贵子……"

热闹至极的婚宴厅，轻而易举就把寒冷萧瑟隔绝在外，没人会在意一辆蓝色出租车悄然离去。

车往前开，风景倒拉成线。

没有体面告别，甚至无人知晓姜温枝来过。

从头至尾，都只有她一个人潦草收场。

　　——将联系人"傅池屿"删除，同时删除与该联系人的聊天记录。

　　删除联系人。

下午。

婚宴结束，新郎新娘在送宾区送宾，并与亲朋合影留念。

两个跟着家里大人来赴宴的女孩也不怕生，亲亲热热地凑在新娘阮茉茉旁边。

其中一个女孩剥开喜糖塞进嘴里，惊羡道："姐姐，你们的喜帖和喜糖是特别定制的吧？还有这个会场，紫加白，梦幻爆棚了，配色太绝了啊！"

阮茉茉依偎着高大伟岸的丈夫，满脸掩不住的甜蜜，柔声道："嗯，融合了我们俩喜欢的颜色。"

"好浪漫啊！"另一个女孩偷偷看了眼清隽帅气的新郎，"那肯定是姐姐你喜欢紫色，哥哥喜欢白色对不对？"

阮茉茉勾着傅池屿的手，边摇边撒娇。

婚礼的整个策划都是她和婆婆亲自敲定的，婆婆说池屿很早前在国外看过极光，从那以后就只中意极光的颜色。

她把两人十指交扣的手举起来，眉眼越发艳丽娇媚，摇了摇头后，笑着解释："不，他喜欢紫色。"

时间倒流回很久很久以前，故事才开始的 2009 年，平安夜那一晚。

透过教室窗户，傅池屿和姜温枝在窗台看完烟花，少年手里拿着一把彩色水果糖给她选，垂下睫毛，认真地问："姜温枝，你要什么口味？"

姜温枝掩下慌乱的表情，仰起头看着他，故作平静地说："蓝色，我喜欢蓝色。"

从小看过紫色极光后就对那种颜色情有独钟的傅池屿，大脑没有经过任何思考，嘴角稍弯，对上少女干净温和的眉眼，话语几乎是脱口而出。

"巧了。

"我也喜欢蓝色。"

2021 年。

普天同庆的节假日，姜温枝终于从没日没夜的工作中解脱。西部地区出差结束，她没去公司，直接买了票回家。

这两年她几乎没怎么待在潭清，尤其去年，366 天她出差了 290 天，项目在哪儿她人在哪儿。

姜温枝曾一度觉得望月馨苑的房租交得十分冤枉浪费，却也没退租。

此次国庆，她有三天假期，后面马上 IPO 获得首轮问询，又得开启加班模式。

回到家，把礼物分给温玉婷、姜国强和姜温南后，她实在困得不行，洗了个澡倒床就睡。

等醒来，已经是 1 号晚上。

这晚六菜一汤很丰盛，姜温枝洗了手就要帮着盛饭，姜国强快速夺下她手里的碗，不由分说把她推出了厨房。

"快出去，这里不需要你，坐好等着吃就行！"

"是啊，枝枝，你怎么比上次回来又瘦了一圈？"温玉婷解下围裙，瞧着女儿瘦白的脸，心疼地唠叨，"这样老出差也不是办法，一天三顿饭都得吃好，知不知道？"

"别自己一个人就瞎糊弄，要不说……还得是有个家好呢。"

"妈，你这弯绕到太平洋了吧？"个头已经窜到一米八五的姜温南往厨房口一站，险些撞到门框，"啧"了声，吊儿郎当地拆穿，"姐，爸妈就是想问你谈恋爱了没有！"

温玉婷面色浮现出尴尬，没好气地说："姜温南，有你什么事儿？"

姜国强统一战线："就是，你姐现在到谈对象的年纪了。"他白了姜温南一眼，"但你给我老实一点，刚上大学没一个月，你先好好学习再说！"

见祸水引到自己身上，姜温南一下没了气焰，嘟囔道："知道了知道了。我们是出了名的和尚学校，你以为找个女朋友这么容易？"

姜温南成绩一直上不足比下有余，高考也发挥得马马虎虎，上了个工业大学，前两天军训回来，整个人晒黑了一圈，关灯就找不着人的程度。

说话间，几人坐到了餐桌上。

姜温南边吃饭边絮絮叨叨说着在学校的见闻，姜温枝如常安静。

"枝枝，别老吃饭，多吃菜啊。"温玉婷给她夹了块鱼，又顺手给姜温南盛了碗鸡汤。

姜温枝："谢谢妈。"

温玉婷手一顿，笑道："……谢什么谢，在家和父母还客气？对了，你后天是不是要去高中同学家？"

"嗯。"姜温枝放下筷子，难得多说了句，"她和她老公刚搬家，叫了几个朋友聚聚。"

年初，许宁蔓和恋爱几年的大学学长领证结婚，姜温枝是她唯一的伴娘。

现在许宁蔓就职于一家私立国际双语幼儿园，她老公也是老师，不过是教高中的，两人日子和和美美。

"你看，都是同学，"姜国强自饮自酌，嘬了一口女儿买的白酒，借题发挥，"过了多久，人家说不定孩子都有了。"

姜温枝敛目垂眉。

"咳咳咳！"温玉婷突然干咳了两声，眼睛也不停地挤弄。

姜国强假装没接收到暗示，继续说："枝枝，你年纪不小了，爸妈也希望你身边能有个知冷知热的人，别老拿工作忙当借口。"

见女儿还是不作声，姜国强转用举例子的套路。

"就拿咱楼下来说，你刘叔的闺女绮绮和你一般大，人姑娘大学毕业就结婚，现在孩子见到我都能喊爷爷了……"

"行了，你少说两句吧！"眼看姜国强越说越起劲，温玉婷连忙打断他，"我们枝枝这么优秀，你还怕她找不到男朋友？"

"啊，疼！"

姜温南正大快朵颐，脚背忽然被人重重踩了两脚。

他手里筷子一斜，面目狰狞地瞟了眼自家老妈，强忍着痛，龇牙咧嘴道："是啊，爸，姐什么时候让你操过心？你实在想听人叫爷爷……"

他很快想到个馊主意："那我待会儿给你放个动画片，里面有七个葫芦娃挨个叫你爷爷，保管你听得满意！"

姜国强势单力薄，气不打一处来："你这兔崽子……"

"爸，妈。"吵闹间，姜温枝出了声。

姜国强暂时放过皮儿子，和温玉婷商量好似的一齐问："怎么了？"

"我不考虑这件事。"姜温枝直截了当地说。

"什么叫不考虑这件事？"姜国强额头青筋一跳，重复她的话。

温玉婷也很着急："枝枝，你是不是想等工作稳定了再说？"

姜温枝说得简洁明了："我的计划里，我一个人可以过得很好。"

前段时间她莫名收到了一些男生的好友申请，验证消息都是"温阿姨介绍的"，她实在懒得应付这些事情，干脆今天说清楚。

"啪！"

姜国强筷子拍在桌上，客厅顿时静了下来。

他沉声道："谁家姑娘到了年纪不嫁人？以后亲戚朋友在背后怎么议论你？父母兄弟陪不了你一辈子，你一个人要怎么生活？"

一个人怎么不能生活了？还不是，随随便便就过了？

"我管不住别人的议论，"姜温枝神色温和，语气平静，"但您和妈别在这事儿上费心了。"

闻言，姜国强眉头深皱，面对女儿的果断和固执，忍不住拔高了音调："枝枝，你……"

"吃着饭呢，你摔摔打打，冲孩子喊什么……"温玉婷出言缓和气氛，把盘子左右推了推，笑着说，"菜都凉了，枝枝你快吃……"

姜温南也说："就是啊，爸，我姐才毕业多久，你着啥急，再多玩两年又怎么了？"

　

一顿饭下来，姜温枝鲜明的态度没撼动分毫，倒是姜国强憋了一肚子气。

十点左右，温玉婷关上卧室门，确认外面没动静了，这才恶狠狠瞪了眼姜国强，嫌弃道："下去！没洗澡一身酒气就往床上躺，坐椅子上！"

"就你事多。"姜国强话虽这么说，可还是勉强爬起来，顺势往椅子上一瘫。

两人相顾无言，沉寂了良久。

姜国强捏了捏鼻梁，带了几分不清醒，说道："老婆，你有没有觉得枝枝这几年好像越来越不开心了？"

温玉婷"嗯"了声，又叹了口气："这孩子一向少言执拗，从不和我们说心里话，只报喜不报忧。"

话赶话说到这儿，姜国强模模糊糊联想到了什么，骤然坐起来，又像泄了气的皮球般靠回椅子："我记得枝枝小时候挺活泼的，她上幼儿园时，一放学就和我们讲学校里好玩的事情。后来有了南南，我俩工作也忙，她一直很乖，所以我也没太在意，到底什么时候枝枝一下变沉默了……"

姜国强声音减弱，眼皮也耷拉下来，不多时便打起了轻鼾。

不同于姜国强心大，此刻，温玉婷是完全静默了。

她知道的，枝枝并不是一下子变沉默的。

温玉婷和姜国强结婚后，从县城搬到了市里，两人租了房子，又在同一家工厂上班，第二年便有了姜温枝。

孩子的到来让他们本就拮据的生活越发捉襟见肘，好在自己福气好，从怀孕到生产，再到姜温枝一点点长大，她这个女儿就像来报恩的一样，从没让他们操过一点心。

枝枝从不挑食，有什么吃什么。因为工作忙，温玉婷有时把她带到工厂，她也从不哭闹，小小一个人安静蹲在地上拿树枝画画。

别家小孩要玩具要裙子时，枝枝开开心心穿着温玉婷从亲戚家淘来的旧衣服。

温玉婷自豪地以为是她教育得好，等枝枝六岁，儿子姜温南出生，她才明白，孩子和孩子真是不一样的。

姜温南是个混世魔王，会走路就挑吃挑穿，一见到玩具便走不动路，撒泼打滚也得买，但只要顺他的意，又不住嘴甜地"好妈妈，我爱你"哄人。

父母总会偏心更让自己操心的孩子，温玉婷承认，她确实把大部分的时间精力花在了儿子身上。

直至那件事发生，温玉婷才恍然意识到，自己似乎忽略女儿太久了。

那时枝枝六年级，一个周末，她要去买套新床单，碰上姜国强临时加班，没办法，她只能带上两个孩子去逛街。

一进百货商场，姜温南照旧把她往玩具摊拽，他挑了个挖土车不肯放下，无奈，她只能掏钱。

玩具到手，小儿子美滋滋要走。

转身时，温玉婷衣角突然一沉。她低头看去，原来是枝枝柔嫩的小手拉住了她。

仿若纠结了很久，枝枝圆亮的眼睛眨了又眨，才吞吞吐吐地说："妈妈，我喜欢这个……"她声音极小，像是在小心翼翼地乞求，"你可不可以把这个买给我……"

温玉婷看向女儿指的玩具，是个并不漂亮，但笑容可爱的娃娃。

刚被姜温南闹过一通，又惦记着床单还没买，于是，温玉婷只看了一眼就收回视线，语气不耐烦："喜欢有什么用？妈妈没钱了，我们买不起。"

片刻，身上力道一松，温玉婷瞥见女儿眼里的光暗淡了，白皙的小脸红了个透，也不敢看她，只无措垂着头。

温玉婷有一秒的不忍，但也只是一秒，而后很敷衍地说："下回吧，等下次发工资的时候。"

她想着孩子忘性大，忽悠过去转眼就会忘了。

下午到家，温玉婷在阳台洗衣服，客厅里两个孩子不知怎么闹了起来，争执声不小，她甩了甩手上的水，赶紧走了过去。

原来家里就剩最后一只雪糕了，枝枝先拿了想吃，姜温南上去抢没得手，这才恼羞成怒不依不饶。

了解情况后，温玉婷狐疑地看了看女儿。

她知道枝枝从不会在这种事上争夺，便理所当然地调解道："枝枝，给弟弟吃吧，他还小，妈妈下次再给你买。"

温玉婷有自信，只要她这么一说，那这桩小官司肯定就过去了。岂料，一向顺和的姜温枝怎么都不愿意相让，只倔强地重复："我先拿到的。"

"妈妈知道，但你让让弟弟怎么了？"

"为什么……为什么从来都是我让？"

枝枝低着头，温玉婷没看到她的表情，但从颤着的声音里可以听出她的不服气。

"我要吃，我就要吃！"姜温南坐地上耍赖。

想着一盆没洗的衣服，加上姜温南又聒噪，温玉婷也烦了，脑子抽了般，忽然推了枝枝一把，说出的话也无比锋利："姜温枝，你怎么这么不听话！又欺负弟弟又要买玩具，妈妈这么辛苦，你就不能给我省心？"

时间过去太久了。

温玉婷想不起来自己当时有没有使大劲儿，只记得枝枝连连退了好几步，转而一声不吭地把雪糕塞给了姜温南，没再看她一眼，安静地回了房间。

几天后想起这件事，温玉婷有点自责。

明明枝枝那样乖巧，何况这好像是第一次在她面前表露出喜欢什么东西……她这是做了什么糊涂事？

越想越不安，休息时，温玉婷又去了趟百货商场，找到了那家摊位，可老板说，那个娃娃已经卖出去了。

日子过得很快，那个小插曲宛若不值一提，但温玉婷隐约觉得枝枝变得比以前更敏感话少，也更懂事了。

也是从那时起，枝枝再没和姜温南发生过一点摩擦，也再没和家里人说过她喜欢或想要什么。

温玉婷后悔了，悔得肠子都青了。

没有姜温南的六年，她为枝枝的省心沾沾自喜，甚少操心。姜温南出生后的第六年，她才惊觉自己又亏待了枝枝六年。

姜国强亦然。

此时枝枝上了初中，早上天不亮就出门，晚上回来也是半夜了。温玉婷开始细致地关心女儿的穿衣饮食，加了倍地对她好。

想弥补，也是想挽回。

可物质可以，精神上的缺失和隔阂却不容易消去。

一天，枝枝到客厅和她说："妈，你能不能给我点钱？"

"能不能""可不可以""谢谢"，这是枝枝对她说过最多的词汇，从前不在意还好，现在她只觉得刺耳。

她慌忙掏出钱包，为了掩饰自己的失态，胡乱扯了句："当然能，你想买什么？"

她真的只是没话找话说，却不想枝枝慢腾腾吐出三个字："卫生巾。"

温玉婷手一抖，抬眼盯着女儿看了许久，没绷住，苦笑道："你……什么时候来的初潮？"

第一次来是什么情况下？怕不怕？怎么不和妈妈说呢？

枝枝语气平淡极了："上个月。"

"你知道卫生巾怎么用吗？来的时候肚子疼不疼？血量多吗？"温玉婷抛出一连串问题后，怔怔感慨，"枝枝，你长大了，怎么……来得这样快。"

她还来不及多参与，襁褓里的小女孩就已经这样高了。

"我算晚的了。我们班所有女同学都来了，我还以为自己不正常，查了不少书……"

温玉婷正听得入神，枝枝的声音戛然而止，好似不太习惯和她说这样的事情。

停了话后，枝枝接过温玉婷手里的钱，自然地说："谢谢妈妈。"

一次偶然的机会，温玉婷发现枝枝晚自习下课回家总比中午花的时间长一些。

担心不安全，放学后她悄悄跟了几天，很轻易就发觉枝枝在光线暗的地方格外小心，可明明枝枝手里一直拿着照明的东西。

但路上确实没耽搁，就只是走慢了些。

她放下心来。

不久后，一天中午吃饭的时候，温玉婷想和枝枝多说几句话，但实在找不到话题，只好随便拉出个由头聊着。

"枝枝，我单位的李姨你记得吧？前两天她带儿子去检查眼睛，你猜怎么着？医生说她儿子有夜盲症。"

"就是晚上看不见东西的，可怜那孩子了，得多不方便啊，你说是不是？"

本当是件家长里短的事情说出来，谁知枝枝眼皮都没抬，轻描淡写地说："不是什么大问题。"

温玉婷一愣。

顿了下，枝枝语气平淡地补充了句："告诉李姨别担心，我也有夜盲症，没什么的。"

有一年冬天，姜国强从同事那儿买了一盒糖，下班回到家，刚放到茶几上，正在写作业的姜温南冲上前就要拆开吃。

温玉婷立即从厨房走出来，一脚踢了过去。

力道很轻，没震慑到姜温南，但一边的姜国强有点不满了："你干吗？这糖买回来不就是给孩子吃的？"

温玉婷挥了两下锅铲，执意道："别拆开。等枝枝下晚自习，先给她吃！"

"好吧，那等姐姐回来。"随着年岁增长，姜温南不再霸道，多看两眼糖后恋恋不舍地回书桌了。

翌日一早，温玉婷拎起包和姜国强走出家门。刚下楼，她便念叨："哎，我钥匙是不是没带？"

手伸到包里，不知碰到了什么，发出一阵"刺啦刺啦"的声音。

温玉婷掏出一看，是几颗巧克力夹心糖。

姜国强瞥了一眼，说："哦，这是昨晚枝枝放你包里的。"

糖攥在手里，却像握着把刀片，温玉婷鼻子一阵酸疼。许久，她才微微发出声："枝枝，她吃了吗？"

"没有。"姜国强稀松平常道，"她分给了我们仨。"

见她不太对劲，姜国强停了脚步，奇怪地问："你怎么了？最近一直怪怪的。"

"姜国强！"温玉婷忽然拔高声音，声线尖厉，"你难道没觉得我们女儿太懂事了吗？"

"没事吧你？孩子懂事你嚷嚷什么？"姜国强摸不着头脑了，看了眼时间，"快迟到了，赶紧走。"

瞬息，温玉婷脸上露出苦闷的笑。

是啊，她拥有一个完美的女儿，成绩优异，礼貌周到，乖巧懂事，情绪比大人稳定。

可……枝枝毕竟还是个那么小的姑娘。

她遇到了委屈可以和父母说，可以跟父母撒娇，可以打骂弟弟，可以考得差一点，可以在家里发脾气……她不必事事完美的。

接下来的一段时间，温玉婷试图把这些可以任性的事情教给枝枝。

可她的枝枝一次次说"谢谢妈妈，我挺好的"。

温玉婷想摸摸女儿白嫩的脸蛋，再把她揽在怀里轻声哄一哄，问她最近学习压力大不大，有没有不高兴的心事。

但温玉婷没有，而是微笑着走出女儿的卧室，静静地把门合上了。

她知道，枝枝一定会说"谢谢妈妈关心，没有"，语调客气疏离得像对待远方来访的亲戚。

只礼貌，不交心。

但她不是无关痛痒的亲戚啊，她是枝枝的妈妈，本该是和枝枝最亲密的人。

可是啊，在她忽略枝枝的那些年里，她纤弱的女儿所有情绪都自己消化，独自长大了。

迟来的嘘寒问暖再多，过往那些年里的枝枝也听不到了。

这个道理，温玉婷懂得太晚了，枝枝已然不再需要她。

最让温玉婷难受的是，她知道枝枝不是故意的，只是把父母排除在内心之外当成了一种习惯。

习惯独立而已。

温玉婷觉得自己该烧香拜佛，她的女儿没有因为父母的薄待而心生怨怼，反把一切淡而化之，成长得这样优秀。

大学开始，枝枝不再拿家里一分钱，工作后更是按时寄钱回家。

枝枝表现得从未计较过他们。

所以啊，她和姜国强有什么权利对女儿指手画脚呢？他们才是最不合格的父母。

至此，温玉婷大彻大悟，不是枝枝需要她这个愚蠢妈妈，而是她荣幸无比地拥有了这个女儿。

次日，姜国强一觉睡醒后貌似忘了昨天的不愉快，一家人安然吃了顿早饭。

下午两点，姜温枝出门逛街。明天去许宁蔓家做客不能空手，她打算挑些礼物给这对小夫妻，恭贺他们的乔迁之喜。

在综合性商场逛了逛，她定了一台智能烤箱和一款居家型空气净化器。

现在的商家服务贴心周到，可以配送到家，姜温枝求之不得，在购物卡上填了许宁蔓家的地址。

"女士，这是您的收据，请拿好。"销售员笑容满面地走了过来。

姜温枝看了眼："保修卡在里面吧？"

"在的，后续有任何问题，您可以拨打上面的电话，我们会派维修人员上门的！"

"好，谢谢了。"

销售鞠躬："不客气。"

突然……

"姜温枝！"

假期商场人来人往，嘈杂喧嚣，加之她正好站在家电区，后面摆放了一排超薄液晶电视，播放着色彩明艳的栏目，她觉得自己轻度耳聋了，要不怎么听见了喇叭似的声音喊她？

"嘿，往哪儿看呢？这儿！"

下一瞬，姜温枝的肩膀被人不轻不重拍了下。

她偏头，一个浓眉大眼的男人赫然杵在她面前。

男人略圆润的脸上舒展着灿烂的笑意，此时神色激动地打量着她："不是吧！姜温枝你是真绝情，才多久没见，认不出我了？"

霎时，姜温枝心里一咯噔。

她极不自然地往男人身后瞥了瞥，见并无他人，蓦然松了口气，几秒后才微笑道："怎么会？周漾。"

周漾没因为年龄而稳重，反而更活跃了。

分明是许久未见的老同学，他倒像是偶遇了个经常一块儿吃饭唠嗑的挚友，语气毫不客套。

"欸，我说，姜温枝，咱们真的好久没见了对不对？你咋回事啊，就这么忙？"

说着，周漾皱眉算着时间："上回还是咱们毕业的时候吧，当时我去潭清……"

"是的是的。"姜温枝不是没礼貌的人，但她不想听周漾回忆曾经，于是岔开话，"你来买家电？"

"对啊对啊，我买电视呢！"周漾竖起四根手指晃了晃，吹牛皮，"就这两个月，我来买四台了，今儿是第五台！"

姜温枝眉心微动。

联想到周漾也是个有钱的主，她表示理解："我懂，你卧室太大，床五米，四面和头顶都得摆上电视。"

被她的话一噎，周漾差点被自己的口水呛到，干笑了两声，讪讪道："说啥呢，我有病吗？"

想着从前就说不过姜温枝，周漾没纠结，多扫了她几眼，惊讶地夸赞："可以啊，你现在越来越漂亮了，我刚刚都没敢认！"

姜温枝客套："也没有了，谢谢。"

工作后，她从黑直发、马尾辫到长鬈发，从校服到衬衫裙，从素面朝天到淡妆浓抹总相宜。

如今，很多人都说她漂亮又有趣，工作也很不错。不知哪天，姜温枝终于变成了她初中时心心念念想成为的人。

可这些终究来得太迟，离她最想赢的时刻已经过去了十多年之远。

和周漾聊了一会儿，当然大部分时间都是他在说，姜温枝知道了许多故人的消息。

"……齐峻考上了公务员，和女朋友也谈婚论嫁了。

"施佳你还记得吗？和你一个高中的，齐峻那厮之前喜欢她，前段时间他给施佳女儿包了个大红包……

"还有我，"周漾憨憨一笑，有些不好意思，"我也结婚了，老婆是工作上认识的，她比较忙，今天没出来。"

姜温枝知道周漾在极力搜刮他们的共同话题，可齐峻也好，施佳也罢，高中毕业后，她和他们连通讯好友都不曾是。

乍然得知他们当下的生活，她没什么可评价的，不过一笑置之。

倒是听到周漾结婚的事，她才微弯眉眼："祝贺你，我给你补个红包吧。"

她掏出手机，等意识到什么，脸上的笑一时僵住了，真想时间倒流回五秒钟前，然后狠狠给自己一耳光。

周漾也秒懂，后知后觉拍了两下她的肩，指责道："你不提我还忘了，姜温枝，你干吗把我们都删了？我结婚想邀请你，消息一发，竟然是红色感叹号！"

他手捂在胸口作伤心状："你知道我有多失望吗？"

姜温枝低着头："不好意思，我常出差，潭清那个号码……不怎么用了。"

周漾一秒恢复正常："好吧，原谅你了。那新号是多少，我扫你。"

"出来太久，手机没电关机了。"姜温枝拂了拂鼻尖，悄悄把手机塞进了口袋，睁着眼睛说瞎话，"下次吧。"

周漾点点头："行吧。这不赶好放假，咱一起约饭啊，我们不是说过去风斯旁边的餐馆吗？你明天有时间吗？啥时候回去？"

"明天有安排了，明晚回。"

"你们公司够狠！"

一系列增加同学友谊的举动被挡回，周漾也没察觉出异样。

正当姜温枝想找借口开溜，他猛一拍脑袋，如梦初醒道："嘻，和你掰扯半天，最重要的事情都没说呢！"

姜温枝修得整齐圆润的指甲抠着包链，垂眼睨着周围三五成群的人流。

有阔别已久、隐晦不安的心绪倏然显现出来，她觉得，她不是很想听周漾所谓的"最重要的事情"。

"我刚不是说买四回电视了吗？其实不是给我自己买，而是给傅哥家买的！"周漾说道。

"哦。"姜温枝微不可查地挑了下眉，侧了半步，手臂虚压在透明玻璃柜台上。

她想，周漾的话不是疑问句，她可以不答的，因而只笑容淡淡地看他。

"傅哥儿子快一岁半了。你是没见到，我的乖乖，那小子正是好玩的年纪，长得活脱脱翻版小傅池屿，又萌又帅！"

姜温枝笑着"嗯"了一声。

"那小子认我做干爹了！天天追着我玩，我俩喜欢在傅哥家客厅踢球，电视就是这样一台台砸坏的。

"当然，小孩子哪可能踢坏电视，主要还是我干的！我怕傅哥打我啊，没办法，每回都买个一样的，趁他不注意摆回去。

"……我已经对嫂子指天发誓了，这是最后一台……"

周漾喋喋不休，大好青年，眉目间居然有了几分慈祥的味道。

他说了半天，见姜温枝并不搭腔，只是偶尔回应几个语气词，于是机智地拐了个弯，打开了另一个话匣子。

"姜温枝你呢？"周漾随口问，"我听说你一直一个人。"

姜温枝视线平和，搭在柜台上的指节轻敲了两下，发出细微的"咚咚"声。

她淡声回道："工作忙。"

周漾唏嘘："你们这些精英人才就是不一样。不过也没事儿，你这条件不愁找，追你的男人估计排着队呢！"

"哈哈……"姜温枝觉得她脸部肌肉要笑僵了。

商场顾客越来越多，她和周漾不好再站在人家销售的地盘上闲聊，匆匆作别。

姜温枝下电梯，周漾去下单他的第五台电视机。

三号晚上，姜温枝赶最后一班高铁回潭清。

马路边，她刚把行李放到出租车后备厢，小区门口追出来三道身影。

她看向司机："师傅，您稍等一会儿，我给您按时间加钱。"

"行！"司机爽快答应。

和温玉婷、姜国强、姜温南简单了几句话后，姜温枝示意他们回去，很快过年又要见的，实在没必要伤感。

温玉婷从后面抱出个箱子来。

姜温枝掂了掂，正方形纸箱，不是很重。以为是水果、饼干面包一类的，她想了想，还是没推拒。

"好，我路上吃，谢谢妈。"

"不是吃的！"温玉婷脸上闪过几丝苦涩，随即慈爱地说道，"枝枝，这些是前年你让我扔的东西，可我看你之前那么宝贝它们，想着也不占地方，就留下来了。"

姜温枝嘴角一凝，险些没抬住这个并不重的箱子。

她迟了半拍低睫，双眸里蕴着快藏匿不住的不明情绪。

"枝枝，人活一辈子，开心最重要。"温玉婷红了眼，语重心长地叮嘱女儿，"不管你选择什么，爸爸妈妈希望你过得好。"

"知道了。"姜温枝点头，继而习惯性地加了几个字，"谢谢爸妈。"

2022 年。

姜温枝去了离天空最近的地方。

她在大乘寺庙听了空灵梵音，燃了清雅香火，和负责洒扫八十八级台阶的小沙弥聊了一下午，没谈因果，主要讨论了寺里的素斋为何如此难吃。

在这片净土，她看见了磕长头的朝圣者，朝行夕止跋涉，只为见信仰。

她撒隆达悬挂经幡，祈愿祖国繁荣昌盛，家人健康吉祥，以及，少年一生顺遂常安。

强烈的高反引起不适，头疼，呼吸急促，姜温枝躺在酒店吸氧时，昏沉中在想，要是夫妻来旅游，那千万别带小朋友，缺氧真的难受。

去年休完国庆假，手里项目完结后，她不顾领导的痛斥、同事的惋惜，执意辞去了工作。

潭清市，她一天也待不下去了。那座城里有人像傀儡，被日益绵长的痛折磨着。

那天，姜温枝终于卸下了疲惫的人生，把自己流放，想自渡、自愈。

她天真地以为，只要不陷在记忆里，那去西去东，往南往北，对她来说都是向前走。

在大漠，驼铃阵阵，姜温枝坐在滑板上，从最陡的沙坡一滑而下。她耳边有沙石吟唱，也有豪放粗犷的风呼啸而过。

被沙砾迷了眼，有几滴泪水从她眼角随风而逝。

第二次滑沙，有个陌生的高大男人笑着说："美女，你过来这儿吧。"他绅士地让出自己的位置，"这边安全。"

姜温枝骤然慌了神，快速回眸掩饰忙乱，转身去了更高的沙坡。

薄暮黄沙中，姜温枝一袭红裙，任由身后长发飞舞。她独身坐在广袤无垠的丘土上，看完了一整场日落。

夕阳如血，沙黄色的土城堡虚幻，不知真假，宛如神祇临世。

姜温枝却只觉分外孤寂。

她还在大草原上奔跑，风吹草低，数不清的牛马，一望无际的野花海，大片大片的白云似要从天上掉下来。远方牧歌悠扬，蒙古包里小火熬制的奶茶十里飘香。

晚上草原起篝火，穿民族服饰的小哥热情带着姜温枝载歌载舞，是热闹到极致的吉祥宴会。

姜温枝看到通红的火舌蹿得老高，噼里啪啦迸溅着小火星。她跟着音乐节奏摇摆，尽情燃烧生命。

人群舞动，欢声如银铃，笑意却未曾染上她的眼底分毫，双眸还是一片凉薄。

夜晚的草原无声，姜温枝仍在与过往对抗。

后一站，她去了国外。

北极圈以南400公里，姜温枝看到了浩渺星空和极光。整个夜幕为天地背景，满眼震撼的紫色极光。

姜温枝捂着冻得发红的耳朵，抬得脖子都酸了，眼睛却不敢眨一下，视线紧锁着铺天盖地的绚丽。

"紫色果然是……"

她扯了扯唇："我最喜欢的颜色。"

姜温枝喜欢紫色。

很多年前，有个少年捧了一把水果糖，问她喜欢什么颜色。

她说，蓝色。

原因很简单，她看见少年的鞋子大多是蓝色的，于是猜测，他大抵是钟爱蓝色吧。

当时是想和他同步，而之后的许多年，这种同步变成了习惯。

无论谁问她喜欢的颜色，她都不需要过脑子，下意识就会说蓝色。

如今不用了，她已经没有了喜欢蓝色的理由。

四月初，姜温枝回国，到了一个并不出名的小岛。

她在海边遇到了一个卖花环的老奶奶，旁边的地上堆着用各种颜色鲜花编制成的手环。

老人胸口挂着二维码，姜温枝却去翻包："奶奶，我有现金给您。"

"现金？现金好啊！"老人笑眯眯的。

"您给我拿个……"姜温枝顿了下，"紫色吧。"

老人开心极了，松弛的脸皮都垂了下来，树干般的手颤悠悠地拿起花环，旋开弯钩戴到了姜温枝手上。

姜温枝抬手腕转了一圈，想夸耀两句奶奶的手巧，也想重新喜欢回紫色，可她一时词穷，实在说不出话。

付完钱，姜温枝缓慢起身，打算回宾馆。

下一秒。

"奶奶。"

她忽然控制不住又蹲了下来，没任何迟疑地伸出另一只手。

"我还想要个，蓝色。"

姜温枝认命了，她根本没办法不喜欢蓝色。

犹如被烈火焚烧后的猩红铁块在她心脏上打下了不可磨灭的烙印。她要怎么去除这嵌入她灵魂的印记呢？早分离不开了。

她推翻不了过往。

她认了。

姜温枝停下了旅行。

这里有海有岛，因旅游业尚未完全开发，一反都市喧嚣，还保留着最原生态的自然风景，宁静如画。

她以极低的价格盘下了一家民宿。

有天，逢花岛本地居民发现，岛上唯一一家且生意惨淡无比的民宿换了新老板。

其实那家民宿环境真不错，户型不小，风格也极简个性，尤其二楼露天大平台直对沙滩海景，上面放置了两台吊篮秋千，可听风观云。但上届主人似乎不善经营，一直没什么顾客，那换人是意料之中的事。

新老板也没重新翻修，只添了些明亮温暖的装饰，换了店铺招牌。

五月底，民宿重新开业。

邻里乡亲闲聊最多的，不是她家文艺不通的店名，而是那位白肤朱唇、眉眼冷淡却性子温和的老板娘，像极了一轮藏尽故事的皎皎明月。

"枝枝姐，好热好热啊！"

陶婉一路小跑着推开玻璃门，扑面迎来一股凉爽，她顿时清爽了。

"回家吃个午饭差点没把我热死。"看向端坐在前台的老板娘，陶婉抱怨道，"枝枝姐，你看，我胳膊都晒红了。"

姜温枝正处理着网上预订客房的信息，闻言，抬睫瞥了眼小姑娘晒得通红的手臂，笑道："这么夸张？坐下歇会儿。"

陶婉是姜温枝招聘来的管家，十九岁，本地人，职高没去读。姜温枝见她活泼机灵，就留了下来。

许是假期快到了，也可能是姜温枝在网上发的宣传有效果了，最近民宿入住的客人多了起来，岛上也热闹了不少。

"不夸张，一点都不夸张！"陶婉从休息室拿出瓶矿泉水，喝了大半后，抽了张纸擦嘴，"听说好多地方都限电了呢，大家都说今年夏天贼难熬！"

姜温枝的目光扫向门外艳红的骄阳，淡淡地说："是吗？又到夏天了？"

从前，三百六十五天尚有四季轮回，后来则是满载分别，到现在，世界万般，就余她生熬着无趣看不到头的一年又一年。

"嗯，枝枝姐你迷糊啦！这不马上放暑假了嘛。"

今天一早，店里的房客们租了电动车环岛去了，此时无事，陶婉惬意地坐在沙发上，遥控音响调出一首歌曲，偶尔跟着唱两句。

姜温枝敲着键盘回复新客咨询，意识到什么，好笑地问道："这么喜欢这首歌，还单曲循环？"辨认出旋律，她十分感兴趣，"老歌了吧，你们00后也听？"

如果没记错，这首歌应该比陶婉年纪还大。

听闻她的话，陶婉立马站起来，神秘兮兮凑到前台桌子边："是老歌，但最近特别火。"

姜温枝知道这个歌手，摇头："不是最近，他一直火。"

"不不不，不一样的。"陶婉小眼神都在发光，夸张渲染，"枝枝姐，网上都说，这首歌听1000遍后，有缘之人可以逆转时光回到过去。"

对上小姑娘亮晶晶的瞳孔，姜温枝一噎。十八九岁的女孩子，对世界抱有美好幻想确实没什么错。

可她不是小姑娘了。

关掉网页，姜温枝拿了钥匙往楼上走去："你看着店，我在宋叔那里定了水果，他一会儿送来。"

"嗯！"陶婉捧着脸看她。

姜温枝笑了："有客人的，也有你的，我让宋叔分开包装了。"

"哇哦哇哦。"陶婉顺势比了个心，连续抛飞吻，"枝枝姐，我爱死你了！你怎么这么好，你就是我亲姐！"

"走了。"姜温枝说。

三楼卧室，姜温枝手撑着阳台栏杆，看了会儿沙滩上熙熙攘攘的人群。

沉默了下，她打开手机里的音乐软件。

须臾，轻快忧伤的旋律响起。

> 穿梭时间的画面的钟，
> 从反方向开始移动，
> 回到当初爱你的时空，
> ⋯⋯⋯⋯⋯
> 所有回忆对着我进攻⋯⋯

七月，旅游高峰期。

民宿接待了一批刚参加完高考的少年。晚上，朝气蓬勃的少年们嚷着要在观景大平台上投放电影。

姜温枝随手放了一部十多年前的老片子。

一群小年轻也不挑，看得津津有味，更是对开放性的结局展开了激烈讨论，最后，他们一致认为这是个美好的大团圆 Ending。

时间不早了，众人叽叽喳喳散去，陶婉和新来兼职的表姐杨乐乐一起打扫卫生。

杨乐乐是大一学生，放假闲在家，正好旺季民宿缺人手，通过陶婉这层关系来做两天兼职，轻松，也能赚点生活费。

陶婉收拾桌子，杨乐乐负责扫地。她刚来不久，对什么还都很新奇，尤其是现在坐在秋千上的老板娘。

杨乐乐的眼神不自觉地瞟过去。

老板娘雪肤红唇，细眉下的浅色双眸潋滟不见底。她穿着黑缎面衬衫和红色鱼尾裙，上面露出纤长的脖颈，秋千下晃着半截莹白的小腿，细瘦的脚踝踩进白色帆布鞋里，长鬈发随意挽落在肩上，风一过，脸边的碎刘海在一字锁骨上纷飞。

加上观景台半暗半亮的氛围，杨乐乐只觉得她幽冷又乖戾。

"表姐，你看啥呢？"一旁的陶婉见杨乐乐快把脚下的地砖扫出花了，好奇地问。

杨乐乐回神，不好意思道："就是看枝枝姐好漂亮，性格也超级温柔。"

明明看着这么冷，这么不好接近。

"那是！"陶婉自豪地仰起脖子，仿佛被夸的人是她自己，"枝枝姐绝对是我见过最好的人了，有什么好吃的、好玩的，她都留给我！"

"是吧？那婉婉，我问一件事儿。"像是突然想到了什么，杨乐乐小声说，"上次咱俩去枝枝姐房间打牌，我看到她床头有个好贵重的保险箱。"她皱眉，似乎有些担忧，"怎么这么值钱的东西不放好呢？我们提醒一下枝枝姐，让她收到隐蔽的地方吧！"

财不外露，这个道理老板娘没理由不知道啊。

"嗐，你说那个啊。"陶婉无所谓地摆手，甚至略嫌弃地挑起眉，"我知道那里面装的是什么，估摸着所有东西加起来还没保险箱贵呢。"

杨乐乐愣了。

看她不解，陶婉笑着说："那个保险箱寄来的时候，我和枝枝姐一起拆的快递。她也没避着我，从库房里抱出个纸箱子。

"然后就开始往保险箱里转移。"

这就是一两个月前的事情，不怪陶婉记忆深刻。

她甚至还记得，那时枝枝姐放东西的手都在抖，神色也是她没见过的谨慎，小心得好像在放传世珠宝或一沓沓现金呢。

"那到底装了啥？"杨乐乐更好奇了。

"没啥啊，就……"陶婉撇了撇嘴，像在遗憾保险箱大材小用，"三个信封，看着年代都挺长的，颜色浅不说，有封还皱巴巴的。

"也有叶片书签、糖纸，哦，对了，还有个瘦得不行的瓶子，里面盛着千纸鹤、纸星星……"

说着说着，陶婉都乐了："还有一看就是从娃娃机里抓的粗糙娃娃，小一点的蓝毛巾熊，那毛巾都发白了，估计枝枝姐常洗吧。

"唯一看起来贵点的东西，是个首饰盒子，里面有一条项链，四叶草形状的，应该也是挺久前的款式了……"

"行了行了，你就别发表评价了。"杨乐乐后悔问了，抿了抿唇，还是不放心，"既然枝枝姐把它们放在保险箱里，那一定是她很重要的东西，别人又不知情，万一有歹心……"

"哎呀，我的好姐姐，要你操心！"陶婉迅速整理完最后一张桌子，拉起杨乐乐下楼，"枝枝姐那边半层楼客人进不去的，安全着呢。"

"好吧。"

等姜温枝从发呆中清醒，偌大的观景台已经只剩她和晚风。

她下了秋千，把电影倒回到最开始，又开了瓶酒，一个人静静观赏。

到结局回忆画面，姜温枝倏地被辣酒呛得眼里蓄满清泪。

咳了几声，她合了合眼睛，漠然低笑。

"原来是悲剧。"

姜温枝一瞬想起了前段时间，听了一下午单曲循环后，陶婉问她的那句话。

小姑娘嘴里哼着歌，趴在沙发上没抬眼，似是很随口地问："枝枝姐，如果是你的话，你最想回到什么时候啊？"

姜温枝当时没回答。

曾几何时，她也深信不疑地认为，有缘分的人总会在时光中重逢。

但现实是，重逢是要两个人一起努力才能完成的命题，也只有对的人才会再相逢。

而她，似乎总差了点缘分。

退一万步来说，若真的能有这个际遇，时空之门大开，一切真能重来，那她该回到从前哪个时间点，她和那个少年才能有一点点转机呢？

电影片尾曲播放完，屏幕骤然暗了，四周也越发晦暗。

姜温枝关掉投影仪，吞掉了杯中最后一口酒。

她早过了愚昧矫情的年纪。

人生无重来，也不会事事顺心。

再说了，她故事中的男主角人生圆满也是极好的结局。

现在这样的生活，挺好。

2022 年 10 月 5 日凌晨 04:15。

天将亮未亮，满天星斗，海岸线并不分明，簇簇浪花拍打着礁石，涛声阵阵。

姜温枝赤脚踩着冲上沙滩的海水。

水质透明清冷。

玩了一会儿，她坐到海边的礁石上，仰着头，等待月落日升。

长夜渐蓝，东方泛白。

姜温枝再次点开昨晚许宁蔓发来的长达五十秒的语音。

"枝枝，我这学期不是带幼儿小小班吗，今天放学你猜我看见了谁？傅池屿！咱们的高中校友，傅池屿！你说巧不巧，他儿子就在我班上……等等啊，我给你发张照片，是个帅帅的小正太，无敌可爱……"

海边空荡无人，姜温枝打开手机扩音键，一遍又一遍重复听。

天幕微明，岸上不远处只有她的民宿开着门，外墙上挂着的彩色灯串闪烁着，璀璨的亮光刺眼夺目。

她的视线在"某枝小岛"的店牌上辗转流连。

海水碰撞岩石，腾涌间，姜温枝弯唇笑了笑，眸光流而不动。

良久，她忽然听见了自己极低的哽咽。

"怎么办呢？姜温枝。

"快骗骗自己。

"你释怀了。"

正文完

某枝小岛

Tips:

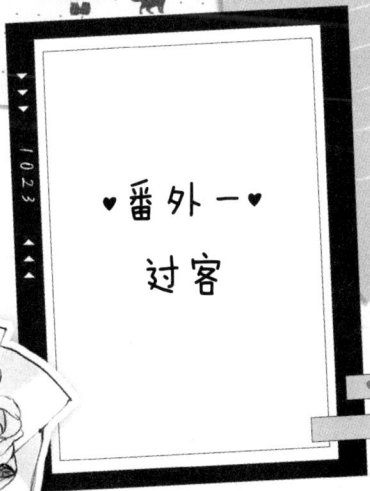

1023

♥番外一♥

过客

♥♥♥

2023 年年末，某枝小岛接待了一批海外游客。

陶婉上学时英语还行，但忽然面对这群金发碧眼的来客，她一时语塞，涨红着脸从前台站起。

"Hello，哦，你们想 sleep？还是肚子饿，要 eat？"陶婉抓耳挠腮，磕磕绊绊地又憋出一个单词，"Welcome……欢迎你们……"

"Girl,don't be nervous.（女孩，不要紧张）"距离她最近的女人笑道。

"呃……那个……"陶婉招架不住了，不好意思地偏过头，压低声音，朝院子里喊，"枝枝姐，救命啊！"

姜温枝正躺在院子的摇椅上，一边看书一边喝茶，闻声，直起腰往外瞥了一眼。

"小陶，我来吧。"

她放下书，站起身，穿过庭院往前台去，走到这群人面前，流利开口："Welcome to FengHua Island.I am the owner of this homestay,my name is Jiang Wenzhi.The island has beautiful scenery,clear sea and blue sky.I hope you have a pleasant trip.（欢迎来到逢花岛。我是这家民宿的主人，我叫姜温枝。岛上风景秀丽，大海碧蓝。希望您旅途愉快）"

姜温枝面带微笑，大大方方和他们握手，谁知，前排高个长发女人倏地大力抱住她，惊喜地喊道道："Oh,I know you！ Jiang Wenzhi！（哦，我认识你，姜温枝）"

姜温枝被这突如其来的热情吓了一跳。

"I saw your'Meet Flower'Vlog,romantic and healing.（我看了你的'遇见花儿'视频，浪漫而治愈）"女人放开她，环顾了一圈民宿设计后，眨眼解释，"Your homestay is really beautiful,and you look really beautiful too.（你的民宿真的很漂亮，你也真的很漂亮）"

姜温枝愣了下，很快反应过来："Really?Thank you.（真的吗？谢谢你）"

逢花岛面积虽然大，碧海蓝天，风景很美，但位置相对偏远，交通不算便利，所以，过去那些年，几乎没怎么开发旅游经济。

这里常住人口不少，大多是老人和孩童留守，平时靠海吃海，而家里的年轻人则背负着生活压力，去外面寻找更好的出路。

当初接手民宿时，姜温枝就考虑到了这一点。

于是，从最开始的民宿翻新，到二楼设计重装，她从头到尾都在拍摄视频发到网上。

起初账号流量不算高，只偶尔有网友评论几句，也会提一些小建议，比如想在阳台上面朝大海，视野一定要开阔，有秋千最好，还有的网友会细致到客房的摆件、小众的装饰画、地毯的颜色等等。

姜温枝觉得建议不错的，直接采纳。

工程竣工时，"某枝小岛"已经积累了一批原始粉丝。民宿开业后，姜温枝拿起相机，花了半个月时间，跑遍了整个岛屿，从日出到日落，从大海沙滩、蓝白房子、公路花海、拍到灯塔和观星台，把慢节奏的海岛生活鲜活地记录了下来。

她将素材剪辑完，配上治愈松弛的文案，以"Meet Flower"为系列，持续更新着。

吸引了更多关注后，"某枝小岛"的房客也逐渐多了起来。

不过，像今天来的外国游客，还真是第一次。

姜温枝真诚地回抱女人，须臾松开她，眉眼温柔地笑："Welcome to come from afar.Free room stay,I'll make delicious food for you tonight.(欢迎远道而来。免费入住，今晚我为你做好吃的)"

老板漂亮大方，主动提出请客，女人和她的朋友们鼓掌欢呼："Oh,that's great!（哇，太棒了）"

姜温枝最近厨艺精进不少，加上民宿本来就招了一个阿姨做饭。

阿姨住在逢花岛西面，小时候生过一场病，不会说话，但干活有模有样的，面试当天姜温枝就留下了她。

两人配合默契，还有陶婉打下手，晚上做了满满当当一桌子菜。

为欢迎远客，姜温枝又开了两瓶好酒。

等他们竖着大拇指舒心畅快地吃完饭，姜温枝又带着人去海边溜达了一圈，这才把他们送回客房。

一楼院子里，陶婉耷拉着脑袋在烤火，看到姜温枝回来，她支起脸，蒙眬睡意去了几分。

"枝枝姐，这一天累坏了吧？快坐下。刚吃饭的时候，我看你几乎没动筷子，一直在和他们说话。"

陶婉拿钳子从火堆里扒拉出烤地瓜，吹了吹黑灰，忍着烫，撕开外面的锡纸，热气腾腾的香甜味扑鼻。

她先递给姜温枝："枝枝姐，吃点地瓜，我再去给你煮一碗鸡蛋面吃！"

姜温枝按住陶婉起身的动作，屈膝坐到她旁边，接过地瓜，分了她一半："不用，我吃这个就行。"

"好。"陶婉说。

两人腿上盖着毯子，并肩坐着烤火。

陶婉双手抱着地瓜啃，脸上映着温暖的火光。

"枝枝姐，你英语怎么说得这么好呀？"陶婉狼吞虎咽，仿佛晚上没吃饱的人是她，"你还会拍视频，又能赚钱……我真羡慕你啊。"

女孩由衷地感叹着，漆黑的眼睛亮晶晶的。

"我也羡慕你，地瓜烤得这么香，火候刚刚好。"姜温枝剥开红薯的表皮，偏过头，注意到了她的小情绪，"小陶，我听隔壁李奶奶说，你小时候很聪明，读书一直是班里前几名。"

"是吗？离开学校太久，我都忘了。"陶婉低声说。

姜温枝"嗯"了声，咬了口地瓜。

"枝枝姐，你知道吗，早上我接待他们外国人，脑子一片空白，连小学英语课学过的最简单的打招呼都说不出来。"

"你太紧张了。"姜温枝目光落在陶婉脸上，继续听她说话。

"还有，那个长头发姐姐和我说了一句'don't be nervous'……"陶婉情绪低沉地垂着头，感觉手上的地瓜也不香了，语气自嘲，"我当然学过'nervous'这个单词，但那时候，我一点儿也想不起来是什么意思……感觉自己好丢人啊……"

"这没什么丢人的？"姜温枝放下地瓜，抽纸擦干净手指，语气自然轻松，"其实很多知识在生活中是用不到的，丢了就丢了。不过，你要是想学，我可以教你。"

多学一门语言没坏处，以后有机会出国玩，能问个厕所在哪里也行。

陶婉却摇头："我现在应该学不好了。"

早些年，陶婉的父母去外地打工，带走了小她八岁的弟弟，把她留给了年迈的爷爷奶奶。爷爷上了年纪，一天捕不了多少鱼，奶奶腿脚不好，就在家做点手工活。

陶婉父母没什么文化，在外面也是勉强够生活，根本余不下钱寄回来，所以，当年陶婉中考的分数明明够上高中，但因为学费问题，她主动和爷爷奶奶说没考上，自己不想读书了。

"……我爷奶好骗，我说没考上高中，他们就让我去上职高，我说职高读了没用，完全是浪费时间，他们就不说话了。

"那天，我奶坐在床边哭了一下午，让我爷……让我爷把她吃药的钱拿出来……给我报复读……"

这件事，陶婉憋在心里很久了，第一次讲给别人听。

小姑娘毕竟年纪小，哽咽着说着，眼泪唰地就掉了下来。

她胡乱用手去擦，忘了自己刚拿过地瓜，脸上瞬间涂了一层灰，两行泪痕格外明显。

姜温枝起身去拿了热毛巾，回来后蹲在陶婉面前，一只手托着她的下巴，一只手慢慢地给她擦脸。

"怎么哭成小花猫了？"姜温枝轻声细语，动作温和细致。

陶婉吸了吸鼻子，把泪水憋回去，又笑了："不过，枝枝姐，现在在你这里上班挺好的，我工作特别开心，你对我超级好……我已经很幸运了！"

去年过年，陶婉父母带着弟弟回来了。

陶婉本就和他们没什么感情，亲密不起来。在听到自家父母在饭桌上说，她已经到了可以结婚的年纪，还能给家里回点彩礼钱的话时，她摔了碗，冲出家门，在民宿里一直待到父母休假结束回城。

"嗯，你觉得开心，那就好。"姜温枝说。

可是，如果真的不觉得遗憾，那说起过去的事，就不会再掉眼泪。

姜温枝没点破。

她把陶婉鬓边的碎发别到耳后，捏了捏小姑娘的脸，说："但是，小陶，如果你不想任由父母安排人生，那就早点为自己打算起来。"

"怎么打算呢？"小陶神色迷茫。

姜温枝被她反问住了："呃……"

"行吧，今天先这样，时间不早了，快回家吧，你奶奶还等着你呢。厨房的水果别忘记带回去。"

这事儿确实得从长计议。

"谢谢枝枝姐！"陶婉蹭了蹭她胳膊，揉揉眼，恢复了平时的活泼样子，"明天我来帮你做早饭。"

姜温枝点点头："好。"

陶婉拎着水果，一蹦一跳地走后，姜温枝往火炉里添了一把柴，又坐回了靠椅上。

她现在晚上依旧不太睡得着。

她本想去海边散散步，但抬起头，看见几间客房还亮着灯，怕一会儿房客有事出来找不到她，于是裹着毯子，随手拿起一本杂志，一下没一下地翻着。

干柴一寸寸燃烧，发出轻微的"噼啪"声。

姜温枝垂眼看着跳跃的火光，一个人静静坐到天明。

因为这群外国朋友订了半个月房间，姜温枝走不开，只好接了父母和弟弟来逢花岛过年。

姜国强和温玉婷从前嘴上不说，但心里一直不能理解，为什么从小优秀到大的女儿忽然放弃大城市的高薪工作，要去一个偏僻小岛过苦日子。

在亲眼看见她这风格别致，干净又温馨的民宿后，两人就放心了很多。

"我就说吧，我女儿做什么都能做好。"姜国强说。

现在大环境不好，各行各业内卷得不像话，年轻人生活和工作的压力太大了。

女儿之前表达了不愿意成家的想法，那在这里开个民宿，远离喧嚣，也不需要赚太多钱，能保持收支平衡，够她自己生活，已经非常好了。

虽然是冬季，但最近都是晴朗天气，姜国强悠闲地坐在民宿门口晒太阳。温玉婷站在二楼露天阳台上，眺望远处广阔的海景。

"枝枝，这房间离海这么近，晚上睡觉，海浪声吵不吵？"她问。

"不吵。"趁着阳光好，姜温枝把房间的被子抱出来晒。

温玉婷见了，忙走上去帮女儿撑开被子。

"房子翻修的时候，我把隔音加强了一下，所以基本没什么噪声。"姜温枝拍打着被子说。

"这活交给你爸干，走，你带我去看看左右邻居。"说着，温玉婷拉着她下楼，"你不是说岛上的人对你都挺好的嘛，我买了礼物，去谢谢人家平时照顾你。"

"对，你们去吧！咱们礼数得周全，把姜温南那臭小子也带上。"

姜国强麻利地起身，撸起袖子开始干活。

除夕夜。

一家人吃完年夜饭后，姜国强和温玉婷坐在楼下，一边看春晚，一边包饺子。姜温南自来熟，早带着民宿的房客和岛上的孩子在海边放烟花了。

璀璨的焰火升腾到夜空，炸开，浪花汹涌的海岸线明明暗暗。

姜温枝站在自己房间的阳台上，双手撑着护栏，沉默地抿了抿嘴。

楼下电视声音开得很大，能清晰听见热闹的小品对白。前面海边，一群人拿着仙女棒玩闹，笑声传了过来。

烟花绽放最绚烂的那一刻，姜温枝眨了一下眼，她额前的碎发被海风拂起，半遮住了视线。

"新年快乐，姜温枝。"她仰头说。

年后入春。

姜温枝给陶婉报了提升学历的考试。

"考上了，学费和生活费，我给你。"

陶婉一万个不同意，皱眉说："枝枝姐，连我父母都不管我，我怎么能花你的钱？我不要！"

"那算借的，以后真的赚很多钱了，再还我。"姜温枝说。

这段时间，姜温枝一直在想，对陶婉来说，到底什么样的生活是还不错的、是让陶婉满意的。

她思考了很久，仍没有标准答案，但一定不是像陶婉父母规划的那样早早结婚生子，把往后几十年的人生就此定格下来。

姜温枝胳膊搭在前台，手指有一下没一下地叩着桌面。

"前两天，我去找了你爷爷奶奶，我问他们，是不是和你父母想的一样，要把你嫁出去。"她声线平淡。

"他们怎么说？"陶婉迫切地想知道答案。

"他们不住地摇头，说你还小，不懂人情世故，也没享过什么福，不想你一辈子就这么糊里糊涂地过了。"

陶婉红了眼圈，嗓子干涩得说不出话来。

可是，两个在岛上待了一辈子的老人能有什么办法？儿子儿媳真要把孙女嫁人，他们也拦不住，只能把希望寄托在姜温枝身上。

那天下午，他们差点给姜温枝跪下了。

"小陶，我其实也不知道能给你什么建议，但一个年轻小姑娘，单纯，活泼，没有涉世经验，人生观、价值观都没建立，最简单的成长方法就是……"

姜温枝似乎想到了什么，顿了顿，抬手摸了摸陶婉的头，鼓励地说："小陶，去继续读书吧。"

读书能明白道理，去看看外面广阔的世界，才好知道自己究竟想走怎样的路。

当然，也或许哪怕以后有了学历，也不一定就能找到非常好的工作，但教育会提高认知，开化思想。

多读书一定没错。

这一点，姜温枝深信不疑。

"我想去！我想上学！"陶婉垂在身侧的手紧紧握拳，神色坚定，重复地说，"枝枝姐，我想上学，我想出去的！"

不光为了她自己，也是为了将来能成为爷爷奶奶的依靠。

她以后更想成为像枝枝姐一样温柔又厉害的人，好像什么都不在乎，好像什么问题都能解决，简直无所不能一样。

"可我混了这么久了，枝枝姐，如果我……静不下心学习了，或者学不会了，那怎么办？"陶婉面露迟疑。

"不会的。"

姜温枝拿剪刀拆开桌上的快递，抽出网购的课本和辅导资料。

"你只要想学，剩下的，交给我。"姜温枝手握剪刀柄，灵活转了个圈，自信道，"你枝枝姐没别的本事，最擅长的就是帮别人补习了。你不知道，我以前上高中的时候，那时候……"

话赶话说到这儿，姜温枝眉眼微变，嘴角突然滞住了。

"那时候怎么了？"陶婉有点好奇。

姜温枝沉默下来。

似是不想再继续这个话题，她偏眸看向别处，良久后才一语带过地说："那时候，我就在帮人补习了，后来上大学也做过兼职家教。"

"哦哦。"相处这么久，陶婉很少听姜温枝提起以前的事情，于是极有眼色地没有再追问。

"你学习的事交给我，我来规划。"姜温枝整理好书本，收起剪刀。

陶婉点点头："我完全相信你，枝枝姐！"

那天后，民宿不忙的时候，姜温枝就帮陶婉补习功课。

有重来的机会和明确的目标，陶婉异常珍惜，每天晚上回家都抱着书看很久。

成人考试难度比不上高考，陶婉最终也不负众望。

陶婉离开民宿的时候，姜温枝没忍住，伸手抱住了她。

"枝枝姐，我又不是不回来了，你看，逢年过节，法定假期……"陶婉又哭又笑，伸出手，掰着指头数，"咱们再见的机会，有的是呢！"

"不是的。"

抱着陶婉，姜温枝趁她不注意，打开她的书包拉链，往里面塞了一个厚厚的红包。

几秒过去，姜温枝松开手臂，神情轻松，眼尾却染上点红。

"小陶，你年纪小不懂。"

陶婉愣了下："什么？"

"每一次分开，我们都要当成最后一面来告别。"姜温枝说。

一定要记住，和你舍不得的人分开时，每一次都要好好告别。

不然有些再见，就真的再也不见了。

某

枝

小

岛

Tips:

1023

•番外二•
存在

2024 年。

姜温枝凌晨拍的一条海边暴雪视频播放量达到了五百万，在网络上掀起了"想去海边看雪"的热度话题。

可随着春季到来，无雪可看劝退了一批网友，姜温枝趁势又发布了一条"可惜你没来，不知道逢花岛已经春暖花开"的真人出镜 Vlog。

她自己摆弄三脚架，调整拍摄角度，全程没露正脸，只拍了背影和模糊到看不见五官的侧脸。

视频一镜到底：

下了颇具年代感的老旧码头，顺着蜿蜒的沿海公路向前走，灯塔闪耀，风车一圈一圈转动，彩虹路的尽头是一片生机勃勃、鲜花遍地的春景。

隔着礁石海滩，一座蓝白小楼，孤独又安静地依偎在蔚蓝大海前。

日落晚霞下，某枝小岛民宿推窗见海。

眼前一望无际，这片刻，是独属于你的蓝色世界。

Vlog 发布后，逢花岛终于在热门的旅游海岛中，有了一点点知名度，"某枝小岛"也成了小众打卡点。

客流量带动下，原本沿着海边做生意的奶奶们也逐渐把摊位往民宿周围靠拢。

四五月，天气开始变热。

姜温枝在民宿门口搭了遮阳伞，不仅让她们在阴凉地里摆摊，还支了几张桌椅，时不时给她们煮绿豆汤解暑。

老人们手巧，除了做花环、编帽子、串手链，还会用毛线钩一些挂饰工艺品。

游客走来走去，她们的生意一般，不如小吃街卖海鲜和饮品的，姜温枝就经常在各个摊位买一些，送给"某枝小岛"的房客，给他们当纪念品，也给奶奶们补贴一点生活费。

再后来，岛上叔叔阿姨、爷爷奶奶的手机坏了，家里连不上网了，就来找姜温枝。

小孩作业不会了，来问姜温枝。

年轻人从外面寄回来包裹，怕老人找不到，收件人也写着姜温枝的名字。

谁家今天出海收获丰盛，炖了鱼蒸了螃蟹，总第一个送到姜温枝的饭桌上。

民宿房客多，缺人手时，阿姨奶奶们排着队来帮她整理房间、做饭、打扫卫生。

姜温枝早上晨跑晚上散步，无论从岛上哪个地方走过，都能收到善意的目光，以及会被塞满一口袋的花生鱿鱼片……

"某枝小岛"慢慢成了这里的中心，人群聚集地。

到了秋天，旅游淡季时，姜温枝邀请大家来围炉煮茶，好好享受一下生活。

阿姨奶奶们没人空着手来，不是带了自家晒的海货，就是拎了腌的海鸭蛋，也有提前给她织围巾帽子的，用的还是最柔软的毛线。

考虑到老人牙口不好，姜温枝提前烤了一些松软低糖的面包分给她们。

大家聚在一起闲话家常，唠着唠着，奶奶们一个个快要吵了起来，都想要给姜温枝介绍对象。

从这家说到那家，她们一致想要选一个最好的。

挑来挑去，等炉边的板栗熟了，她们又一致摇头，达成共识：岛上这些小伙子，谁也配不上小姜。

姜温枝给她们杯子里添上热茶，笑了笑，没说话。

住得离"某枝小岛"最近的李奶奶托着杯子，感叹地总结："小姜啊，你找不找对象都好，结婚就那样，养大了儿子女儿，再替儿子女儿养他们的儿子女儿。"

"这话说得对嘞。"海鲜市场卖鱼的周奶奶特意抽空过来，在一旁嗑着瓜子附和，"是啊，怎么选择都有自己的罪受，小姜，过日子，只管开心就行了。"

"嗯，听你们的话，准没有错。"姜温枝眼尾上扬。

她现在越来越适应，也越来越喜欢这里的生活了。

又过了一段时间。

逢花岛游客稳定增长，持续达到高峰。某一天，村委会副主任周卫找到了姜温枝。

"小姜，你民宿做得这么好，给小岛带来了很多热度，我们都非常感谢你。"周卫代表村委会夸完姜温枝，步入正题，"你是外面来的大学生，有眼界，有规划。小姜，后续小岛想重点开发旅游，我想听听你的意见。"

"周主任，您客气了。"姜温枝说，"我没有项目开发建设的经验，所以，可能提供不了什么有价值的意见。"

周卫坐在沙发上，面带笑意，人很随和："小姜，不用谦虚，你随便说说，我也随便听听。"

"行。国内外旅游景点我去过很多，那我就站在游客的角度上，说说小岛目前存在的问题。"姜温枝大大方方地点头。

周卫："好。"

姜温枝没有被眼前的流量冲昏头脑，从实际出发："周主任，首先，我们要对逢花岛有认知，这里的基础设施并不完善。

"举例说，现在每天往返码头的轮船班次不够，游客上岛有时候要排队几个小时。下了船，没有标志地图指引，岛上景点分布散乱，过程中没有接驳车、缆车来串联，形成不了完整的游玩路线。"

所以，某枝民宿的游客来岛，只要有时间，姜温枝都亲自开车去接他们，并给他们送上她自制的手绘地图，给他们推荐游玩的攻略。

"……岛上缺少游客服务中心，大家抱着期待远道而来，可遇到突发问题，比如迷路、饮食出现问题、住宿产生纠纷等，他们根本不知道去哪里寻求帮助，还有……"

周卫今天过来办事，原本只是路过某枝民宿，顺带过来打个招呼，可在姜温枝条理清晰地指出小岛存在的问题时，他越听越认真。

"小姜，不着急，你慢慢说。"他正襟危坐，从公事包里掏出纸笔。

"岛屿建设需要更多年轻人加入，否则，光凭爷爷卖海鲜，奶奶举牌子拉客人住宿，是完全不够的。"

"有道理。小姜，你继续说。"

姜温枝点点头。

"周主任，我知道您想带动岛上经济发展，提高大家的生活水平。那我们把目光放长远，不光要让游客走进来，也要走出去。

"岛上海鲜资源丰富，海鸭蛋、海鲜干货，都是小岛的特色。

"现在电商发展迅猛，我们不需要做大做强，只要打开一点点销路，就足够回本了，因为本身我们也没有太高的产能。

"这些需要村委会来牵头，办好电商相应证件，外销涉及食品的，该有的安全许可证，必须要齐全……"

周卫是岛上最早一批考出去的大学生，毕业回来后，一心想建设家乡，奈何摸索了好几年，一直没有找到正确的方式方法。

听完姜温枝的这些话，他固化的思想一下子打开了。

"小姜，这样，明天你来村委会，我召集大家一起开个会。你不要有压力，我是打心底觉得你说的话有道理，可实施性强。

"不管因为什么，但真的，谢谢你来到逢花岛。"周卫把本子塞进包里，站起来，和姜温枝握手。

"不是的。"姜温枝说。

周卫愣了下。

"应该是我说谢谢。"握手时，姜温枝微微鞠躬，唇边带着笑，"谢谢逢花岛的存在。"

让她找到了一生的栖息地。

某 枝 小 岛

Tips:

♥番外三♥

后来

♥♥♥

几年后，"某枝小岛"迎来扩建，在楼上又加盖了两层。

姜温枝抱着珍藏了很久的保险箱，搬到了最上面一层。

"某枝小岛"的网络账号依然在更新。

"小岛"发展步入正轨，不仅民宿开始盈利，姜温枝也凭借学金融的底子，在投资理财这块赚了不少钱。

虽然没有大富大贵，但也算实现了经济自由。

姜温枝有了更充裕的时间去发掘爱好，过自由散漫的日子。

她最近每天傍晚出门，在粉色的晚霞下，踩着浪花在海边捡贝壳。

贝壳带回来洗干净，晾晒后，用颜料给它们染色，串上铃铛，做成风铃挂在民宿里。

风吹过，蓝紫色贝壳轻轻碰撞，发出一阵清脆的响声。

姜温枝坐在风铃下，学会了拉大提琴。

姜温枝小时候怕黑，现在最喜欢的却是凌晨一个人坐在海边，发很久的呆，放空思绪，什么也不想。

不回忆过往的事和人。

不发愁天亮以后要接待几批游客。

不在意风撩起她碎发，鬓边是不是已经长出了几根白头发。

她面朝大海，眼里一望无际。

就像浪花翻涌，永远不会只停留在某一刻。

人生的每一天，都可以找到新的意义。

某天清晨，姜温枝晨跑锻炼时，在码头捡到了一只流浪猫。

它很可爱，熟悉后，也黏人。

姜温枝把她养在了店里，给她取名叫圆满。

从此以后，姜温枝睡不着的那些夜里，在海边等日出，圆满总是"嗷呜"打着哈欠，一直乖乖地陪她。

最近，"某枝小岛"的房客惊奇地发现，门口漂亮的贝壳风铃下，不知道什么时候立了一块亚克力留言板。

上面画着一只可爱的猫咪头像，爱心箭头指向它，下面写着几行字。

——此处有圆滚滚出没。

——不抓人，但会翻肚皮各种蹭你。

——可摸，可抱，不可喂！

——"三高"猫，减肥中……

——PS：没错，就是被你们这些哥哥姐姐一人一口喂胖的，喵呜……

逢花岛的发展蒸蒸日上，实在忙不过来，姜温枝在门口贴了招聘启事。

一个寻常的上午，姜温枝坐在前台值班，眉眼稍弯，心情愉悦地翻看着陶婉寄回来的奖学金证书，想着一会儿陶婉爷爷送鱼过来，让他带回去给奶奶也看看。

"丁零零……"

贝壳风铃倏地一阵清响，一个怯生生的女孩推开了门。

姜温枝缓缓抬起眼。

女孩个子不高，穿着短袖和洗得发白的牛仔裤，肤色和头发都微微发黄，一看就是营养不良的样子，但眼神却清澈至极。

"您好……老板……"女孩小心翼翼地探进头，小声开口，"请问，你们这儿还招人吗？出海、杀鱼、烧饭、洗衣服、种地，我什么都能干……"

有阵阵花香顺着门缝吹进来，姜温枝抻了个懒腰，从前台站起来，笑着回答道："招的。"

姜温枝的眼神越过女孩，透过玻璃门，看向她背后更远的地方。

这一天，天气格外晴朗，太阳炙热而耀眼。沙滩上，人挨着人，热闹非凡，蓝色的大海广阔无边。

逢花岛的海风循环往复。

寒来暑往，秋收冬藏。

外面，已经是很多年后的夏天。

- 全文完 -

某

枝

小

島

1023

Tips:

♥出版后记♥

♥♥♥

这个故事，从什么时候开始的呢？

毕业几年后，在共同朋友那儿得知他要结婚的消息后，起初我并没有十分在意，照旧一个人早八晚八，一日三餐地生活着。

他婚礼前一天，我工作的城市毫无预兆地下了一场大雪。

那晚真冷啊，冷到我后来站在雪地里，身体僵硬得抬不起腿时，恍惚想起了很多年前。

在学校元旦晚会上，我喜欢的男生戴着黑色棒球帽，穿着一件单薄的衬衫，在舞台上跳舞。

他个子很高，平时不怎么爱笑，眉眼带着干干净净的少年感。

他们班选的团舞热烈又有力量感，全校同学都在欢呼，我却在下面的角落里看得热泪盈眶。

可能那天舞台灯光打得太亮了，显得他那么耀眼，以至于这个画面深深印在了我脑海里。后来的很多年里，无数次的午夜梦回，我总会重复想起他。

那一晚，我冒着风雪，跑去超市买了一大包暖宝贴，但直到最后晚会所有节目结束，年级主任宣布各班级原地解散，我也没敢起勇气去当面送给他。

于是，很微妙的一个瞬间，就有了《某枝小岛》。

姜温枝是一个非常优秀的女孩。她从懵懂的少女时期开始喜欢一个人，到后来慢慢成长，学业有成，经济独立……

她得到了很多，也失去了很多。

唯一不变的底色是，她始终对身边的人保持善意。

回望过去那些年，她只为自己任性过一次：初三不理智的分班考。

这一点，她确实做错了，但在面临中考时，已经快速成长起来，因为无论在什么时候，前程都是最要紧的。

而傅池屿，大家也不用苛责。

要知道，故事里，少女少男从始至终没说过喜欢，也没在一起过。

这世上还没有"我喜欢他，他没和我在一起，我就要骂他"这样的道理。

至于未来是向前走，还是囿于过去，他们有自由选择的权利。

很多人希望枝枝在逢花岛遇到另一段缘，但怎么说呢，这么久过去了，年岁增长，她的心性却从来没变过，一直都是那个柔软的、执着的、不会拐弯的小姑娘。

姜温枝一生居于岛屿。

蓝色的刻骨铭心，存于过去、现在、未来。

再没有第二个少年了。

毕竟这种深刻的喜欢，体验过，就够了。

现实中，少女暗恋未果也必然记忆长久。

那时候太美好了。

喜欢谁，无关利益，无关得失，无关值不值，就只是在最青涩的年纪，纯粹又真诚地在意着一个人。

而大部分隐忍的暗恋，不会给对方身处篝火旁的热烈，大家总是把心思藏了又藏。

世界转得太快了，不存在逆转时空的钟，没有上帝视角，人生中的很多遗憾注定无解。

错过了，就真没办法了。

生活里不止爱情，此后释不释怀的，都得好好往前走。

你的风景不能停留。

所以，如果你也是姜温枝，那我希望你勇敢。

热烈的十八岁只有一次，青春过了不重来。

我的意思是——

别留遗憾。

最后，再说点感恩的话。

我无比珍惜《某枝小岛》的全体读者和大鱼文化的编辑老师，因为有你们的共情，《某枝》才能被看见，被出版成书。

谢谢你们的喜欢，我荣幸至极。

我希望少女的暗恋永不落空。

我希望每一个枝枝都能被亲情、友情、爱情坚定选择。

我希望你们拿出百分之百的真诚爱自己，长成自信、坦荡、勇敢的女孩，永远健康，永远开心，永远自由自在。

前路漫漫，我祝你们如愿以偿。

桨声已

其枝